LES CHRONIQUES DE BOND STREET

Née en 1936 à Glasgow, M.C. Beaton a été successivement libraire, critique de théâtre, journaliste et éditrice, pour finalement prendre la plume et devenir écrivaine à succès figurant parmi les auteurs les plus lus de Grande-Bretagne. Elle a écrit plus de 150 livres, parmi lesquels deux séries de romans policiers best-sellers : la saga des *Hamish Macbeth* et la série des *Agatha Raisin*. Elle s'est éteinte le 30 décembre 2019 à l'âge de 83 ans.

M.C. BEATON

Les Chroniques de Bond Street

1

Lady Fortescue à la rescousse

Miss Tonks prend son envol

ROMANS TRADUITS DE L'ANGLAIS PAR FRANÇOISE DU SORBIER
ET AMÉLIE JUSTE-THOMAS

ALBIN MICHEL

Titres originaux :

LADY FORTESCUE STEPS OUT

MISS TONKS TURNS TO CRIME

ISBN : 978-2-253-24534-6 – 1re publication LGF

Pour Ann Robinson et sa fille,
Emma Wilson, avec toute mon affection.

LADY FORTESCUE À LA RESCOUSSE

Traduit par Françoise du Sorbier

1

« C'est une triste vérité que même
les grands hommes ont leurs parents pauvres. »

Charles DICKENS

À l'époque du Prince-Régent, en ce début de dix-neuvième siècle où la passion des jeux d'argent avait atteint des sommets insensés et où l'aristocratie dépensait et gaspillait sans compter, il y avait à Londres beaucoup de pauvres, des êtres pitoyables, affamés et en haillons.

Et c'était sans compter les pauvres invisibles et bien nés, victimes d'une misère refusant de dire son nom, des infortunés qui cachaient leur situation aux yeux de la bonne société en usant de mille stratagèmes.

Ceux d'entre eux qui vivaient à Londres y menaient une existence morne et solitaire, subsistant grâce à la charité de leurs nobles parents ou à une maigre rente issue d'une fiducie familiale. Une fois par an, on les sortait, on les dépoussiérait et on les transportait vers une prestigieuse demeure de campagne où ils observaient la plus grande discrétion dans l'espoir de ne pas se faire remarquer et de profiter le plus longtemps possible des repas réguliers et du chauffage. Mais venait toujours le moment où ils étaient réexpédiés avec armes et bagages à Londres, où ils recommençaient à grelotter avec dignité, le ventre vide. Ce qui les empêchait de se rapprocher et de s'entraider, c'était leur fierté.

Une petite fraction de cette horde misérable aurait rejoint les rangs de ses semblables, voués à mourir seuls et oubliés, sans ce mémorable jour de mai 1815 où la vieille lady Fortescue rencontra le colonel Sandhurst à Hyde Park.

Lady Fortescue habitait une maison à étages à Bond Street. C'était presque tout ce qui lui restait et elle s'y cramponnait obstinément. Elle venait juste d'atteindre sa soixante-dixième année, âge canonique à cette époque de la Régence anglaise, où rares étaient ceux qui entamaient leur huitième décennie.

Elle revenait d'une visite humiliante chez son neveu le duc de Rowcester. Deux lourds chandeliers en argent appartenant au duc avaient été découverts dans sa malle. Elle avait eu beau plaider son innocence et protester, jurant ses grands dieux qu'elle ignorait comment ils avaient pu se trouver parmi ses effets, elle avait été priée de partir.

Le fait qu'elle les avait réellement volés n'adoucissait pas son chagrin. C'était la première fois qu'elle s'abaissait à commettre pareille infamie. Les chandeliers étaient posés sur une petite table dans une pièce secondaire où l'on allait rarement. Elle était si persuadée que personne ne s'apercevrait de leur disparition ! Aussi les avait-elle pris, se régalant à l'avance de tous les repas que lui assureraient ces accessoires en argent lorsque, de retour à Londres, elle les vendrait. Mais leur absence avait aussitôt été remarquée. Pendant que tout le monde accusait son voisin – car la grande demeure était pleine d'invités –, le duc avait discrètement envoyé une troupe de domestiques fouiller les chambres. Il n'avait pas rendu l'humiliation de sa tante publique. Il s'était contenté de la prendre à part pour lui dire que les chandeliers avaient été retrouvés et qu'il mettait sa voiture à sa disposition pour la reconduire à Londres dans deux heures. Il avait écouté un moment ses protestations d'innocence, puis y avait coupé court en disant d'un ton las : « Le vol est déjà regrettable. N'y ajoutez pas le mensonge. » Et l'affaire avait été close.

Lady Fortescue était une grande femme aux cheveux blancs, au regard noir incisif, à la peau très blanche et aux lèvres minces toujours maquillées de rouge vif. Bien que son mari eût disparu depuis vingt ans, elle n'avait jamais quitté ses vêtements de deuil. Elle avait deux domestiques : Betty, cinquante-neuf ans, et John, soixante. Elle ne se souvenait pas de la dernière fois où elle leur avait payé leurs gages. Pourtant ils étaient restés chez elle, n'ayant nulle part où aller.

L'épisode mortifiant des chandeliers avait eu lieu en février, et, depuis, elle s'était terrée chez elle, trop honteuse pour sortir, craignant que l'opprobre d'une telle faute ne saute aux yeux de tous. Mais un beau matin de mai, lasse de l'obscurité de sa maison, de sa honte et d'elle-même, elle décida d'aller prendre l'air dans Hyde Park. Une fois arrivée, elle s'assit sur un banc au soleil, austère silhouette tout de noir vêtue, le dos raide comme un piquet, une main appuyée sur le manche en ivoire de son ombrelle.

Elle posa sur cette ombrelle un regard pensif. Le manche en ivoire était monté sur argent. À force de le regarder, elle vit celui-ci se métamorphoser dans son esprit en une pile de savoureux pâtés à la viande. C'est tout de même étrange, se dit-elle en tentant de se ressaisir, que tant de petits accessoires d'une garde-robe féminine auxquels on ne prêtait guère attention jadis fussent maintenant susceptibles d'être mis au mont-de-piété en échange de nourriture ou de charbon. À la différence de la majorité des personnes âgées, elle était plus avide de nourriture que de chaleur, car elle avait toujours joui d'un solide appétit.

Le soleil rendit plus pesante encore sa solitude. Elle resta longtemps assise. L'heure élégante arriva, puis passa, avec son cortège étincelant de voitures et de chevaux. Elle était encore à la même place lorsque le silence revint dans le parc et que les ombres des arbres se mirent à ramper sur les pelouses comme les doigts sombres du destin montrant le chemin vers la tombe.

Un homme d'un certain âge approcha à grandes enjambées du banc où elle était assise. Ce n'était pas la première fois qu'elle le voyait. Comme elle, il était grand, avec des cheveux blancs. Ses habits avaient connu des jours meilleurs et ses chaussures auraient bien eu besoin d'un passage chez le cordonnier. Il était assurément aussi vieux qu'elle, mais avait encore de l'allure et portait un chapeau rond à l'ancienne, incliné de façon canaille sur l'œil et couronnant des cheveux soigneusement bouclés et pommadés.

Il était presque arrivé à sa hauteur lorsqu'il porta soudain la main à son front et s'effondra sans connaissance à ses pieds.

Lady Fortescue regarda autour d'elle, cherchant de l'aide, mais il n'y avait personne en vue. Elle s'agenouilla à côté de l'homme évanoui, sortit de son réticule un flacon de sels qu'elle lui mit sous le nez. Les paupières de l'inconnu frémirent et s'ouvrirent. Ses yeux, très bleus comme ceux d'un enfant, surprenaient dans son visage ridé.

« Pardonnez-moi, madame, dit-il d'une voix faible. J'étais en chemin pour mon club. »

Pas le moindre signe de misère digne n'échappa aux yeux perçants de lady Fortescue, depuis les vêtements bien repassés mais usés jusqu'aux gants craqués et aux chaussures fendillées. Non sans surprise, elle s'entendit dire : « Asseyez-vous donc un moment à côté de moi, monsieur. »

Elle l'aida alors à s'installer sur le banc. Il s'excusa de nouveau, alléguant que la maladie était l'un des aléas de l'âge.

Avant sa désastreuse visite à son neveu, lady Fortescue aurait accepté ce mensonge poli et laissé le gentleman se relever et repartir sans autre forme de procès.

Toutefois, sa honte étant encore fraîche dans son esprit, elle trouva soudain intolérables les expédients et embarras que provoquait l'obligation de sauvegarder les apparences, aussi déclara-t-elle sans ambages : « Vous mourez de faim. »

Il la regarda, sidéré par l'énormité de la remarque. « Quelle idée, chère madame ! répliqua-t-il d'un ton toujours léger et aimable. Comment pouvez-vous dire une chose pareille ? Mais permettez-moi de me présenter : colonel Sandhurst. J'ai servi dans le 147e régiment. »

Elle inclina la tête majestueusement en réponse à la présentation, et dit avec une pointe d'agacement : « Ma foi, monsieur, passez votre chemin si vous y tenez ! Mais regardez-nous, côte à côte sur ce banc : deux personnes aussi bien nées que désargentées, et qui perdent beaucoup de temps à essayer de le dissimuler. Oh, nous ne sommes pas les seuls dans ce cas à venir ici. Les pauvres dont la misère est apparente et que la bonne société a exclus se voient refuser l'accès à Hyde Park, tandis que nous, nous pouvons sans risque respirer l'air du parc ou regarder les arbres. Non ! restez encore un peu ! ajouta-t-elle, car il avait esquissé un mouvement pour se lever. Je suis lady Fortescue. Je vais vous raconter ce qui m'est arrivé récemment. Ensuite, si vous le souhaitez, vous repartirez. »

Le colonel, la mine grave, l'écouta lui raconter l'histoire du vol des chandeliers, tandis qu'une brume légère commençait à voiler les arbres. Un écureuil intrigué s'arrêta à leurs pieds pour les examiner de ses yeux vifs et inquisiteurs.

Quand elle eut terminé, le colonel garda le silence un long moment, puis il ôta lentement son chapeau, le serra sur son cœur comme s'il s'apprêtait à prendre le deuil de ses prétentions à la distinction.

« Lady Fortescue, dit-il, je suis affamé.

— Oui, c'est bien ce que je pensais, dit-elle avec brusquerie. Accompagnez-moi chez moi. Ma Betty a préparé du bouillon et un pâté de mouton. »

Lorsque lady Fortescue s'arrêta finalement devant sa demeure de Bond Street, le colonel leva des yeux curieux vers la haute maison, imaginant qu'elle en louait une des pièces. Elle lui fit traverser un vestibule élégant bien que dépourvu de meubles et dit : « Laissez votre chapeau sur la boule de rampe. J'espère que vous ne verrez pas d'objection à ce que nous dînions dans la cuisine avec mes domestiques. Les quelques morceaux de charbon que je peux me permettre sont destinés à la cheminée de la cuisine et il serait stupide de se geler dans la salle à manger. Le temps a certes tourné au beau, mais il n'a pas encore réchauffé la maison. »

Surpris de voir qu'elle était propriétaire des lieux, le colonel la suivit dans l'étroit escalier descendant au sous-sol. La bonne, Betty, était une femme maigre, courbée, et noiraude comme une bohémienne. Elle fit une révérence et masqua son indéniable surprise quand sa maîtresse annonça : « Nous avons un invité pour le dîner.

— Je vais mettre deux couverts dans la salle à manger, madame, dit Betty.

— Inutile. Il fait chaud dans la cuisine, nous y mangerons. Mettez deux couverts à ce bout de la table. John et vous mangerez à l'autre bout. Où est-il ?

— Il est parti chercher du bois pour le feu, madame. Un bâtiment s'est effondré à Holborn, et il est allé voir s'il pouvait récupérer de la charpente.

— J'espère qu'il ne se fera pas prendre, dit calmement lady Fortescue. Je vous en prie, prenez place, colonel. Je suis désolée, mais nous ne pouvons vous proposer que de la bière. Le vin, le thé et le café sont beaucoup trop chers. »

La porte s'ouvrit et un homme trapu entra, un sac sur le dos.

« J'ai rapporté du bois, madame, annonça-t-il d'un ton bourru. Et j'en aurais pris davantage si la garde n'était pas arrivée. » Alors seulement il vit le colonel et eut l'air interloqué.

« Inutile de faire des façons avec le colonel Sandhurst, John, dit lady Fortescue. Mais comme notre invité n'était pas prévu, je vous suggère de bien garnir le feu de la cuisine pour ce soir. »

Bientôt le colonel se trouva en train de boire un bol de bouillon tandis qu'un feu crépitait joyeusement dans la cheminée de la cuisine. Comme on les en avait priés, Betty et John s'étaient placés à l'autre bout de la table et se parlaient à voix basse. Alors le colonel, enhardi par le bouillon chaud et la bière forte, commença à raconter son histoire. Il n'avait pour vivre que sa seule pension militaire, dont le prochain versement n'interviendrait que le mois suivant. Mais il avait été si sûr que son riche cousin John l'inviterait qu'il avait dépensé ce qui lui restait. Or l'invitation n'était pas venue, contrairement à l'habitude, et le colonel, à court d'argent, ne pouvait plus acheter quoi que ce soit.

Betty se leva, le débarrassa de son bol vide et sortit du four un pâté de mouton fumant. Le colonel, au bord des larmes, se dit qu'il n'avait jamais rien mangé d'aussi succulent de sa vie que cette tourte servie avec des pommes de terre farineuses et une généreuse portion de purée de pois.

« Attention, ne mangez pas trop vite », l'avertit lady Fortescue. Elle commençait à s'amuser, elle qui s'était sentie si seule. Il y avait longtemps, lorsqu'elle avait une domesticité au complet, Betty était femme de chambre et John valet de pied. Lorsqu'elle avait eu des revers de fortune, ils lui avaient proposé de rester pourvu qu'elle les autorise à se marier. Cette permission les lui avait fidèlement attachés, car ils se sentaient redevables. Mais ils étaient tout l'un pour l'autre, ce qui donnait souvent à lady Fortescue l'impression d'être une intruse dans sa propre maison.

« Si je peux me permettre, lady Fortescue, hasarda le colonel, ne seriez-vous pas plus à l'aise si vous vendiez cette maison ?

— C'est le seul souvenir qui me reste de mon défunt mari. Je ne quitterai ces murs que les pieds devant. »

La soirée se poursuivit. Le colonel paraissait ragaillardi par le repas et la compagnie. Il parla des livres qu'il avait lus, des pièces qu'il avait vues au théâtre, et rit en évoquant les expédients pathétiques auxquels il en avait été réduit pour sauver les apparences. Et en l'écoutant, une grande idée commença à germer dans le cerveau de lady Fortescue.

Lorsqu'il se tut enfin, elle dit avec lenteur : « Vous avez une petite pension de l'armée et j'ai une petite rente grâce à une fiducie familiale. La maison est grande et vous avez dit que vous payiez un loyer pour vous loger. Pourquoi ne pas emménager ici avec moi ?

— Voyons, chère madame !

— Pourquoi pas ? demanda lady Fortescue. Nous pourrions mettre nos ressources en commun. Nous sommes trop vieux pour que cet arrangement provoque un scandale ou des commentaires. »

Le colonel promena son regard dans la cuisine accueillante.

« Parbleu, c'est une idée. Fameuse, ma foi ! Nous pourrions jouer aux cartes le soir. Et faire la conversation ! » Il écarta largement les bras : « Voilà des années que je n'ai autant parlé ! »

La grande idée s'épanouit triomphalement dans la tête de lady Fortescue, qui poursuivit posément : « Et quand vous aurez fini de vous installer, nous pourrons envisager d'agrandir le cercle ; et nous irons nous promener en ville en quête d'autres personnes dans la même situation que nous.

— Mais c'est ridicule ! protesta-t-il.

— L'idée ne vous a pas paru ridicule pour vous. Pourquoi le deviendrait-elle pour d'autres ? Réfléchissez. Une *armada* de parents pauvres !

— Vous êtes une femme étonnante ! » s'écria-t-il en secouant la tête, puis il capitula brusquement. « Ma foi, qu'avons-nous à perdre l'un ou l'autre ? »

Lady Fortescue lui fit visiter la maison. Il la trouva beaucoup plus grande qu'il ne l'aurait cru de l'extérieur. Il y avait une multitude de pièces, dont le papier taché par l'humidité était constellé d'emplacements plus clairs, là où étaient autrefois accrochés tableaux et miroirs.

« Il reste fort peu de meubles, dit lady Fortescue. Je les ai vendus les uns après les autres au fil des ans. Puis je me suis séparée des tableaux et des ornements. » Elle soupira et ouvrit une porte. « Mais ceci est la chambre de mon mari. Je n'ai pas eu le cœur de vendre quoi que ce soit dans cette pièce, alors vous pouvez la considérer comme la vôtre. »

Tandis que le colonel admirait le beau lit à baldaquin et la grande armoire, elle alla jusqu'à la fenêtre et ouvrit les volets.

« Il fait doux ce soir. Ce n'est pas comme en hiver. Vous n'avez pas besoin d'un feu pour l'instant. Et pourquoi attendre ? Vous pouvez emménager ce soir. Avez-vous beaucoup de choses à transporter ?

— Non, lady Fortescue. Comme vous, j'ai dû tout vendre au fur et à mesure. Ce qui me reste peut tenir dans une charrette à bras.

— Dans ce cas, je vais dire à John de vous accompagner. Il pourra emprunter une charrette à la taverne d'à côté. Ensuite vous vous reposerez, et nous commencerons nos recherches dans quelques jours. »

Il porta la main de lady Fortescue à ses lèvres.

« Vous êtes un ange. Oubliez votre maudit neveu.

— Ma foi ! dit-elle en riant, je suis sûre qu'il a oublié jusqu'à mon existence ! »

Mais elle se trompait. Le duc de Rowcester était précisément en train de penser à sa tante. Toute cette affaire des chandeliers l'avait intrigué. Il en était arrivé à la conclusion que, comme certaines personnes âgées, lady Fortescue commençait à perdre la tête. Sans doute avait-elle pris les chandeliers dans un moment de confusion mentale dont elle avait tout oublié. Il n'aurait pas dû la renvoyer ainsi chez elle. S'il avait été marié, une épouse aurait peut-être traité cet incident avec plus de tact.

À trente-trois ans, il était toujours célibataire : il avait hérité très jeune de son titre et il n'avait que fort peu de loisirs, car son père, le défunt duc, avait laissé ses vastes domaines et propriétés aller à vau-l'eau. Maintenant que l'équilibre était rétabli – depuis plusieurs années à la vérité –, le duc était toujours réticent à entrer sur le fameux marché du mariage, la Saison de Londres, pour y chercher une épouse. Parce qu'il était duc et avait la réputation d'être bel homme, il savait qu'il n'aurait que l'embarras du choix. Aussi, quand une jolie demoiselle lui souriait, se disait-il non sans cynisme que ledit sourire s'adressait à son titre et à sa fortune.

Il n'y avait eu qu'une exception, quelque temps auparavant, lors d'un bal à Grosvenor Square : une beauté aux yeux d'émeraude et aux cheveux d'un noir de jais. Il se remémorait sa gaieté et son esprit. Mais après le bal, elle semblait s'être volatilisée. Elle s'appelait Harriet James, de cela il se souvenait parfaitement. Mais sa famille et elle avaient purement et simplement disparu de la scène sociale, et personne ne semblait savoir ce qui leur était arrivé.

Il pensa de nouveau à lady Fortescue et s'agita dans son fauteuil, mal à l'aise. Peut-être irait-il lui rendre visite pour prendre de ses nouvelles la prochaine fois qu'il irait à Londres.

Mrs Budley, veuve et inconsolable, était assise dans Hyde Park et pleurait, le visage dans un minuscule mouchoir en dentelle. Lady Fortescue, qui se promenait au bras du colonel Sandhurst, l'avait remarquée, mais lorsque le colonel demanda : « Pensez-vous… », elle le coupa sèchement : « Non, je ne pense pas. Beaucoup trop jeune. »

Pendant ce temps, Mrs Budley pleurait toutes les larmes de son corps. Elle ne savait plus quoi faire. Ses domestiques avaient quitté sa maison le matin même de leur propre initiative, et si elle s'était réfugiée dans Hyde Park en sortant de chez elle par la porte de derrière, c'était pour éviter les créanciers qui assiégeaient l'entrée. Son mari insouciant, Jack, avait tant bu et perdu au jeu qu'il avait prématurément creusé sa tombe deux ans auparavant. Mrs Budley était incroyablement jolie, vêtue à la dernière mode et, avec sa silhouette bien tournée, ses chevilles fines, elle paraissait beaucoup moins que ses trente ans. Elle avait un doux visage aux yeux d'un marron velouté, des cheveux bruns vaporeux et un esprit qui l'était tout autant. Elle ne savait quel parti prendre. Ses lettres à sa famille et à celle de Jack pour solliciter de l'aide n'avaient suscité aucune réponse favorable, hormis une, sous la forme d'une invitation pour Noël. Or Noël semblait être dans une éternité.

Ses parents étaient morts peu après son mariage, et elle n'avait ni frères ni sœurs. Elle avait l'impression d'être une enfant perdue. Pas plus tard que la veille, une de ses connaissances, un certain sir Giles Martin, lui avait suggéré un moyen pour rembourser ses dettes, à savoir devenir sa maîtresse. Elle avait reculé avec horreur devant son visage bouffi et ses mains avides.

Ses larmes redoublèrent à la seule pensée de sir Giles.

« Ma chère amie, elle me fait peine à voir », déclara une voix masculine au-dessus de sa tête. Une voix féminine répondit : « Je vous dis qu'elle est trop jeune. Elle a dû perdre son caniche favori. Venez, colonel. »

Mrs Eliza Budley leva ses yeux mouillés et vit dans un brouillard de larmes deux grands vieillards debout devant elle qui la regardaient.

Le gentleman souleva son chapeau et lui dit d'un ton affable : « Colonel Sandhurst, pour vous servir, madame. Vous êtes en grande détresse, semble-t-il.

— Personne ne peut m'aider, balbutia Mrs Budley. Personne. Je suis ruinée. »

Une sorte de message tacite passa entre les deux vieillards, qui s'assirent de part et d'autre de Mrs Budley. « Si vous nous disiez ce qui vous arrive ? suggéra le colonel Sandhurst. Je vous présente lady Fortescue, une femme d'une grande intelligence, un pilier de sagesse. »

Lady Fortescue faillit pouffer en s'entendant qualifier de « pilier de sagesse ». Et elle se rendit compte non sans surprise que, depuis les quelques jours de son association avec le colonel, elle se prenait souvent à rire pour une raison ou une autre. Cela la disposa favorablement envers la jolie petite jeune femme à côté d'elle, dont elle pressa la main gantée d'une mitaine en la conjurant de leur confier ses soucis.

Alors, entre deux sanglots, Mrs Budley leur raconta son histoire, terminant par l'épisode avec sir Giles.

« Vous n'êtes pas le genre de personne que nous cherchions, dit lady Fortescue. Vous êtes élégamment vêtue et bien nourrie. » Et elle expliqua comment le colonel Sandhurst et elle en étaient venus à faire cause commune.

« Vous comprenez, expliqua-t-elle, je vis dans une grande maison sinistre et nous partageons notre pitance avec mes domestiques. Une jeune femme comme vous trouvera bientôt à se remarier…

— J'ai déjà trente ans, objecta Mrs Budley, et n'ai pas de douaire. »

Lady Fortescue la regarda avec curiosité. « Croyez-vous pouvoir vivre avec deux personnes âgées comme le colonel Sandhurst et moi ? Ni bals, ni soirées, ni théâtre. Juste des parties de cartes le soir. Nous vivons simplement et mettons tout en commun, mais nous ne devons rien à personne.

— J'en serais enchantée, répondit Mrs Budley. Mais comment puis-je échapper à mes créanciers ?

— Êtes-vous propriétaire de votre maison ? demanda le colonel.

— Oui, mais elle est complètement hypothéquée.

— Et les meubles ? Vous appartiennent-ils ?

— Oui, mais j'ai vendu tous mes bijoux.

— Alors, c'est très simple, dit le colonel. John, le domestique de lady Fortescue, va louer une charrette. Il vous faudra vendre un meuble ou quelques robes pour couvrir les frais de location, Mrs Budley. Ensuite, à la nuit tombée, John viendra chez vous avec la charrette, sur laquelle nous chargerons les meubles et vos affaires. Les créanciers pourront se disputer la propriété de la maison le matin venu. »

Les larmes de Mrs Budley séchèrent comme par magie. « Vous voulez dire que je serai à l'abri de mes créanciers ?

— Assurément. Mais comme vous n'avez pas de domestiques et que celui de lady Fortescue n'est plus tout jeune, vous devrez accepter la tâche ingrate de porter vous-même les choses les plus légères. Ce que vous allez faire, c'est retourner chez vous et essayer de trouver quelque chose à vendre afin que nous puissions louer les services de deux hommes forts.

— Nous vous accompagnerons, déclara lady Fortescue avec autorité. J'ai depuis longtemps l'habitude de la pauvreté et vous serez surprise de ce qui peut trouver preneur. »

La maison de Mrs Budley était située à Clarence Square. Elle les y conduisit en les faisant passer par le jardin de derrière et la porte de la cuisine.

Lady Fortescue inspecta les lieux de la cave au grenier et se sentit envahie par une vigueur et un optimisme qu'elle n'avait plus éprouvés depuis longtemps. La maison était entièrement meublée et il faudrait plusieurs voyages de la carriole pour la déménager. La cuisine était bien fournie en casseroles et vaisselle, et la resserre pleine de provisions. Quelle aubaine ! Dire qu'elle avait pris le colonel pour un vieil idiot quand il lui avait suggéré d'aborder Mrs Budley !

Mais leur premier objectif était de trouver un objet peu encombrant à vendre afin de payer le déménagement. Ce fut le colonel qui dénicha une tabatière en argent au fond d'un tiroir dans la chambre du défunt Mr Budley.

Le lendemain à l'aube, les meubles de Mrs Budley étaient répartis dans les différentes pièces de la maison de Bond Street et le contenu de la cuisine faisait le bonheur de Betty et John. Quand le colonel et lady Fortescue se glissèrent enfin entre leurs draps, ils étaient épuisés mais triomphants.

Mrs Budley se coucha dans son propre lit, qui avait été transporté sur la charrette avec tout son mobilier. Elle mit une main sous sa joue et sombra dans un sommeil sans rêves. Sa dernière pensée fut qu'il était merveilleux que l'on s'occupe ainsi d'elle.

Lady Fortescue expliqua aussitôt que, même s'il leur était possible de vivre un certain temps sur les biens de la jeune veuve, sa conscience ne lui permettrait pas de profiter d'une petite créature aussi écervelée, dont la confiance et la naïveté excessives lui faisaient du tort. Le colonel partageait cet avis. Après quelques nuits de sommeil réparateur et d'agréables journées où les repas furent à nouveau servis dans une salle à manger maintenant agrémentée des sièges de Mrs Budley, en plus de la longue table et des deux chaises qui la composaient jusqu'alors, lady Fortescue et le colonel Sandhurst se mirent en chasse une fois de plus dans Hyde Park.

Il faisait toujours beau et le colonel marchait d'un pas élastique. La vente de la tabatière avait non seulement suffi à payer le déménagement, mais il en était resté une confortable petite somme. Il avait très envie d'une nouvelle paire de bottes, mais il résista à la tentation et enregistra ladite somme dans un nouveau livre de comptes fourni par lady Fortescue. Chaque penny devait être partagé entre eux, et ils devaient attendre que leur situation soit stabilisée.

Ils attaquèrent leur promenade pleins d'espoir. Cependant, vers la fin de l'après-midi, la lassitude et le découragement commencèrent à se faire sentir. Ils avaient abordé plusieurs personnes manifestement bien nées et dans la gêne, mais s'étaient chaque fois fait rabrouer avec hauteur.

« Qu'ils aillent au diable ! s'exclama lady Fortescue avec une férocité soudaine. Ce soir, il y a du rosbif à dîner avec une bouteille de grand cru de Bordeaux de la cave de Mrs Budley.

— Regardez donc là-bas, intervint le colonel. Cette femme à côté de la rivière. On dirait qu'elle va se jeter à l'eau.

— Une folle, sans doute. Soit, abordons-la. Mais ce sera la dernière tentative de la journée ! »

Miss Tonks longeait la Serpentine en se demandant si elle aurait le courage d'y sauter. Un chien crevé affleura à la surface et flotta, dépouille pathétique, les pattes en l'air. Elle recula en étouffant un cri.

Elle avait beau être affamée, la souffrance qui la tenaillait était celle du chagrin. C'était une femme insignifiante et effacée d'une quarantaine d'années qui avait subi le premier revers brutal de son existence cinq ans plus tôt lorsque ses parents bien-aimés étaient morts en laissant tout à sa sœur aînée. Effondrée, incapable de comprendre pourquoi elle avait été ainsi déshéritée, miss Tonks s'était vue contrainte de loger dans une petite pièce et de vivre chichement sur une maigre pension versée chaque trimestre par sa sœur. Celle-ci l'invitait souvent à séjourner chez elle, et miss Tonks acceptait, car elle y était nourrie, chauffée et se retrouvait en élégante compagnie. Mais sa sœur Honoria arrivait toujours à lui confier de petites tâches humiliantes, comme le raccommodage des chaussettes ; et quand il y avait des invités, miss Tonks était reléguée dans sa chambre où son repas lui était servi sur un plateau.

Peu de temps auparavant, sa morne existence avait été illuminée par une histoire d'amour. Un beau jeune homme de vingt-cinq ans avait commencé à lui faire la cour. Elle avait été éblouie, fascinée, et avait dépensé toute sa pension à lui acheter des babioles. Cet amour avait traversé comme une comète son ciel terne. Et un jour, il lui avait annoncé avoir une dette de jeu qu'il était incapable de rembourser et lui avait demandé cinq cents livres. Stupéfaite de voir qu'il n'avait rien deviné de sa situation, elle lui avait révélé qu'elle vivait de très peu. À la suite de quoi elle ne l'avait jamais revu.

À présent, elle avait le cœur brisé et le ventre vide.

Elle leva les bras vers le ciel en un geste de désespoir tragicomique et s'exclama : « Je ne suis qu'un misérable ver de terre !

— Pourquoi dites-vous une chose pareille ? » demanda une voix calme derrière elle.

Miss Tonks pivota sur ses talons en rougissant. Un couple âgé l'observait attentivement.

« Je répétais pour… pour une troupe d'amateurs », bafouilla-t-elle.

La femme fixa sur elle un regard froid. L'homme fit une courbette.

« Nous ne nous intéressons qu'à ceux qui sont dans l'embarras. »

Miss Tonks aurait gardé le silence si le colonel n'avait ôté son chapeau en disant d'une voix douce : « Nous savons ce que c'est qu'être pauvre. Nous nous demandions si nous pourrions vous aider. »

Dans la poitrine plate de miss Tonks, le respect des convenances luttait avec le désir d'être secourue. On ne parlait jamais d'argent, on sauvegardait les apparences, et sous aucun prétexte une dame ne... « Oh, aidez-moi, soupira-t-elle. Je ne sais plus quoi faire.

— Venez vous asseoir avec nous sur ce banc là-bas, dit la femme. Je suis lady Fortescue et je vous présente le colonel Sandhurst. Et vous êtes... ?

— Miss Letitia Tonks, madame. »

Derechef, les convenances faillirent clore pour de bon les lèvres minces de miss Tonks, mais le parc semblait désert, hormis ce couple étrange. Elle se mit à parler, lentement d'abord, puis les mots jaillirent en se bousculant.

« Seigneur ! s'exclama lady Fortescue quand elle eut terminé son histoire, les hommes ont toujours été fourbes... à l'exception du colonel, cela va sans dire. Je vais vous expliquer pourquoi nous sommes ici. » Et elle raconta à une miss Tonks médusée la façon dont ils avaient prévu de recruter d'autres « parents pauvres » afin de s'associer et de mettre leurs ressources en commun.

« Mais je n'ai rien à offrir, dit miss Tonks, j'ai déjà dépensé ma pension.

— Le prochain versement viendra bientôt, déclara lady Fortescue. Je vous suggère de nous accompagner chez moi à Bond Street et de partager un rôti de bœuf. »

Non loin de là, deux beaux yeux verts les regardèrent s'éloigner. Assise sur un banc, Harriet James avait remarqué elle aussi l'étrange manège de cette femme qui faisait les cent pas près de la Serpentine, et elle avait hésité à l'aborder. Puis ce couple âgé s'était approché de l'inconnue. Lorsqu'ils étaient tous trois repassés devant Harriet, elle avait entendu l'homme dire gentiment : « Une bonne tranche de rosbif est le meilleur remède que je connaisse. » Là-dessus, la femme âgée avait éclaté d'un rire clair et sonore.

Du rosbif, se dit Harriet avec nostalgie tandis que son estomac émettait un gargouillis des plus inélégants. Et elle rentra chez elle où elle soupa de pain et de fromage.

2

« Ô, monde, comme les pauvres sont aptes à la fierté ! »

William SHAKESPEARE

Le lendemain, Harriet James décida de rendre visite à son amie Mrs Budley. Elle l'avait rencontrée par hasard un mois plus tôt en se promenant dans Hyde Park. Elles avaient parlé de tout et de rien et Mrs Budley avait invité Harriet à la raccompagner chez elle pour prendre le thé. Elles n'avaient pu entrer par la porte principale à cause des créanciers et Mrs Budley, rouge de confusion, avait fait passer sa nouvelle amie par l'arrière. Harriet n'avait émis aucun commentaire sur les créanciers qui tambourinaient à la porte, et ne s'était pas davantage formalisée de la mine revêche des domestiques. Les dames sauvegardaient les apparences et ne parlaient jamais d'argent, ni à plus forte raison d'embarras financiers.

Elle était revenue deux fois par la suite, mais s'était entendu répondre que Mrs Budley « n'était pas chez elle », ce qui pouvait s'interpréter comme

« Mrs Budley ne veut pas vous recevoir », mais à la réflexion, Harriet se dit que, sous la pression des créanciers, Mrs Budley avait dû donner à ses domestiques la consigne de dire à tout le monde qu'elle « n'était pas chez elle ».

Cette fois-ci, à sa grande consternation, Harriet trouva les volets fermés et le majordome lui apprit que, pour échapper à ses dettes, Mrs Budley s'était enfuie pendant la nuit en emportant toutes ses affaires, laissant la maison à ses créanciers.

Attristée, Harriet dirigea ses pas vers le parc. Oh, Hyde Park ! Scène éblouissante pour les fortunés possédant des voitures, refuge pour les gens bien nés mais ruinés !

La vie avait jadis été infiniment plus douce pour elle. Ses parents avaient loué une maison à Londres dans l'intention de lancer leur fille lors de la Saison. Certes, ils n'étaient ni riches ni en vue, mais ils étaient sûrs que la stupéfiante beauté de Harriet lui permettrait d'attirer sans tarder un riche mari.

Son tout premier bal avait été un grand succès. Le célibataire le plus convoité de Londres, lord Rowcester, ne lui avait-il pas retenu deux danses ? Ils avaient dansé une valse. Curieusement, certains jours où le temps était très doux, comme celui-ci, Harriet entendait encore la musique à trois temps dans sa tête, et voyait toujours le beau profil sévère du duc et la chaleur caressante de ses yeux gris fixés sur elle.

Mais aux premières heures de la nuit suivante, le père de Harriet avait eu une attaque d'apoplexie. Sa mère avait décidé que la seule solution était de rentrer à la campagne pour qu'il y respire l'air pur et retrouve son médecin. Aussi avaient-ils quitté Londres. Mr James n'avait survécu qu'un mois et sa veuve inconsolable l'avait suivi dans la tombe un an plus tard.

C'est alors que Harriet avait pris la mesure des dettes contractées par ses parents. Avec l'aide du notaire de la famille, elle avait vendu la maison et le domaine, et payé tous les créanciers. Après cela, il lui était resté fort peu de chose.

Elle était retournée à Londres et avait trouvé un logement à louer à Bayswater. De temps à autre, elle écrivait à l'un des membres de sa famille et obtenait souvent une invitation à séjourner, mais ces visites chez l'un ou chez l'autre étaient humiliantes. Elle n'était ni chair ni poisson, ni invitée ni domestique. En désespoir de cause, elle essaya de trouver un poste de gouvernante, mais apparemment, sa beauté la rendait impropre à cet emploi. Hyde Park devint pour elle une sorte de second domicile. Elle connaissait de vue tous les promeneurs habituels, c'est-à-dire ceux qui, comme elle, y circulaient à pied.

Elle entra par la loge et se mit à marcher dans l'herbe, équipée d'un chapeau et d'une robe noire commode. La plupart de ses tenues de bal frivoles et de ses robes élégantes avaient été vendues, et il ne lui restait qu'une garde-robe de base.

C'est alors qu'elle aperçut, marchant tranquillement dans l'une des allées, comme une petite famille, le grand vieillard aux cheveux blancs et à l'allure militaire, avec à son bras la sévère vieille dame. Derrière eux marchait Mrs Budley, accompagnée par l'étrange vieille fille qui, si peu de temps auparavant, semblait prête à se jeter dans la Serpentine.

Harriet salua Mrs Budley et fit une révérence à ses compagnons.

« Je suis allée chez vous, dit-elle à Mrs Budley, mais vous aviez quitté la maison.

— Je réside maintenant à Bond Street, répondit Mrs Budley. Lady Fortescue, puis-je vous présenter miss James ? Miss James, lady Fortescue, miss Tonks et le colonel Sandhurst. »

Harriet fit une nouvelle révérence et dévisagea ces trois personnages avec curiosité. Puis elle vit le colonel donner un coup de coude à lady Fortescue, qui, en retour, fit un discret signe de dénégation.

« Nous devons partir, miss James », déclara lady Fortescue.

Harriet regarda Mrs Budley. « Puis-je vous rendre visite ? »

Lady Fortescue fronça les sourcils et Mrs Budley sembla prise de court. « Ce n'est pas très commode en ce moment, miss James », répondit-elle.

Un peu découragée, Harriet s'apprêtait à passer son chemin lorsqu'un rai de lumière filtrant à travers les branches des arbres illumina une reprise bien faite sur sa robe.

« Et pas de suivante non plus, souffla lady Fortescue au colonel. Ne partez pas tout de suite, miss James. Votre beauté m'avait empêchée de remarquer l'état de vos vêtements.

— Je vous demande pardon ! s'exclama Harriet.

— Oh, je vous en prie, écoutez-la, s'écria Mrs Budley en battant des mains. Quel bonheur ! Ils vont vous le proposer à vous aussi ! »

Avec la diction claire de l'ancienne aristocratie, lady Fortescue expliqua les principes de ce qu'elle appelait sans détour le Club des parents pauvres.

Harriet écouta attentivement. Elle se trouvait là parmi ses semblables. L'idée était tout simplement merveilleuse ! Qu'est-ce qui rendait si pénible la vie des gens bien nés ayant subi des revers de fortune ? La fierté mal placée, voilà tout.

« Laissez-moi me joindre à vous, se surprit-elle à implorer. Je n'ai pas grand-chose à offrir, mais je pourrai tenir les comptes. Je suis à l'aise avec les chiffres.

— Soit, dit lady Fortescue. Avez-vous une maison à vendre ?

— Non, madame. Je loue une chambre meublée. Ce que je possède peut se transporter facilement.

— Alors nous allons rentrer à Bond Street et vous donnerez votre adresse à mon domestique, John, qui vous accompagnera. Nous devons aussi nous concerter pour discuter des tâches de mes domestiques. » Sa main se porta vers sa poitrine, mais elle se souvint une fois de plus qu'elle avait mis sa montre en gage.

« Je pense que l'heure du thé approche. Nous pouvons nous permettre de prendre le thé grâce aux provisions de Mrs Budley, miss James. Ma Betty n'a pas de formation de cuisinière, mais elle est capable de préparer de bons repas simples. Elle nous a promis des scones, et nous avons même du beurre. Seigneur, il y a une éternité que je n'ai goûté du beurre frais. »

Le colonel et elle se remirent en marche et, avec la curieuse impression de retourner à l'école, Harriet leur emboîta le pas, encadrée par Mrs Budley et miss Tonks. « Tout cela est très étrange, chuchota-t-elle. Est-ce confortable ? L'arrangement fonctionne-t-il bien ?

— Nous sommes comme une famille, répondit Mrs Budley. Et en sécurité ! Mes domestiques m'ont quittée sans prévenir, miss James, et vous savez à quel point il est pénible de sortir en public sans escorte. Les messieurs vous importunent. »

Miss Tonks parut songeuse : c'était une indignité dont elle n'avait pas eu à souffrir.

Comme ils s'approchaient de Bond Street, Harriet se fit la réflexion que jamais elle n'y serait venue seule. Les messieurs considéraient cette rue comme leur chasse gardée, un peu comme St James's Street.

Le vestibule de la maison était maintenant agrémenté d'une jolie console grâce à Mrs Budley. « Je vais dire à Betty de servir le thé dans la salle à manger, car nous devons avoir une discussion », déclara lady Fortescue.

Peu après, ils étaient tous installés, à boire du thé et à manger des scones tout chauds et beurrés. Harriet dut se surveiller pour ne pas faire qu'une bouchée du sien.

« Bien, dit lady Fortescue en rajustant sur ses cheveux neigeux un frivole petit bonnet de dentelle, Betty et John, asseyez-vous au bout de la table car ceci vous concerne. » Elle promena son regard sur ses compagnons. « Betty et John m'ont fidèlement servie et continuent à le faire. Mais ils sont âgés, même si John est encore très vigoureux », poursuivit-elle à la manière des aristocrates qui avaient coutume de parler des domestiques en leur présence comme s'ils étaient aveugles et sourds. « Il ne faut pas oublier que cette maison est grande et que nous sommes cinq à présent. Heureusement que Mrs Budley nous a généreusement fait profiter de ses meubles, car il y aura un lit et du linge pour vous, miss James. Mais mes domestiques ne peuvent pas passer le soir de leur vie à nous servir tous. J'ai le regret de vous annoncer que nous devrons tous participer aux tâches ménagères. J'ai quelques suggestions à cet effet. Nous devrons chacun nous charger de nos chambres et descendre nos eaux sales. Betty m'a dit que le salon est à nouveau utilisable, une fois de plus grâce à Mrs Budley. Nous pourrons nous y tenir ce soir car John a réussi à trouver du bois de chauffage, et nous pourrons y faire du feu, mais seulement si la soirée est fraîche. Miss James, vous nous avez signalé que vous étiez à l'aise avec les chiffres. Pendant que nous rentrions du parc, le colonel a approuvé l'idée que vous vous chargiez de tenir nos comptes. Tout doit être partagé équitablement entre nous. Si nos provisions menacent de se réduire, peut-être pouvons-nous écrire à nos familles dans l'espoir d'être invités avant de devoir vendre quoi que ce soit. Il faudra penser à prendre toujours une grande malle afin de rapporter des provisions et du charbon si possible. Mais assurez-vous de ne pas vous faire prendre à voler quoi que ce soit. J'ai eu il y a peu une expérience cuisante que je ne souhaite pas vous raconter pour l'instant. Et je vous assure que je n'ai aucune intention de suggérer que nous nous infligions l'indignité d'une visite à nos familles respectives tant que ce n'est pas absolument nécessaire.

— À la bonne heure ! » s'écria miss Tonks en pensant à sa sœur. Puis elle rougit en se voyant le centre de l'attention.

« Puis-je faire une suggestion ? demanda Harriet.

— Allez-y, dit le colonel. Nous vous écoutons.

— Je suis très bonne cuisinière. Du vivant de mes parents, nous avions un cuisinier français qui m'a formée car je lui ai demandé de m'apprendre à cuisiner. Je sais imaginer de bons plats à partir de presque rien et, si Betty ne voit pas d'objection à ma présence dans sa cuisine, je pourrai me charger de la préparation des repas ainsi que des courses. Je connais les marchés les plus avantageux de Londres.

— Ma chère miss James, répliqua lady Fortescue avec hauteur, il est inutile de vous abaisser à pareille besogne.

— Elle est moins malséante que vider seaux et cuvettes, rétorqua Harriet.

— Ça peut être très amusant, pouffa Mrs Budley. Miss Tonks et moi pourrions mettre aussi la main à la pâte.

— Fort bien, déclara majestueusement lady Fortescue. Betty n'y verra pas d'objection. »

Harriet jeta un discret coup d'œil à Betty, dont le visage gardait l'impassibilité absolue de la parfaite domestique.

« Eh bien, maintenant que nous avons pris notre thé, je suggère que miss James aille chercher ses affaires avec John. »

Alors les parents pauvres s'installèrent dans ce qui leur semblait un mode d'existence idyllique. Mrs Budley avait apporté son piano et les régalait de musique le soir tandis que miss Tonks chantait. La vieille fille avait une voix étonnamment mélodieuse. Harriet cuisina un poulet mijoté et les surprit tous en leur révélant que c'était du lapin. Ils avaient chaud et étaient bien nourris. Seule Harriet, qui faisait soigneusement les comptes, savait que cela ne durerait plus très longtemps.

S'ils avaient pensé à un sauveur, ils auraient tous imaginé un don Quichotte ayant plus ou moins les traits du beau duc de Rowcester, surtout Harriet qui se surprenait souvent à rêver de lui.

Mais aucun d'entre eux n'aurait jamais imaginé la fort déplaisante personne de sir Philip Sommerville.

Sir Philip était vieux, arthritique, et sentait mauvais. Il appartenait à une éminente famille. Dans le passé, il n'avait jamais attendu que de riches parents lui proposent un séjour, il s'invitait tout bonnement chez eux. À la différence de lady Fortescue, il était passé maître en l'art du larcin et, en plus des petits objets d'art qu'il pouvait facilement revendre, il prenait systématiquement des denrées indispensables telles que jambon, fromage et pain. Il voyageait toujours avec une spacieuse malle qu'il remplissait en repartant avec ce qu'il avait pu chaparder dans les cuisines de la riche demeure où il séjournait.

Mais le vol exigeait une certaine rapidité et de l'agilité. Or ses épaules se voûtaient et ses mains, autrefois élégantes, étaient noueuses et déformées. Ses rares cheveux se collaient à son cuir chevelu rose et sa tête ressemblait à celle d'une vieille tortue.

Il avait depuis quelque temps renoncé à se laver et à soigner son apparence. Le colonel Sandhurst et lady Fortescue étaient passés près de lui et, quand le vent avait soufflé dans leur direction, cela leur avait suffi. Ils avaient poursuivi leur chemin sans l'aborder.

Mais leurs regards inquisiteurs n'avaient pas échappé à sir Philip, non plus que la façon dont ils avaient secoué la tête, et cela avait éveillé son intérêt. Il trottina donc derrière eux, les rejoignit et leur demanda pourquoi ils l'avaient ainsi dévisagé.

Lady Fortescue porta à son nez un mouchoir parfumé et, à l'abri de cette barrière, lui dit froidement que, s'il se lavait, il pourrait se présenter chez elle à Bond Street à deux heures l'après-midi suivant.

Profondément mortifié, sir Philip s'éloigna à grands pas raides. Mais l'étincelle de curiosité qui avait jailli ne voulait pas s'éteindre. Si cette lady Fortescue – car c'est ainsi qu'elle s'était présentée – était une sorte de philanthrope ? Peut-être y avait-il de l'argent à la clé dans cette affaire ?

Il vendit donc une petite boîte en argent volée à une nièce. C'était un joli petit objet utilisé au début du dix-huitième siècle pour y mettre les poux. Quand on repérait un pou sur ses vêtements, il était plus civilisé de ranger l'insecte dans une boîte plutôt que de l'écraser en public ou de le jeter au sol, d'où il pourrait sauter sur quelqu'un d'autre. Sir Philip avait gardé ce petit accessoire en réserve.

De son logement au-dessus d'une boucherie à Shepherd Market, il se dirigea vers les Hammams, les bains turcs de Jermyn Street, d'où il ressortit rose et parfumé. Il se rendit compte que ses vêtements étaient nauséabonds, aussi alla-t-il acheter une nouvelle tenue et des dessous neufs avec l'argent restant de la vente de la boîte à poux. Il alla également récupérer ses dents en porcelaine, mises au mont-de-piété, et les substitua à celles qu'il portait, qui étaient en bois.

Avant de se rendre à Bond Street, il entra chez un parfumeur et essaya plusieurs parfums avant de secouer la tête en disant qu'aucun ne lui plaisait. Lorsque lady Fortescue ouvrit la porte elle-même, elle faillit s'évanouir en recevant au visage la gifle de parfums émanant de son visiteur.

Sir Philip fut présenté aux autres membres de la maisonnée. Il dut répondre à de multiples questions, puis on lui demanda d'aller attendre le verdict dans le vestibule. Lady Fortescue déclara fermement que cet homme était impossible. Mais le colonel Sandhurst, qui, sous l'effet conjugué d'une bonne nourriture et du chauffage, commençait à retrouver son énergie et à s'agacer du comportement autoritaire de lady Fortescue, annonça qu'il ne voyait pour sa part aucune objection à accepter sir Philip parmi eux. Les autres, qui trouvaient également que lady Fortescue prenait un peu trop d'initiatives, se rangèrent du côté du colonel.

Aussi sir Philip vint-il résider à Bond Street.

Ils auraient tous dû être très heureux. Ils avaient tout ce qui leur avait manqué : nourriture et compagnie. Ce fut lorsque Harriet leur montra les livres de comptes et déclara qu'ils devaient sans tarder prendre des mesures pour se procurer de l'argent que la belle entente commença à se fissurer.

« Il est fâcheux qu'aucune de vous autres femmes ne sache travailler, lança fielleusement sir Philip. Morbleu, regardez miss Tonks par exemple, elle n'a pas plus d'utilité qu'un soliveau. »

Miss Tonks fondit en larmes et Harriet rétorqua froidement à sir Philip que c'était lui le membre le moins utile de leur petite société, car il ne faisait jamais rien pour participer à la bonne marche de la maisonnée. Sur un ton sarcastique, le colonel prédit que lady Fortescue allait assurément leur dire quoi faire, comme à son habitude. Ce à quoi lady Fortescue répliqua vertement en lui demandant s'il avait envie de retourner à son ancienne existence. Piqué au vif, le colonel répondit que cela pourrait être une bonne idée car il était las d'être gouverné par des jupons. Sur ce, tout le monde s'enferma dans un silence amer.

Harriet se décida finalement à le briser. « Ce qui est fâcheux, dit-elle avec fermeté, c'est que nous avons trop peu d'occupations. Si nous étions des membres à part entière de la bonne société, nous aurions des visites à faire, irions à des réceptions, des bals et toutes sortes de mondanités. Si nous étions domestiques, nous n'aurions pas le temps de nous quereller. Regardez ceux qui travaillent au Limmer, l'hôtel en bas de la rue. Il est plein d'un bout de l'année à l'autre car il n'y a pas assez d'hôtels à Londres. »

Sir Philip laissa son regard courir dans le salon où ils étaient réunis et dit soudain : « Cette maison pourrait être un hôtel. Il y a toute la place. Nous gagnerions une fortune.

— Tiens donc ! s'écria miss Tonks, caustique pour une fois. Et où trouverions-nous l'argent pour faire les transformations ? Et un chef ? Tous les bons hôtels ont un chef renommé.

— Quant à cela, dit lentement Harriet, je pourrais m'en charger.

— Voulez-vous dire que nous devrions nous abaisser à gagner de l'argent comme de vulgaires commerçants, et que *nous* devrions faire le service dans cet hôtel ? intervint lady Fortescue.

— Si nous survivons à la première Saison, nous aurons de quoi engager du personnel, dit sir Philip. Vous ne voyez donc pas que tout ce que nous aurions à faire, c'est rassembler l'argent pour faire démarrer l'hôtel, et en moins de temps qu'il n'en faut pour le dire, nos familles seraient sur le pas de la porte pour essayer de nous racheter nos parts ! »

Le colonel pensa à son riche cousin, à ses visites à d'autres parents, toujours lorsqu'il n'y avait aucun autre invité, méprisé par les domestiques, traité de haut…

« Je serais prêt à donner mon accord à ce projet, mais comment nous procurer l'argent ? Si nous l'avions, nous ne serions pas en train d'avoir cette discussion. »

Sir Philip se pencha en avant. Sa tête, sortant de son col haut, semblait encore plus petite. « Nous n'avons pas à attendre d'être invités. Je ne le fais jamais. Il n'y a qu'à s'inviter chez les plus riches et rester assez longtemps pour voler un objet de valeur. »

Cela provoqua un tollé général, et lady Fortescue raconta d'une voix tremblante le vol des chandeliers et l'humiliation qui avait suivi. Tiens, le duc de Rowcester, pensa Harriet, se rappelant son beau visage et ses yeux gris. Était-il marié ?

Mais les yeux clairs de sir Philip se mirent à briller. « Vous vous y êtes mal prise, dit-il à lady Fortescue. Un petit objet en or aurait eu beaucoup plus de valeur et on ne se serait aperçu de sa disparition qu'après votre départ. Vous avez agi en amateur. Laissez faire les experts d'abord.

— Fort bien, dit lady Fortescue d'un ton glacial. Passez le premier. Montrez l'exemple et prouvez-nous que vous ne vous payez pas de mots.

— Oh, je suis tout ce qu'il y a de plus sérieux. Je vais m'efforcer de prendre quelque chose qui nous permettra de lancer notre projet. Et maintenant, si nous ouvrions une bouteille de bourgogne pour me donner du cœur au ventre ? »

Ce que sir Philip se garda bien de leur dire, c'était où il comptait aller. Il était justement, comme lady Fortescue, un parent du duc de Rowcester, mais très éloigné. Si éloigné qu'il n'avait jamais été invité dans la demeure ducale. Il décida qu'il était temps de tirer parti de ce lointain lien de parenté. De plus, derrière son aspect ingrat et son air grincheux, sir Philip cachait une certaine affection pour lady Fortescue et voulait à la fois enrichir ses compagnons et se venger du duc pour l'humiliation qu'il avait infligée à sa tante.

Certes, le duc de Rowcester avait toujours la réputation d'être bel homme, mais peut-être son titre et sa fortune pesaient-ils désormais davantage dans la balance. Ses manières perpétuellement glaciales et sa hauteur nuisaient à l'attraction et au charme que son apparence aurait pu exercer.

Il était d'humeur particulièrement polaire lorsque son majordome vint lui annoncer l'arrivée de son parent sir Philip Sommerville.

De sa haute taille, il toisa le petit homme voûté aux dents de porcelaine et laissa tomber sans aménité : « Je n'ai jamais entendu parler de vous.

— Rien d'étonnant à cela, répondit avec entrain sir Philip. Nous sommes parents très éloignés. »

Avec un air indiquant clairement que sir Philip n'était pas assez éloigné à son goût, le duc fit apporter l'arbre généalogique de la famille, où il trouva, à l'extrémité d'un petit rameau, sir Philip Sommerville.

« Vous avez l'intention de rester longtemps ? demanda-t-il d'un ton glacial.

— Une semaine, pas plus. »

Le duc se détendit. Il s'était attendu à ce que sir Philip annonce qu'il comptait rester six mois par exemple.

« Je suis fort occupé pour l'instant, dit-il. Mais demandez ce que vous voudrez aux domestiques.

— Vous êtes très bon », répondit sir Philip avec une courbette.

Le majordome le conduisit à une chambre d'ami richement aménagée.

« L'intendante, Mrs Herriot, va venir vous voir incessamment, monsieur, annonça-t-il. Si vous avez besoin de quoi que ce soit, vous n'avez qu'à sonner. Si vous souhaitez prendre un bain, Sa Grâce a fait installer une salle de bains. »

Sir Philip se renfrogna, croyant que le majordome sous-entendait qu'il sentait un peu fort. De fait, il ne s'était guère lavé depuis qu'il avait rejoint la compagnie des parents pauvres.

« Nous en sommes très fiers, monsieur, poursuivit le majordome. Nous sommes certains d'être l'une des seules nobles demeures d'Angleterre à avoir une salle de bains.

— Je vais peut-être bientôt faire mes ablutions. Où se trouve-t-elle ?

— Au sous-sol.

— Comment ? Chez les domestiques ?

— Non, monsieur. Cette demeure est très ancienne, elle date du dix-septième siècle. Les domestiques sont logés dans la dépendance sur le côté de la maison. La nouvelle salle de bains est commodément située sous le vestibule.

— Peut-être l'utiliserai-je avant le dîner », dit sir Philip, songeant que ce duc devait être bien excentrique pour consacrer une pièce de la maison à une baignoire alors qu'il était si simple de faire monter ce fichu objet par les domestiques. Et puis cette manie de se laver de la tête aux pieds était diablement saugrenue, hormis pour des raisons médicales.

Le majordome sortit, bientôt remplacé par une accorte intendante.

« C'est une demeure splendide, déclara sir Philip, désireux d'attirer ses bonnes grâces.

— En effet, monsieur, répondit Mrs Herriot avec un sourire satisfait.

— Je serais ravi de la visiter demain, si vous aviez la bonté de m'en faire faire le tour.

— Certainement, monsieur. Ce serait un honneur. »

Une heure plus tard, conduit par un laquais en livrée, sir Philip descendit jusqu'à la salle de bains. Une baignoire en marbre était encastrée dans le sol. L'eau chaude arrivait à la tête de la baignoire par une machine compliquée : une sorte de chaudière à huile que le laquais se mit en devoir d'allumer. Sir Philip regarda avec intérêt la baignoire se remplir lentement d'eau fumante. Le valet en aspergea le contenu d'eau de rose puis ajouta de l'eau froide, vérifia la température de son coude, un peu comme une mère vérifiant la chaleur de l'eau pour son bébé, puis il aida sir Philip à se dévêtir.

Sir Philip descendit quelques marches de pierre et s'enfonça lentement dans l'eau. Il se dit qu'il pourrait prendre goût à ce genre de pratique. La vaste demeure autour de lui était tranquille et silencieuse. Rien ne venait le déranger, hormis le bruit de l'eau léchant les parois de marbre. Lorsqu'elle commença à refroidir, il tira sur le cordon de la sonnette au-dessus de la baignoire, et cette fois deux valets de pied équipés de tabliers en toile cirée apparurent pour l'aider à sortir du bain et à s'habiller.

De retour dans sa chambre, il commanda un brandy et regarda autour de lui. Il y avait une belle pendulette française sur la tablette de la cheminée, mais ce ne serait pas suffisant pour permettre aux maçons d'entreprendre la transformation de la maison de Bond Street en hôtel. Mieux valait attendre de visiter la maison et de voir ce qu'il pourrait repérer.

Le duc ne se joignit pas à lui pour dîner ce soir-là, mais sir Philip, tout à la dégustation d'une suite de plats délicieux arrosés de vins de premier choix, s'en soucia comme d'une guigne. Il ne recherchait pas l'affection du duc, seulement un peu de sa richesse.

Le lendemain, il suivit Mrs Herriot, l'intendante, qui lui fit les honneurs de la maison. Il posa de nombreuses questions sur les portraits de famille, qui ne l'intéressaient en réalité pas du tout. Ce fut lorsqu'ils arrivèrent dans la salle des archives qu'il dut faire un effort pour paraître détaché et masquer son intérêt. Car au milieu des vitrines de souvenirs de famille, d'épées, de récompenses et de manuscrits, il s'en trouvait une où étincelait un collier qui semblait lui adresser des œillades canailles dans la pénombre. C'était un collier barbare en or massif incrusté de rubis, de perles, de diamants et d'émeraudes ; les pierreries étaient des blocs massifs eux aussi. Avec une indifférence feinte, sir Philip déclara que c'était un objet barbare et vulgaire et Mrs Herriot opina, ajoutant que le duc l'avait rapporté d'Orient.

« Mais il faut admettre que les pierres sont belles, lança sir Philip d'un ton désinvolte. C'est curieux que le duc ne craigne pas qu'on le lui vole.

— Seigneur Jésus ! s'exclama Mrs Herriot en levant ses mains grassouillettes, qui oserait voler un duc ?

— J'ai une requête qui va vous sembler bizarre, dit sir Philip, détachant avec peine ses yeux du collier. J'aimerais visiter vos cuisines, si cela n'est pas trop de tracas. »

Mrs Herriot fut enchantée. Sir Philip passa une bonne heure à tout inspecter et à poser des questions. Elle ne se douta pas que les yeux du visiteur avaient enregistré le contenu du cellier bien garni.

Sir Philip ne vit pas le duc ce jour-là non plus, et ne s'en offusqua pas davantage.

Il dormit d'un sommeil léger et se leva à deux heures du matin. Il se glissa hors de sa chambre et monta sans bruit jusqu'aux mansardes en haut de l'aile est. « Nous n'allons pas nous fatiguer à monter là-haut, avait dit Mrs Herriot. Les domestiques couchent dans les mansardes de l'aile ouest ; celles-ci servent à entreposer les vieux meubles. »

Sortant une mince lame de métal de sa poche au cas où la porte serait fermée à clé, sir Philip tourna la poignée de la première porte qui s'ouvrit sans difficulté, et il entra bien vite. Il avait pris soin de mettre une bougie dans une poche de sa robe de chambre ainsi qu'un support plat et un petit tube de verre contenant un papier imbibé de phosphore dans l'autre. Il alluma prestement sa bougie et, la tenant à bout de bras, inspecta le contenu de la pièce.

Il y avait de grands meubles sculptés de la fin de l'époque Renaissance, des piles de vieux vêtements, des services de table dépareillés et des rebuts de toutes sortes.

Il passa à la mansarde suivante. Là, il trouva ce qu'il espérait : des malles pleines de coûteux accessoires féminins. Il se servit et prit trois boîtes à mouches, quatre éventails en dentelle d'ivoire, plusieurs flacons de parfum à bouchon en or, le pommeau en or d'une canne brisée, une pendulette cassée mais dont le boîtier était en or massif, et le pommeau en argent d'une longue canne de marche.

Il avisa un sac empli d'écheveaux de soie, le vida et glissa ses trésors dedans. Puis il regagna sa chambre à pas de loup.

Les domestiques trouvaient tous que sir Philip était un très aimable vieillard, et que le duc aurait pu témoigner plus de courtoisie et de respect à son parent. Aussi, quand sir Philip demanda d'un ton plaintif s'il était possible d'emprunter une voiture afin d'aller visiter la ville voisine, tout fut-il rapidement arrangé, d'autant plus que le vieux monsieur avait eu la complaisance d'annoncer qu'il se chargerait lui-même de conduire et qu'un cabriolet ou toute autre voiture légère suffirait.

La ville la plus proche était Ledcham, lui dit-on, à une dizaine de kilomètres.

Sir Philip prit avec lui son butin et se mit en route dans un cabriolet tiré par un poney au poil lustré.

À son arrivée à Ledcham, il laissa le poney à l'écurie dans une auberge du centre de la ville et commença à explorer les petites rues à l'écart, en quête d'un bijoutier, jusqu'à ce que son nez exercé à renifler les gredins lui dise qu'il avait trouvé la bonne adresse. Il marchanda allégrement la vente de ses objets et annonça qu'il accepterait une somme un peu plus basse si le bijoutier s'engageait à lui en acheter d'autres le lendemain. Ce à quoi le cupide marchand acquiesça. Sir Philip alla ensuite acheter un carnet de croquis, des crayons et de la peinture, et retourna chez le duc, très content de lui.

Le duc le rencontra finalement par hasard en train de dessiner dans le vestibule. « Ma foi, monsieur, cette esquisse est excellente, dit-il, surpris. Vous êtes un artiste accompli !

— Vous avez une très belle demeure, et j'ai eu envie d'en faire quelques croquis », répondit sir Philip en se remettant au travail. Le soir, après un agréable dîner avec le duc pendant lequel sir Philip n'eut pas le moindre scrupule de conscience, il termina un dessin du collier qui le reproduisait dans les moindres détails.

Tout le reste de la semaine, sir Philip explora pendant la nuit et vendit le fruit de ses razzias le jour suivant. Et, au terme de son séjour, il fut en mesure de donner un coquet pourboire au majordome et à l'intendante, si bien que, lorsqu'ils découvrirent que beaucoup de provisions avaient disparu du cellier, leurs soupçons se portèrent sur une femme de chambre qui était partie la semaine précédente.

Sir Philip, qui était arrivé à la demeure ducale dans un fiacre de louage après avoir pris la diligence jusqu'à Ledcham, fut reconduit à Londres dans la voiture que le duc utilisait pour voyager et déposé à Bond Street avec sa malle pleine des provisions qu'il avait dérobées dans le cellier au cours de sa dernière nuit.

Il décida de ne pas dévoiler aux autres les détails de son plan, ni l'endroit où il était allé. Lady Fortescue, il en était sûr, blêmirait à l'idée de voler le duc et penserait que, parce qu'elle s'était fait prendre, il serait lui aussi démasqué.

Il se borna donc à dire qu'il allait dérober un objet d'une très grande valeur à l'un de ses parents, qu'il en avait un croquis et qu'il avait rassemblé assez d'argent pour en faire faire une copie. Il n'aurait qu'à remplacer l'original par la copie, et la substitution ne serait probablement jamais découverte. Sir Philip ne se souciait guère qu'elle le fût, mais il se garda de le leur avouer. Car d'ici à ce que le duc s'en aperçoive, de nombreux invités se seraient succédé dans sa demeure.

Les autres ne furent guère surpris d'apprendre que sir Philip connaissait une crapule capable de faire un faux. Au dix-huitième siècle, à l'époque où sir Philip était jeune, les personnalités mineures de la bonne société – et quelques-unes de celles les plus en vue – passaient avec aisance des salons des grands aux bouges de Londres. Sir Philip alla trouver le faussaire qui reproduirait le collier, le paya, et quand la copie fut prête, il se mit en route de façon à arriver chez le duc pendant la nuit.

Il pénétra chez lui par une porte-fenêtre de la terrasse dont il avait remarqué que la serrure serait facile à ouvrir. Il avait bien mémorisé l'agencement de la maison et put s'y retrouver sans mal et sans bruit dans l'obscurité.

À l'aide d'un petit rossignol spécial, il ouvrit la vitrine, prit le collier qu'il glissa dans sa poche et disposa soigneusement la copie à sa place, soulagé de profiter de la lumière de la lune qui inondait la pièce et lui épargnait le risque d'allumer une bougie.

Le crime était consommé.

Ce ne fut qu'une fois rentré à Londres qu'il prit soudain conscience qu'il avait une fortune dans sa poche. Pourquoi ne pas vendre le collier et garder l'argent pour lui ? Il pourrait vivre à nouveau comme un homme de qualité. Il méritait une récompense. Jamais jusqu'ici il n'avait volé un objet d'une telle valeur, ni commis une action aussi soigneusement préméditée.

Mais en fin de compte, sachant qu'il n'était guère aimé, l'idée de retrouver la solitude de sa vie passée le décida à retourner tout droit à Bond Street. Ouvrant la porte du salon, il claironna : « Commandez les entrepreneurs. Nous nous lançons dans les affaires ! »

3

« Que l'ambition jamais ne raille leurs labeurs,
Leur félicité simple et leur obscur destin,
Ni la grandeur n'accueille d'un sourire hautain
Les annales des pauvres en leur brève candeur. »

Thomas GRAY

Les hôtels élégants étaient le Clarendon, le Limmer, l'Ibbetson, le Fladong, le Stephen et le Grillon. Le Clarendon, tenu par un cuisinier français, Jacquiers, était le seul hôtel à servir un authentique dîner français, qui coûtait rarement moins de trois à quatre livres, avec une bouteille de bordeaux ou de champagne pour une guinée supplémentaire.

Le Limmer se trouvait dans Bond Street et accueillait les familiers des courses hippiques. D'après le fameux chroniqueur de la Régence anglaise, le capitaine Gronow, « c'était en fait un Tattersall en miniature, où l'on n'entendait que la langue des champs de courses, et où des hommes aux mains d'une propreté douteuse prenaient les paris ». Cet hôtel avait la réputation d'être le plus sale de Londres, mais dans son salon de café, pourtant sombre et peu confortable, on croisait de nombreux membres de la petite aristocratie fortunée de province qui venaient à Londres pendant la saison des courses. Il était si prisé qu'on ne pouvait y obtenir une chambre, même à prix d'or. Mais l'on y servait de bons plats traditionnels, ainsi qu'un punch au gin dont la réputation n'était plus à faire.

L'Ibbetson avait surtout pour clients des membres du clergé et des étudiants, et ses prix étaient modérés. Le Fladong, dans Oxford Street, était le repaire des officiers de marine, qui n'avaient pas de club. Le Stephen, comme le Limmer, était situé dans Bond Street, et militaires et mondains s'y côtoyaient. Si un inconnu sans les références souhaitées demandait à y dîner, les domestiques le regardaient de haut et lui assuraient qu'il ne restait aucune table disponible. Le menu était simple : poisson bouilli et viande rôtie.

Ces établissements étaient donc les concurrents du nouvel hôtel qui prenait forme derrière la discrète façade de la maison de lady Fortescue. Bien que les parents pauvres eussent été obligés de déménager dans les mansardes, les accès de mauvaise humeur étaient très rares. Miss Tonks, d'abord terrorisée par l'énormité du risque pris et par son avenir comme femme de chambre dans un hôtel, s'était finalement épanouie au contact de cette étrange compagnie et avait récemment eu l'audace de traiter sir Philip de « vieux porc malveillant », ce qui lui avait valu les applaudissements de tous hormis de l'intéressé, qui avait eu l'air aussi surpris que si un chien de manchon l'avait brusquement mordu. Non que sir Philip, et ses horribles dents de porcelaine qu'il avait l'habitude de laisser traîner partout, restât souvent avec eux.

Le vieil homme avait apparemment oublié que la raison première de cette entreprise était de pousser leurs familles à racheter leurs parts. Il semblait consumé par l'ambition de faire de leur établissement le meilleur hôtel de Londres, et il avait même passé outre à l'objection de lady Fortescue qui trouvait qu'on avait utilisé trop de peinture dorée dans le hall d'entrée.

« Il faut éblouir les hôtes dès l'arrivée, dit sir Philip. Miroirs, dorures et tapis moelleux. Mettez un tapis fin sur une grosse épaisseur de feutre. Morbleu, je troquerais bien mes molaires contre un chandelier.

— Vous les avez déjà troquées, vos molaires ! » rétorqua fielleusement lady Fortescue. Mais sir Philip s'apprêtait à sortir pour aller se livrer à une autre razzia chez l'un de ses parents.

Cette fois-ci, son choix se porta sur son neveu, Mr Tommy Brickhampton, mais non sans quelque réticence. Il aimait bien Tommy, tout en sachant que Mrs Brickhampton redoutait ses visites.

Fidèle à ses habitudes, il arriva sans crier gare juste au moment où l'élégante Mrs Tommy recevait des invités pour une partie de campagne. Sir Philip s'était mal conduit dans le passé, mais cette fois-ci, son neveu lui-même trouva qu'il se surpassait. Ses manières à table étaient pires que jamais et il semblait prendre un malin plaisir à se montrer grossier envers les invités, les dames en particulier.

Après quatre jours d'enfer social, poussé par sa femme qui ne savait plus à quel saint se vouer, Tommy prit son oncle à part et lui dit qu'il allait devoir quitter les lieux.

À sa grande consternation, le vieil homme fondit en larmes, ou sembla le faire, car il s'était frotté les yeux avec un oignon caché dans son mouchoir.

« Pardonnez-moi, hoqueta sir Philip, jouant le vieillard pathétique et brisé. Je mène une vie si monotone et solitaire que je ne suis plus habitué à la compagnie de mes semblables. Avant de vous quitter, puis-je vous demander de m'offrir un petit cadeau ?

— Tout ce que vous voudrez, dit Tommy qui, très gêné, commençait à penser que sa femme était une harpie sans cœur.

— Vous savez que je suis un fouineur, dit sir Philip.

— Certes ! répondit Tommy avec conviction.

— Dans le salon de l'aile ouest, celle que vous n'utilisez jamais…

— Mais nous allons nous en servir, coupa précipitamment Tommy. Nous avons appelé les maçons. Le mur a besoin d'être consolidé.

— Il y a un lustre qui me ferait très plaisir. Avec un accessoire aussi beau et étincelant, pour illuminer mes vieux jours, je mourrais heureux.

— Mais c'est du cristal de Waterford !

— Alors, n'en parlons plus. Je me disais bien que c'était trop demander. À quelle heure est le dîner ?

— Écoutez, mon oncle, je ne veux pas paraître sans cœur ou brutal, mais je vais passer un marché avec vous : je vous fais cadeau de ce lustre si vous me promettez de ne pas revenir d'ici à un an. »

Sir Philip se demanda s'il devait se remettre à pleurer. Mais l'oignon lui avait irrité les yeux, aussi répondit-il : « Soit, mon garçon. Et si je pouvais avoir votre voiture pour le rapporter à Londres… ?

— Oui, oui, mais pourriez-vous partir rapidement ? Ce que je veux dire, c'est qu'il n'y a pas lieu de faire de longs adieux, hein ? »

Sir Philip et l'énorme lustre furent ainsi embarqués dans la voiture tandis que Mrs Tommy, debout, le regardait partir d'un œil sombre, croisant et décroisant ses petites mains et glissant à son mari : « Comment avez-vous pu faire une chose pareille ? Un cadeau de mariage de lord Frame ! »

Lady Fortescue elle-même dut admettre que, une fois accroché dans le vestibule, le lustre était du plus bel effet.

L'ancienne salle d'étude, en haut de la maison et entre les mansardes, servait à présent de salon et de salle à manger aux membres de la maisonnée. Un soir où ils se détendaient après l'un des excellents dîners de Harriet, Mrs Budley posa son ouvrage de couture et demanda : « Comment l'hôtel va-t-il s'appeler ?

— Le “Palace” ? suggéra le colonel.

— Beaucoup trop vulgaire, objecta lady Fortescue. Nous devrions l'appeler l'hôtel “Fortescue”.

— Ou un acronyme à partir de tous nos noms ? » proposa miss Tonks.

Harriet prit note mais ne tarda pas à constater : « Ça donne JTBFSS. Comment trouver un nom à partir de cela ?

— J'y suis ! s'écria sir Philip. "Au Parent pauvre".

— Comment !

— Réfléchissez. Cela fera venir nos familles en force. Et tout bien considéré, cela suggère le cachet sans exclure l'économie. De plus, seul un aristocrate authentique pourrait oser donner un nom pareil. Tous les autres établissements sont juste des prolongements de clubs masculins. Mais cet hôtel pourrait être ouvert aux dames venant pour la Saison et aux familles. Nous pourrions pratiquer des prix très élevés, et les clients paieraient car cela leur épargnerait d'avoir à louer une maison en ville, avec des domestiques et la nourriture en plus.

— Si extravagante qu'elle soit, l'idée n'est peut-être pas mauvaise au fond », dit lentement le colonel. Il baissa les yeux sur sa dernière acquisition, des bottes à la hussarde flambant neuves, et se sentit réconforté. C'était Harriet qui avait suggéré qu'avant le début des travaux chacun d'entre eux s'achète un objet dont il avait très envie. Elle s'était offert un exquis petit éventail, une babiole futile pour se rappeler les jours élégants et insouciants d'autrefois. Lady Fortescue s'était acheté une montre de gousset en vermeil, celle qu'elle avait mise en gage ayant été vendue par le prêteur depuis longtemps. Miss Tonks avait choisi un col en dentelle, Mrs Budley une élégante capote et sir Philip une grande bouteille de parfum.

« Ma foi, j'aime bien ce nom, dit miss Tonks.

— Oh, alors si la vieille fille donne sa bénédiction, railla sir Philip, nous n'avons plus rien à craindre.

— Vous êtes l'homme le plus détestable que j'aie jamais rencontré ! » s'écria miss Tonks, furieuse.

Harriet la regarda avec une affection amusée. Miss Tonks n'était plus la maigre créature falote et hésitante de naguère. Elle avait pris de la couleur et du tempérament.

« Arrêtez, implora Mrs Budley, je ne supporte pas les disputes. »

Mrs Budley les avait tous surpris en vendant toutes ses belles tenues et en ne gardant que les plus commodes et passe-partout.

« Allons, allons, ma chère, dit le colonel, personne ne souhaite vous faire de la peine à *vous*.

— Bien sûr que non », dit lady Fortescue. Mais elle éprouva un soudain pincement de jalousie très rare chez elle en voyant le colonel sourire à la jeune veuve.

« Alors, l'affaire est entendue, dit sir Philip. Ce sera "Au Parent pauvre" ! »

*

Au mois de janvier suivant, l'enseigne fut hissée bien haut sur la façade. Des annonces dans les journaux décrivaient le nouvel établissement comme « un hôtel discret pour les familles participant à la Saison de Londres ».

Des groupes de badauds se rassemblèrent sur la chaussée pour apercevoir le magnifique vestibule et le lustre étincelant. Dans les riches demeures de province de toute l'Angleterre, le nouvel hôtel alimenta les conversations.

« Tiens ! annonça Mr Tommy. Il y a un grand article dans *The Morning Post* au sujet de ce nouvel hôtel, Au Parent pauvre.

— Quel drôle de nom ! s'exclama sa femme.

— Et pire encore, il est tenu par six personnes.

— Qui donc ? Des émigrés français, j'imagine.

— Les noms des propriétaires sont cités ici : lady Fortescue, le colonel Sandhurst, miss Letitia Tonks, miss Harriet James, Mrs Eliza Budley et… sir Philip Sommerville.

— La vieille canaille, lança sa femme d'un ton amer. Il a fait ça par rancœur. Parent pauvre ! Allons donc !

— On ne peut tolérer cela ! répliqua Tommy, consterné. Pensez à la honte pour la famille ! Il faut aller voir si l'on ne peut pas lui racheter sa part. »

Un éclat métallique apparut dans les beaux yeux de sa femme.

« N'en faites rien, déclara-t-elle d'un ton uni. Cela nous donne une bonne excuse pour couper les ponts avec ce vieux monstre. »

Honoria, Mrs Blessop, regarda fixement le journal comme si elle n'en croyait pas ses yeux. La Letitia Tonks dont il était question ne pouvait pas être sa sœur. Letitia avait fort peu d'argent, et certainement pas assez pour avoir des parts dans un hôtel. Toutefois, il serait peut-être prudent d'y aller en passant quand elle séjournerait à Londres pour la Saison. Et s'il s'agissait de sa sœur, elle la sortirait de là par la peau du cou.

Le duc de Rowcester lut l'article à plusieurs reprises. Il se moquait de ce que faisait sir Philip. Cet homme ne lui était rien. Mais lady Fortescue ! Elle devait être devenue folle. Et il y avait cet autre nom, Harriet James. Mais il ne pouvait s'agir de *son* Harriet, cette beauté saisissante qui l'avait intrigué il y avait si longtemps. Il était de son devoir de protéger la réputation de la famille et d'arrêter lady Fortescue dans ce qui était à l'évidence l'effet de quelque folie sénile.

Dans une grande demeure sinistre des landes du Yorkshire, lady Bunbary, fière maman de deux filles très quelconques, lut l'article avec grand intérêt. Elle avait déjà loué fort cher une maison à Londres pour la Saison. Les prix de cet hôtel étaient certes élevés, mais, en contrepartie, cela lui épargnerait de devoir payer le transport de ses domestiques à Londres, sans compter le loyer sur place. Elle consulta son mari qui répondit comme d'habitude : « Faites ce que bon vous semble, mon amie. » Aussi s'installa-t-elle devant son écritoire pour annuler la location de la maison. Et elle écrivit une autre lettre à l'hôtel du Parent pauvre afin de retenir des chambres pour elle et son mari, leurs deux filles, sa femme de chambre et le valet de pied de son mari pendant la durée de la Saison. C'est ainsi que le Parent pauvre eut ses premiers clients.

D'autres réservations suivirent et, au premier jour de la Saison, l'hôtel était complet. Et non seulement complet, mais la bonne société se disputait afin de retenir une table pour y dîner, car la cuisine avait la réputation d'être exceptionnelle et il y avait de surcroît l'attrait nouveau d'être servi à table par la vieille lady Fortescue et le colonel Sandhurst.

Pour rivaliser avec le fameux cocktail au punch du Limmer, sir Philip avait concocté une gifle sommerville, mélange de rhum, d'arak, de gin, de miel, d'herbes aromatiques et de soda.

Harriet avait engagé d'autres domestiques, mais sir Philip veillait à ce que l'un des six partenaires soit toujours en vue, occupé à quelque tâche ancillaire. C'était cela qui ajoutait au cachet de l'établissement. À mesure qu'il prospérait, les parents pauvres constatèrent qu'une grande partie des tâches était en réalité exécutée par une armée croissante de domestiques… à l'exception de Harriet.

Elle faisait des merveilles dans la cuisine et réussissait à maintenir un budget réduit pour les achats de produits, sachant qu'à la fin de la Saison les bénéfices devaient être importants. Mais elle était fière de l'hôtel, fière de la part qu'elle prenait à sa gestion. Elle souhaitait seulement que sir Philip cesse ses manigances pour escroquer les clients.

Car en s'asseyant sur une jolie chaise dorée dans sa chambre le jour de son arrivée, lady Bunbary avait senti son siège s'effondrer sous elle. Sir Philip avait eu un claquement de langue réprobateur et ajouté le prix d'une chaise neuve sur la note sans le moindre scrupule alors qu'il avait lui-même scié la plupart des pieds de chaise en espérant que ce genre d'accident se produirait. Il s'empressa de prendre les débris de la chaise, en recolla le pied et la mit dans une autre chambre dans l'attente d'un nouvel accident profitable. Il cassait les poignées des brocs et les recollait légèrement, si bien que, lorsqu'elles se brisaient, il pouvait facturer les clients pour la casse. Ainsi une foule d'objets habilement endommagés circulaient-ils de chambre en chambre.

Harriet travaillait sans relâche devant ses casseroles et ne montait que rarement l'escalier de service extérieur pour prendre l'air dans la rue et regarder avec envie les jeunes filles bavardes et insouciantes qui s'éloignaient de l'hôtel pour se rendre à quelque mondanité, laissant derrière elles dans Bond Street un sillage parfumé.

Elle se demandait parfois si sa vie avait réellement changé en mieux ou si elle ne s'était pas condamnée elle-même à un dur labeur à perpétuité.

Un soir où elle prenait quelques instants de repos en haut de l'escalier de service, elle vit une splendide calèche tirée par quatre chevaux blancs s'arrêter devant l'hôtel. Les portières étaient armoriées. À l'avant était assis un imposant cocher flanqué de gardes. Deux valets de pied sautèrent du marchepied arrière. Curieusement, cette voiture ressemblait à celle qui avait ramené sir Philip de sa première expédition, bien que le vieillard eût obstinément refusé de dire où il était allé.

Un homme de haute taille en descendit et s'immobilisa un instant pour regarder la façade de l'hôtel. Harriet recula. C'était le duc de Rowcester. Il avait la mine plus sombre et plus austère que dans son souvenir.

Elle redescendit l'escalier extérieur et remonta quatre à quatre jusqu'au petit bureau du rez-de-chaussée où elle trouva lady Fortescue, le colonel Sandhurst et sir Philip en train d'examiner les livres de comptes, la mine réjouie.

« Le duc de Rowcester vient d'arriver, haleta Harriet.

— Seigneur ! soupira lady Fortescue. Les ennuis commencent.

— Je vous serais reconnaissante, vraiment très reconnaissante de ne pas lui dire que je suis là, dit précipitamment Harriet. Je sais que mon nom a figuré dans les journaux, mais vous pourriez dire que cette Harriet James là est juste un bailleur de fonds, et… et… une vieille dame. J'ai connu le duc jadis et je ne souhaite pas qu'il sache que je travaille ici comme cuisinière. »

Lady Fortescue se redressa de toute sa taille. « Ne craignez rien. Il sera si furieux contre moi qu'il ne se souciera de personne d'autre. Pourquoi cet air fuyant, sir Philip ? Ce n'est pas comme s'il était votre parent. Votre bras, colonel. Allons affronter l'ennemi ensemble. »

Lady Fortescue s'appuya lourdement au bras du colonel, assez pour lui faire oublier qu'il l'avait souvent prise pour une vieille mégère autoritaire et peu féminine, et il se sentit soudain très protecteur tandis qu'ils traversaient le vestibule à la rencontre du duc.

« Madame, dit froidement son neveu en ôtant son chapeau, découvrant ainsi une masse de cheveux dorés, pouvons-nous nous entretenir quelque part en privé ? »

Lady Fortescue inclina la tête en signe d'assentiment, ajoutant : « À condition que le colonel Sandhurst m'accompagne. Je n'ai pas de secrets pour lui. »

Le duc s'inclina courtoisement et elle le conduisit jusqu'au bureau. Lorsqu'ils entrèrent, sir Philip leva la tête et rougit, peut-être pour la première fois de sa vie.

« Décidément, persifla le duc, encore un parent ! Ne me dites pas que vous faites vous aussi partie de ma famille, colonel Sandhurst ! »

La main de lady Fortescue trembla légèrement sur le bras du colonel. « Nous ignorions que sir Philip vous était apparenté.

— Moi aussi, dit le duc, jusqu'à ce qu'il arrive chez moi sans crier gare l'an dernier. »

Lady Fortescue et le colonel échangèrent un regard surpris et ils soupçonnèrent aussitôt que le duc de Rowcester était le mystérieux parent à qui sir Philip avait dérobé un objet d'une valeur considérable. L'ombre de la prison passa devant les yeux de lady Fortescue et elle déclara d'une voix faible : « J'ai besoin de m'asseoir.

— Eh bien, je vous laisse entre vous », dit sir Philip d'un ton enjoué, soulagé de voir qu'à l'évidence le duc n'avait pas remarqué la substitution du collier. Et il se hâta de quitter la pièce.

Lady Fortescue s'assit derrière un bureau à la décoration chargée et le colonel resta debout derrière elle, une main sur son épaule. Le duc leur fit face à tous deux.

« Vous avez fait honte à notre famille, commença-t-il.

— Au contraire, répondit lady Fortescue, retrouvant soudain son énergie. Je lui ai fait honneur en participant à une affaire profitable.

— En gagnant de l'argent par le commerce ? En dérogeant ?

— Je suis arrivée à la conclusion qu'il n'y a rien de déshonorant dans le commerce, dit-elle avec fermeté.

— Je ne parlerai pas devant ce monsieur de votre fâcheuse conduite lors de votre dernière visite chez moi, dit le duc d'un ton glacial. Mais cet incident combiné à ce que je vois aujourd'hui me persuade que j'ai amplement matière à vous faire enfermer dans le premier asile venu. »

Le colonel sentit l'épaule de lady Fortescue trembler et il accentua la pression rassurante de sa main lorsqu'il prit la parole : « Voyons, Votre Grâce, lady Fortescue a toute sa tête, elle ne peut pas être enfermée si son mari affirme qu'elle est saine d'esprit.

— Son mari, colonel, est mort depuis vingt ans.

— Je vais m'expliquer plus clairement, Votre Grâce. Lady Fortescue et moi sommes fiancés. »

Les yeux noirs de lady Fortescue se figèrent, mais elle ne dit mot.

L'exaspération du duc fut à son comble. Devant ce couple âgé, austèrement vêtu de noir, il se sentait mesquin et mal à l'aise.

« Je vous avertis, dit-il en s'adressant à lady Fortescue, j'ai de l'influence dans le monde. Je ferai fermer cet établissement par tous les moyens. »

Il pivota sur ses talons et sortit sans plus de cérémonie.

« Je ne sais comment vous remercier, colonel », dit avec chaleur lady Fortescue.

Il se mit à rire. « Oh, je ne recule pas devant un mensonge de temps à autre. »

Sans savoir pourquoi, lady Fortescue se sentit amèrement mortifiée.

Pendant ce temps, le duc, de retour dans le vestibule, regarda autour de lui. Son regard froid tomba sur sir Philip qui reculait lentement, comme s'il essayait de s'esquiver sans se faire remarquer.

« Ah, sir Philip, lança le duc, j'ai bien envie de séjourner ici.

— Hélas, nous sommes complets, répondit-il.

— Montrez-moi le registre. »

Sir Philip le conduisit à un petit bureau sur lequel était posé un gros registre relié en cuir, qu'il ouvrit. Le duc parcourut la liste des noms.

« Je vois que Bunbary est descendu du Yorkshire. Faites-lui porter ma carte. »

Sir Philip claqua ses doigts déformés par l'arthrite, et tendit la carte du duc à un petit valet qu'il chargea de la monter à lord Bunbary.

Le duc attendit patiemment le retour du garçon, qui annonça que lord et lady Bunbary seraient ravis de le recevoir.

Sir Philip attendit quelques instants après le départ du duc pour monter l'escalier jusqu'aux appartements des Bunbary, qui se trouvaient au premier étage, et il colla son oreille à la porte.

« Appelez cela un caprice, disait le duc, mais j'ai le sentiment qu'un séjour ici m'enchanterait. Comme l'hôtel est complet, je vous propose de mettre ma maison de Londres à votre disposition ainsi que mes domestiques en échange de vos appartements ici. »

Consterné, sir Philip entendit les Bunbary remercier le duc avec effusion, puis il redescendit à pas de loup annoncer la nouvelle aux autres.

Le duc ne fut pas plus tôt installé avec son valet qu'il entreprit d'examiner à la loupe le contenu de son salon et de sa chambre. Il remarqua les poignées soigneusement recollées des vases, des pichets et même du pot de chambre. Il constata aussi que les pieds des chaises avaient l'air suspects. Il avait séjourné dans de nombreux hôtels lorsque, dans sa jeunesse, il faisait le Grand Tour avec son tuteur, un homme d'esprit rompu au monde, qui l'avait prévenu de toutes les ruses des hôteliers rapaces. Il sonna et demanda à sir Philip, qui était monté pour répondre à l'appel, d'emporter tous les objets endommagés que son valet avait rassemblés au milieu du salon.

« Diantre ! fit sir Philip, impénitent, quels vandales, ces Bunbary ! Il faudra que je leur envoie la note.

— Vous ne leur enverrez rien du tout, vieux voleur ! rétorqua vertement le duc. Si je fouillais votre chambre, je trouverais sans aucun doute une collection d'objets astucieusement endommagés destinés à soutirer encore un peu plus d'argent à vos clients.

— Je ne sais pas pourquoi vous séjournez ici, dit sir Philip d'un ton plaintif. Vous seriez assurément beaucoup mieux dans votre maison de Londres.

— Je reste ici pour avoir une preuve irréfutable que lady Fortescue est dérangée.

— Et cela vous ferait plaisir ? demanda sir Philip avec curiosité. Vous seriez content de priver une vieille dame des conforts d'un hôtel bien tenu et de la mettre dans un asile de fous ? Vous prendriez plaisir à ses terreurs et à ses larmes ?

— Ne soyez pas sentimental, répliqua froidement le duc. Si une femme issue d'un lignage aussi prestigieux que lady Fortescue s'abaisse à pratiquer une activité mercantile, cela signifie qu'elle n'a plus son discernement. Je ne la mettrai pas dans un asile. Je veillerai à ce qu'on prenne soin d'elle et de son futur mari comme il convient à des gens de leur qualité. »

Des plis de surprise se creusèrent sur le front de sir Philip et sur son crâne chauve, comme les vagues que provoque une pierre lancée dans un étang. Il ramassa distraitement un pot de chambre posé par terre, dont la poignée se détacha tandis que le reste roulait dans un coin. Sir Philip resta là, l'œil fixé sur le duc, la poignée cassée à la main. « Son *quoi* ? demanda-t-il enfin.

— Le colonel Sandhurst me dit qu'ils doivent se marier.

— Tiens donc ! C'est leur intention ? lâcha sir Philip brusquement, d'un ton furieux. J'aurai deux mots à leur dire. Ils ont fait ça derrière mon dos.

— Cessez de vous ridiculiser, sir Philip. Vous n'êtes plus un jouvenceau. Vous avez au moins cent ans ! L'idée de qui que ce soit envisageant de se marier à l'âge de lady Fortescue est grotesque.

— Mais qu'en savez-vous, jeune blanc-bec ? s'indigna sir Philip.

— N'oubliez pas à qui vous parlez, sir Philip. Je ne suis pas d'humeur à tolérer l'insolence.

— Alors trouvez-vous d'autres pénates, monsieur le pisse-verglas ! » glapit sir Philip en sortant de la pièce, fou de rage. Puis il rouvrit la porte et lança le pot de chambre à la tête du duc avant de repartir avec fracas.

Le duc s'approcha de la cheminée et sonna. Quelques instants plus tard, la porte s'ouvrit et miss Tonks entra.

« Vous avez sonné, Votre Grâce ?

— J'ai demandé à sir Philip de me débarrasser – il désigna les objets recollés rassemblés au milieu du salon – de ces débris. Au lieu de quoi, j'ai fait les frais de ses insolences.

— Ma foi, il est toujours insolent ! répliqua miss Tonks, qui ne parut guère étonnée. Je vais faire enlever ces objets tout de suite et les remplacerai par des neufs. J'espère que vous êtes satisfait par ailleurs, Votre Grâce. »

Il l'étudia attentivement. C'était une vieille fille, à l'évidence. Taille moyenne, cheveux châtains fanés, visage fané. Mais il y avait quelque chose de patricien dans son long nez, ses longues mains fines, ses longs pieds fins et cette façon d'aplatir légèrement les voyelles qu'affectaient les dames élégantes à force de s'entendre seriner toute leur vie qu'il est vulgaire d'écarter les lèvres pour articuler le moindre mot.

« Et vous êtes une associée dans cet établissement ?

— Oui, Votre Grâce. Miss Tonks, à votre service.

— Vous m'en voyez très surpris. »

Un an plus tôt, miss Tonks eût rougi et bafouillé, mais n'avait-elle pas mouché l'infâme sir Philip à maintes reprises ?

« Si vous voulez dire qu'il est curieux de voir une dame de qualité faire un travail de domestique, j'estime que c'est une observation des plus flatteuses, Votre Grâce.

— Pourquoi ?

— Parce qu'en me mettant à travailler pour vivre, Votre Grâce, je considère avoir tourné la page sur les obligations qu'impose la société aux femmes bien nées. »

Le duc sentit sa colère s'apaiser devant cette femme au regard paisible. Au fond, c'était à lady Fortescue qu'il en voulait, pas à elle.

Il se mit à arpenter la pièce. Il avait des jambes fort bien tournées, se dit miss Tonks, et certainement sans aucun artifice : il ne semblait pas homme à user de mollets postiches. Sa taille était mince, ses hanches aussi, et ses épaules larges sous une redingote bien coupée ne devaient rien à un quelconque rembourrage au bougran, elle en était sûre. À cette époque, même une vieille fille savait évaluer les avantages d'un physique masculin d'un œil aussi affûté qu'un maquignon en quête d'un étalon à Tattersall.

Il fit brusquement demi-tour.

« Miss Tonks, parmi les noms des associés, j'ai vu celui d'une certaine miss Harriet James.

— Assurément, Votre Grâce, dit miss Tonks, qui avait bien appris sa leçon. Une si gentille vieille dame.

— Vieille ?

— Ah oui. Très, très âgée. Elle ne quitte plus son lit, en fait. Et elle est sourde et aveugle.

— Alors comment se fait-il qu'une très vieille dame sourde et aveugle puisse encore avoir l'énergie de s'intéresser à la création d'un nouvel hôtel ?

— C'est une question que je me suis souvent posée, soupira miss Tonks. Mais elle a des talents tout à fait exceptionnels. »

Ce soir-là, sir Philip attendit que le dîner fût terminé pour intercepter lady Fortescue qui traversait le vestibule et l'attirer manu militari dans le bureau.

« Un peu de tenue ! s'exclama-t-elle en dégageant son bras.

— Mais où avez-vous la tête ? Vous songez à épouser le colonel Sandhurst sans m'en avoir parlé ? ragea sir Philip.

— Si le colonel l'a annoncé, dit lady Fortescue d'un ton uni malgré le rouge qui avait brusquement coloré ses joues pâles, c'est que le duc de Rowcester a déclaré son intention de me faire enfermer dans un asile de fous. Le colonel Sandhurst est galamment intervenu et a dit que nous étions fiancés afin de me protéger, c'est tout. En quoi cela vous concerne-t-il ? »

Sir Philip considéra la longue silhouette droite de lady Fortescue, vêtue d'une robe sévère en lourde soie noire, ses cheveux blancs aux reflets argentés élégamment coiffés et couverts d'un délicat bonnet de fine dentelle blanche, son visage pâle et sévère au nez romain et à la bouche mince maquillée d'écarlate. Il fit claquer ses dents de porcelaine et la lorgna d'un œil canaille.

« Morbleu, madame, s'il vous prend quelque fantaisie amoureuse, pensez à moi ! » Là-dessus, il se précipita vers elle, lui planta un baiser sur la joue et sortit au trot de la pièce en caquetant horriblement.

Lady Fortescue porta la main à sa joue. « Ça par exemple ! » s'exclama-t-elle avant de se mettre à glousser comme une gamine.

4

« Jésus, Marie, Joseph ! Elle était tout en nage ! »

Oliver GOLDSMITH

Le lendemain matin, la nouvelle s'étalait dans tous les journaux : l'illustre duc de Rowcester était descendu à l'hôtel du Parent pauvre. Sir Philip avait veillé à ce que la chose fût rendue publique. Il avait aussi annoncé que du thé et des gâteaux seraient servis « dans la plus stricte bienséance » à toutes les dames qui souhaiteraient passer au salon de café de l'hôtel. Des mères et filles pleines d'espoir ne tardèrent pas à se battre pour y avoir accès – le duc n'était-il pas un cœur à prendre ?

Dans la cuisine, Harriet, un fouet à la main, préparait fournée sur fournée de gâteaux et se demandait quand cesserait l'affluence afin qu'elle puisse commencer à préparer le dîner. Elle avait une aide pour cuisiner les plats simples, deux filles de cuisine et un marmiton, et tous travaillaient sans relâche à la chaleur de la cheminée de la cuisine grâce à laquelle ils étaient « cuits à point », comme disait l'aide-cuisinière de Harriet, Mrs Bodge. Les domestiques personnels de lady Fortescue, Betty et John, jouissaient pour leur part d'une semi-retraite, leur seul travail étant désormais de servir les parents pauvres dans leurs mansardes.

Harriet finit par envoyer dire au salon de café qu'il fallait d'ores et déjà envoyer chercher à l'extérieur les commandes de gâteaux. Et elle se mit en devoir de préparer son plat de « poulet » spécial pour le dîner, le poulet étant du lapin.

Dans ses appartements, le duc ne décolérait plus depuis qu'il avait découvert que sa présence ajoutait du cachet à l'hôtel. Il avait eu une journée très remplie, à installer les Bunbary dans sa demeure londonienne, à rendre visite à de vieux amis et à aller voir son chargé d'affaires dans la City, mais il avait le sentiment de ne pouvoir relâcher ses efforts avant d'avoir sérieusement compromis la réputation de l'hôtel. Car il était persuadé qu'il ne pourrait ramener l'esprit confus de lady Fortescue à la raison que lorsque l'hôtel aurait périclité.

Il n'y avait pas au Parent pauvre de salons privés où prendre ses repas, aussi fut-il obligé de descendre dans la grande salle à manger. Il salua plusieurs membres de la bonne société de ses connaissances et alla s'asseoir à une table réservée pour lui et qui, à son grand dam, se trouvait au beau milieu de la salle. Sir Philip était bien décidé à tirer le meilleur bénéfice du séjour du duc.

La soupe et les plats de poisson étaient irréprochables et il ne put trouver matière à se plaindre.

Mais quand il attaqua le poulet et y découvrit un os de lapin, malgré le soin que Harriet avait pris à le désosser, il vit l'occasion qu'il attendait. Il se leva et regarda autour de lui avec une expression de mauvais augure.

« Du lapin », articula-t-il clairement. Le brouhaha des conversations se tut. Le colonel Sandhurst s'approcha de lui : « Je vous demande pardon ?

— Ce prétendu poulet est du lapin. Une supercherie grossière.

— Notre chef français est parmi les meilleurs, dit le colonel à mi-voix, espérant calmer le duc.

— Français, tiens donc ! s'exclama le duc. Eh bien, je vais de ce pas lui dire deux mots. »

Il sortit à grandes enjambées de la salle à manger, esquivant habilement le pied que sir Philip avait tendu dans l'espoir de le faire tomber.

« Vous ne devez pas…, s'écria lady Fortescue derrière lui d'une voix inquiète. Vous ne pouvez pas… »

Sans l'écouter, il poussa la porte verte matelassée conduisant au sous-sol. Serrés les uns contre les autres pour se donner du courage, et trop vieux pour s'opposer à lui, sir Philip, lady Fortescue et le colonel Sandhurst le virent disparaître.

En bas de l'escalier, le duc ouvrit à la volée la porte de la cuisine. Il se heurta à un mur de chaleur.

Mrs Bodge poussa un cri aigu à la vue de cet homme de haute taille qui s'encadrait dans le chambranle. Il était superbe en tenue de soirée. Des diamants scintillaient sur ses longues mains et sur les boucles de ses chaussures. Les deux filles de cuisine filèrent vers l'évier de l'arrière-cuisine, chargées d'une pile de vaisselle sale. Le petit valet resta bouche bée.

À son entrée, Harriet était penchée sur les marmites au-dessus du feu dans la cheminée de la cuisine. Elle sentit qu'il se passait quelque chose, que quelqu'un qui n'aurait pas dû se trouver là était entré, et elle se retourna lentement en se redressant.

De la sueur ruisselait de son front et sa robe lui collait au corps. Ses yeux verts semblaient immenses dans son visage pâle. Son bonnet blanc avait glissé de côté et une longue boucle de cheveux noirs brillants s'en échappait, pendant sur son épaule.

Et pourtant, le duc la reconnut.

« Miss James, dit-il d'une voix étouffée. Je suis venu voir le chef.

— C'est moi, dit Harriet, s'efforçant de rester maîtresse d'elle-même.

— Je vois… je vois que vous êtes occupée. Je reviendrai après le dîner, si vous permettez. » Et avec un salut raide, il repartit.

De retour dans la salle à manger, il reprit sa place. Il y eut un silence suspendu. Les autres convives le regardèrent avec appréhension.

« J'ai fait une erreur, dit-il en reprenant ses couverts. Quel poulet exquis ! »

Là-dessus, l'honorable Mrs Feathers, qui avant le retour du duc avait dit qu'elle savait que c'était du lapin car son estomac délicat le digérait mal, décida soudain que finalement c'était bien du poulet. Et les bavardages et les rires reprirent. Lady Fortescue en défaillit presque de soulagement.

« Je gage que notre miss James est pour quelque chose dans son revirement, souffla sir Philip. Elle a dû le secouer et le remettre à sa place.

— Et moi, je vais le secouer pour lui faire quitter l'hôtel, vous allez voir ! » marmonna le colonel.

Harriet fut beaucoup trop occupée dans l'immédiat à présenter un énorme plat d'îles flottantes – qu'un valet devait porter dans la salle à manger, puis servir sur des assiettes individuelles que le colonel et lady Fortescue distribueraient aux différentes tables – pour penser à l'apparition impromptue du duc. Mais lorsque le service du repas fut terminé, la vaisselle lavée et rangée et les aides rentrés chez eux faute de place à l'hôtel pour les héberger, elle se laissa péniblement tomber sur une chaise devant la table de la cuisine, ôta son bonnet et essuya son visage en sueur. Le feu avait été couvert pour la nuit, mais au matin, il faudrait y remettre du charbon afin de préparer les plats du petit déjeuner.

Elle prit une carafe sur la table et se versa un verre de vin. Elle ne redoutait pas le retour du duc. Il n'était pas venu la voir, car il avait eu l'air pris de court en la découvrant. Mais il l'avait reconnue tout de suite, comme elle l'avait reconnu, lui. Pourtant, il avait changé. Toute douceur avait disparu de ce beau visage fier. Elle se souvenait avec nostalgie du rire dans ses yeux gris lorsqu'il avait dansé avec elle et se demanda ce qui avait pu se passer ces dernières années pour le rendre si froid et si hautain.

Elle regrettait qu'il l'eût vue, car cela mettait fin à un rêve qui lui avait réchauffé le cœur pendant les tristes moments de sa vie dans la pauvreté. Parfois, elle avait même laissé libre cours à ses fantasmes et l'avait imaginé la rencontrant dans Hyde Park et mettant un genou à terre pour lui demander sa main. Mais le noble duc de Rowcester n'avait jamais à supplier une femme : il était sollicité de toutes parts. Elle avait appris qu'il n'était toujours pas marié et se demandait pourquoi.

Elle aurait dû forcer ses membres las à bouger, remonter à la salle d'étude et rejoindre les autres. Mais elle resta assise à siroter son vin, se demandant si elle aurait la force d'affronter une autre journée. Il fallait qu'elle dise à sir Philip qu'il était désormais exclu de proposer des collations pour le thé. Elle avait assez à faire sans cela. Les domestiques étaient sûrement partis à présent, à l'exception du personnel de nuit. Aucun ne vivait sur place. On servait le dîner des maîtres et des domestiques au dernier étage, avant le dîner des clients. Naturellement, cela n'empêchait pas les appels tardifs des hôtes qui sonnaient parce qu'ils avaient envie de grignoter quelque chose avant de se coucher. On avait mis au point un système permettant de recevoir les appels dans la salle d'étude en même temps que dans la cuisine. Mais la soirée d'ouverture des réceptions chez Almack[1] avait

1. Club installé dans King Street, dans l'élégant quartier de St James's, où se tenaient des événements mondains et un bal hebdomadaire pendant la Saison de Londres. On devait payer un abonnement pour y entrer, et être accepté par un comité de grandes dames de la société londonienne. Ouvert en 1765, Almack ferma ses portes un siècle plus tard. *(N.d.T.)*

lieu ce soir et les célèbres salles seraient certainement prises d'assaut par tous les membres de la bonne société ayant eu la chance d'obtenir un bon d'entrée, si bien que les clients de l'hôtel ne rentreraient sans doute guère avant le petit matin. Cela signifiait, bien entendu, qu'ils compteraient prendre leur petit déjeuner vers deux heures de l'après-midi. Mais il y aurait naturellement quelques lève-tôt qui demanderaient des grillades et de la bière, ou du kedgeree et du thé, avant de faire un tour à cheval ou en voiture dans Hyde Park.

Les paupières de Harriet commencèrent à se fermer. La porte de la cuisine s'ouvrit et elle leva les yeux, s'attendant à voir entrer miss Tonks ou Mrs Budley, car l'une ou l'autre descendait d'habitude lui parler à la cuisine si elle ne montait pas dans la salle d'étude. La cuisine n'était plus éclairée que par une chandelle placée devant Harriet, et c'est le duc de Rowcester qu'elle découvrit dans la pénombre face à elle, avec ses diamants qui étincelaient à la lueur de la bougie.

Harriet n'éprouva ni appréhension ni honte, simplement une immense lassitude. Elle se leva, fit une révérence, puis s'assit à nouveau et remplit son verre en disant d'une voix unie : « J'imagine que vous n'êtes pas venu ici par mégarde, Votre Grâce. »

Il tira une chaise et s'assit en face d'elle.

« Non, je ne me suis pas égaré, miss James. Mais il semble que ce soit votre cas en revanche. Que diable faites-vous ici à travailler comme une souillon de cuisine ?

— Je suis l'une des associées de cet hôtel et son chef réputé, répliqua Harriet. Du vin, Votre Grâce ?

— Volontiers. »

Elle se leva. La fatigue inscrite dans chacune des lignes de son corps mince faisait peine à voir. Elle alla chercher un verre propre et le lui remplit avant de se laisser retomber sur sa chaise.

« À votre santé, miss James », dit-il en levant son verre.

Elle hocha la tête.

Après avoir bu une gorgée, il reposa son verre sur la table.

« Je dois vous avouer, miss James, que j'ai l'intention de faire fermer cet hôtel, qui est une folie.

— Pourquoi ?

— Est-il bien nécessaire d'expliquer pourquoi ? Lady Fortescue est ma tante. Elle a porté atteinte à l'honneur de la famille. Je suis convaincu qu'elle est sénile, sinon elle ne se serait pas engagée dans une pareille entreprise, ni en pareille compagnie – exception faite de vous, miss James.

— De toutes les personnes de ma connaissance, c'est lady Fortescue qui a l'esprit le plus vif, déclara Harriet d'une voix calme et mesurée. Vous ne pouvez qualifier quelqu'un de fou parce qu'il est associé à une affaire florissante.

— Alors permettez-moi de vous faire une confidence. Lady Fortescue s'est rendue coupable de vol. Elle a cherché à me dérober deux chandeliers. Et oserai-je vous demander ce que fait ici une jeune personne incontestablement bien née telle que vous ? »

Une bouffée de colère empourpra les joues pâles de Harriet.

Elle crispa les mains sur le bord de la table et darda sur le duc un regard furieux.

« Vous êtes-vous jamais demandé pourquoi cet endroit s'appelait "Au Parent pauvre" ?

— Une plaisanterie de mauvais goût, sans doute.

— Nous sommes tous, nous autres associés, des parents pauvres, cette catégorie méprisée, dépendant de miettes de charité pour subsister. Sans lady Fortescue, mes compagnons et moi serions condamnés à vivre dans une pauvreté sordide jusqu'à la fin de nos jours. Savez-vous ce que c'est que d'avoir faim ? D'avoir froid l'hiver parce que vous ne pouvez pas vous offrir de charbon ? Pourquoi croyez-vous que lady Fortescue a voulu vous voler ? Parce qu'elle était folle ? Allons donc ! Elle avait *faim*, Votre Grâce, si vous pouvez faire entrer cette idée simple dans votre tête élégamment coiffée. Faim ! C'est ainsi qu'elle et le colonel Sandhurst se sont rencontrés : il s'est *trouvé mal* dans Hyde Park car il souffrait d'inanition. Elle lui a porté secours et ils ont estimé que si nous, les parents pauvres, unissions nos sorts, nous vivrions mieux en groupe que seuls. C'est sir Philip qui a suggéré de transformer la maison en hôtel.

— Et comment sir Philip a-t-il trouvé l'argent pour faire les travaux et meubler l'hôtel ? »

Harriet examina son verre comme si elle n'avait jamais rien vu de plus fascinant. Comme ses compagnons, elle était persuadée que sir Philip avait volé un objet d'une grande valeur au duc lui-même. « Il a fait un héritage, mentit-elle. Et au lieu de le dépenser pour lui seul, il a décidé de nous en faire tous profiter. »

Le duc la regarda fixement sans mot dire. Il remarqua sous ses yeux les cernes bleutés de la fatigue. Il faisait moins chaud dans la cuisine à présent, mais il se rappelait la fournaise qu'elle était un peu plus tôt.

« Pourquoi ? dit-il enfin. Pourquoi n'avez-vous pas expliqué votre situation à votre famille ?

— À quoi bon ? demanda-t-elle d'un ton désabusé. Nos familles savent ce que nous avons pour subsister et considèrent que c'est suffisant.

— J'ignorais que lady Fortescue eût aussi peu de ressources, dit-il. Mais vous, vous ne devriez pas être condamnée à travailler dans ce sous-sol. Pourquoi vous ? Les autres font semblant de s'activer, mais ce sont les vrais domestiques qui s'acquittent de l'essentiel des tâches. »

Une lueur cynique brilla dans les yeux verts de Harriet.

« Pour l'instant, nous ne pourrions pas nous offrir les services d'un chef qui me vaille. Les aristocrates que nous hébergeons ne paient pas leur note à l'avance. Non, ce serait trop vulgaire. Ils paient à la fin de leur séjour et, dans certains cas, nous aurons tout de même du mal à nous faire payer. Ils se font un point d'honneur de ne régler les commerçants qu'au dernier moment. Un chef professionnel serait trop imbu de son importance pour utiliser les produits bon marché dont je me sers. Comme nous réussissons manifestement très bien, les épiciers, les bouchers et les marchands de vin nous fournissent à crédit. Mais ils ne tarderont pas à vouloir rentrer dans leurs frais. » Elle se passa une main lasse sur le front. « L'année prochaine, si nous continuons sur notre lancée, nous aurons un chef et je pourrai disposer de mon temps.

— Si vous survivez jusque-là ! l'avertit-il. Les accidents provoqués par les feux domestiques font beaucoup de morts chaque année. Les largesses de sir Philip auraient dû aller jusqu'à vous fournir un fourneau. »

Elle se mit à rire et il resta le souffle coupé devant sa beauté qui irradia soudain dans cette cuisine sombre.

« Ma foi, vous êtes très perspicace ! Les autres femmes rêvent de diamants et de rubis de chez Rundell and Bridge ou de chez Mr Hamlet, mais moi, je rêve d'une cuisinière à bois !

— Mais comment êtes-vous devenue si… si…

— Pauvre ? Mes parents sont morts tous les deux. Et m'ont laissé leurs dettes. Rien que de très banal. Mais que dire de lady Fortescue, Votre Grâce ? Je vous ai parlé de son triste sort, si triste qu'il l'a poussée à voler. Or vous ne paraissez guère vous en émouvoir.

— Son sort ne me laisse pas indifférent. J'aurais aimé qu'elle m'explique sa situation plutôt que de se lancer dans cet hôtel. Il faut que je lui rachète sa part. »

C'était exactement ce que sir Philip avait prévu, pensa Harriet. Mais nous autres ?

« Ce ne sera peut-être pas si facile ! dit-elle lentement. Elle a trouvé compagnie et indépendance. Pourquoi ne pas laisser les choses telles qu'elles sont ? Tout le monde a un excentrique dans sa famille. Vous n'êtes pas obligé de prolonger votre séjour ici, ni même de reconnaître votre tante. Ma foi, par les temps qui courent, les gens ignorent père et mère dans la rue s'ils ne les trouvent pas assez reluisants. L'an dernier, un jour où je me promenais dans Hyde Park pour passer le temps, j'ai reconnu un certain Mr Southey, que j'avais croisé lors de mon bref passage dans la bonne société londonienne. Il se trouvait avec un groupe de dandys du White's. Un monsieur âgé lui a adressé un signe de tête et ses amis lui ont demandé : "Qui était ce vieux monsieur qui vous a salué aussi familièrement ?" Ce à quoi Mr Southey a répondu sans ciller : "L'un de mes métayers. Un excellent homme." Mais quand ils sont partis, le vieux monsieur s'est assis sur le banc où je me trouvais et il m'a dit, indigné, que Southey était son *fils* !

— Vous me mésestimez. Je ne me conduirais pas ainsi. Mais vous ne devriez pas être ici. Vous devriez profiter de la vie, des bals, des réceptions.

— La seule raison pour laquelle une femme, même d'un âge aussi avancé que le mien, s'amuse à des réceptions est qu'elle cherche un mari. Or, croyez-moi, une vie ancillaire vous donne une vision blasée des hommes dits de qualité.

— Expliquez-vous.

— Nous avons eu juste avant votre arrivée un parfait spécimen de muscadin de Bond Street. Il est entré dans le salon de café avec des filaments de tissu sur ses éperons, afin de bien montrer qu'il avait "troussé la mousseline" ou s'était délibérément pris les éperons dans les jupes de quelque malheureuse passante de Bond Street. Il a trouvé à redire à tout. Il s'en est pris au garçon, ne lui laissant pas un instant de répit pour bien lui faire sentir qu'il n'était qu'un domestique, un malheureux subalterne, seulement capable de sentiments grossiers, partant du principe que plus il l'insultait et plus le garçon devait le trouver supérieur. Dans la salle à manger, il a critiqué le poisson – à l'en croire pas assez chaud –, la volaille – aussi dure que votre grand-mère – et la pâtisserie – qui devait avoir été faite avec du beurre irlandais rance. La bière était infecte, le sherry aigre et le porto bouchonné. J'ai dit au garçon de quitter la salle et ai envoyé sir Philip s'occuper du muscadin.

— Et il l'a fait ?

— Comment donc ! Jamais de ma vie je n'avais entendu un vieux monsieur dévider un tel chapelet d'injures.

— Je gage que ce muscadin est parti sans payer.

— Bien entendu, comme les gens de son espèce, mais pas avant que sir Philip ne l'ait délesté de sa montre en or et de sa chaîne.

— Je suis tombé dans un repaire de voleurs ! » dit le duc avec un brusque sourire.

La porte de la cuisine s'ouvrit sur ces entrefaites et sir Philip passa la tête dans l'entrebâillement, jura horriblement lorsqu'il vit qui était dans la cuisine et disparut.

« Puis-je vous être de quelque service ? demanda le duc.

— Je crois que le plus grand service que vous pourriez nous rendre pour l'heure serait de nous laisser tranquilles, répliqua fermement Harriet.

— Vous parlez de vous, miss James ?

— De moi, et de mes compagnons aussi. Je ne suis pas à mon avantage, la journée a été éprouvante. Faire passer du lapin pour du poulet peut faire illusion un soir, mais les invités s'attendent en général à de belles pièces de bœuf bouilli, aussi dois-je aller me coucher pour pouvoir me lever tôt demain matin et me mettre en cuisine. »

Elle se leva. Lui aussi et il la regarda, émerveillé de la voir si belle malgré sa fatigue.

« Je pourrais être votre protecteur », dit-il.

Les yeux de Harriet lancèrent des éclairs verts.

« Ainsi, votre solution est de m'offrir un poste de maîtresse ? Sortez, Votre Grâce, avant que je ne perde le contrôle de moi-même. Ne voyez-vous donc pas, ne pouvez-vous donc comprendre que, pour des femmes telles que Mrs Budley et moi-même, cet hôtel est un rempart contre les indignités telles que celle que vous avez eu le front de me proposer à l'instant ? »

La porte s'ouvrit, et Mrs Budley entra à petits pas. Elle affecta d'être étonnée à la vue de Rowcester, mais sa surprise était si mal jouée que Harriet et son interlocuteur devinèrent aussitôt que sir Philip avait dû annoncer au dernier étage la présence du duc dans la cuisine.

« Vous ne devez pas rester sans chaperon », dit Mrs Budley, rosissant à sa propre hardiesse, car l'élégance et la haute taille du duc l'impressionnaient. « Le thé est prêt dans notre petit salon et je suis venue vous demander de m'accompagner.

— Avec plaisir », dit Harriet. Elle fit une profonde révérence au duc, prit la bougie sur la table de la cuisine et suivit Mrs Budley, laissant le duc dans une obscurité tempérée seulement par les lueurs du feu qui mourait.

Il resta immobile quelques minutes, se demandant quel grossier démon l'avait poussé à offrir à Harriet sa protection. Puis il tourna les talons et remonta à tâtons jusqu'au vestibule l'escalier de pierre plongé dans l'obscurité.

« Il vous a proposé de vous entretenir, hein ? demanda sir Philip lorsqu'ils eurent tous entendu l'histoire de Harriet. Pourquoi ne pas le prendre au mot ? Vous auriez carte blanche pour vous faire offrir une maison en bordure de Hyde Park, un équipage, des bijoux.

— Comment osez-vous suggérer pareille infamie ? s'écria lady Fortescue en donnant un coup d'éventail bien senti sur la main du vieil homme. Nous devons nous efforcer de barrer au duc l'accès à la cuisine. »

Mrs Budley poussa un soupir sentimental. « Mais il est si bel homme ! Où est-il en ce moment ?

— Sans doute chez Almack, dit le colonel. Vous avez agi sagement, miss James. Rien de tel qu'une rebuffade bien sentie pour éloigner un homme et le dissuader de renouveler ses avances. Sans doute fait-il la cour à quelque charmante créature chez Almack et a-t-il oublié jusqu'à votre existence. »

Harriet trouva cette remarque démoralisante. Pour changer de sujet, elle dit à sir Philip : « Il faut cesser de proposer ces collations dans la *coffee room* pour attirer les clientes, car cela me donne beaucoup trop de travail. Certes, j'ai de l'aide, mais si Mrs Bodge est une bonne cuisinière pour le tout-venant, il ne faut pas lui en demander plus.

— On ne peut pas trouver un chef bon marché, pas s'il a du talent, dit lady Fortescue.

— Sans doute, sans doute, répliqua sir Philip en réfléchissant. Dommage. Cela nous permettrait de tenir miss James à l'écart du duc. J'ai le sentiment qu'il va rester, juste pour elle.

— Rien n'est moins sûr, rétorqua lady Fortescue d'une voix âpre. Vous ne savez pas combien de femmes se jettent à son cou. Je l'ai constaté lors de mes visites chez lui. Pourquoi perdrait-il son temps avec miss James alors qu'il peut avoir n'importe quelle femme à Londres ? Oh, miss Tonks, voulez-vous descendre de ce cheval ! »

Miss Tonks était assise en amazone sur un grand cheval à bascule qui se trouvait dans un coin de l'ancienne salle d'étude, et elle se balançait d'un air rêveur.

« Laissez-la en paix, intervint sir Philip. C'est la seule d'entre vous qui ne m'exaspère pas. »

Miss Tonks, qui ne voulait pour rien au monde que sir Philip se fît son défenseur, descendit promptement du cheval.

« Pensez-vous que les Cadman ont l'intention de payer ? » demanda-t-elle en prenant place à côté de Harriet. Sir Tristram Cadman et sa famille n'avaient retenu que pour un mois et non pour toute la durée de la Saison. Le jour de son arrivée, il était ivre et il avait continué à boire, consommant sans modération le champagne de l'hôtel. Sa femme et sa fille étaient toujours dehors à faire des courses et, la veille, le bijoutier Hamlet avait envoyé une demande de paiement pour une paire de boucles d'oreilles. Comme les Cadman ne séjournaient à Londres que depuis peu, il était curieux qu'un bijoutier célèbre demande à être réglé aussi vite. On en avait conclu que Mr Hamlet avait entendu parler des Cadman en mauvaise part.

« Il faut absolument qu'ils règlent cette facture, s'écria Mrs Budley en écarquillant ses yeux bruns. Nous serions ruinés s'ils nous laissaient avec pareil impayé !

— Puisque nous n'avons qu'un personnel réduit la nuit, peut-être l'un de nous devrait-il monter la garde et les surveiller, proposa le colonel. Ils risquent de vouloir nous brûler la politesse avant l'aube.

— J'ai pris certaines précautions, avoua sir Philip avec un sourire malin. J'ai fouillé leurs appartements lorsqu'ils étaient tous sortis et j'ai découvert que sir Tristram avait un sac de souverains plus que suffisant pour couvrir leur note. Alors je l'ai enfoncé derrière les coussins du canapé de leur salon. S'ils sont honnêtes, demain matin ils réclameront l'argent manquant à cor et à cri. Vous fouillerez pendant que j'attendrai à l'écart avec leur note. Quand vous trouverez les souverains, je présenterai la note. Et s'ils disparaissent pendant la nuit, nous aurons l'argent de toute façon. Comment ils paient leurs autres créanciers, c'est leur affaire.

— Voilà qui est ingénieux ! s'exclama miss Tonks. Jamais je n'aurais songé à pareil stratagème.

— Évidemment non, triple buse ! » lança méchamment sir Philip.

Mrs Budley regarda le cheval de bois qui se balançait encore doucement et, pour changer de conversation, elle demanda : « Avez-vous eu des nouvelles de vos enfants dernièrement, lady Fortescue ?

— Ma foi non, répondit celle-ci avec tristesse. J'ai donné naissance à dix enfants, dont aucun n'a vécu très longtemps. Ce cheval appartenait à mon fils Harry. Il est mort des écrouelles dans mes bras quand il avait dix ans. »

Leurs voix continuèrent à bourdonner dans les oreilles de Harriet, mais c'est à peine si elle entendit ce qu'ils disaient. Un air de valse tournait dans sa tête. Était-il chez Almack ? Pensait-il à elle ?

Au même instant, le duc dansait avec la dernière beauté de Londres, miss Valerie Simms. Il était arrivé chez Almack juste avant la fermeture des portes à onze heures du soir. Il n'avait jamais aimé Almack jusque-là, considérant que c'était un lieu douteux où l'on servait des boissons et de la nourriture de mauvaise qualité. Mais ce soir-là, il s'aperçut qu'il appréciait la compagnie brillante. Aucune de ces femmes n'aurait songé un instant à travailler dans une cuisine, fût-ce chez elle. Miss Simms avait des cheveux châtain clair, des yeux marron clair, un nez droit et une bouche en bouton de rose. Elle flottait dans ses bras et dansait à la perfection. Elle ferait une épouse décorative et complaisante. Le duc n'aimait pas l'indépendance d'esprit chez les femmes. Certains hommes pouvaient affecter de mépriser le bavardage futile du beau sexe, mais lui – il s'en persuada – le trouvait charmant. Il ne trébucha qu'une seule fois en dansant, lorsqu'il fut assailli par un nuage d'ennui ténébreux et un tel désir de se retrouver à l'hôtel qu'il en oublia où il était. Mais le moment passa.

Il devait chasser Harriet James de son esprit. Elle ne correspondait en rien aux critères de la bonne société. Mais… mais si ses vêtements s'embrasaient à cause du feu dans la cheminée de la cuisine ? C'était ridicule d'équiper un hôtel et de conserver une cuisine aussi vétuste. Il s'inclina devant sa partenaire car la danse venait de prendre fin, et dit : « Je voudrais vous demander quelque chose, miss Simms. »

Les yeux de la jeune fille brillèrent. Elle savait qu'elle était la reine du bal. La demande du duc de Rowcester ne pouvait signifier qu'une seule chose… le mariage.

« Votre Grâce, murmura-t-elle, vous pouvez *tout* me demander.

— Combien de temps faudrait-il pour installer un fourneau à bois dans une cuisine ? »

Le visage de miss Simms s'allongea de la plus ridicule des façons. « Votre Grâce, je ne connais rien aux fourneaux !

— J'aurais dû m'en douter. Il faut que je trouve une personne susceptible de me renseigner », dit-il.

Il la confia courtoisement à son partenaire suivant et examina la compagnie. Des dames croisèrent son regard, des éventails papillonnèrent, des cils en firent autant avec coquetterie, des jupes furent très légèrement relevées pour montrer des chevilles fines. Il lui fallait une douairière, se dit-il, une femme née au siècle précédent, à l'époque où les maîtresses de maison étaient censées en savoir plus long que leurs domestiques sur leur travail et être capables de le faire mieux.

Il aperçut la vieille lady Rumbelow et s'approcha d'elle. « Eh bien, Rowcester, que se passe-t-il ? s'exclama-t-elle. Vous êtes venu m'inviter à danser, c'est cela ?

— Je suis venu vous demander votre avis », dit-il en prenant place à côté d'elle.

« Il lui pose des questions sur toi ! piailla Mrs Trust, la fille de lady Rumbelow, à l'adresse de sa propre fille, Fanny. Nous allons avancer vers eux, l'air de rien, comme si nous ne les avions pas vus, et tu sursauteras gracieusement, comme si tu étais surprise. Ouvre tout grand les yeux et écrie-toi : “Bonne-maman, je ne savais pas que vous aviez de la compagnie. Que va penser ce monsieur de ma petite personne ?” Ta grand-mère devra te présenter et tu diras alors en soupirant : “Ah, *quel dommage** [1] ! Il ne me reste qu'une danse libre.” Alors, il t'invitera à danser. »

« Une cuisinière à bois ? disait lady Rumbelow d'un ton pensif. La rapidité de l'installation dépend de la somme que vous êtes prêt à débourser. Si vous promettez un pactole, vous l'aurez en moins de temps qu'il n'en faut pour le dire. Envoyez votre valet chez Carter, qui a un magasin dans Old Brompton Road. Qu'il demande un fourneau Winkle, c'est le dernier cri, avec des fours et un tournebroche. Un appareil volumineux, mais très efficace.

— Il faudrait que l'installation ait lieu la nuit, dit le duc, persuadé que Harriet n'apprécierait pas un bouleversement dans sa cuisine pendant la journée.

— Pourquoi ne pas plutôt attendre la fin de la Saison ? suggéra lady Rumbelow. J'ai appris que les Bunbary étaient chez vous.

— C'est un cadeau pour une dame.

— En voilà une idée romantique ! caqueta la vieille dame, amusée.

— Comment pourrais-je prendre contact avec ce Mr Carter maintenant ?

— Il doit être une heure du matin. Mais si vous êtes si pressé de mettre votre idée à exécution, j'imagine qu'il habite au-dessus de son magasin.

---

1. Les mots en italiques suivis d'un astérisque sont en français dans le texte.

— Je vous remercie », dit le duc. Et il s'esquiva juste avant que Mrs Trust et sa fille ne s'approchent de lui.

Harriet se leva comme d'habitude à six heures du matin, fit sa toilette, s'habilla et descendit dans la cuisine. En entendant des coups de marteau et des chocs divers en provenance du sous-sol, elle pressa le pas. Elle ouvrit la porte et s'immobilisa, stupéfaite. Une escouade d'ouvriers tapait à qui mieux mieux. Là où se dressait la veille la cheminée trônait à ce moment une grande cuisinière flambant neuve.

« On a presque fini, ma'ame, dit le contremaître. Vous auriez pas un peu de bière ?

— Mais que faites-vous donc ? s'écria Harriet. Qui a commandé cette installation ?

— Le duc de Rowcester, ma'ame. Cadeau pour lady Fortescue qu'est propriétaire ici. »

Le duc avait eu la finesse de se rendre compte qu'après sa proposition de la veille Harriet ne voudrait pas accepter le moindre cadeau venant de lui, même un cadeau aussi domestique qu'une cuisinière.

Elle s'assit brusquement à la table. Avait-il fait cela pour elle ? C'était probable. Elle allait leur dire de tout remporter. Elle ne voulait pas des faveurs du duc. Mais, tout de même, quelle différence cela ferait… Et il avait dit que c'était un cadeau pour sa tante. Elle se leva donc et remplit des chopes de bière pour les ouvriers.

Bientôt, le feu fut allumé et la cuisinière crépita joyeusement. Harriet la considéra d'un œil rêveur, admirant les fours sur le côté, la surface noire et luisante. Son petit personnel arriva et poussa des cris de surprise devant la transformation.

Puis les ouvriers partirent et Harriet se rendit compte qu'il était temps de se mettre aux tâches quotidiennes.

Toute la journée, elle travailla d'arrache-pied, levant les yeux chaque fois que la porte s'ouvrait, se disant que c'était peut-être le duc. Elle pouvait difficilement aller le remercier, car le cadeau était pour lady Fortescue, qui avait déjà remercié son neveu, tout en mettant Harriet en garde : « Il s'est mis en tête de vous séduire. Le colonel et moi estimons que, malgré sa générosité, nous devons tout faire pour qu'il quitte l'hôtel. »

Sir Philip, avec son habituel esprit pratique, avait conclu que la meilleure façon d'aider Harriet serait de trouver un chef. Il se sentait conforté dans sa propre sagacité : les Cadman avaient comme prévu filé pendant la nuit et il avait comme prévu récupéré le sac de souverains.

Il prit un fiacre pour descendre jusqu'à la Tamise et regarda avec attention les bagnes flottants, ces navires pénitenciers à moitié pourris où l'on incarcérait les prisonniers français. Parmi les centaines de détenus, il devait bien y avoir un chef ou deux. Il entra dans une taverne sordide à côté du fleuve, tout à fait à l'aise dans cette compagnie crapuleuse et malodorante, lui qui avait pris dans sa jeunesse dissipée l'habitude de fréquenter ce genre de bouges.

Il s'assit à une table où se trouvait déjà un groupe de buveurs et se mêla à la conversation, sidéré une fois de plus par la familiarité des membres de la populace avec les affaires d'État. La conversation roulait sur la débauche du prince de Galles, dont les espoirs de devenir régent avaient été déjoués par le rétablissement de son père, le roi George III, même si, d'après l'un des attablés – qui jeta un regard circulaire dans la salle pour vérifier qu'il n'y avait pas d'informateur, la sédition étant un crime –, le jeune prince ne pouvait guère faire pire. Après tout, c'était le roi George qui avait perdu les colonies américaines à force de taxes et de lois coercitives. Le prince de Galles voulait la guerre avec la France. Bonne idée, dit l'homme. Une guerre remonterait le moral du pays et, si le prince se faisait tuer, les économies seraient considérables pour la cassette royale.

« En parlant de guerre, intervint sir Philip, est-ce que des Grenouilles se sont échappées des navires pénitenciers ?

— Une ou deux, répondit un homme qui ressemblait à un petit singe tout en muscles. Mais ces évadés ne vont pas loin : ils se font prendre à cause de la récompense à la clé. Pas un Anglais nc laissera échapper une Grenouille, et celui qui aide un Français risque de se faire écharper. »

Sir Philip frissonna, malgré la chaleur régnant dans la taverne. « Oublions les prisonniers français, dit-il aussitôt. Je cherche un cuisinier français, et je ne suis pas dans le bon quartier de la ville.

— Un chef, hein ? demanda le petit homme simiesque. Ma foi, Jack Mount a mis la main sur une Grenouille, c'était un émigré, et il a dit qu'il servait comme chef chez un homme de qualité. Seulement on l'a fichu au trou parce qu'il baragouine à peine un mot d'anglais. Les militaires ont dit qu'il était inconnu au bataillon, alors ils sont allés voir Barlow, chez qui le Français disait travailler. "Ah oui, qu'il a dit, Barlow, je l'ai bien eu à mon service, mais il a volé deux bouteilles de vin." Alors le Français a été remis au trou. Il passe en jugement à Old Bailey dans une heure. »

Sir Philip fit servir une tournée de gin à l'eau chaude, paya son écot et fila. Il alla droit au palais de justice d'Old Bailey et se fraya une petite place jusqu'aux premiers rangs du tribunal. Il se retrouva pressé contre un gros rustre qui comparaissait pour avoir tué une femme de petite vertu qui lui avait fait des propositions malhonnêtes à Chick Lane. On l'avertit sévèrement qu'il devrait se montrer plus circonspect à l'avenir. Bousculé de tous côtés par les prisonniers, les gardes, les témoins et les geôliers, sir Philip se dandinait nerveusement d'un pied sur l'autre. Dans la galerie se trouvait le beau monde, venu en foule assister au spectacle : des tabatières claquaient, des éventails s'agitaient, tous pouffaient, bavardaient et chuchotaient. On eût dit une volée de martinets sur un toit. La puanteur était abominable, l'eau ruisselait sur les murs et une petite brume venue du fleuve obscurcissait les fenêtres. Sur l'estrade du juge trônait un énorme bouquet d'herbes aromatiques censé protéger contre le typhus qui sévissait dans les prisons. Des marchands de pâtés s'égosillaient à la porte pour vendre leur marchandise. Et seuls les prisonniers moroses gardaient le silence. L'ennuyeuse journée continua. Quarante-deux accusés reçurent une peine de sept ans de déportation, quatre autres de quatorze ans, et deux personnes furent condamnées à être marquées au fer rouge comme vagabonds irrécupérables. Deux pauvresses subirent une mercuriale en règle du juge sur l'ignominie de subsister sans ressources visibles, et se virent condamnées à être fouettées pour avoir mendié.

Enfin vint le tour du chef, un homme très maigre au visage blême et à la bouche torve. Il s'appelait Paul Despard et ne baragouinait que quelques mots d'anglais. Le juge fut informé qu'il avait volé deux bouteilles de vin à son maître, un certain Mr Barlow, qui n'était pas venu à l'audience.

« Qu'on pende cette Grenouille », laissa tomber une voix nonchalante dans la galerie, et la phrase fut reprise. De bouche à oreille, on se chuchota pour mémoire que les Français ne mangeaient pas que des grenouilles, mais aussi des bébés, Napoléon en faisant rôtir un chaque dimanche pour son déjeuner.

Sir Philip comprit qu'il devait agir vite car, même si Despard échappait à la condamnation, la foule l'écharperait.

Utilisant sa canne comme un fléau, il se dégagea l'espace nécessaire pour arriver près de l'avocat de la défense, qui se curait languissamment le nez en regardant la foule d'un air morose.

« J'ai quelque chose à dire pour la défense de cet homme », cria sir Philip. Et quelques instants plus tard, il se trouvait à la barre des témoins, dont sa tête de tortue dépassait tout juste. En excellent français, il lança au prisonnier : « Laissez-moi faire, et opinez à tout ce que je dis. »

Non sans un frisson de dégoût, il baisa la bible crasseuse et prêta serment.

« Je suis sir Philip Sommerville, déclara-t-il. Paul Despard devait prendre son travail de chef dans mon hôtel, Au Parent pauvre, à Bond Street, où le duc de Rowcester réside en ce moment, préférant le confort de mon excellent établissement à celui de sa propre maison de Londres.

— Allons, au fait ! soupira le juge.

— Je suis persuadé que Mr Barlow a inventé de toutes pièces le vol du vin car il était furieux que son chef le quitte. De plus, cet excellent Mr Barlow n'a pas jugé bon de venir, manifestant par là son mépris pour la justice de ce pays. (J'espère qu'il n'est toujours pas dans la salle, pria sir Philip intérieurement.) Paul Despard a échappé aux horreurs de la Révolution française. C'était un loyal sujet du roi de France. C'est maintenant un loyal sujet du roi George. Il ne tient qu'à tous ceux qui se trouvent dans cette cour de justice de montrer à ce malheureux étranger que nous autres Anglais sommes justes et équitables, que nous n'avons pas ici de tribunaux de salut public. Que Dieu nous donne la justice, la liberté, et qu'Il bénisse l'Angleterre et le roi George ! » s'écria sir

Philip, trépignant sur place avec une ferveur quasi shakespearienne.

Des applaudissements à tout rompre éclatèrent et se poursuivirent tant et si bien qu'on entendit à peine le verdict de « Non coupable » rendu par un jury qui n'avait même pas pris la peine de se retirer pour délibérer.

Heureusement pour sir Philip, qui commençait à se demander s'il pourrait s'approcher de Despard et l'emmener, les deux pauvresses condamnées fournirent une diversion des plus tentantes. Les gens de qualité et le *vulgum pecus* quittèrent en foule le tribunal pour se rendre à Bridewell, la prison pour femmes, afin de les voir subir leur châtiment, qui voulait qu'elles fussent dénudées jusqu'à la taille et flagellées.

Sir Philip, ayant fini par arriver jusqu'à Despard, le tira vers la sortie d'Old Bailey et lui fit descendre Ludgate Hill, tout encombrée de voitures et de chaises à porteurs et bordée de part et d'autre de boutiques de mode où s'étalaient dans les vitrines des soieries et des mousselines aux couleurs vives.

« Entrons ici », dit sir Philip en s'arrêtant devant une taverne de Fleet Street. Il commanda pour Despard un pâté à la viande et de la bière, et s'appuya au dossier de sa chaise afin d'examiner le Français. Avait-il eu à un moment ou à un autre une crise d'apoplexie ou était-il né ainsi ? Car sa bouche était tirée vers le bas à gauche, imprimant sur son visage d'une pâleur maladive un perpétuel rictus méprisant. Après son séjour à Newgate, il était sale et rongé par la vermine. Sir Philip soupira. Il faudrait qu'il fasse laver cet homme avant de le présenter à Harriet.

Jusque-là, Despard avait gardé le silence, mais après avoir enfourné le pâté avec ses doigts sales, il articula très soigneusement en anglais : « *Thank you.* »

Les yeux ronds et brillants de sir Philip remarquèrent de légères cicatrices sur les poignets de l'homme. « Quand vous êtes-vous enfui ? » demanda-t-il.

Le Français laissa échapper un sifflement inquiet et se leva, mais sir Philip le fit se rasseoir. « Croyez-vous que je vais vous faire enfermer à nouveau après vous avoir sorti de là ? Je suis curieux, c'est tout. Vous n'avez rien à craindre en me racontant votre histoire. Qui est ce Barlow ? »

Fragment par fragment, Despard raconta ses mésaventures. Il avait bien été prisonnier sur l'un des bagnes. Des membres d'une société philanthropique étaient venus à bord un jour pour inspecter les prisonniers, et plusieurs d'entre eux parmi les mieux portants avaient été envoyés sur le pont pour y être examinés. On leur avait enlevé leurs chaînes avant la visite. Despard s'était trouvé au bout de la rangée et il avait saisi l'occasion : il avait enjambé la rambarde et s'était laissé glisser le long du flanc du bateau. Une fois dans les eaux de la Tamise, il avait nagé jusqu'à la rive. En écoutant parler les prisonniers entre eux, il avait appris qu'un certain Mr Evans, qui s'occupait de recruter du personnel de maison, avait de la sympathie pour les Français. Il avait entendu dire que cet homme était prêt à aider quiconque s'échappait à trouver un emploi. Despard avait caché dans sa chaussure un louis d'or qu'il monnaya dans une rue à l'écart contre une somme suffisante pour acheter de quoi boire et manger, ainsi que de l'encre et du papier. Il avait inscrit sur une feuille le nom de Mr Evans et s'était mis en devoir de demander des indications, montrant sa bouche du doigt pour faire croire qu'il était muet, car il craignait que son ignorance de la langue et son fort accent français ne le trahissent.

Il avait fini par arriver à l'agence, située dans Amen Lane, dans la City. Evans s'était montré bienveillant et obligeant. Après lui avoir fourni des vêtements propres et un repas chaud, il l'avait adressé chez un marchand pour y prendre le poste de chef. Le marchand était un certain Mr Barlow. Despard dit que Barlow devait savoir qu'il était un prisonnier évadé car, en plus de son travail de chef, il l'obligeait à assurer les fonctions de commis de cuisine et de marmiton, et de surcroît ne le payait pas. Despard avait compris que le généreux Mr Evans était en réalité un escroc qui, moyennant une somme coquette, procurait des domestiques à des maîtres qui en cherchaient. Ceux-ci le payaient lui au lieu de verser des gages aux domestiques. Despard avait protesté. Barlow lui avait dit que, s'il partait, il le dénoncerait aux autorités comme évadé. Despard avait eu la présence d'esprit de rétorquer que, dans ce cas, il serait complice. Alors Barlow avait souri et lui avait dit qu'il l'accuserait de vol. Despard s'était sauvé dans la rue.

Dans la foule, un passant lui avait fait un croche-pied. Despard avait juré en français et avait été arrêté et conduit au corps de garde le plus proche. Il n'était pas surpris que les autorités militaires n'aient pas été informées de son évasion, car le capitaine du bagne était un paresseux qui ne tenait pas un compte exact des nombreux prisonniers qui mouraient, et Despard n'avait pas de papiers sur lui lorsqu'il avait été arrêté. En désespoir de cause, il avait donné le nom de Mr Barlow, espérant que celui-ci se protégerait en le protégeant, mais Barlow l'avait faussement accusé d'avoir volé deux bouteilles de vin.

« Vous savez cuisiner ? demanda sir Philip.

— Je suis le fils d'un restaurateur parisien, dit Despard. Je connais le métier. J'ai été chef dans le restaurant de mon père avant d'être enrôlé de force dans l'armée.

— Eh bien, espérons que vous serez encore assez bon après toutes ces aventures ! lança sir Philip d'un ton pénétré. Je suis fatigué. » Et il se demanda, pour la énième fois, d'où lady Fortescue et le colonel Sandhurst tiraient leur énergie.

En regardant Paul Despard prendre les rênes de la cuisine, Harriet eut l'impression d'avoir fait un travail d'amateur. Il allait à une vitesse incroyable. Il semblait pouvoir préparer plusieurs plats de front tout en prenant le temps de s'asseoir pour siroter tranquillement un verre de vin. Elle aurait aimé rester pour observer ce génie à l'œuvre et lui prêter main-forte, mais sir Philip déclara qu'il n'avait pas passé une journée misérable à Old Bailey pour la voir continuer à faire ce labeur ingrat. Si bien que, pour la première fois depuis l'ouverture de l'hôtel, Harriet se retrouva avec des heures de loisir devant elle, plus même que ses compagnons qui, d'un commun accord, souhaitaient la voir rester au dernier étage loin des yeux du duc. Aussi aida-t-elle Betty et John, les domestiques de lady Fortescue, qui avaient pour tâche de servir les cinq autres associés de l'hôtel ; et, le soir, elle s'accoudait souvent aux fenêtres mansardées de la salle d'étude pour regarder la bonne compagnie se rendre à des divertissements.

Les appartements que les Cadman avaient libérés à l'hôtel furent occupés par lord et lady Darkwood et leurs filles. Harriet descendait à la cuisine pour l'une de ses rares visites lorsqu'elle tomba nez à nez avec lady Darkwood et elles se regardèrent, stupéfaites. Car lady Darkwood n'était autre qu'une certaine Susan Danesmith de son nom de jeune fille, que Harriet avait connue brièvement lors de son entrée dans le monde. Elle allait passer sans s'arrêter quand Susan lui tendit ses deux mains en s'écriant : « C'est bien vous ! J'ai dit à Darkwood : "Ce serait vraiment drôle que la Harriet James qui est associée dans cet hôtel soit *mon* Harriet !"

— Quand j'ai appris que lord et lady Darkwood étaient là avec leurs filles, dit Harriet, je me suis imaginé qu'elles faisaient leur première Saison.

— Oh, pas du tout ! Margaret a quatre ans et Belinda, deux. Venez donc prendre le thé dans mon boudoir. Vous allez me raconter comment vous êtes arrivée ici. »

Susan était une grande blonde sculpturale, à la peau claire très légèrement grêlée par la petite vérole et aux grandes dents carrées et jaunâtres.

« Je suis toujours aussi maladroite, Harriet, dit-elle. Les poignées des vases tombent dès que je les touche ! » Elle rit joyeusement et Harriet, qui n'ignorait pas que ces incidents étaient dus aux manigances de sir Philip plus qu'à la maladresse de Susan, eut le cœur pincé par le remords. Lady Darkwood sonna pour demander du thé. Ce fut miss Tonks qui monta, les parents pauvres continuant à assurer certaines fonctions ancillaires dans les chambres pour que leurs clients aristocratiques apprécient le charme d'être servis par des gens de la même classe qu'eux. Harriet la présenta. Une fois le thé servi, Harriet raconta à Susan ses aventures – ou plutôt sa vie sans aventures avant sa rencontre avec lady Fortescue, et ce qui avait suivi.

« Quelle plaisante histoire ! pouffa Susan. Mais quelle vie sociale avez-vous ?

— Le fait de travailler m'exclut de la bonne société.

— Ma foi, sans doute ! dit Susan sans pitié. Oh, comme je vous envie de jouer au chef, et tout le reste !

— Je suis devenue chef par nécessité, ma chère Susan. Je ne suis pas comme Marie-Antoinette. Je fais partie de ceux qui gagnent leur vie en travaillant.

— Vous n'avez pas froid aux yeux ! Je vous admire, vous savez. Ce serait amusant de voir ce que c'est d'être pauvre ne serait-ce qu'un très court moment, car je deviendrais alors infréquentable, comme vous, et plus personne ne m'inviterait nulle part. Bien entendu, vous pourriez venir au bal de lady Stanton avec moi si le cœur vous en disait, poursuivit Susan, qui semblait trouver les histoires de pauvreté de Harriet fort plaisantes. Darkwood ne veut pas y aller. C'est très fâcheux. Il supervise les travaux dans notre maison à Londres.

— Même si j'avais envie d'aller à ce bal, répondit Harriet, cela ne serait guère à votre crédit aux yeux du beau monde d'être vue avec une hôtelière et d'introduire cette personne dans la bonne société.

— Il s'agit d'un bal masqué. Si vous ne baissez pas le masque, personne ne saura qui vous êtes. Nous pourrons nous amuser et nous faire courtiser comme au bon vieux temps. Tous ceux que je connais sont si ennuyeux, et ils mourraient plutôt que d'être vus en train de travailler dans un hôtel.

— Justement ! dit Harriet avec un sourire forcé. C'est pour cela qu'ils font partie de la bonne société et que j'en suis exclue.

— Oh, si, accompagnez-moi ! J'ai prévenu lady Stanton que Darkwood ne voulait pas venir et que je serais sans doute obligée de me faire accompagner par une femme. Donc, ça passera comme une lettre à la poste. La Stanton ne se tient plus parce que Rowcester a accepté son invitation. Vous souvenez-vous de ce bal où il ne vous quittait pas des yeux ? Quelle farce ! Bien sûr, il ne peut plus s'intéresser à vous maintenant puisque vous êtes tombée en disgrâce, ma petite Harriet, même si cela s'est fait de la manière la plus convenable qui soit. Sait-il que vous êtes ici ? Vous a-t-il vue ?

— Oui, nous avons échangé quelques mots, dit Harriet d'une voix sans timbre. Sa tante est au nombre des associés.

— Certes, mais il paraît qu'elle n'a plus toute sa tête. Elle me terrifie quand elle traverse la salle à manger avec le colonel. Ils craquent et grincent tant et si bien qu'on dirait deux momies animées. »

Qu'est-ce que je fais ici, à écouter le bavardage futile et sans cœur de Susan ? se demandait Harriet. Mais elle ne put s'empêcher de songer à ce bal. Une fois encore, juste une dernière fois, être parée et parfumée… Une dernière valse.

« Avez-vous une robe de bal ? entendit-elle Susan lui demander.

— Oui, il m'en reste une. Celle que j'ai portée au bal juste avant la mort de mes pauvres parents.

— Si vous ne l'avez pas mise depuis, personne ne la reconnaîtra, dit Susan. Je me souviens qu'elle était blanche.

— Comme il convient à une toute jeune fille. Peut-être y ajouterai-je des accessoires de couleur.

— Parfait. Alors, c'est entendu. Venez voir mes petites chéries. Je les adore. Mais je ne veux pas d'autres enfants. J'ai prévenu Darkwood. Ce ne sont pas les catins qui manquent à Londres, alors je lui ai dit : “Pourquoi me demander ça à moi ?” Les hommes sont si bizarres, vous ne trouvez pas ? Il s'est mis en colère et m'a traitée de cruelle. Je vous demande un peu ! Moi qui suis la sensibilité même et qui me trouve mal si je vois un chat en détresse. »

Mais qui reste de marbre devant une pendaison ! songea cyniquement Harriet. La sensibilité était à la mode. Une certaine lady Harman avait pris le deuil pour la mort de son chien de manchon et avait fait organiser un cortège funèbre dans Edgware Road, où des corps en décomposition pendaient, enchaînés à des gibets comme des fruits pourris. Mais pleurer pour un supplicié sur l'échafaud eût été considéré comme de la dernière vulgarité.

Lorsque Harriet annonça posément à ses associés qu'elle irait au bal de lady Stanton, ils accueillirent la nouvelle avec méfiance. Rowcester y serait-il ?

« Je ne pense pas, mentit Harriet. Et c'est un bal masqué, personne ne saura qui je suis.

— Tant mieux, dit lady Fortescue, car si vous étiez reconnue, vous seriez blâmée pour avoir eu la témérité de vous montrer, et cela ne servirait en rien nos affaires. Les gens doivent rester à leur place, ajouta-t-elle sans le moindre humour. Je suis heureuse que Rowcester n'y aille pas car, même si son cadeau du fourneau était somptueux, il m'a mise dans l'embarras. Je crains que mon neveu n'ait l'intention de faire de vous sa maîtresse malgré tout, miss James, et comme sir Philip s'est donné grand-peine pour trouver un cuisinier français, la moindre des choses que vous puissiez faire pour le remercier est de vous tenir à l'écart du duc et de continuer à être une personne respectable.

— Je n'ai nullement l'intention de devenir la maîtresse du duc, répondit Harriet d'un ton uni.

— Enfin, lady Fortescue, protesta timidement la petite Mrs Budley, vous devriez savoir que jamais notre chère miss James ne s'abaisserait ainsi.

— Un duc est un duc, dit sombrement lady Fortescue. Nous devons essayer coûte que coûte de le faire quitter cet hôtel.

— Je m'étonne qu'il n'ait pas cherché à racheter nos parts, intervint sir Philip. N'a-t-il rien dit en ce sens, lady Fortescue ?

— Il s'est excusé de m'avoir prise pour une folle, répondit lady Fortescue en jouant avec les franges de son éventail. Il a proposé de m'installer dans une maison à la campagne, mais j'ai refusé. Nous devons tous faire face ensemble. »

Elle nous cache quelque chose, pensa sir Philip en scrutant attentivement le visage de son associée. Je ne serais pas surpris qu'il ait proposé de nous racheter toutes nos parts, et qu'elle ait refusé parce que cette entreprise l'amuse et qu'elle ne veut pas aller s'enterrer à la campagne. Mais il se borna à demander : « Qui tient les comptes ?

— C'est moi, répondit le colonel Sandhurst.

— Vous feriez mieux de les rendre à miss James. Vous n'êtes pas très doué pour les chiffres, colonel.

— Je suis sûr que miss James trouvera tout parfaitement en ordre. »

Mais en examinant les comptes tard ce soir-là, Harriet fut consternée de voir à quel point le budget de la cuisine avait grimpé en quelques jours. Paul Despard avait beau être un génie, il fallait qu'on lui apprenne l'économie. Elle descendit à la cuisine pour lui parler. Dans le vestibule, le duc de Rowcester bavardait avec une dame accompagnée de ses jolies filles qui levaient vers lui des yeux adorateurs. Apercevant Harriet, il lui adressa un salut raide et se retourna vers ce qu'il considérait à l'évidence comme une agréable compagnie. Harriet regarda les belles tenues de ces dames et fut douloureusement consciente de la sienne : une robe noire sous un tablier de mousseline et un bonnet empesé.

Lady Fortescue pouvait dormir sur ses deux oreilles, se dit-elle, abattue. Le duc n'avait aucune intention de la poursuivre de ses assiduités. Et c'était très bien ainsi, rétorqua fermement Harriet à son esprit en berne.

5

« Si le masque de la nuit n'était sur mon visage,
Tu verrais un rose virginal colorer ma joue. »
William SHAKESPEARE

La proposition malhonnête du duc aurait dû inspirer à Harriet du dégoût pour lui – qu'elle éprouvait, se dit-elle catégoriquement. Et elle attribua la sensation lourde et langoureuse qui l'envahissait lorsqu'elle pensait à lui à la tristesse qu'elle ressentait d'être tombée si bas aux yeux de la société. Elle passa ses soirées à coudre pour agrémenter sa robe de nœuds de soie verte et se confectionner un masque de soie, verte également. Mais, tout en tirant l'aiguille, elle se disait que c'était folie d'aller à ce bal. Si elle avait été éperdument reconnaissante à lady Fortescue d'avoir mis fin à ces journées où elle se morfondait dans la solitude, ce bal risquait de faire ressurgir toute la souffrance et toute la frustration passées.

Lady Darkwood demanda à la voir la veille du bal ; elle semblait agitée et contrariée. « Darkwood fait sa vieille bête, éclata-t-elle. Quand je lui ai dit que je vous emmenais au bal, il m'a rétorqué que je dépassais les bornes et que je couvrais de honte le nom des Darkwood. Comme si son père n'était pas maître de forges et n'avait pas acheté son titre ! »

Harriet aurait pu en profiter pour dire que cela n'avait pas d'importance, qu'elle n'avait pas vraiment envie d'y aller de toute façon, et nier que chaque point pour coudre ces nœuds verts lui avait rappelé le souvenir de la valse avec le duc. Au lieu de quoi, elle répondit d'un ton léger : « Eh bien, vous n'avez qu'à dire à Darkwood que je n'y vais pas, Susan. Si j'y vais, il n'en saura rien. »

Susan battit des mains : « Oh voyez-moi cette petite rusée ! Nous allons y aller ensemble et serons aussi friponnes l'une que l'autre, d'autant que mon mari ne sera pas là quand nous partirons. Tout le monde meurt d'envie de savoir si le duc fera la cour à lady Stanton.

— Pourquoi ?

— Elle a dit à qui voulait l'entendre qu'elle avait décidé de le conquérir, et elle a un avantage sur les jeunes demoiselles, car elle a l'intention de le mener dans son lit si elle ne peut le mener à l'autel.

— Voilà qui est sans vergogne, commenta Harriet d'un ton pincé. Je suis sûre que le duc de Rowcester, qui, paraît-il, assiste rarement à la Saison, est venu cette fois-ci pour prendre épouse. Il ne s'intéressera pas aux veuves mûres.

— Vous ne l'avez à l'évidence jamais vue, gloussa Susan. Elle a notre âge et est d'une beauté renversante. Elle n'a pas la fraîcheur virginale de miss Simms, mais une audace épanouie. C'est une briseuse de cœurs. »

Une fois de plus, une petite voix dans la tête de Harriet lui souffla qu'elle ferait mieux de s'abstenir d'aller à ce bal, mais elle la fit taire. Ce soir-là, Mrs Budley et miss Tonks admirèrent avec des yeux envieux et nostalgiques la robe transformée. « Dédiez-nous une danse à chacune, dit Mrs Budley. Nous n'aurons jamais l'occasion de retourner dans la bonne société.

— Bien sûr que si, pourvu que cet hôtel soit une réussite, rectifia sir Philip. Alors, nous aurons assez d'argent pour nous retirer des affaires et nous relancer dans la vie mondaine. »

Le visage de miss Tonks s'illumina, puis s'assombrit à nouveau.

« Nous sommes six, dit-elle. Une fois la somme divisée, aucun d'entre nous ne sera assez riche pour que la société lui pardonne.

— Comme vous y allez ! ricana sir Philip. Vous avez la nostalgie de l'époque où vous étiez la reine du bal ? »

Miss Tonks se rappela comme si elles dataient de la veille les soirées où elle avait fait tapisserie et elle fondit en larmes.

« J'aurais bien envie de vous envoyer mon gant à la figure, gronda le colonel.

— Mais regardez-vous donc dans la glace ! lança lady Fortescue à sir Philip. Vous y verrez le vilain petit satyre que vous êtes devenu ! »

À la stupéfaction générale, il fondit en larmes lui aussi. Jamais il ne s'était soucié jusque-là de l'opinion des autres, mais la remarque de lady Fortescue l'avait piqué au vif.

Mrs Budley, qui avait une sensibilité à fleur de peau, se mit à pleurer aussi en silence.

« Je croyais que nous étions tous amis ! s'exclama Harriet. Les amis ne s'insultent pas et ne se blessent pas.

— Allons, dit sir Philip après s'être mouché, je ne devrais pas vous taquiner, miss Tonks. Je vous présente mes sincères excuses.

— Et moi, je n'ai dit cela que pour vous blesser, sir Philip, dit lady Fortescue. En réalité, vous êtes devenu bien élégant ces derniers temps. »

Sir Philip se sécha les yeux dans un mouchoir douteux, se rengorgea et rajusta son énorme cravate.

« Oh, mais là, vous allez un peu trop loin, glissa *sotto voce* le colonel à lady Fortescue.

— Vous savez, c'est un petit coq tout à fait fringant, chuchota lady Fortescue. Il a osé m'embrasser.

— Morbleu ! » s'exclama le colonel en fusillant sir Philip du regard.

En revenant de son club, où il avait malencontreusement entendu les bruits qui couraient sur les desseins de lady Stanton, le duc se demanda s'il ne devrait pas s'excuser et déclarer forfait. Lorsqu'il s'approcha à pied de l'hôtel, il entendit le bourdonnement des conversations à l'intérieur.

Il savait que sa présence même attirait les clients. Pourquoi ne pas partir ? Il était descendu à la cuisine, espérant y être accueilli par une Harriet reconnaissante, mais il avait trouvé à sa place un chef français à la mine patibulaire. Il n'avait entrevu Harriet que brièvement, lorsqu'elle traversait le vestibule pour descendre à la cuisine, et une autre fois alors qu'elle montait prestement l'escalier.

Bien qu'il se fût persuadé que s'il prolongeait son séjour, c'était pour convaincre lady Fortescue d'accepter son offre généreuse, il sentait au fond de lui-même qu'elle ne céderait jamais. Il avait proposé de racheter toutes leurs parts aux associés, mais si lady Fortescue n'avait pas ménagé ses remerciements chaleureux, elle lui avait opposé que, maintenant, elle s'intéressait à l'hôtel et préférait attendre de voir comment évoluerait la situation. Et elle lui avait demandé de ne mentionner sa proposition à aucun de ses autres compagnons.

Vieille tête de mule ! pensa-t-il. Quant aux autres, ils rivalisaient de discourtoisie dans leur façon de chercher à le faire partir. Oh, rien d'explicite, juste une sorte d'insolence feutrée de leur part à tous, même de la vieille fille falote nommée miss Tonks, qui lui répétait *ad nauseam* qu'il serait beaucoup mieux chez lui.

Et pourtant, malgré les expédients de sir Philip pour fragiliser les meubles et la porcelaine, l'hôtel était très bien tenu et représentait un havre idéal pour les familles élégantes qui souhaitaient éviter les autres hôtels, plus ouvertement réservés aux hommes seuls. Le chef français, quelle que fût son identité, était exceptionnel et ses repas commençaient à faire parler d'eux dans tout Londres. Des amis du prince de Galles avaient dîné à l'hôtel l'un des soirs précédents, et on disait que Prinny lui-même risquait de venir à l'improviste.

Après dîner, le duc se rendit à son club et y passa une heure ou deux à jouer. Il ne partit que lorsqu'il jugea que les mises devenaient excessives. Il ne voulait pas que tout le mal qu'il s'était donné pour faire prospérer ses domaines se volatilise sur les tables de jeu du White's. Il retourna sans se presser à Bond Street, la main toujours sur sa canne-épée car, malgré les diligentes patrouilles de la milice, on ne pouvait jamais savoir quand des émeutiers risquaient de faire irruption dans le West End. Il y avait les partisans de la guerre d'Indépendance espagnole, qui étaient susceptibles de briser les fenêtres des maisons n'ayant pas allumé de bougies pour célébrer une victoire. Et il y avait les opposants à la guerre, capables de s'en prendre aux maisons célébrant à l'évidence une victoire, et de passer leur fureur sur tout homme bien mis marchant dans la rue. Le duc montrait ses manchettes, ce qui était audacieux à une période où la plupart des hommes portaient des manches très longues afin de cacher leurs poignets, car c'était bizarrement cette bande de blanc distinguant le gentleman de l'homme ordinaire qui excitait la vindicte de la populace bien plus que l'étalage de bijoux.

L'hôtel était tranquille et silencieux. Seul un portier sommeillait sur une chaise près de la porte. Les gens du monde étaient encore occupés à leurs plaisirs.

Il aperçut Harriet au fond du vestibule. Elle lui lança un regard voilé et disparut par la porte menant à la cuisine au sous-sol.

Il se retint de la suivre. Il avait acheté la cuisinière qui au bout du compte n'avait pas profité à Harriet mais à une canaille de Français. Qu'elle aille au diable, pensa-t-il, soudain furieux. Et il monta à sa chambre.

Dans la cuisine, Harriet mit sur la nouvelle cuisinière une grande bassine d'eau et tisonna le feu. Quand elle avait annoncé à Mrs Budley et à miss Tonks son intention de descendre dans la cuisine pour s'y laver intégralement, elles avaient poussé des exclamations consternées, qui avaient redoublé lorsqu'elle avait ajouté qu'elle entendait aussi se laver les cheveux. Il suffisait pour les nettoyer, avaient-elles dit, de les recouvrir d'un nuage de poudre de riz qu'on brossait ensuite pour la faire disparaître. Quant à se laver intégralement, ce n'était nécessaire que lorsqu'on avait de la fièvre. Miss Tonks déclara fièrement qu'elle avait pris un bain en mars et qu'elle envisagerait d'en prendre un autre en septembre, car elle était « notoirement propre ».

Mais miss Tonks n'allait pas à un bal, pensa Harriet, et elle n'avait pas non plus transpiré pendant des semaines dans une cuisine avant l'arrivée du chef.

Les gens du monde se contentaient de s'asperger de parfum à mesure que leur odeur devenait plus forte, et si lady Fortescue et le colonel réussissaient à ne pas sentir mauvais, Harriet constatait que ses narines étaient de plus en plus incommodées non seulement par l'odeur des autres, mais aussi par la sienne.

Elle décrocha de la porte de derrière une baignoire sabot en zinc qu'elle plaça devant le feu et, quand l'eau se mit à bouillir, elle la versa dans le récipient en y ajoutant de l'eau froide pour obtenir la température désirée.

Elle ne craignait pas d'être dérangée, car les associés et les domestiques avaient reçu la consigne stricte de ne pas s'approcher de la cuisine pendant une heure, et le chef était rentré chez lui.

Harriet aspergea le bain d'eau de rose, puis retira tous ses vêtements qu'elle posa sur une chaise avant d'enjamber la baignoire. Miss Tonks lui avait fait cadeau d'une savonnette de Jaffa à l'huile d'olive. Elle se savonna intégralement, puis se versa sur la tête l'eau d'une des carafes qu'elle avait disposées à côté de sa baignoire pour se rincer, et elle lava soigneusement ses longs cheveux noirs.

Elle se redressa, se pencha pour saisir une autre carafe dont elle laissa le contenu ruisseler sur ses cheveux et son corps juste au moment où le duc ouvrait la porte et entrait.

Il se figea. Elle était nue, de dos, devant lui. Son corps superbe était éclairé par la lueur rose des braises que l'on apercevait par la porte ouverte de la cuisinière. Des rigoles de mousse glissaient le long de ses reins.

Il fut envahi par une vague de désir, une telle envie de s'approcher et de presser ce corps nu et mouillé contre le sien que ses mains se mirent à trembler. Mais au même instant, il comprit que si elle se retournait et le surprenait là, elle ne lui pardonnerait jamais.

Il réussit à s'esquiver sans bruit et à refermer la porte derrière lui si doucement qu'elle ne se douta pas une seconde de la présence d'un intrus.

Il remonta dans le vestibule et s'y immobilisa quelques instants, clignant des yeux à la lumière du lustre, qui semblait être le point de mire d'une dame furieuse. « Mais c'est notre lustre ! sifflait-elle. Celui que cette vieille canaille vous a extorqué. Où est sir Philip ? »

Le duc remonta l'escalier en se demandant quels étaient ces parents courroucés de sir Philip. L'image de Harriet nue semblait marquée au fer rouge dans son esprit, si bien qu'il faillit bousculer lady Darkwood.

« Eh bien, Votre Grâce ! s'exclama-t-elle. Vous devez être amoureux pour être aussi distrait !

— Mais non, voyons, répliqua galamment le duc. Seulement ébloui par votre beauté.

— Vous vous moquez, monsieur ! Mais vous devez me promettre une danse au bal de lady Stanton ce soir.

— Promesse impossible, hélas. Je crois bien que je ne vais pas y aller.

— Ah, quelle guigne ! s'écria-t-elle avec humeur. J'ai bien envie d'en faire autant, car Darkwood a pesté comme un furieux quand je lui ai dit que j'emmenais miss James. "Aller dans le monde avec une cuisinière !" a-t-il ricané. Mais miss James, fine mouche, m'a conseillé de dire que je ne l'emmenais pas, qu'il n'y verrait que du feu et se calmerait. Et que, du coup, nous nous amuserions bien. J'adore miss James, même si elle a perdu sa légèreté et sa gaieté d'autrefois. Mais c'est sans doute normal, à force de suer sang et eau sur ses casseroles. Mon Dieu, que c'est vulgaire ! Darkwood n'a peut-être pas totalement tort. Mais c'est un bal masqué, vous savez, alors personne ne la reconnaîtra. Et même alors, personne ne se doutera qu'elle est cuisinière. Enfin…

— Je plaisantais, dit le duc, interrompant ce flot de paroles. J'y serai et je vous promets une danse.

— Mais comment me reconnaîtrez-vous ?

— Chère lady Darkwood, comment pourrais-je vous confondre ? Votre silhouette, votre grâce, votre charme, votre allure…

— Quel flatteur vous faites ! » s'esclaffa Susan, que ces compliments enchantaient, sans se douter qu'il ajoutait cruellement en silence : « Vos dents jaunes et votre rire niais. »

« Mais ne dites pas à miss James que je viendrai, reprit-il. Savoir qu'un client de l'hôtel sera présent au bal et pourrait la reconnaître risque de la contrarier.

— Je n'en soufflerai mot, dit Susan. Au reste, je lui dirai que vous ne viendrez pas à cette soirée.

— À la bonne heure ! » Et après une courbette, il passa devant elle et monta dans sa chambre.

Il était bizarre qu'il tînt tant à ce que Harriet ne s'inquiète pas de sa présence, songeait Susan en descendant l'escalier, alors que la plupart des autres clients de l'hôtel seraient à ce bal. Mais au fond, ce serait amusant de rendre jalouse lady Stanton en dansant avec le duc. Elle dirait donc à Harriet qu'il ne serait pas là.

Toutefois, elle oublia complètement d'en informer Harriet avant que celle-ci ne la rejoigne dans ses appartements à l'heure de partir chez lady Stanton.

Les joues de Harriet étaient rosies par l'excitation. Elle avait paradé devant ses compagnons dans sa robe et tous, même sir Philip – encore sous le coup des insultes que lui avait lancées Mrs Tommy Brickhampton, qui n'avait accepté de partir qu'après avoir obtenu de lui l'assurance qu'il rembourserait ce maudit lustre –, l'avaient trouvée superbe. Sous la mousseline blanche transparaissait un fond de robe en soie vert pâle. La robe elle-même était rehaussée d'une large ceinture de soie verte et de petits nœuds de soie en forme de papillon cousus sur les épaules. Miss Tonks, qui était habile de ses doigts, avait confectionné un diadème de roses en soie verte à partir d'un coupon de tissu qu'elle avait « mis de côté ». Harriet ne se doutait pas que miss Tonks avait pleuré en entendant les ciseaux mordre dans cette ravissante soie qu'elle gardait précieusement pour sa propre robe de bal. Avec le premier coup de ciseaux, elle avait compris qu'elle venait de couper net tous ses espoirs de connaître l'amour et qu'elle en amputait sa vie.

« Oh, déplora Susan, vous êtes plus jolie que moi, et c'est très fâcheux, d'autant que je risque ma réputation dans le monde en vous emmenant. Si seulement j'avais mis du vert plutôt que du bleu. Je n'imaginais pas que des touches de vert puissent être aussi flatteuses. Ce n'est vraiment pas juste ! »

Lorsque son humeur changeante fut remise au beau après que Harriet lui eut assuré que sa robe bleue et son diadème de saphirs feraient pâlir lady Stanton de jalousie, Susan laissa tomber : « J'allais oublier de vous dire que Rowcester ne sera pas là. Il a dû avoir vent des rumeurs selon lesquelles la Stanton avait jeté son dévolu sur lui. »

Alors, finalement, il n'allait pas à ce bal, pensa Harriet. C'est ce qu'elle avait toujours pensé. Si elle se sentait assaillie par le découragement, c'était seulement à cause de la tension des dernières semaines.

« Quel est ce parfum délicieux que vous portez ? demanda Susan.

— Celui du savon. J'ai pris un bain hier soir.

— Vous êtes souffrante ?

— Je voulais être propre.

— Ma femme de chambre me frictionne avec un gant de toilette, c'est bien suffisant, je vous assure. Allons, venez. Martha, lança Susan à sa domestique, nos manteaux. Et portez nos éventails et nos réticules dans la voiture, je vous prie. »

Je prenais tout ceci pour acquis autrefois, pensa Harriet tandis qu'un valet de pied l'aidait à monter dans la confortable voiture des Darkwood. Elle essaya d'oublier sa condition présente et de se croire encore la fille adorée de parents affectionnés. Mais la tristesse l'envahit au souvenir de ses parents et, avec un petit soupir, elle reporta son attention sur le babillage de sa compagne.

« Vous savez, j'ai beaucoup pensé à vous, dit Susan. Quand la Saison sera terminée, si je ne réussis pas à convaincre Darkwood de m'emmener à Brighton, nous retournerons à la campagne, dans ce Sussex mortel, dans cette grande maison sinistre où je vais me décrocher la mâchoire à force de bâiller à longueur de journée, sans autre société que celle de vieillards gâteux à des kilomètres à la ronde. Affaire de climat, sans doute. Prenez lady Fortescue par exemple. Il y a des années qu'elle aurait dû être convenablement bordée dans son cercueil, même si à ce que je sais elle n'est pas originaire du Sussex. Je crois que les Fortescue sont du Kent. Alors je me disais ceci : pourquoi ne viendriez-vous pas chez moi comme dame de compagnie ? Vous n'auriez plus à gagner votre vie de façon sordide dans un hôtel. Pensez aux bons moments que nous passerions ensemble. Et puis en vérité, tous les hommes du Sussex ne trébuchent pas au bord de la tombe. En fait, il y a un délicieux jeune homme, un certain Mr Courtney, qui vient en visite de temps en temps. Il a des jambes, ma petite Harriet ! De vrais balustres, je vous assure. Chaque fois que je vois ces jambes, mon cœur bat la chamade.

— Votre cœur n'a-t-il pas battu la chamade pour Darkwood ? demanda Harriet.

— Quelle sotte vous faites ! Comme si on était amoureuse de son mari ! On prend des amants *après* le mariage, c'est l'intérêt de l'état matrimonial. À peu près le seul, d'après moi, parce que tout ce que font les maris, quand ils ne sont pas à la Chambre, ou à leur club, ou à la chasse, c'est s'attendre à ce que vous produisiez des héritiers. Quel ennui, hein ? Oui, Harriet, vous devez absolument venir avec moi, et nous aurons tous les gentilshommes du Sussex à nos pieds !

— C'est une idée généreuse, vraiment très généreuse, dit Harriet, embarrassée. Mais vous savez, j'ai des obligations envers lady Fortescue.

— Ne me dites pas que vous lui êtes liée par une quelconque servitude ! s'étrangla Susan.

— Non, je parlais d'obligations de loyauté et de gratitude.

— Oh, celles-là ! Vous pouvez les oublier !

— Puis-je réfléchir à votre proposition ? » demanda Harriet, surtout pour arrêter le flot de paroles de Susan, car elle n'était en rien tentée de devenir la dame de compagnie de cette écervelée.

« Faites donc. Mais je suis certaine que vous accepterez. Travailler à l'hôtel est amusant et nouveau, mais vous ne voudriez pas que cela dure des années, n'est-ce pas ? Ah, nous voici arrivées. Est-ce que mon masque est bien en place ?

— Oui, Susan.

— Et comment me trouvez-vous ?

— Diablement séduisante. »

Susan gloussa, ravie.

Je devrais devenir sa dame de compagnie, se dit Harriet, je mens à merveille.

Elles descendirent de voiture et passèrent au milieu d'une double rangée de laquais dans le vestibule. « Vous avez remarqué ces valets ? souffla Susan. Tous exactement de la même taille ! »

Harriet, qui avait été très abattue, se sentit brusquement ragaillardie en entendant la musique venant de la salle de bal à l'étage. Elles se rendirent dans un vestiaire donnant sur le vestibule, où l'experte femme de chambre de Susan les débarrassa de leurs manteaux.

« J'ai oublié, siffla Susan d'un ton pressant, vous ne pouvez être annoncée sous le nom de miss James. Dites, comment allons-nous vous appeler ? » Elle fouilla dans son réticule d'où elle sortit son porte-cartes et un crayon en argent. « Là. Je vais écrire "miss Untel" sous mon propre nom. J'ai trouvé : "miss Vénus", qu'en pensez-vous ?

— On dirait un nom d'actrice ou de danseuse d'opéra, objecta Harriet. J'y suis : le nom de jeune fille de maman était "Ward". "Miss Ward" ira très bien.

— Très quelconque, mais si vous y tenez. Maintenant, il ne faut pas que vous partiez danser en m'abandonnant, sinon je serai très fâchée ! »

Mais à peine furent-elles entrées dans la salle de bal que Susan héla ses amis, du moins ceux qui portaient leur masque au bout de petites baguettes et que l'on pouvait par conséquent facilement reconnaître, et elle planta là sa compagne.

Harriet regarda autour d'elle non sans appréhension. Elle identifia beaucoup d'invités, elle aussi, mais ne put les saluer car le simple fait de se trouver en ce lieu consacrerait sa disgrâce sociale.

Tout à coup, abasourdie, elle reconnut le duc de Rowcester, malgré son loup noir. Il était donc venu ! Il dansait avec lady Stanton, qui était presque aussi grande que lui. Elle tenait devant son visage un masque au bout d'une baguette ornée de pierreries, mais l'abaissait de temps à autre pour que le duc puisse apprécier sa beauté ravageuse. Et de fait, elle était très belle, pensa Harriet. Si les cheveux blonds n'avaient plus les faveurs de la mode, le duc ne semblait pas s'en soucier. Les boucles blondes de lady Stanton étaient coiffées à la romaine et surmontées d'une tiare garnie de plumes d'autruche. Elle portait une robe en tissu doré diaphane qui lui collait au corps. Sous ses paupières lourdes, elle avait un regard nonchalant et caressant.

Harriet chercha Susan du regard, et la vit qui dansait déjà avec un officier de la garde. Elle semblait avoir oublié jusqu'à l'existence de sa compagne.

Harriet regretta soudain d'être venue. C'était un calvaire d'être une observatrice extérieure, de ne plus faire partie de cette scène étincelante. Elle décida d'aller s'asseoir tranquillement à l'écart, à côté de quelque douairière, de passer inaperçue et d'attendre patiemment que la soirée se termine.

Une très vieille dame somnolait derrière un guéridon couvert de fleurs de serre. À côté d'elle se trouvait une chaise vide où Harriet alla s'asseoir. La vieille dame s'ébroua. « Bonsoir, dit-elle sans cérémonie. Mon nom est Rumbelow.

— Je suis miss Ward, dit Harriet.

— Eh bien, miss Ward, que faites-vous assise près d'une vieille chouette comme moi ? Les jeunes gens sont donc aveugles ?

— Je suis venue accompagner lady Darkwood, dit Harriet, mais je n'ai pas envie de danser.

— Vous n'avez peut-être pas tort. Ces bals masqués prêtent au dévergondage. Le simple fait de porter un masque est une excitation supplémentaire, comme si on ne savait pas qui est qui ! Regardez lady Stanton ! Elle ne se donne même pas la peine de couvrir son visage tant elle est occupée à séduire Rowcester. Elle perd son temps, notez bien !

— Pourquoi dites-vous cela ? Lady Stanton est d'une grande beauté.

— Il ne le remarquera même pas. Ce n'est pas un sentimental, cet homme !

— Ah bon ? Peut-être est-ce la raison pour laquelle il n'est pas marié. Mais pourquoi dites-vous cela ? »

Lady Rumbelow gloussa avant de répondre : « Il était au bal d'ouverture chez Almack, où se trouvaient toutes les beautés de la Saison. Hormis lady Stanton, c'est vrai : le comité de grandes dames régnant sur les admissions à Almack a refusé de lui vendre des bons d'entrée car elle s'est brouillée avec l'une d'entre elles, je ne me rappelle plus laquelle. Où en étais-je ? Ah oui, Rowcester dansait avec la dernière beauté à la mode, miss Simms, et – je l'ai appris plus tard – il a voulu savoir s'il pouvait lui demander quelque chose. Elle, naturellement, a cru qu'il allait lui poser *la* question fatidique en plein milieu de chez Almack, mais figurez-vous qu'il lui a demandé où il pourrait se procurer un fourneau. Qu'est-ce qu'elle en sait, elle ! Cette génération ne sait même pas se moucher. Alors il vient me demander à moi, et je l'envoie chez Carter. Et je vous le donne en mille ! » Lady Rumbelow enfonça son coude pointu dans les côtes de Harriet. « Il veut faire cadeau de ce fourneau à une dame et il y tient si fort qu'il part de chez Almack et file droit chez Carter pour le tirer du lit. »

Harriet sentit une douce chaleur l'envahir. Il avait pensé à elle, et l'avait tenue en assez grande estime pour sortir au milieu de la nuit afin de dénicher cette cuisinière. Mais il souriait à lady Stanton, la fixait du regard, et ses yeux étincelaient derrière son masque. Comme leurs pas s'accordaient bien ensemble ! Il se montre charitable envers moi, c'est tout, se dit Harriet. Et la douce chaleur disparut.

« Seigneur, voilà ma petite-fille ! » s'exclama lady Rumbelow en voyant miss Fanny Trust approcher à petits pas dansants. « Tu t'amuses ? lui demanda sa grand-mère.

— Assez, ma foi, répondit Fanny. On ne parle que de Rowcester. Il est venu ?

— Évidemment, petite bécasse, c'est lui qui danse avec lady Stanton. Aucun autre homme n'a la jambe si bien tournée.

— Il faut que vous me présentiez, insista Fanny.

— Alors je te présente miss Ward. Miss Ward, miss Trust, dit lady Rumbelow, faisant exprès de comprendre de travers.

— Je parlais de Rowcester, précisa Fanny avec une moue. Vous l'aviez à côté de vous chez Almack et vous l'avez laissé partir.

— Je pouvais difficilement l'enchaîner au sol, quand même ! rétorqua sa grand-mère. La danse est terminée. Tu n'as qu'à voguer avec élégance dans sa direction. Non, attends. Il vient d'inviter lady Darkwood à danser, et elle glousse comme elle en a l'agaçante habitude. Pardon, miss Ward, j'avais oublié que c'était votre amie. Ah, voilà un cavalier pour toi, Fanny. Le jeune Daventry, si je ne m'abuse. »

Un jeune homme au masque écarlate s'inclina devant Fanny, puis aperçut Harriet et se figea, hésitant. Lady Rumbelow eut pitié de lui. « Vous alliez inviter ma petite-fille à danser, Mr Daventry ?

— Oui, bien sûr. » Il détacha à regret les yeux de Harriet. « Oserai-je demander à être présenté à…

— Après la danse, coupa lady Rumbelow. Allez, ouste ! »

Lorsque le couple se fut éloigné, elle reprit : « Vous l'avez séduit au premier regard. Mais il faut bien que je veille sur la chair de ma chair. »

Les yeux de Harriet suivirent non pas Fanny et Mr Daventry, mais le duc de Rowcester. Elle était sûre d'être pratiquement invisible derrière la barrière de fleurs de serre. Mr Daventry devait avoir emboîté le pas à Fanny, sinon il n'aurait pu la voir de la salle de bal une fois qu'elle avait commencé à parler à sa grand-mère.

Le duc et Susan dansaient un cotillon. Susan profitait de toutes les occasions pour jouer les coquettes avec le duc lorsqu'une figure de la danse les rapprochait.

Alors, tandis que Harriet les observait, elle vit le duc dire quelque chose et Susan rire, regarder autour d'elle et hausser les épaules comme pour répondre « Je ne sais pas ». Le duc continua à danser avec grâce et élégance, mais ses yeux balayèrent la salle de bal et Harriet, le souffle coupé, se demanda si c'était elle qu'il cherchait.

« Que pensez-vous de Fanny ? entendit-elle soudain lady Rumbelow lui demander.

— Miss Trust ? C'est une très jolie jeune fille.

— Hélas, l'éducation de ma fille a fait des ravages. Quand Fanny était enfant, tout semblait indiquer qu'il y avait un cerveau derrière son joli minois, mais on a considéré cela comme une menace. On lui a appris à zézayer, à parler un mauvais français et à affecter un langage enfantin. Que lui arrivera-t-il après le mariage ? Que deviendra une jeune femme qui a pour seule compagnie un cerveau mal dégrossi ?

— Vous avez des opinions très modernes, dit Harriet. Il est notoire que les messieurs n'aiment pas les femmes intelligentes. Elle aura beaucoup d'enfants pour occuper son temps. »

La vieille dame posa sur elle un regard surpris. « Mais voyons, après la naissance, la nourrice et la bonne d'enfants s'occuperont de sa progéniture, et ensuite, un précepteur ou une gouvernante prendront le relais. Quelle jeune femme élevée dans la bonne société passe jamais du temps avec ses enfants ? Tiens, voilà Rowcester. Vous avez trouvé votre fourneau ? »

Le duc s'inclina pour la saluer.

« Oui, merci, lady Rumbelow.

— Eh bien, Rowcester, je vous présente miss Ward. Vous pouvez la faire danser, si telle était votre intention. »

Le duc eut un instant de désarroi, se demandant s'il était bien devant Harriet, mais les yeux qui se levèrent vers lui étaient aussi verts que ceux d'un chat, et ces cheveux noirs brillants ne pouvaient appartenir à personne d'autre.

« Miss Ward, dit-il avec des yeux pétillants, me ferez-vous l'honneur ? »

Harriet se leva et prit le bras offert. Tandis qu'il la conduisait vers la piste de danse, elle eut conscience des regards posés sur elle, ceux de Susan, de lady Stanton, et perçut le bourdonnement soudain des spéculations.

« Une valse, miss Ward, dit-il. Pas encore autorisée chez Almack, mais j'ai le sentiment que nous en avons déjà dansé une ensemble. »

Lorsqu'il lui passa un bras autour de la taille, il eut une vision très claire d'elle nue, et seul le petit cri de surprise de Harriet le rappela à la raison et lui fit prendre conscience qu'il l'avait serrée contre lui au lieu de la tenir à la distance de rigueur, trente centimètres. Harriet laissa la musique la porter et l'emporter. Elle oublia l'hôtel, les autres parents pauvres, et n'exista que pour chaque instant de cette danse. Si on lui avait dit que cette extase devait beaucoup à la main du duc sur sa taille, elle eût été horrifiée. Elle aurait objecté qu'elle s'était réfugiée dans la sécurité d'un passé où son père et sa mère vivaient encore, et où elle faisait son entrée dans la société. Mais quand elle s'inclina devant le duc en une révérence à la fin de la danse, le présent revint l'assaillir : elle reprit conscience des yeux avides et curieux qui luisaient dans les fentes des masques, du papillonnement des éventails, et du fait qu'elle exerçait désormais une activité mercantile et n'avait pas sa place à ce bal.

« Allons donc souper », dit le duc avec le plus grand naturel en la conduisant vers la salle du buffet. Certes, comme Susan devait le souligner plus tard, elle n'était pas obligée de le suivre. Il aurait difficilement pu l'y traîner de force devant tout le monde.

Le buffet était calqué sur ceux qui étaient servis aux jardins de Vauxhall : fines tranches de jambon de Westphalie et punch à l'arak. Trop occupée par ses préparatifs pour le bal, Harriet n'avait pas pris le temps de manger ; mais son appétit disparut brusquement et elle avala du punch sur un estomac vide. La boisson eut pour effet de la détendre. Et quand le duc lui dit : « Je sais que c'est vous, miss James », elle répondit sans s'émouvoir : « Les masques ne sont pas un très bon déguisement, mais j'espère que personne d'autre ne me reconnaîtra, sinon jamais on ne pardonnera à lady Darkwood de m'avoir amenée.

— C'est ridicule de devoir vous cacher ainsi, dit-il. Encore que vous ne puissiez vous en prendre qu'à vous.

— Votre Grâce, dans ma condition encore très récente de pauvreté digne, j'avais aussi peu d'espoir que maintenant d'être acceptée dans le monde. Je suis pour ainsi dire une vieille fille et je n'ai pas de dot.

— Peut-être y a-t-il des hommes pour qui votre absence de dot serait sans importance.

— Dans la bonne société ? » Elle se mit à rire. « Même s'il en existait un qui fût assez aveugle pour cela, ses parents, sa famille ou ses notaires auraient tôt fait de mettre un terme à cette folie.

— Un homme amoureux ne céderait pas à la pression.

— Balivernes ! Vous-même, vous étiez prêt à ruiner l'hôtel parce que cela vous faisait honte d'avoir une parente hôtelière. Je sais de source sûre que l'amour n'a rien à voir avec le mariage.

— Quelle source ?

— Lady Darkwood pour commencer.

— Cette crécelle ? Vous devriez éviter pareille compagnie. Elle n'a aucune moralité.

— Lady Darkwood est très bonne et elle risque sa réputation en venant ici avec moi. »

Il s'appuya au dossier de sa chaise et la fixa. Sans rougir ni se troubler, elle soutint son regard par les fentes de son masque.

« Lady Fortescue vous a-t-elle dit que j'avais cherché à vous racheter vos parts à tous ? »

Harriet parut surprise. « J'avais compris que la proposition la concernait. Non, elle n'en a pas parlé. Mais comme je vous l'ai dit, l'hôtel lui a donné une nouvelle vie, comme à nous tous. Nous avons quelques prises de bec, mais nous sommes comme une famille, et très solidaires.

— C'est une folie. Une folie pure. Et si je vous offrais à vous la somme que j'étais prêt à débourser pour vous racheter vos parts à tous ? Cela vous constituerait une belle dot. Songez-y, miss James. Vous retrouveriez votre place dans le monde. »

Harriet regarda autour d'elle. Et vit plusieurs paires d'yeux curieux rivées sur elle. Elle poussa un léger soupir. « Peut-être mon âme appartient-elle à la classe commerçante à présent. Vue de l'extérieur, la bonne société semble n'être… que faux-semblants. Prenez lady Rumbelow : elle s'inquiète au sujet de l'avenir de sa petite-fille. Elle craint qu'après son mariage miss Trust n'ait plus rien pour emplir ses journées ou pour compenser son manque d'instruction. J'ai suggéré que les enfants pourraient l'occuper, mais j'avais oublié qu'aucune dame de la bonne société n'a à se soucier d'autre chose que de les mettre au monde. Oui, mon âme a décidément basculé du côté de la classe marchande. Le commerce me plaît. Mieux vaut faire quelque chose de sa vie, fût-ce tenir un hôtel. Mais je vous remercie de votre offre.

— Je vous dois également des excuses, dit-il. J'ai eu la témérité de laisser entendre que vous pourriez devenir ma maîtresse. Suis-je pardonné ? »

Elle lui sourit soudain et le cœur du duc chavira.

Ce fut le moment que choisit lady Stanton pour s'approcher d'eux et s'asseoir, ce qui irrita le duc au plus haut point.

« Lady Stanton, dit-il d'une voix glaciale, que puis-je faire pour vous ?

— J'aimerais que vous me présentiez à cette charmante personne, répondit lady Stanton.

— Voilà qui ne me surprend pas, dit le duc avec légèreté. Pareille beauté excite toujours l'admiration et la curiosité. Mais hélas, nous devons vous quitter. Nous sommes engagés pour cette danse. »

Lady Stanton les regarda s'éloigner, les yeux plissés par la rage. Qui était cette séductrice inconnue qui lui gâchait sa soirée et ses chances de façon si imparable ? Elle avait posé la question à lady Darkwood, qui avait paru confuse et avait bafouillé « Juste une amie » avant de s'esquiver. Et voilà que Rowcester faisait tout pour éviter de la présenter.

Lady Stanton réfléchit sérieusement. Peut-être est-elle grêlée par la petite vérole sous son masque ? À moins, se dit-elle en sentant sa fureur monter d'un cran, que Rowcester n'ait décidé de venir à mon bal avec une demi-mondaine, et que cette sotte de lady Darkwood ne l'y ait aidé.

Le bal se faisait plus tapageur, ce qui était toujours le cas pour les bals masqués. Certains des hommes étaient très ivres. Harriet dansait une contredanse avec le duc. Elle remarqua que lady Stanton était montée dans la galerie surplombant la salle de bal, où jouait l'orchestre, et la regardait fixement.

« Il faut que je parte, souffla-t-elle d'un ton pressant au duc. Lady Stanton est devenue beaucoup trop curieuse à mon endroit.

— Grand bien lui fasse », dit-il en riant. Et la danse les sépara.

Mais quand elle fut terminée, on entendit lady Stanton réclamer le silence.

« Mes amis, cria-t-elle, l'heure de se démasquer est venue. »

Des rires fusèrent partout dans la salle. Hommes et femmes défirent les cordons de leur masque. Le duc glissa le sien dans sa poche et chuchota à Harriet : « Évanouissez-vous ! »

Elle ferma les yeux et se laissa glisser vers le sol. Il la rattrapa et sortit de la salle avec elle dans les bras. Susan poussa un soupir de soulagement audible.

Portant toujours Harriet, le duc descendit l'escalier à la hâte. Les laquais qui avaient servi de garde d'honneur à l'arrivée des invités étaient maintenant de service dans la salle de bal et celle du buffet, à l'exception de trois, qui bavardaient dehors avec les cochers. Le duc ouvrit la première des portes donnant sur le vestibule, remit Harriet sur ses pieds et, se retournant, ferma la porte à clé.

« C'est la bibliothèque de lady Stanton, j'imagine », dit-il en promenant le regard autour de lui. Des vitrines de livres achetés au mètre pour leur aspect plus que pour leur contenu tapissaient les murs. Il régnait dans la pièce une odeur de renfermé, car elle ne devait pas servir souvent.

« Et maintenant, que faisons-nous ? demanda Harriet avec inquiétude.

— Nous attendons un moment, en espérant que lady Stanton nous croira partis. Puis je vous laisserai ici et j'irai discrètement demander à un valet de pied qu'on fasse avancer ma voiture qui se trouve un peu plus bas dans la rue.

— Oh, merci ! s'exclama Harriet. La réputation de lady Darkwood souffrirait fort si mon identité venait à être connue.

— Espérons qu'elle s'en souviendra, sinon, elle jasera. Je vais partir maintenant. Quand la voiture sera là, je frapperai deux coups à cette porte.

— Ma cape ! s'écria Harriet. Elle est au vestiaire.

— J'irai vous la chercher. »

Il déverrouilla la porte et glissa un œil à l'extérieur. Puis il sortit dans le vestibule et Harriet referma la porte à clé derrière lui. Elle se sentait nerveuse et joyeuse à la fois.

Quand elle entendit frapper deux fois, elle tressaillit, puis se souvint qu'il s'agissait du signal, et elle ouvrit la porte avec précaution.

« Vite ! dit le duc. Mettez votre cape. Je vais vous porter à nouveau. Si jamais on nous voyait, je pourrais prétexter que votre malaise se prolonge. »

Harriet ferma les yeux et sentit les bras vigoureux du duc la soulever et la tenir serrée contre lui.

Il la porta à l'extérieur juste au moment où sa voiture s'arrêtait devant la maison.

« Maintenant, nous sommes en sécurité, annonça-t-il. Vous pouvez ouvrir les yeux et ôter votre masque. »

Il se pencha et dénoua les cordons du masque, qu'il laissa tomber sur les genoux de Harriet. La voiture fit une embardée à cause d'un nid-de-poule dans la rue et Harriet fut projetée contre lui.

Elle essaya de se dégager, mais le bras qu'il avait tendu pour l'empêcher de tomber se resserra. Elle vit sa bouche s'approcher et, au lieu de le repousser, elle referma les yeux. Il avait des lèvres chaudes et pressantes, et il sentit la passion monter en lui tandis que la scène dans la cuisine lui revenait à l'esprit. Harriet répondit à l'unisson de son ardeur, ce qui enflamma le duc, dont le baiser se fit plus profond tandis que ses longues mains caressaient le visage de Harriet. Il finit par s'écarter et dit dans un souffle rauque : « Oh, Harriet, vous m'ensorcelez. Quand je vous ai vue nue dans la cuisine, j'ai pensé à Vénus sortant de l'onde. »

Le visage de Harriet se figea sous l'effet de la stupeur et elle recula, les yeux écarquillés. Puis ses joues s'empourprèrent sous l'effet d'une honte douloureuse, ce qu'il vit clairement à la lumière vacillante de la lampe éclairant la voiture. Et elle leva les mains pour se couvrir le visage.

« J'aurais mieux fait de me taire, souffla le duc en la regardant avec consternation. J'étais descendu à la cuisine pour parler… pour vous parler… et j'ai vu… j'ai vu…

— Pas un mot de plus, je vous prie », coupa Harriet en baissant les mains. Elle était maintenant aussi pâle qu'elle avait été écarlate l'instant précédent. Elle jeta un coup d'œil par la fenêtre de la voiture et vit avec soulagement qu'ils s'arrêtaient devant l'hôtel.

« Votre Grâce, j'ai dû depuis quelque temps veiller sur moi-même comme un père et une mère. Et être mon propre chaperon. Je ne vous tiens pas rigueur de m'avoir embrassée. Je ne vous ai pas repoussé. Mais je ne pourrai plus jamais vous regarder sans embarras et indignation. »

Le valet de pied ouvrit la portière et recula, surpris, lorsque Harriet sauta de voiture avant qu'il n'ait eu le temps d'abaisser le marchepied.

Le duc ordonna d'un ton morne au cocher de le raccompagner au bal. Il ne s'était pas comporté en gentleman. Jamais Harriet n'oublierait qu'il l'avait vue nue ni ne lui pardonnerait d'avoir évoqué ce moment. Au Club, le vieux lord Plomley, qui avait fait quinze enfants à sa femme, avait confessé un jour où il avait trop bu qu'il n'avait jamais vu l'anatomie de son épouse, tous les rituels du lit conjugal ayant été accomplis dans l'obscurité totale et sous plusieurs couvertures. « Mais il en va ainsi dans notre monde, avait soupiré le vieil homme. Seules les gourgandines ôtent leurs vêtements. »

6

« Sois bonne, ma douce, et laisse l'intelligence
à ceux qui veulent la cultiver. »

Charles KINGSLEY

Harriet avait été autorisée à se lever plus tard le lendemain du bal. Elle partageait un lit avec miss Tonks et Mrs Budley, la place manquant dans les mansardes.

Elle les sentit plus qu'elle ne les vit se lever, entendit leurs discrets murmures et des bruits d'ablutions devant la table de toilette. Puis la porte s'ouvrit, se referma, et elle resta seule. Elle s'étira et essaya de se rendormir, mais le bruit des cloches l'en empêcha. Elle était souvent sidérée d'entendre les gens parler du calme de bon ton des beaux quartiers.

De l'extérieur parvenait l'habituelle cacophonie de cloches en tous genres : celles des colporteurs vendant canifs, rubans et pâtés chauds ; celles des saltimbanques, du montreur de marionnettes, des chanteurs des rues ; celles des laitiers et laitières, du boucher, du boulanger, de l'épicier ; celles des marchands d'eau de source, des vendeurs d'orviétan et autres charlatans ; celles du bedeau, du crieur public, de l'éboueur poussant sa charrette : tous agitaient des sonnettes plus ou moins discordantes dans un tintamarre général. Sans compter les cloches des marchés de rue, qui résonnaient à sept heures du matin pour en marquer l'ouverture, puis le soir, pendant une demi-heure, pour la fermeture. Les sonneurs de cloches des églises actionnaient leurs carillons à toute heure. Des lettres avaient été publiées dans les journaux pour demander au gouvernement d'agir afin de réduire ce vacarme infernal.

Le sommeil ne voulait pas revenir et Harriet fut presque soulagée lorsque miss Tonks se glissa dans la chambre pour lui chuchoter que lady Darkwood souhaitait lui parler.

En regardant la pendule, Harriet vit qu'il n'était que huit heures et demie du matin, et elle fut surprise de savoir Susan levée avant deux heures de l'après-midi. Elle fit sa toilette, s'habilla et descendit dans l'appartement de lady Darkwood.

La raison pour laquelle Susan était réveillée lui sauta aux yeux : elle était encore en robe du soir et ne s'était à l'évidence pas couchée.

Elle fit tout de suite passer Harriet dans le salon. « Parlez à voix basse, chuchota-t-elle, car Darkwood est à côté. Il dort encore et ne sait pas que je suis rentrée si tard.

— Alors, au cas où il se réveillerait, peut-être devriez-vous vous mettre en tenue de nuit et dire que je vous ai sortie du lit.

— Quelle fine mouche ! lança Susan. Mais aussi, les affaires de cœur n'ont pas de secrets pour vous alors que je suis novice ! » Et avant que Harriet n'ait pu trouver une réponse, elle avait disparu dans la chambre.

Elle reparut peu après en chemise de nuit et robe de chambre, l'œil pétillant. « Je me suis follement amusée ! s'exclama-t-elle. Figurez-vous que, quand Rowcester est revenu au bal, la Stanton lui est tombée dessus en insistant pour savoir le nom de sa belle *inamorata*. Rowcester a riposté aussitôt d'un ton glacial que cette dame était sa *cousine* ; et lady Stanton s'est sur-le-champ confondue en excuses gracieuses. Vous aviez dû manigancer cela entre vous. Ma chère Harriet, j'aurais dû me douter que Rowcester était votre… euh, hum… car il n'avait pas l'intention d'aller au bal avant d'avoir appris que vous y seriez. Et lady Stanton ne serait pas devenue si soupçonneuse si vous n'aviez pas décidé de souper avec lui.

— Susan, dit Harriet d'une voix sévère, il n'y a pas de euh-hum entre Rowcester et moi, et vos sous-entendus n'ont pas de raison d'être. Il a eu la présence d'esprit de nous épargner à vous comme à moi un bien fâcheux embarras si la vérité avait été découverte. S'il avait été aussi amoureux de moi que vous le dites, il ne m'aurait assurément pas raccompagnée chez moi pour retourner aussitôt au bal. Je gage qu'il a tout de suite fait la cour à lady Stanton.

— Oui, en effet, dit Susan, surprise. C'est exactement ce qui s'est passé, et elle, elle avait la mine d'une chatte devant un bol de crème. »

« Coureur de jupons ! Don Juan ! » crièrent des voix outragées dans la tête de Harriet. Dire qu'il l'avait vue nue, qu'il l'avait embrassée, qu'elle avait répondu à ses baisers… Honteux !

Susan continuait à jacasser : « Mais cette soirée a été fameuse ! Certes, le capitaine Jenners a marché sur l'ourlet de ma robe, mais il s'est excusé de façon charmante et a demandé la permission de me rendre visite aujourd'hui. C'est une bénédiction que Darkwood soit obligé d'aller à la Chambre, sinon il resterait là à faire le grognon et à répandre la morosité partout.

— Où sont vos filles ? demanda Harriet. Elles dorment ?

— Je les ai renvoyées à la campagne avec leur nounou. On ne voit jamais ses enfants à la maison, vous savez, et dans un hôtel où l'on a peu de place, ils deviennent vite encombrants. Mes filles ont beaucoup pleuré, ces petites sottes. La campagne leur semblera très ennuyeuse après Londres.

— Peut-être ont-elles pleuré parce qu'elles vous quittaient », suggéra Harriet.

Susan parut surprise. « Elles sont très bien élevées, dit-elle sévèrement, et je vous assure qu'elles ne sont pas portées vers un excès de sentimentalité. Allons, je dois aller dormir à présent, si je veux être à mon avantage pour le capitaine Jenners. »

Harriet partit, se demandant si elle pourrait elle-même être une mère aussi froide. Mais ce détachement était de rigueur dans le beau monde. Elle descendit au bureau de l'hôtel, dans l'espoir d'y trouver lady Fortescue, car elle éprouvait soudain le besoin d'être réconfortée et conseillée.

Lady Fortescue leva des yeux soulagés en la voyant entrer.

« Je ne comprends rien du tout à ces comptes, dit-elle. Sommes-nous obligés d'avoir des chandelles en cire d'abeille ? Elles coûtent fort cher.

— Hélas, oui, dit Harriet en s'asseyant à côté d'elle. Les chandelles en suif ont une odeur déplaisante. On allume maintenant la nuit des lampes à huile pour les clients qui rentrent tard, mais il faut veiller à ce qu'elles soient soigneusement entretenues. Une lampe à huile qui fume peut avoir des conséquences désastreuses. Ne vous inquiétez pas. Je me suis réveillée tôt et suis prête à mettre les comptes à jour. » Après une petite hésitation, elle ajouta : « Lady Fortescue, j'ai besoin de conseils.

— S'est-il passé quelque chose au bal ? » La curiosité fit papilloter les yeux noirs de lady Fortescue.

« Je vais m'efforcer de tout vous raconter sans rougir, mais je crains que ce ne soit difficile. »

D'une voix entrecoupée, Harriet lui décrivit la façon dont le duc lui avait épargné d'être démasquée au bal, le baiser qui avait suivi et la révélation qu'il l'avait vue nue dans la cuisine.

« Vous étiez nue... *entièrement* ?

— Oui, lady Fortescue, répondit sèchement Harriet. C'est ainsi qu'on prend un bain.

— Pas du tout ! Si vous tenez à adopter des idées modernes et à vous laver intégralement, portez une chemise. Qu'un homme puisse vous voir ainsi a de quoi scandaliser. Presque autant que le fait que vous vous voyiez vous-même. Enfin, le mal est fait et un sermon sur la moralité n'avancera pas à grand-chose. Il est très clair qu'il est épris de vous, mais de façon grossière. Voyons, je réfléchis. »

Elle agita la cloche du bureau et, quand un valet de pied apparut, elle lui demanda d'aller chercher sir Philip.

« Ne me dites pas que vous allez raconter à sir Philip ce que je viens de vous confier ! s'écria Harriet.

— Non, il est trop vieux, et ce genre de révélations exciterait à l'excès ce vieux libidineux. Cependant, c'est un homme qui a l'expérience du monde et, comme il est lui-même un affreux satyre, il saura comment refroidir les ardeurs de mon neveu. Ah, sir Philip, si vous voulez bien nous faire profiter de vos lumières… »

Sir Philip se pencha sur la main de lady Fortescue et y déposa un baiser mouillé, puis plongea dans ses yeux un regard lubrique.

« Fi, monsieur, tenez-vous donc ! riposta lady Fortescue en ôtant vivement sa main. Voici ce qui nous préoccupe : Rowcester continue à poursuivre miss James de ses assiduités, et avec les intentions les moins honorables. Que suggérez-vous ? Jusqu'à la fin de la Saison, nous ne serons pas assez en fonds pour nous passer d'elle ici et, de plus, personne ne sait faire les comptes aussi bien qu'elle.

— À ce propos, intervint Harriet, je n'ai vu dans les registres aucun règlement à la compagnie d'assurances Sun, or c'est vous qui vous en occupez, sir Philip. Vous avez réglé la souscription, n'est-ce pas ?

— Bien entendu, ma belle demoiselle. Donnez-moi les registres et je noterai les montants aux dates prévues. J'ai tout inscrit ici, dit-il en sortant un morceau de papier froissé de sa poche. Mais vous me posiez une question au sujet de Rowcester. Laissez-moi réfléchir. S'il continue à séjourner dans cet hôtel, ce n'est ni pour nous racheter nos parts ni pour nous ruiner, mais pour vos beaux yeux, miss James. Et tout ce qu'il a, ce sont de brèves visions de vous, qui lui mettent l'eau à la bouche. Or vous n'êtes ni chair ni poisson, ni domestique ni membre respectable de la bonne société. » Harriet tiqua. « Dans ces conditions, il faut apparaître davantage comme une domestique ici afin qu'il ait clairement à l'esprit votre condition. Je suggère que vous vous mettiez à servir à table dans la salle à manger.

— Mais il me verra ! s'exclama Harriet.

— Dans une position ancillaire mais respectable », répliqua sir Philip.

Harriet réfléchit et se dit que ce serait peut-être le meilleur parti à prendre. Elle pourrait lui montrer par ses manières cérémonieuses qu'elle n'était en réalité rien de plus qu'une servante. Devant les autres clients, et devant lady Fortescue et le colonel Sandhurst, elle serait inaccessible.

« Soit », dit-elle.

Le colonel Sandhurst entra dans le bureau. « Bonjour, dit-il en dévisageant les présents d'un œil vif. Que se passe-t-il ?

— Oh, je demandais juste son avis à sir Philip, répondit lady Fortescue, qui se mordit aussitôt la langue car le visage du colonel s'assombrit.

— Tiens donc, lança-t-il sèchement. Et pourquoi n'ai-je pas été consulté ? »

Harriet rassembla les registres et fila dans la salle d'étude. On ne dînait qu'à sept heures, car la mode dictait maintenant de ne pas servir le repas plus tôt, aussi avait-elle largement le temps de vérifier les comptes.

Le budget de l'épicerie était toujours trop élevé. Elle descendit à la cuisine voir Despard, heureuse d'avoir appris assez de français pour pouvoir communiquer avec lui. Patiemment, elle lui expliqua de nouveau qu'ils devaient veiller à la dépense. Si les épiciers, poissonniers et bouchers de premier plan étaient pour l'instant prêts à autoriser des crédits illimités, ils pratiquaient des prix plus élevés que ceux des marchés. Pour économiser, il fallait de temps en temps payer comptant. Elle se proposait de l'emmener dans les différents marchés le lendemain matin et il constaterait par lui-même que l'on y trouvait de meilleures marchandises pour moins cher. Il écouta poliment et son visage torve resta impassible, mais Harriet eut une fois de plus le sentiment qu'il ne l'aimait pas, pas plus qu'il n'aimait ses compagnons. Pour une raison obscure, sir Philip était parti du principe que Despard, ayant été enrôlé de force dans l'armée française, n'éprouvait que de l'antipathie pour Napoléon. Mais sir Philip avait un rare génie pour croire ce qui arrangeait ses affaires. La seule chose qui semblait susciter de l'enthousiasme chez le chef français, c'était le nouveau fourneau, qu'il insistait pour nettoyer et passer lui-même à la mine de plomb. Harriet répéta fermement sa proposition de l'emmener faire le tour des marchés et, après avoir annoncé qu'elle retiendrait un fiacre à cet effet, elle lui donna rendez-vous le lendemain matin à six heures devant l'hôtel.

Elle fut très occupée toute la journée, lady Fortescue et le colonel Sandhurst ayant décidé d'aller se promener au parc pour régler leur différend. Sir Philip avait disparu, comme à son habitude ; quant à miss Tonks et Mrs Budley, elles étaient parties regarder les vitrines. Harriet songea non sans agacement que les parents pauvres avaient pris l'habitude de se plaindre de tout le travail qu'ils faisaient, alors qu'en réalité ils se déchargeaient sur les domestiques de la majeure partie de leurs tâches.

Ce jour-là, le vicomte Chiswick et son épouse, résidant tous deux à l'hôtel, convoquèrent Harriet dans leur salon. Ils avaient un sérieux motif de plainte, annoncèrent-ils. Ils ne pouvaient manger que peu de chose de ce qu'on leur servait.

« Mais notre table a la réputation d'être la meilleure de Londres ! » protesta Harriet. Lady Chiswick, une femme fanée, la trentaine passée, fit remarquer de sa voix geignarde que ni son mari ni elle ne pouvaient consommer de mets sucrés, et nc pouvaient boire thé, café ni chocolat.

« Pourquoi ? demanda patiemment Harriet.

— Parce que ces produits sont le fruit du travail d'esclaves, répondit lady Chiswick. Si tout le monde en Angleterre refusait d'y toucher, ce commerce barbare diminuerait peut-être. »

Harriet poussa un petit soupir. Il était difficile de ne pas être d'accord avec des motifs philanthropiques tels que ceux-ci, mais un effort perpétuel pour dresser le bilan des comptes tendait à rendre soucieux de ses propres intérêts en priorité. Elle sortit un calepin qu'elle avait toujours sur elle.

« Voyons, je pourrais aller chez l'herboriste chercher de la racine de pissenlit comme substitut du café et sucrer l'infusion avec du miel.

— Excellente idée, dit lady Chiswick. Mais les plats sont épicés, et les épices viennent des Antilles, aussi…

— Nous préparerons des plats sans épices spécialement pour vous, dit Harriet. Mais, ajouta-t-elle, si louables que soient vos motifs, je serai obligée de vous compter un supplément pour la préparation de ces plats.

— Rien n'est trop cher lorsque cela touche les principes de mon épouse », dit le vicomte.

Harriet descendit à la cuisine pour informer Despard qu'il devait maintenant préparer à part les plats pour les Chiswick en veillant à ce qu'aucun produit du travail des esclaves ne les souille.

Le visage de Despard parut plus torve que jamais.

« En France, nous nous sommes débarrassés de ces parasites décadents, laissa-t-il tomber d'un ton caustique.

— Et nous, nous n'avons pas encore la guillotine dans ce pays », rétorqua sèchement Harriet. Elle remonta dans la mansarde pour se changer et partir à la City acheter de la racine de pissenlit.

Le reste de la journée passa à une vitesse folle et, à son retour, elle eut juste le temps de se changer une nouvelle fois pour revêtir la stricte robe noire en soie et les tablier et bonnet blancs que lady Fortescue considérait comme la tenue correcte pour servir à table.

Harriet trouva l'épreuve moins rude qu'elle ne l'avait imaginé. Le duc n'était pas là et, après quelques regards curieux de la part des convives, ceux-ci se mirent à la traiter comme n'importe quelle autre domestique, puis l'ignorèrent, ne remarquant que les mains gantées qui glissaient prestement les plats sous leur nez.

Mais les Chiswick vinrent lui parler en quittant la salle à manger, louant les efforts qui avaient été faits pour eux, ce qui confirma Harriet dans l'idée que les gens qui avaient des principes avaient également des manières.

*

Lady Stanton avait à sa dévotion plusieurs soupirants qu'elle gardait en réserve. Elle chargea l'un d'entre eux, Mr Jasper Blackley, de lui trouver une distraction pour le lendemain du bal, car elle avait découvert que la seule soirée proposée était un programme de lieds allemands chez la vieille lady Rumbelow.

Mr Blackley n'avait d'autre désir que de faire plaisir à lady Stanton. « Il y a ce nouvel hôtel dont tout le monde parle, Au Parent pauvre. »

Lady Stanton lui sourit. « Quel malin vous faites ! N'est-ce pas là que loge Rowcester en ce moment ?

— J'avais oublié, dit-il d'un ton chagrin. Ma foi, il y a toujours l'opéra.

— Un autre jour peut-être. J'ai fort envie de dîner dans cet hôtel.

— Je crois qu'il est difficile d'y trouver une table », objecta Mr Blackley, mais en voyant une lueur agacée s'allumer dans les yeux de lady Stanton, il n'insista pas.

« Je suis sûre que vous pourrez en obtenir une si vous faites le nécessaire », dit-elle d'une voix caressante où l'on décelait néanmoins une indubitable pointe de menace.

Aussi Mr Blackley réussit-il à retenir une table en soudoyant sir Philip Sommerville, qui jouait le rôle de maître d'hôtel et avait déjà amassé une somme rondelette grâce à ces pots-de-vin qu'il ne se souciait pas de verser dans la bourse commune. L'instinct de sir Philip semblait lui permettre de prédire exactement à quelle heure un éventuel convive arriverait à l'hôtel pour demander une table. S'il était en général absent durant la journée, il était toujours là à temps pour s'occuper des réservations.

Lorsque Harriet vit entrer lady Stanton, le cœur lui manqua, mais elle se réjouit cependant que le duc ait à l'évidence choisi de ne pas apparaître dans la salle à manger ce soir-là non plus.

Lady Stanton regarda autour d'elle, amusée de voir lady Fortescue et le colonel Sandhurst, dont elle avait entendu parler, circuler autour des tables en transportant les plats malgré leurs articulations raides. Leur choix d'une jolie serveuse était astucieux aussi. Mais quelque chose en elle lui semblait familier. Ces cheveux noirs, ces yeux verts. Elle aurait presque pu être la séduisante personne masquée vue à son bal, à ceci près que c'était impossible : Rowcester n'avait-il pas dit qu'il s'agissait de sa cousine ?

À sa grande joie, elle vit le duc faire son entrée dans la salle à manger. Souhaitant en silence que Mr Blackley aille au diable, lady Stanton sourit au duc. Il se baissa pour lui baiser la main, puis parut se figer. Surprise, lady Stanton leva les yeux vers son visage et vit qu'il regardait fixement un point derrière elle.

Elle voulut se retourner pour voir ce qui – ou qui – avait ainsi attiré son attention, mais il ne lui lâcha pas la main et se hâta de dire : « Quel plaisir de vous retrouver !

— Vous n'êtes pas venu me voir après le bal pour me présenter vos civilités, lui lança-t-elle d'un ton de reproche.

— J'ai envoyé mon valet.

— Ce n'est pas du tout la même chose, vous le savez bien. Venez donc vous asseoir à notre table, Rowcester.

— Je ne voudrais pour rien au monde jouer les intrus dans un tête-à-tête.

— N'ayez pas de scrupules à cause de Mr Blackley. C'est un vieil ami de la famille, rien d'autre. Cela vous ferait plaisir *à vous aussi* que Rowcester se joigne à nous, n'est-ce pas, Jasper ?

— Si vous y tenez, dit Mr Blackley de fort mauvaise grâce.

— Je regrette, dit le duc, je vois que ma table a été préparée. »

Il s'inclina et s'éloigna. Lady Stanton eut une moue dépitée.

Harriet se réjouit en constatant que ses mains ne tremblaient pas quand elle servit une assiette de soupe blanche au veau et aux amandes pilées qu'elle plaça devant le duc.

« C'est une plaisanterie ? demanda-t-il d'un ton furieux.

— Au contraire, Votre Grâce, dit doucement Harriet. Vous allez trouver cette soupe excellente. »

Lady Stanton observa l'échange en plissant les yeux, mais sans rien pouvoir entendre.

Sur ces entrefaites, Susan arriva au bras de son mari. « Eh bien, Harriet, que faites-vous ici ? dit-elle d'une voix claire.

— Je travaille.

— Évitez d'être aussi familière avec les domestiques, la rabroua son mari, sourcils froncés.

— Mais ce n'est pas une domestique, lumière de ma vie, protesta Susan, boudeuse. C'est Harriet !

— Considéreriez-vous une demi-mondaine comme une sorte de domestique ? claironna lord Darkwood. Bien sûr que non. Alors une dame de qualité qui s'abaisse à servir à table est pire qu'une fille des rues, je vous le garantis.

— Bonsoir, Darkwood, intervint le duc. J'ai entendu votre discours à la Chambre des lords.

— Qu'en avez-vous pensé ? Bien envoyé, non ?

— Au contraire, dit le duc sans se départir de son calme. De ma vie je n'ai jamais rien entendu de plus amphigourique, pompeux et assommant.

— Vous vous oubliez. Je suis bien tenté de vous jeter mon gant à la figure.

— Faites donc, répondit le duc avec un charmant sourire.

— Vous, là-bas ! » Lady Stanton appela Harriet d'un geste impérieux de la main. « Cette soupe est froide.

— Parbleu ! s'exclama Blackley, que sa compagne commençait à furieusement agacer. Depuis le temps que vous la laissez refroidir ! »

Lady Fortescue saisit le bras de Harriet, l'empêchant de s'approcher de lady Stanton. « Allez chercher sir Philip », lui souffla-t-elle.

Harriet trouva sir Philip en train de dormir dans le bureau, une bouteille de bourgogne devant lui. Elle le secoua pour le réveiller et lui expliqua en quelques mots que lady Stanton se montrait « difficile ».

Sir Philip gagna rapidement la salle à manger de sa curieuse démarche en crabe.

Lady Fortescue était debout devant lady Stanton qui lui lançait : « Vous pouvez faire semblant de tenir un hôtel, mais avec les prix que vous pratiquez, vous pourriez au moins veiller à ce que la soupe soit chaude. »

Sir Philip se précipita. Lady Fortescue, un sourire accroché à ses lèvres écarlates, recula.

« Vous vous plaignez des prix, à ce que je vois ? déclara-t-il à haute et intelligible voix. Si vous ne pouvez pas payer, madame, je me verrai dans l'obligation de vous demander de laisser un bijou en dépôt. »

L'effronterie de la remarque laissa lady Stanton sans voix pour une fois dans sa vie.

« Madame disait seulement que la soupe était froide, elle ne parlait pas du prix », protesta Mr Blackley.

Sir Philip prit l'assiette de lady Stanton, la porta jusqu'à la desserte, servit dans une autre assiette quelques louchées de soupe qu'il puisa dans une soupière maintenue chaude par un réchaud à alcool et l'apporta à la table.

« Voilà, dit-il. Autre chose ?

— Cette soupe est un délice, dit le duc, dont la voix claire porta dans toute la salle.

— Que savez-vous donc de la soupe, ou d'autre chose, d'ailleurs ? ragea lord Darkwood. Un homme incapable d'apprécier l'un des meilleurs discours qu'on ait prononcés aux Lords est incapable d'apprécier quoi que ce soit.

— Et un homme qui insulte en public une dame bien née est un goujat, répliqua perfidement le duc.

— Oh, arrêtez-les, glissa lady Fortescue d'une voix pressante à sir Philip.

— Ma foi, je crois que je vais laisser faire, lui souffla-t-il avec délectation. L'histoire aura fait le tour de Londres d'ici à demain, et cela contribuera à renforcer encore notre crédit. J'ai offensé lady Stanton, et le duc et Darkwood se disputent publiquement au sujet d'une des domestiques.

— Mais les clients ne viendront pas s'ils craignent de se faire insulter par un vieil épouvantail tel que vous, lança fielleusement le colonel.

— Bien sûr que si ! Les classes supérieures sont assez masochistes pour se coucher devant ceux qui les insultent. Comment croyez-vous que Beau Brummell a acquis sa célébrité ? Attendez un peu et vous verrez Darkwood à plat ventre devant le duc. »

Darkwood observait un silence morose à sa table. Il imaginait le duc, qui était un orateur redoutable et spirituel, en train de l'attaquer à la Chambre des lords et de le ridiculiser. De plus, cette soubrette de malheur était une amie de sa femme, qui le fusillait déjà du regard comme si elle répétait dans sa tête la scène qu'elle prendrait plaisir à lui faire dès qu'ils se retrouveraient en privé.

Il jeta sur la table sa serviette – une nouvelle fantaisie dernier cri qui intriguait certains convives, encore habitués à s'essuyer la bouche avec la nappe – et traversa la salle pour s'approcher de la table du duc.

Il s'assit en face de lui et dit d'un ton conciliant : « Nous sommes allés un peu vite en besogne. Je suis désolé si mes remarques sur miss James ont pu paraître insultantes.

— Et moi, je suis désolé d'avoir critiqué votre discours, répondit le duc, avec un sourire aussi soudain que charmant. En fait, il m'a beaucoup impressionné.

— Vous savez, dit Darkwood, soulagé d'un grand poids, je trouve navrant que miss James soit contrainte de s'abaisser à servir à table.

— Miss James est fort efficace, mais je crains que ce ne soit une vie bien morne pour elle. Elle n'a ni distractions ni plaisirs. »

Le duc avait donc l'intention de faire de miss James sa maîtresse, songea Darkwood. Sinon, pourquoi manifesterait-il de l'intérêt pour une femme descendue si bas ? Si lui, Darkwood, aidait le duc à parvenir à ses fins, il était certain de se gagner sa reconnaissance éternelle ; et c'était sans compter son influence considérable à la cour.

« Mais j'y songe, dit-il, je n'ai pas beaucoup sorti ma pauvre épouse. Elle a envie d'aller aux jardins d'agrément de Vauxhall. Un lieu un peu tapageur, mais cela l'amuse. Peut-être pourrais-je vous proposer de vous joindre à nous, disons demain soir ? Je suis sûr que ma femme se ferait une joie d'emmener miss James. »

Le duc fut un instant tenté de l'envoyer au diable. Il trouvait déplaisant que l'on souligne de façon aussi appuyée l'intérêt qu'il portait à Harriet. Mais cela lui fournirait l'occasion de s'excuser convenablement auprès d'elle. « J'en serais ravi, je vous remercie, dit-il. Puis-je suggérer que votre femme invite miss James sans dire que je serai des vôtres ?

— C'est entendu. »

Lady Stanton avait tendu l'oreille et réussi à distinguer « Vauxhall » et « demain soir ». Elle se tourna vers son chevalier servant. « Je suis très tentée d'aller à Vauxhall demain soir, dit-elle.

— Si vous y tenez », répondit Mr Blackley d'un ton rogue. Il ne lui avait toujours pas pardonné d'avoir fait une scène.

Harriet avait été renvoyée de la salle à manger car, comme le dit lady Fortescue : « Si sa simple présence pousse les messieurs à se provoquer en duel, alors mieux vaut la tenir à l'écart. »

Plus tard dans la soirée, Harriet fut priée de monter chez Susan et elle eut la surprise de la trouver en compagnie de son mari. Darkwood faisait un effort manifeste pour se montrer cordial.

« Mon époux vient d'avoir une idée merveilleuse, dit Susan. Il propose que nous allions à Vauxhall demain soir. Je vous en prie, dites que vous viendrez avec nous. Ce sera très amusant.

— En effet, dit lord Darkwood. Pardonnez-moi pour certains commentaires que vous avez pu entendre dans la salle à manger, miss James, mais la détresse que m'inspire votre situation m'a poussé à faire des remarques inconsidérées. Je vous prie de me pardonner.

— Là ! Il s'est excusé comme le chérubin qu'il est, dit Susan. Vous voyez que vous ne pouvez pas refuser, Harriet, vous auriez trop mauvaise grâce à cela. Nous allons pouvoir passer en revue toutes les robes, et en faire des gorges chaudes ! »

C'est au duc que je dois le changement d'attitude de Darkwood, se dit Harriet. Sera-t-il là ? Mais dans ce cas, Susan l'aurait dit. Pourtant, elle avait annoncé qu'il n'irait pas au bal de lady Stanton. Peut-être viendrait-il à Vauxhall, alors à quoi cela servirait-il qu'elle y aille ? Il voulait faire d'elle sa maîtresse, or aucun homme amoureux n'offrirait une position aussi dégradante. Mais *si* elle y allait et *si* il était là, elle pourrait lui montrer très clairement le peu de cas qu'elle faisait de lui.

« Je vous remercie, lord Darkwood, dit-elle, j'accepte vos excuses et votre aimable invitation. »

Le lendemain matin, les parents pauvres prenaient le petit déjeuner, servi comme d'habitude par John et Betty dans la salle d'étude. Harriet, fatiguée après son expédition très matinale sur les marchés, se demandait souvent ce que pensaient de cet arrangement les vieux domestiques de lady Fortescue, car ils étaient toujours parfaitement corrects et leur visage ne laissait jamais rien paraître de leurs sentiments. Lady Fortescue avait exprimé l'intention de leur acheter un cottage quelque part dès que les associés seraient plus en fonds. John et Betty avaient répondu par un merci poli laissant supposer qu'ils doutaient fort que ce grand jour vienne jamais.

Un petit valet gratta à la porte et entra : « Faites excuse, dit-il, mais il y a en bas une Mrs Blessop qui veut savoir si la miss Letitia Tonks qu'est associée ici est sa sœur. »

Miss Tonks poussa un petit glapissement de détresse puis s'écria : « Que vais-je faire ? Elle va s'en prendre à moi, me malmener, et peut-être même cesser de me verser ma petite rente. Je ne peux pas l'affronter.

— Dites-lui que miss Tonks va descendre dans une minute », intervint sir Philip. Et le jeune garçon disparut.

« Pourquoi avez-vous fait une chose pareille ? demanda miss Tonks en se tordant les mains.

— Fermez donc votre bec ! ricana sir Philip. Elle veut une miss Tonks, elle va en avoir une. Il me faut une robe et une capote. »

Les yeux de lady Fortescue se mirent à pétiller.

« Ne me dites pas que vous allez vous déguiser en miss Tonks, sir Philip !

— Si, précisément. Je ne suis pas grand, donc il me faudrait l'une de vos robes, Mrs Budley. »

Mrs Budley pensa avec consternation au sacrifice qu'elle allait devoir faire, car elle n'avait aucune intention de remettre un vêtement qui aurait ne fût-ce qu'effleuré le corps peu ragoûtant de sir Philip. Elle songea alors à une robe toute simple, couleur puce, qu'elle n'avait jamais aimée, et son visage s'éclaira. Et puis elle avait aussi une capote en forme de pelle à charbon qu'elle avait toujours trouvée peu seyante.

Bientôt sir Philip, convenablement accoutré, descendit l'escalier jusqu'au salon de café où un valet lui avait dit que Mr et Mrs Blessop attendaient.

Sir Philip s'immobilisa dans l'embrasure de la porte, examina la sœur de miss Tonks et conclut qu'il n'aimait pas ce qu'il voyait. Alors que miss Tonks avait des traits flous et une expression effarouchée, cette femme était dure, avec un gros visage plat et des dents noires qui se chevauchaient. Elle était corsetée de façon si rigide qu'elle ressemblait à un bloc solide sur lequel on aurait planté une tête.

« Vous désiriez me voir ? s'enquit sir Philip en s'approchant lentement.

— C'est *vous*, miss Tonks ? demanda Mrs Blessop en le regardant de la tête aux pieds.

— Mais oui, voyons, assurément. Je vous avais dit que tout cela était un malentendu, bredouilla son mari, un homme qui avait l'air d'un lapin affublé d'un col montant.

— Je suis miss Tonks, dit sir Philip, qui commençait à s'amuser. Que me voulez-vous ? Si vous voulez séjourner ici, je regrette, mais nous ne pouvons vous donner satisfaction. Nous trions nos clients sur le volet.

— Je ne descendrais pas dans cet hôtel, même si l'on me payait, rétorqua rageusement Mrs Blessop.

— Alors cessez de me faire perdre mon temps et débarrassez le plancher ! » répliqua sir Philip avec entrain.

Mrs Blessop se leva, ce qui provoqua un concert de protestations de la part de son corset. On eût dit un trois-mâts carré par grand vent. « J'avais cru à tort que ma sœur avait eu la sottise de prêter son nom à votre vulgaire entreprise. Je vous souhaite le bonjour, madame.

— Et moi aussi, vieille… » Sir Philip utilisa un mot de six lettres commençant par *s*. Ni Mr ni Mrs Blessop n'en crurent leurs oreilles.

Mais un regard au visage de cette vilaine vieille créature les persuada l'un et l'autre que, s'ils restaient et relevaient l'offense, ils ne seraient sans doute pas au bout de leurs peines.

Sir Philip sourit en les voyant s'éloigner à pas raides. La scène l'avait mis en joie et ses yeux fanés parcoururent la salle en quête d'autres victimes. Avisant un muscadin de Bond Street en train de lire un journal, les pieds sur la table, il alla s'asseoir à côté de lui.

« Bonjour, bel inconnu, dit-il, l'œil lubrique. Que diriez-vous d'un gros baiser goulu ? »

Harriet passa la journée à transformer l'une de ses vieilles robes en l'agrémentant des rubans de soie verte qu'elle avait décousus de sa robe de bal. Lady Fortescue lui avait donné la permission d'aller à Vauxhall, déclarant avec indulgence que si lady Darkwood était une vraie pie jacasse, elle avait bon cœur, et, à l'évidence, Darkwood avait eu l'élégance de présenter ses excuses.

En son for intérieur, lady Fortescue espérait que, en se montrant dans la bonne société, Harriet pourrait rencontrer un homme disposé à l'épouser malgré son absence de dot. Cela se produisait parfois. Belle et ingénieuse comme elle l'était, se disait lady Fortescue, Harriet ferait une épouse parfaite pour un ecclésiastique, par exemple.

Lorsqu'elle partit dans la voiture des Darkwood sans voir le moindre signe du duc, Harriet en oublia presque tous les grands discours qu'elle avait préparés, et s'apprêta à passer une soirée sans complications.

Lord Darkwood, que l'idée d'un soutien politique de la part du duc inclinait à l'indulgence, fit arrêter la voiture sur Westminster Bridge, et ils descendirent pour pouvoir admirer la vue.

C'était une soirée chaude, avec un ciel vert pâle. La perspective était grandiose et la courbe du fleuve en direction de Somerset House et de la cathédrale St Paul, superbe. Le fleuve était couvert de péniches, de bateaux à voiles et de bachots, qui en émaillaient la surface comme des libellules celle d'un étang. Bateliers et marins chantaient tous et de la musique venait d'un groupe joyeux qui s'embarquait à Vauxhall. Un autre groupe s'amusait en sonnant du cor sous les arches du pont, y éveillant d'étranges échos. L'air même était imprégné d'agitation, chargé de cette effervescence si propre à Londres lorsque des milliers de citadins s'apprêtent à boire, à jouer et à danser en pensant « Après moi le déluge », une attitude bien compréhensible à une époque où la mort arpentait quotidiennement les rues sous forme de maladies ou d'épidémies de toutes sortes, du choléra à la petite vérole.

Harriet éprouva un pincement de tristesse en voyant la rivière s'argenter dans le crépuscule et en entendant la musique. Elle se sentait très vieille. Vingt-huit ans était un âge avancé, un âge où l'on mettait un bonnet et où l'on cessait de penser au mariage.

Elle était silencieuse lorsqu'ils arrivèrent à Vauxhall et trouva stupides tous ses discours destinés au duc. Elle avait choisi une vie mercantile, se mettant ainsi dans une position où elle devrait épouser un commerçant ou rester vieille fille.

Il y avait foule à Vauxhall. Des hommes et femmes aux tenues riantes déambulaient dans les longues allées sous les arbres. Harriet s'était fait une raison et, tandis qu'ils se dirigeaient vers les loges voisines de la tribune ornée de coquillages où jouait l'orchestre, elle se disait qu'elle devait profiter des plaisirs de cette soirée car l'occasion ne se renouvellerait peut-être pas. Soudain, en montant à la loge que lord Darkwood avait réservée, elle vit le duc qui les attendait, et regarda Susan avec des yeux écarquillés.

« N'est-ce pas qu'il est beau ! dit Susan. Et puis, que peut-il faire puisque je vous chaperonne ? »

Harriet songea cyniquement que Susan était sans doute le chaperon le moins vigilant qui fût, et elle fit la révérence au duc. En pensant à ses remarques sur sa nudité, elle rougit de honte, s'assit à la table en détournant le visage et s'efforça de concentrer son attention sur la musique.

« Alors, n'est-ce pas charmant ? » ronronna Susan d'une voix étouffée entre ses dents serrées. Elle n'avait pris conscience de leur couleur jaune que lorsqu'elle avait vu la blancheur pure de celles de Harriet, et elle s'ingéniait depuis à parler sans les découvrir. Elle portait une robe de velours blanc striée de bandes de soie ton sur ton très échancrée, découvrant une opulente gorge passée au blanc de plomb, car Susan avait le décolleté semé de taches de rousseur et estimait que les dieux avaient été injustes de lui infliger cette avanie. Son visage et ses bras étaient passés eux aussi au blanc, si bien qu'elle ressemblait à un grand fantôme affable.

La robe de Harriet, en soie marron, avait été achetée quand elle cherchait un poste de gouvernante.

Elle avait eu beau l'agrémenter de rubans verts et de nœuds d'épaule pris sur la robe de bal, elle se sentait mal fagotée et regrettait de n'avoir aucun bijou.

Susan, elle, portait une tiare en diamants et un long collier de diamants. En voyant les bracelets de diamants qu'elle avait mis par-dessus ses gants blancs, Harriet se surprit à penser avec envie : Si j'avais un de ces bracelets, j'aurais de quoi vivre jusqu'à la fin de mes jours. Mais cette pensée fut suivie par une autre : quel objet sir Philip avait-il dérobé au duc lui permettant d'obtenir assez d'argent pour payer les entrepreneurs et les décorateurs qui avaient aménagé l'hôtel ? Était-ce un bijou ? Mais les bijoux ne se vendaient pas aussi cher que jadis depuis que tous les émigrés français résidant à Londres vendaient les leurs. À moins que ce ne fût une pièce exceptionnelle.

« Vous êtes perdue dans vos rêves, miss James, dit le duc.

— J'écoutais la musique, répondit Harriet.

— Alors, vous allez pouvoir l'écouter tous les deux, lança gaiement Susan. Venez, Darkwood, j'ai très envie de voir l'ermite.

— Enfin, Susan… », protesta Harriet. Mais Susan avait déjà commencé à descendre l'escalier, suivie par un mari étrangement complaisant.

Après un silence, le duc dit d'une voix douce : « Je vous présente mes plus humbles excuses pour l'embarras où je vous ai mise l'autre jour, miss James. Je vous en prie, dites que vous me pardonnez afin que ce malaise entre nous soit dissipé. »

Harriet le regarda d'un air sceptique. « Votre Grâce, je n'ai pas de parents qui peuvent vous demander vos intentions. Je n'envisage pas un instant de devenir votre maîtresse.

— Que diriez-vous d'une amitié ? Pourrions-nous convenir d'être amis ?

— Volontiers. » Harriet lui adressa un sourire charmant et lui tendit sa main, qu'il serra, résistant toutefois à la tentation de la porter à ses lèvres.

« Je vois que lady Stanton vient d'arriver, dit-il. Comme elle ne nous a pas encore remarqués, peut-être pourrions-nous aller nous promener ?

— Bien entendu, vous ne pouvez vous afficher avec une servante, dit Harriet.

— Bien entendu, répondit-il gravement, sinon, vous seriez en effet prise pour ma maîtresse. Si les Darkwood étaient avec nous, ce serait très différent. Mais, en dehors de lady Stanton et de son chevalier servant, je n'ai vu aucune des personnes présentes dans la salle à manger hier soir. Je suggère que nous nous mettions en quête des Darkwood afin de pouvoir revenir avec eux sans crainte du qu'en-dira-t-on. »

Harriet prit son bras lorsqu'ils furent dans la promenade. Au moins, il avait souhaité échapper à lady Stanton, se dit-elle avec soulagement. Ils flânèrent dans les allées, s'arrêtèrent pour entendre Mrs Mountain chanter « Home Again », une ballade populaire. La musique tendre palpita dans l'air tiède, incitant les fêtards au silence. Ils allèrent ensuite admirer la cascade artificielle, un ingénieux système à base de feuilles d'aluminium qui, entraînées par une courroie mobile et éclairées par un jeu de lampes, créaient l'illusion d'une chute d'eau. Ils poursuivirent leur chemin en direction du feu d'artifice.

La foule oscillait, poussant des « oh ! » et des « ah ! » au gré des explosions de fusées dans le ciel nocturne. Harriet était pressée contre le flanc du duc et avait le plus grand mal à regarder le feu d'artifice tumultueux tant elle était agitée par des émotions contradictoires.

Elle ne savait si elle devait se réjouir ou se désoler quand l'attraction prit fin et qu'ils revinrent à pas lents dans l'allée.

« Je crois qu'on réclame un bis de la part de Mrs Mountain, dit le duc. Voulez-vous l'entendre à nouveau ? Les Darkwood n'ont pas encore regagné leur loge. »

Harriet inclina la tête. On priait en effet Mrs Mountain de rechanter « Home Again ». Harriet écouta les paroles cette fois-ci. Elles étaient si sentimentales qu'elles firent soudain naître en elle une immense nostalgie et elle se demanda si elle aurait un jour un foyer, elle aussi.

La lumière du soir décline
Les oiseaux se sont endormis.
Oh, comme je voudrais être à nouveau chez moi
À l'abri au sein des miens.

La dernière note se prolongea, s'éteignit, et des applaudissements éclatèrent, assourdissants. Harriet essuya discrètement ses larmes. Elle avait un souvenir poignant d'elle-même assise au coin de la cheminée par une sombre soirée d'hiver où elle traçait laborieusement des lettres sur une ardoise pour sa gouvernante tandis que sa mère cousait et que son père lisait.

« Vous pleurez ! dit aussitôt le duc.

— Je suis trop sentimentale, répondit-elle. Tiens, les Darkwood sont de retour. »

Le duc maudit en silence les Darkwood. Il dut s'avouer qu'il avait espéré emmener Harriet dans l'une des allées moins éclairées pour lui voler un baiser. Mais il lui avait proposé une amitié…

Bien entendu, je pourrais l'épouser, réfléchit-il. L'idée était extravagante, néanmoins… Il devait beaucoup au nom qu'il portait, mais malgré tout… Pendant de longues années, il avait repoussé les mères faiseuses de mariages, les riches commerçants en quête d'un titre pour leur fille, les jocrisses et les flagorneurs de tous poils, il s'était cuirassé dans son orgueil. Il était devenu expert en l'art de tenir à distance les prétentieux et les importuns. Quel dommage que Harriet ait choisi d'exercer une profession aussi vulgaire. Si elle avait rejoint les rangs du demi-monde, il aurait pu faire d'elle sa maîtresse. Mais, toute passion dévorante et tous désirs ardents mis à part, il attendait plus que cela d'elle. Je voudrais posséder son âme, s'avoua-t-il sombrement. Elle m'a ensorcelé, elle est comme un poison qui court dans mes veines et envahit mon corps à m'en faire perdre la raison.

L'arrogance luttait avec le désir, si bien que lorsqu'ils regagnèrent la loge, le duc, d'habitude si posé, répondit machinalement aux plaisanteries de Susan et ne protesta même pas lorsque lady Stanton, traînant Mr Blackley dans son sillage, insista pour se joindre à eux. Susan babilla, lady Stanton fit du charme au duc, Mr Blackley entretint poliment lord Darkwood de l'état de la nation, et Harriet resta assise, les mains jointes sur les genoux, regardant droit devant elle, tandis que le duc buvait verre après verre de punch à l'arak et ne semblait rien entendre de ce qu'on lui disait jusqu'au moment où lady Stanton devina ses pensées et lança bien fort d'une voix acide : « C'est audacieux de votre part de venir avec cette soubrette, Rowcester.

— C'est de miss James que vous parlez en ces termes ? rétorqua-t-il sèchement. Miss James est une de mes amies.

— Vraiment ? » Lady Stanton, dont l'œil s'était arrêté sur les nœuds verts, était maintenant certaine d'avoir reconnu sa rivale au bal. « Je croyais qu'elle était votre cousine ?

— Ayez la bonté de nous excuser, lady Stanton, dit le duc en se levant, mais miss James est fatiguée et doit rentrer.

— Miss James n'est pas fatiguée, Votre Grâce, s'empressa de rectifier Harriet. Je vous en prie, asseyez-vous.

— J'essayais seulement de vous protéger contre d'autres remarques insultantes, protesta le duc.

— De la part de lady Stanton ? demanda Harriet en décroisant lentement les mains. Personne, et moi moins que toute autre, ne prête la moindre attention aux remarques du vulgaire.

— Ah, bravo, Harriet ! s'exclama Susan en battant des mains. Lady Stanton, je ne veux pas de votre compagnie, Rowcester non plus et mon mari non plus, alors laissez-nous, je vous prie. Vous abusez de ma patience. »

Lady Stanton se leva et se dirigea vers l'escalier. Parvenue à la rampe, elle se retourna et fit face au petit groupe. « Vous regretterez votre insolence ! » siffla-t-elle.

Mr Blackley la suivit en faisant avec ses mains des gestes d'excuses dans son dos.

« Quel soulagement de vous entendre réagir de façon aussi humaine, Harriet, se réjouit Susan. Vous qui êtes devenue si convenable !

— Dans ma situation, il est essentiel d'être convenable », répliqua Harriet.

Darkwood lui lança un regard inquiet. Si elle décidait de tenir la dragée haute au duc, cela risquait de compromettre ses chances politiques à lui.

« Ma chérie, dit-il à sa femme, j'ai besoin de prendre de l'exercice. »

Susan parut surprise, mais son mari lui adressa un clin d'œil appuyé. Elle rougit, pouffa et se leva. « Venez, dit-elle gaiement, je suis sûre que miss James et Rowcester ont envie d'être seuls.

— Susan ! » s'exclama Harriet, éperdue. Mais Susan, cramponnée en riant au bras de son mari, quittait déjà la loge.

Au même moment, le duc, dont le regard distrait courait sur la foule, aperçut sa mère, la duchesse douairière de Rowcester, qui arrivait avec un petit groupe d'amis. Comme à son habitude, elle était outrageusement maquillée et avait trop bu. Son escorte de freluquets efféminés l'entourait en gloussant et en faisant des mines. Qu'allait penser Harriet d'une telle mère et de tels compagnons ?

« Je crois que nous devrions suivre l'exemple de nos amis et retourner nous promener », dit-il précipitamment.

Harriet lui emboîta le pas, non sans réticence. Elle redoutait de se trouver seule avec lui dans l'une des allées sombres. Sensible à la force du duc, à sa virilité et à une certaine excitation qu'elle percevait chez lui, elle se méfiait de ses propres sentiments.

Ils venaient juste de déboucher à un tournant de l'allée principale – les promenades étaient appelées des « allées » à Vauxhall – lorsqu'ils aperçurent lady Stanton et Mr Blackley.

« Vite ! s'exclama le duc en guidant Harriet vers l'une des allées obscures, je les ai assez vus pour la soirée, ces deux-là ! »

Harriet regarda autour d'elle avec appréhension. L'allée où ils se trouvaient était si étroite que les arbres se rejoignaient au-dessus de leurs têtes, cachant la lune. Il était difficile de voir où l'on allait. Elle trébucha et le duc passa un bras autour de sa taille pour l'empêcher de tomber.

En sentant le corps de Harriet contre le sien, il fut saisi de vertige. Il s'arrêta et la serra contre lui en disant : « Harriet. Oh, mon Harriet. »

Elle aurait dû le repousser, mais son corps brûlant semblait fusionner avec celui du duc et ignorer les directives que lui donnait sa raison. Elle avait le visage tourné vers lui, les lèvres légèrement écartées, et, quand la bouche du duc se posa sur la sienne, Vauxhall tout entier se mit à tournoyer autour d'eux et disparut dans le ciel, au-dessus des arbres, des lumières et de la musique, les laissant seuls au monde, enfermés dans une bulle de passion douce et ténébreuse.

Un couple éméché arriva en titubant dans l'allée. Harriet et le duc se séparèrent et se regardèrent, comme étourdis.

Ils rebroussèrent chemin à pas lents vers l'allée principale. Mais avant de l'atteindre, ils entendirent une voix de femme haut perchée s'exclamer très clairement : « Ma chère lady Stanton ! Ainsi, Rowcester s'est amouraché d'une servante, dites-vous !

— Ma foi oui, répondit lady Stanton. Et pire encore, la mère de Rowcester est ici. Je l'observais discrètement dans la loge et, quand il a vu sa mère, il a paru fort embarrassé. Il a dû se rendre compte de la honte qu'il y aurait à être vu en compagnie de cette créature, car il s'est hâté de la conduire vers un coin sombre du jardin. »

Toutes les lumières s'éteignirent dans l'âme de Harriet.

« Votre mère est ici ? demanda-t-elle à mi-voix.

— Oui, mais… »

Elle partit en courant et se précipita sous le couvert des arbres. Il resta quelques instants interdit avant de s'élancer à sa poursuite. Mais il eut beau chercher, il ne la vit nulle part. Il retourna dans la loge et attendit. Susan et son mari revinrent, surpris de l'absence de Harriet. Ils soupèrent, burent beaucoup de punch, mais Harriet ne revenait toujours pas.

Lorsqu'ils rentrèrent tous à l'hôtel, le duc demanda au portier ensommeillé si miss James était rentrée. « Oui, il y a deux heures environ, Votre Grâce », dit l'homme.

Le duc, d'abord soulagé, sentit la colère monter en lui. Mais en voulait-il à Harriet de s'être enfuie, ou à lui-même d'avoir laissé la soirée prendre une si fâcheuse tournure, il ne le savait pas.

7

« Le feu émanant d'elle à chaque mouvement
N'en flambe que plus haut et plus clair maintenant.
Ah, tout dans ses façons était si différent
Quand brûlait dans ses yeux l'été en sa folie. »

William BUTLER YEATS

Peut-être était-ce pour le mieux, pensa le duc. Il était assis dans son lit, à boire son chocolat du matin en lisant une lettre que son valet de chambre venait de lui apporter. Lord Bunbary le remerciait de son hospitalité, mais regrettait de lui annoncer que, sa fille aînée ayant contracté la varicelle, ils étaient tous contraints de regagner la campagne. En fait, ils partaient le jour même.

Ainsi, pensa-t-il, il allait pouvoir regagner son domicile londonien, vivre dans la dignité qui seyait à son éminente position dans le monde, loin de cet hôtel bizarre et, surtout, loin de Harriet James.

Il en avait assez fait. Il ne pouvait passer le reste de ses jours à ramper devant elle et à s'excuser d'offenses imaginaires, se dit-il. Il allait retrouver le calme de ses journées, libéré de cette passion brûlante, de ce désir douloureux.

Il ordonna à son valet d'aller demander sa note à sir Philip. Lorsque ladite note arriva, le duc l'examina de près et biffa soigneusement divers ajouts tels que deux bouteilles de champagne qu'il n'avait pas bues et un pot de chambre qu'il n'avait pas cassé.

Harriet apprit la nouvelle de son départ avec ce qui était – elle se le dit fermement – un sentiment de soulagement.

Cet après-midi-là, tous les clients de l'hôtel étaient sortis regarder les soldats faire la manœuvre à Hyde Park, car le prince de Galles devait assister à l'événement. L'hôtel semblait étrangement silencieux. Il régnait une chaleur inhabituelle et les odeurs nauséabondes des rues de Londres filtraient même à travers les fenêtres les plus hermétiquement fermées.

Harriet descendit au rez-de-chaussée. Elle n'avait plus à redouter de croiser le duc. Sir Philip dit qu'il avait réglé sa note correctement, omettant de préciser à Harriet qu'il avait payé ce qu'il devait, mais pas un penny de plus. Harriet consigna le montant dans le livre de comptes. Une somme d'argent conséquente entrait dans les coffres du Parent pauvre. Certes, bon nombre des clients ne paieraient qu'à la fin de la Saison, mais en attendant, la salle à manger et le salon de café avaient dégagé d'énormes bénéfices. Ce signe de sécurité financière aurait dû remonter le moral de Harriet, mais elle se sentait abattue. Comment Rowcester pouvait-il l'humilier ainsi et partir ensuite hors de sa portée, là où il ne pourrait plus voir à quel point elle le méprisait ?

Ses ruminations amères au sujet du duc ne l'empêchèrent cependant pas de remarquer qu'elle ne trouvait toujours aucune trace de l'assurance contre l'incendie. Il existait seize compagnies opérant à Londres. Les montants des assurances étaient étonnamment raisonnables compte tenu du fait qu'à Londres de nombreux bâtiments étaient encore en bois, et que les voitures de pompiers étaient rudimentaires et manœuvrées à la main.

Il n'existait pas de brigade de sapeurs-pompiers officielle. Chaque compagnie d'assurances avait sa plaque imprimée sur une feuille de plomb peinte et dorée, puis clouée sur la façade de la maison ou de l'affaire assurée. Or il n'y avait aucune plaque d'assurance sur l'hôtel. La dernière fois que Harriet avait abordé le sujet avec sir Philip, il avait dit que la compagnie d'assurances préparait une plaque spéciale pour l'hôtel. Il existait trois catégories d'assurances : l'assurance ordinaire, l'assurance contre les risques courants et l'assurance tous risques, la plus chère. Sir Philip avait déclaré que c'était cette dernière qu'il avait prise.

Harriet décida de tirer les choses au clair avec lui dès qu'elle le trouverait.

À ce même moment, sir Philip faisait l'objet d'une discussion entre lady Fortescue et le colonel Sandhurst. Ils étaient partis se promener, non pas dans Hyde Park, où il y avait trop de monde et de bruit, mais à St James's Park, proche de Buckingham House, ou la Maison de la reine, comme on l'appelait plus communément.

« C'est toujours vers lui que vous vous tournez chaque fois que vous avez besoin d'aide ou de conseil, déplorait le colonel. Jamais vous ne pensez à me consulter. »

Lady Fortescue soupira. Elle se sentait fatiguée ces derniers temps. Elle espérait que, après toutes ces années d'excellente santé, elle n'allait pas succomber à l'une des maladies débilitantes du grand âge.

« Nous tenons un hôtel, déclara-t-elle avec brusquerie. C'est un travail de charlatan. Je ne suis pas un charlatan, et vous non plus. Sir Philip en est un. En fait, il est amoral. Vous abaisseriez-vous aux vils stratagèmes qu'il utilise ? Vous seriez-vous déguisé en miss Tonks ?

— J'ai le sentiment que vous l'encouragez dans de nombreuses folies, dit le colonel. De plus, bien que nous vivions tous sur nos maigres revenus et ne puisions que très peu dans les fonds de l'hôtel, sir Philip trouve le moyen de s'acheter quelque nouveau vêtement chaque semaine. »

Lady Fortescue eut l'air surprise. « À vrai dire, c'est un si vilain avorton que je ne remarque jamais ce qu'il porte.

— Ah bon ? » Les sentiments du colonel envers sir Philip devinrent plus charitables. « Malgré tout, poursuivit-il d'un ton un peu radouci, reste à savoir ce qu'il a volé à Rowcester. Il ne le dira jamais à personne. La menace d'une découverte pèse sur nous tous. Je crois que nous avons été pris d'une folie collective. Nous pourrions tous finir sur le banc des accusés à Old Bailey.

— J'ignore ce que c'est, dit lentement lady Fortescue, mais sir Philip ne semble pas craindre d'être confondu.

— L'autre sujet dont je voulais vous entretenir, poursuivit le colonel, c'est celui de notre avenir.

— *Notre* avenir ? répéta lady Fortescue en lui lançant une œillade oblique.

— Oui, notre avenir à tous », dit le colonel, qui regardait droit devant lui sans se rendre compte que les yeux de lady Fortescue avaient soudain pris un éclat glacial de mauvais augure. « Miss James dit que nos affaires semblent très saines. Peut-être pourrions-nous reconvertir l'hôtel en maison à la fin de l'année, investir l'argent gagné et mener une vie tranquille.

— J'ai mené bien trop longtemps une vie tranquille, rétorqua lady Fortescue. Nous réussissons à merveille. Le bruit court que le prince de Galles en personne va venir chez nous. Nous sommes connus. Notre succès ne va pas s'arrêter là. Nos vies, autrefois ternes, sont colorées et lumineuses. Nous avons des domestiques pour nous servir. Grâce à l'hôtel, nous menons la même vie que les gens du beau monde.

— Les gens du beau monde ne servent pas à table, répliqua sèchement le colonel, ils n'ont pas non plus une ancienne salle d'étude en guise de salon et ne s'entassent pas dans de minuscules chambres à coucher. C'est très aimable à nos trois compagnes de bien vouloir partager une chambre et un lit, pour nous permettre à vous, à sir Philip et à moi d'avoir chacun sa petite mansarde, mais malgré tout...

— Malgré tout, vous n'avez aucune alternative raisonnable à proposer. » Lady Fortescue enfonça sauvagement dans l'herbe innocente la pointe de son ombrelle, une ombrelle que, il n'y avait pas si longtemps encore, elle envisageait de vendre pour pouvoir s'acheter à manger.

« J'ai peut-être des espérances démesurées », soupira le colonel. Il avait toujours rêvé d'avoir de nouveau les moyens d'appartenir au Cavalry Club et au White's, de conduire un élégant cabriolet, de porter de beaux habits et de parler sur un pied d'égalité à ses anciens camarades de l'armée. Mais qui allait le traiter d'égal à égal maintenant que ce sceau d'infamie, celui du commerce, était apposé sur son nom ?

De plus, tout cela n'était qu'un rêve. Son ancienne vie avait été extrêmement solitaire. Quand la Saison était terminée et ses amis repartis en province, il rentrait le soir dans une maison vide. Il ne s'était jamais marié. Il y avait eu une femme autrefois, à l'époque où il avait été capturé pendant la guerre d'Indépendance et mis en liberté conditionnelle à côté de Boston. C'était une Américaine, une veuve enjouée aux manières libres et spontanées. Après la fin de la guerre, une fois rentré en Angleterre, il lui avait écrit, espérant retourner en Amérique et l'épouser, mais elle lui avait répondu qu'elle s'était mariée avec un officier américain, ce qui avait mis un point final à l'histoire. Et la plupart des amis du colonel étaient morts.

Il regrettait toutefois souvent que sir Philip les ait tous poussés à faire cette folie de tenir un hôtel. Dieu plaçait les êtres humains dans une certaine condition à l'origine et en sortir était un défi lancé à la Providence. Les esprits éclairés pourraient trouver ridicule de voir un gentleman d'un certain âge craindre la colère de Dieu parce qu'il avait décidé de travailler pour gagner sa vie, mais la plupart des gens auraient partagé le point de vue du colonel, car c'était une philosophie commode qui permettait de fermer les yeux sur la misère des pauvres dans les rues de Londres. L'existence n'était qu'un voyage. Une vie meilleure attendait chacun de ceux qui montaient vers le paradis. Les pendaisons avaient d'ailleurs lieu le vendredi, les autorités ayant estimé qu'il faudrait aux condamnés jusqu'au dimanche matin pour parvenir au ciel, et que le fait d'y arriver le jour saint sauverait assurément leur âme immortelle.

Ce jour-là était un vendredi, et au loin résonnait le tocsin de l'église Saint-Sépulcre, près de Newgate, annonçant une autre série d'exécutions sur le gibet. Pour beaucoup de gens, une pendaison était un prétexte à réjouissances, à l'occasion duquel on pouvait revêtir ses habits du dimanche et manger du pain d'épice, car les malheureux sur l'échafaud n'allaient-ils pas rencontrer leur Créateur ?

Et pourtant, le colonel prit conscience non sans surprise que, avant de faire la connaissance de lady Fortescue dans Hyde Park, il s'était réconcilié avec l'idée de la mort, et était presque prêt à l'accueillir comme une amie.

Et maintenant ? Eh bien maintenant, il entendait manger et boire avec frugalité et prendre de l'exercice modérément, car ses jours étaient colorés, lumineux et vécus en bonne compagnie.

Aussi surprit-il lady Fortescue en lui prenant soudain la main – une main gantée d'une mitaine noire – pour la porter à ses lèvres.

« Je vous dois beaucoup, dit-il.

— Vieux charmeur ! » s'exclama lady Fortescue, enchantée.

Le colonel regarda sa mince silhouette très droite, en grand deuil, et dit : « Je me demande souvent quelle serait votre apparence si vous portiez une tenue… euh… de couleur.

— Cela fait vingt ans que je porte le deuil de mon défunt mari », répondit lady Fortescue. Puis elle ajouta d'un ton plus léger : « Il serait tout à fait convenable d'abandonner le noir, mais je n'avais aucune raison particulière de le faire et de nouveaux vêtements auraient représenté une dépense. C'est encore impossible de l'envisager mais… miss James est très habile à l'aiguille. Je me demande si elle pourrait ajouter des parements à l'une de mes robes, juste pour me permettre de voir l'effet produit. »

Sur ce, très contents l'un de l'autre, ils poursuivirent leur promenade sous les arbres.

Sir Philip, lui, revint sans se presser de la City où il s'était posté discrètement au coin d'Amen Lane pour assister à l'arrestation de Mr Evans, l'escroc qui servait d'intermédiaire pour placer comme domestiques de malheureux évadés français. Sir Philip avait envoyé aux autorités une lettre anonyme et attendu que la justice suive son cours.

En descendant Ludgate Hill en direction de la Tamise, il vit qu'un bâtiment de Farringdon Street était en train de brûler allégrement, et sa conscience généralement somnolente se réveilla soudain. Il avait dépensé l'argent qu'il aurait dû verser à l'assurance en diverses babioles pour son usage personnel : une tabatière, une nouvelle perruque châtain qu'il n'avait pas encore osé porter, et une paire de bottes à la hussarde. Il faudrait que d'une manière ou d'une autre il réunisse la somme nécessaire pour payer l'assurance. Demain, peut-être.

Son vol du fabuleux collier du duc le tracassait souvent. Auparavant, il n'avait volé que de petites choses. Et il ne s'inquiétait pas seulement à cause du collier, mais de tous les objets qu'il avait trouvés dans le grenier. Si le duc s'était si vite aperçu de la disparition des chandeliers que lady Fortescue avait tenté de dérober, l'intendante ne risquait-elle pas de monter inventorier les combles avant longtemps et de signaler les vols ? Le ferait-elle, cependant ? Jamais encore il n'avait entendu parler de quiconque se souciant de ce qui se trouvait dans les combles d'une riche demeure, sauf en cas d'une visite d'huissiers ; or il était peu probable que les huissiers se présentent chez le riche duc de Rowcester.

Comme il s'était senti libre et à l'aise pour subtiliser des objets afin de tenir la faim en respect ! Mais maintenant, avec un bon repas dans son estomac et des shillings dans sa poche, comme il était facile de se sentir coupable ! Il se dirigea vers le dédale de ruelles de Holborn formant cet ensemble de taudis qu'on appelait The Rookery, et s'arrêta devant une boutique crasseuse juste à la périphérie du quartier. Cette échoppe s'affichait comme une friperie, mais c'était dans l'arrière-boutique que Virgil Flamand, receleur, faussaire et bijoutier, exerçait ses vrais talents.

« Vous avez quelque chose pour moi ? demanda Virgil. J'exécute une commande urgente en ce moment. Rien d'illégal. Un collier en diamants pour lady Lesington. Elle vend l'original en cachette pour régler ses dettes de jeu. Je lui donne une copie en strass, le mari n'y voit que du feu et tout le monde est content.

— Le collier que je vous ai vendu, dit sir Philip en époussetant une chaise avant de s'y asseoir, je suppose que vous l'avez détaillé ? »

Virgil leva vers le ciel ses mains sales. « Une pièce pareille ? Non. J'attends que l'eau passe sous les ponts avant d'y toucher. Je crois que je pourrais le vendre entier sous le manteau. »

Sir Philip se surprit lui-même en demandant : « Et si je vous payais une petite somme de temps en temps pour que vous me le gardiez jusqu'au jour où je serai en mesure de vous le racheter ?

— Vous devenez honnête sur vos vieux jours ?

— En quelque sorte, répondit sir Philip.

— Ça m'irait très bien. Ça vous donne du temps et, si vous ne me le rachetez pas, l'affaire devrait être assez éventée pour que je puisse le vendre un bon prix.

— C'est une chose bien fâcheuse qu'une conscience, dit sir Philip. Elle vous tracasse parfois, Virgil ? »

Le bijoutier eut l'air stupéfait.

« Je suis un artisan. Pourquoi ma conscience me tracasserait-elle ? »

Rasséréné à l'idée de pouvoir récupérer un jour le collier, sir Philip se rendit dans une gargote et commanda une assiettée de mouton qu'il fit descendre avec de la petite bière. Il serait obligé d'informer les autres de ce qu'il avait fait et Harriet devrait commencer à mettre de côté les sommes qu'elle pourrait. Cela ne leur plairait pas, mais la menace d'être écroués à Newgate leur plairait encore moins.

Mrs Budley et miss Tonks étaient allées voir les troupes à la manœuvre dans Hyde Park. La chaleur était brûlante, suffocante, mais les deux femmes étaient de fort bonne humeur, car un capitaine qu'elles avaient croisé avait retroussé sa moustache en regardant Mrs Budley, et miss Tonks était persuadée que l'ami qui l'accompagnait l'avait regardée *elle* d'une manière très éloquente.

« C'était agréable, d'être mariée ? » demanda miss Tonks lorsque la foule eut commencé à se disperser et que, n'ayant guère envie de rentrer, elles eurent décidé de continuer jusqu'à la Serpentine.

« Oh, très agréable, dit Mrs Budley. Mr Budley était un homme très gai, très charmant, et il n'y a jamais eu d'ombre au tableau, hormis le fait que nous n'ayons pas eu d'enfants. J'aurais tant aimé en avoir. Mais, en effet, c'était merveilleux d'avoir un homme pour m'escorter partout, et de ne plus être obligée de me soucier de mes devoirs envers ma famille. J'ai eu beaucoup de chagrin quand mes parents sont morts, mais pas trop malgré tout, car j'avais Mr Budley pour prendre soin de moi. Sans doute valait-il mieux que je sois restée dans l'ignorance des dettes qui s'accumulaient. Quand les factures arrivaient, il se mettait à rire et me disait de ne pas me tracasser pour cela.

— Moi, j'aurais bien aimé me marier, dit miss Tonks, pensive. Je me suis sottement aveuglée à propos de Mr Blessop, le mari de ma sœur : j'étais persuadée que c'était à moi qu'il faisait la cour. Papa et maman aussi, d'ailleurs. Dans les bals, il m'invitait toujours deux fois, alors qu'il n'invitait Honoria qu'une seule fois. Et puis… et puis… est venu un bal où il ne m'a pas invitée, ni ne m'a accordé un regard. Et, avant que j'aie eu le temps de dire "ouf", il s'est fiancé à Honoria. »

Mrs Budley, qui avait entendu les commentaires de sir Philip sur Honoria, se demanda si miss Tonks avait été si aveugle que cela, et si Mr Blessop ne l'avait pas effectivement courtisée avant que la perfide Honoria ne parvienne à gâcher l'idylle.

Mrs Budley pressa la main de miss Tonks et dit : « Nous n'avons pas une existence si déplaisante à présent. Et nous n'avons plus non plus à nous charger de tâches de domestiques, même si sir Philip prétend qu'il est excellent pour nos affaires d'avoir l'air de mettre nous-mêmes la main à la pâte.

— Oui, je me sens tout à fait en sécurité, répondit miss Tonks, maintenant que nous sommes en quelque sorte une famille. Mais parfois, mes vieux rêves reviennent, les rêves où je me marie. Tout à fait ridicule !

— Mais pas du tout ! » répondit la petite Mrs Budley, et, repensant au capitaine d'armée, elle poussa un soupir nostalgique.

Le duc de Rowcester raccompagnait chez elle miss Simms, qu'il avait emmenée voir la revue. Miss Simms avait été parfaite en tout point : elle buvait chacune de ses paroles de la façon la plus flatteuse, et était absolument délicieuse à regarder, avec sa beauté fraîche et sa jeunesse. Il essaya de se persuader que l'ennui qu'il éprouvait était dû à la chaleur et n'avait aucun rapport avec son désir de revoir deux yeux verts étincelants.

Il escorta miss Simms jusqu'à sa porte, déclina son offre de prendre un rafraîchissement, se pencha sur sa main et lui susurra quelques banalités suaves. Puis, lorsqu'elle fut rentrée, il remonta dans son cabriolet et resta immobile, les rênes dans les mains, à regarder la rue sans avoir envie d'aller nulle part, ni de faire quoi que ce soit. Il était attendu à un bal ce soir-là, avait accepté l'invitation, avait assuré à miss Simms que oui, il serait honoré de danser avec elle. Il ne lui restait plus qu'à se mettre en route pour rentrer prendre un bain, se changer et dîner.

Et pourtant… et pourtant… Il ne pouvait se résoudre à laisser Harriet James partir convaincue qu'il avait eu honte d'elle au point de ne pas oser la présenter à sa mère. Elle n'aurait pas dû s'enfuir ainsi. Elle aurait dû rester et écouter ses explications. C'était une impertinente, une créature impétueuse qui s'était abaissée à évoluer dans un univers mercantile et avait perdu cette élégance de manières qu'il s'attendait à trouver chez une personne du beau sexe. Pourquoi devrait-il souffrir pendant qu'elle vaquait à ses occupations sordides avec toute la rigidité d'une prude ? Qu'aurait-elle dit si elle avait su qu'il était sur le point de lui proposer le mariage ? Oui, comment aurait-elle réagi à cela ?

Mais il n'avait pas songé sérieusement au mariage avant ce soir. Il se sentit soudain le cœur léger. Tout était si simple. Mais si… – son moral replongea – si elle refusait ? Pour la première fois de sa vie, il était face à une femme que son titre ou son rang n'impressionnaient pas.

D'un autre côté, il n'avait aucune intention de passer son existence à se demander ce qu'elle aurait dit. Morbleu, il allait lui poser la question, et si elle le repoussait, il retournerait à la campagne et resterait célibataire. De toute façon, il était las de Londres.

La mine résolue, il mit ses chevaux en route et prit la direction de Bond Street.

Harriet était assise devant la coiffeuse dans l'étroite mansarde qu'elle partageait avec miss Tonks et Mrs Budley, et elle essayait une nouvelle coiffure.

S'*il* passait à l'hôtel, s'*il* avait l'audace de faire une visite, alors il devait la trouver totalement désinvolte et élégante. Elle avait essayé de friser ses cheveux à la dernière mode, mais le résultat n'était pas flatteur et, avec un soupir, elle les brossa pour les lisser le mieux possible, puis prit plusieurs de ses mèches épaisses, les enroula autour du fer à friser jusqu'à ce qu'elle ait obtenu assez de boucles pour se faire une coiffure à la romaine.

Soudain, une odeur de brûlé la poussa à porter son regard inquiet sur le fer à friser, puis vers ses cheveux, craignant de les avoir roussis. Aucune fumée ne flottait autour de sa tête. Pourtant, l'odeur s'intensifiait.

Elle se leva, renifla, puis remarqua de longs serpents de fumée qui se glissaient sous la porte. La gorge serrée, elle essaya d'ouvrir la porte. Fermée à clé.

Luttant contre la panique, elle ouvrit la fenêtre et se pencha. La rue en contrebas parut tanguer devant ses yeux. Elle se cramponna fermement au rebord de fenêtre et cria : « Au secours ! » Mais sa voix se perdit dans le vacarme des cloches et des commerces de la rue animée.

Quand sir Philip entra dans l'hôtel, il trouva les domestiques agglutinés au bas de l'escalier. Aussitôt, il sentit la fumée.

« Y a le feu, dit le portier. Dernier étage.

— Sonnez la cloche à incendie et faites sortir tout le monde, cria sir Philip. Courez à la compagnie Sun et dites-leur d'envoyer la voiture des pompiers », ajouta-t-il, oubliant dans l'affolement de l'instant qu'il n'avait pas payé la prime. Il se précipita dans l'escalier, la main sur sa poitrine, mais arrivé presque en haut, il dut reculer devant la fournaise.

Il redescendait juste au moment où lady Fortescue, le colonel Sandhurst, miss Tonks et Mrs Budley arrivaient tous ensemble, s'étant retrouvés en haut de la rue.

« Il y a le feu, lança-t-il. Dans les combles. »

Les clients qui étaient revenus à l'hôtel pour se changer se précipitaient dans la rue, laissant les domestiques emporter leurs affaires.

« Dieu merci, la voiture des pompiers ne va pas tarder, dit lady Fortescue. Et Harriet ? Où est-elle ?

— Madame, miss James était dans sa chambre », dit une des soubrettes.

Tous ceux qui avaient essayé de sauver autant d'affaires que possible au rez-de-chaussée refluèrent dans la rue et levèrent les yeux vers les étages.

Le visage livide et angoissé de Harriet, penché à la fenêtre, les fixait.

Le portier arriva ventre à terre.

« Chez Sun, ils disent qu'ils viendront pas, madame, vu que la prime a pas été payée. »

Lady Fortescue se figea et se tourna vers sir Philip. « Comment ? Voleur ! Assassin ! Vous aurez la mort de Harriet James sur la conscience ! »

Une foule s'était rassemblée et les badauds avides tournaient la tête vers la fenêtre de la mansarde où se trouvait Harriet.

Du haut de la rue, le duc vit l'incendie. Il jeta quelques pièces à un gamin en lui demandant de tenir ses chevaux à l'arrêt, sauta de sa voiture et se précipita vers l'hôtel en bousculant ceux qui se trouvaient sur son passage.

Il vit les visages levés et porta son regard au dernier étage.

Harriet !

Le vertige le prit un instant et la rue se mit à tanguer. Puis il ôta ses bottes et son manteau, jeta son chapeau et se fraya un chemin jusqu'à l'hôtel. Saisissant la descente de gouttière, il entreprit de grimper.

« Ô Dieu miséricordieux, écoute ma prière », sanglota sir Philip. Harriet avait momentanément disparu de la fenêtre pour jeter le contenu des cruches d'eau de la table de toilette sur la porte qui commençait à se consumer. Après quoi elle retourna vers la fenêtre pour voir s'il y avait un moyen quelconque de s'échapper.

Alors, éclairés par les derniers rayons obliques du soleil qui rasaient le dédale des toits, les cheveux dorés du duc attirèrent son attention. Elle retint son souffle. Il grimpait comme un chat, avec une aisance fluide. Les domestiques de l'hôtel Limmer et ceux du Parent pauvre avaient formé une chaîne et se passaient des seaux d'eau, que d'autres hommes se relayaient pour emporter dans l'escalier et jeter sur la fournaise dans l'espoir d'empêcher la progression des flammes.

Harriet regardait, une main sur la bouche. Arrivé en haut du tuyau, le duc se pencha et saisit le rebord de la fenêtre de la mansarde. « Il faut vous glisser sur mon dos, miss James, et vous accrocher à mon cou, en priant pour que ce tuyau supporte notre poids à tous les deux. »

Elle s'efforça de garder son calme et de ne pas se cramponner éperdument à lui. Elle sortit à reculons, se laissa couler le long de l'échelle humaine qu'il lui offrait et lui passa étroitement les bras autour du cou.

Il trouva des prises pour ses doigts dans des endroits où la maçonnerie s'effritait et parvint à regagner l'aplomb du tuyau. Alors, lentement, très lentement, il entama la descente. Au-dessus d'eux, dans un grondement crépitant et assourdissant, le toit s'effondra sur lui-même et des étincelles ainsi que des morceaux de bois en flammes volèrent à côté de leurs têtes.

Il continua l'interminable descente, redoutant à tout instant que le seul poids de leurs corps n'arrache le tuyau à son ancrage. Il évitait de regarder en bas. Harriet avait les yeux étroitement fermés. Enfin, il se retrouva agenouillé sur le trottoir, où une salve de vivats et d'applaudissements enthousiastes lui confirma qu'ils étaient hors de danger.

Il se releva et serra Harriet contre lui, lui baisa les cheveux, le nez, puis les lèvres.

« Écartez-vous ! Écartez-vous ! hurla sir Philip. Prenez garde, le bâtiment risque de s'écrouler sur vous ! »

Le duc prit aussitôt Harriet dans ses bras et la porta de l'autre côté de la rue, où se tenait lady Fortescue, soutenue par le colonel Sandhurst. Miss Tonks et Mrs Budley étaient figées, livides, heureuses que Harriet soit sauvée, mais pétrifiées de crainte, se demandant ce qu'elles allaient devenir.

Le duc déposa doucement Harriet près d'elles et dit : « Je dois trouver de nouvelles recrues pour aider à lutter contre l'incendie. »

Encore dans un état second, Harriet le regarda partir. Elle aurait dû penser à ce que lui réservait l'avenir, mais la seule question qui émergeait clairement du tumulte de son esprit était : « A-t-il remarqué ma nouvelle coiffure ? »

Le calme revint lentement, au bout de quelques heures. L'incendie avait été éteint, mais les deux derniers étages de l'hôtel avaient brûlé, et des gardes recrutés par le duc étaient postés devant la maison afin d'empêcher tout pillage. Lady Fortescue entra dans le bâtiment et promena sur la scène un regard consterné. Certes, c'était un miracle que personne n'ait été tué, et elle n'aurait dû éprouver que de la gratitude. Même ses domestiques, Betty et John, étaient sortis avant que l'incendie ne se déclare. Les clients avaient déménagé dans les hôtels et auberges du voisinage. L'épaisse fumée en provenance des deux étages supérieurs avait reflué et tout sali, mais au moins, l'essentiel du mobilier des chambres avait été épargné. La salle à manger, le vestibule, le salon de café et la cuisine n'avaient pas souffert.

L'argent était intact dans le coffre-fort du bureau que sir Philip avait tiré dans la rue au prix d'efforts surhumains, sauvant, comme lady Fortescue le fit remarquer non sans sarcasme, ce qui lui tenait le plus à cœur.

Le duc était en manches de chemise et sans chaussures, car l'un des badauds avait filé avec son chapeau, son manteau et ses bottes.

« Qu'allons-nous faire ? demanda miss Tonks, éperdue. Où aller ?

— Nous n'avons plus de clients, répondit Harriet. Nous pouvons loger dans les chambres encore intactes. Mais, mon Dieu, il ne va pas être facile de nous faire payer, et l'argent que nous avons devra servir à payer les gages des domestiques. Après cela, comment pourrons-nous financer les réparations ?

— Vous allez tous venir chez moi, déclara le duc. Les gardes veilleront à ce que rien ne soit volé. Malgré tout, mieux vaut que vous preniez avec vous l'argent du coffre. Nous discuterons au dîner de ce qu'il convient de faire. Betty et John ont dit qu'ils monteraient la garde eux aussi. »

Il ne restait plus aux parents pauvres que les vêtements qu'ils avaient sur le dos. Tous avaient perdu les petits souvenirs qu'ils chérissaient : Harriet, deux miniatures de ses parents défunts ; Mrs Budley, les lettres de son mari ; miss Tonks, une fleur séchée offerte par Mr Blessop et un portrait de son père ; sir Philip, toutes les babioles achetées récemment, et notamment la nouvelle perruque, qu'il ne porterait jamais ; lady Fortescue, des miniatures de ses enfants défunts ; et le colonel, ses médailles, qui devaient à n'en pas douter être un amas de métal fondu quelque part dans les décombres.

Le duc emmena Harriet et lady Fortescue dans sa voiture tandis que les autres suivaient dans deux fiacres.

Quand Harriet vit la magnificence de la demeure du duc en ville, elle se dit avec tristesse qu'il n'y avait rien d'étonnant qu'aux yeux du duc ils fussent tous des personnages indignes et inférieurs. Elle avait sous les yeux le spectacle de la véritable richesse, de domestiques chevronnés, de vastes pièces élégantes, tout un univers clos, à l'abri du vulgaire.

Une impeccable intendante les conduisit à leurs chambres et les informa que le dîner serait servi une heure plus tard.

Harriet s'installa languissamment près de la fenêtre de sa chambre surplombant le haut mur construit pour cacher les foules qui se pressaient aux exécutions, à l'époque où Park Lane n'était qu'une humble rue, Tyburn Way, menant au gibet de Londres.

Pendant un moment d'extase, lorsque le duc l'avait embrassée, elle s'était crue arrivée à bon port, persuadée qu'il l'aimait et voulait l'épouser. Mais comment une femme telle qu'elle pourrait devenir duchesse ?

On gratta discrètement à la porte, qui s'ouvrit sur le duc. Il s'était changé et avait revêtu une tenue de soirée – habit noir et chemise blanche – rehaussée de diamants.

« Miss James, dit-il, j'ai une proposition à vous faire.

— Non, pas cela ! » s'exclama Harriet d'une voix brisée. Et, se cachant la tête dans les mains, elle fondit en larmes.

8

« J'ai toujours pour maxime qu'il n'est pire scandale que les haillons ni pire crime que la pauvreté. »

George FARQUHAR

En quelques enjambées, il fut devant elle. Il mit un genou à terre, écarta doucement les mains de Harriet de son visage et sortit un mouchoir pour sécher ses larmes.

« Quel balourd je fais ! dit-il d'une voix rauque. Je voudrais que vous m'accordiez le très grand honneur de devenir ma femme. »

Harriet le regarda, médusée. « Mais vous ne pouvez pas… ce n'est pas possible… votre position, votre rang…

— La peste soit de tout cela ! Réfléchissez, Harriet, ma douce Harriet, nous pouvons être mariés ici par licence spéciale, et quitter la ville. Je suis las de Londres. Tout ce que vous avez à faire est de dire oui.

— Mais… pourquoi ?

— Parce que je vous aime de tout mon cœur, de toute mon âme.

— Oh. » Ce « oh » s'étira comme un soupir, mélange de ravissement et de pur soulagement. « Oui », fit-elle timidement.

Il se leva, prit ses deux mains dans les siennes et l'attira à lui. Il lui baisa doucement le front, bien décidé à lui témoigner du respect, mais la sirène de la baignoire surgit sournoisement dans son esprit et, l'instant d'après, ils étaient perdus dans un baiser passionné d'une intensité aveuglante.

Enfin, Harriet se dégagea et dit d'une voix entrecoupée : « Je sens la fumée et ma robe est sale. Je ne me suis pas rafraîchie et les autres vont nous attendre.

— Alors je vous laisse quelques instants, dit-il à contrecœur, et nous nous retrouverons dans le salon.

— Ma chère âme, dit Harriet en levant les yeux vers lui, pourquoi aviez-vous tellement honte à l'idée que je rencontre votre mère ? »

Il se mit à rire.

« Dès que nos fiançailles seront annoncées dans les journaux, vous la rencontrerez et vous vous rendrez compte par vous-même que c'est d'elle que j'avais honte ! C'est une pensée indigne pour un fils, mais Mère est un tantinet excentrique. Ses amis et elle se seraient aussitôt attachés à nos pas pour le reste de la soirée, et je voulais vous avoir pour moi seul ! »

Les parents pauvres levèrent les yeux lorsque le duc entra dans la salle à manger. Leur pâleur traduisait la tension et la fatigue qui les étreignaient.

Sir Philip était assis à l'écart des autres tel un paria, terme dont lady Fortescue venait de le qualifier. Des valets entrèrent, apportant des carafes.

« Où est miss James ? demanda lady Fortescue.

— Elle nous rejoindra bientôt, répondit le duc.

— Je vous suis très reconnaissante pour toutes vos bontés, mon neveu, dit lady Fortescue, mais je dois vous rappeler que le colonel Sandhurst et moi-même nous considérons comme les tuteurs de miss James et, maintenant qu'elle est sous votre toit, je dois vous prier…

— Miss James vient de me faire l'honneur de me promettre sa main », annonça le duc.

Miss Tonks, cédant à l'émotion, éclata en sanglots. Mrs Budley se mit à pleurer discrètement et le colonel Sandhurst lui-même essuya une larme.

« C'est une célébration, protesta le duc d'une voix douce, pas une veillée funèbre ! »

Sir Philip se dérida : Harriet les préviendrait si le duc s'apercevait un jour que le collier était un faux. Il ne lui dirait pas de quel type de bijou il s'agissait… pas encore, tant qu'elle était dans les tout premiers transports d'un amour romantique.

À l'entrée de Harriet, ils séchèrent leurs yeux et l'entourèrent.

« En guise de cadeau de mariage, dit le duc, un bras autour de Harriet, je prendrai les réparations à ma charge ainsi que les gages de vos domestiques jusqu'à ce que vous soyez en mesure de reprendre vos activités. »

Avant l'annonce du mariage du duc, miss Tonks et Mrs Budley auraient peut-être trouvé le courage de suggérer que, au lieu de payer les réparations de l'hôtel, il leur donne leur part en argent afin de leur permettre d'aller s'installer dans un endroit où elles pourraient mener une vie tranquille. Mais Harriet allait épouser un duc. Ni le sceau d'infamie du commerce, ni son absence de dot, ni son âge n'avaient compromis ses chances de bonheur. Un bonheur auquel elles pouvaient donc prétendre aussi, se dirent-elles, oublieuses pour une fois de la beauté de Harriet.

La première ombre tomba sur le bonheur de Harriet alors qu'ils étaient à la table du dîner.

« Je suis navré au sujet de l'assurance contre l'incendie, déclara sir Philip, mais pourquoi ne vous êtes-vous pas enfuie pendant qu'il était encore temps de gagner le rez-de-chaussée, miss James ? Vous dormiez ? »

Harriet le regarda, surprise, puis elle répondit lentement : « Sous le choc du moment, je n'y ai plus pensé, mais ma porte était fermée à clé.

— Vous êtes sûre ? demanda le colonel.

— Oh, parfaitement. J'ai tiré sur cette porte et l'ai secouée de toutes mes forces, mais elle était fermée à clé.

— Qui aurait pu faire une chose pareille ? s'écria lady Fortescue.

— Le chef français, par exemple, lança le colonel. Vous ne nous avez jamais dit où vous aviez trouvé Despard, sir Philip. »

Avant que sir Philip ne pût répondre, Harriet objecta : « Je ne pense pas que Despard soit impliqué dans cette affaire car il s'est démené pour mettre autant de meubles que possible hors de danger. Et il m'a suppliée d'essayer de sauver sa place. Il semblait mortellement inquiet.

« Peut-être s'agit-il de lady Stanton, poursuivit-elle, se tournant vers le duc. Vous souvenez-vous qu'à Vauxhall elle a juré de se venger – ou plus exactement, elle a dit que nous regretterions notre insolence ?

— Je crois que nous devrions retourner entre hommes à l'hôtel pour essayer de trouver des preuves », dit le duc.

En montant l'escalier de l'hôtel, le duc, sir Philip et le colonel virent la pleine lune briller entre les poutres calcinées. Le domestique de lady Fortescue, John, ouvrait la marche, tenant une lanterne à huile.

« N'allez pas trop loin, avertit le duc, l'escalier devient dangereux. »

Et de fait ils ne pouvaient se risquer à monter davantage car les marches du haut avaient brûlé.

« J'aimerais pouvoir croire que miss James a seulement imaginé que la porte était fermée à clé, dit le colonel.

— C'est peu vraisemblable, répondit sir Philip, à moins, bien sûr, que le bois n'ait gonflé sous l'effet de la chaleur et qu'elle n'ait cru la porte fermée à clé.

— Ma foi, c'est une explication plausible, fit le duc, dont le visage s'éclaira. Y avait-il une lampe à huile sur le palier des mansardes ?

— Oui, mais on ne l'allume qu'après dîner, précisa sir Philip. Si miss James ne nous avait pas raconté cette histoire, j'aurais volontiers cru qu'un hôtel concurrent avait mis le feu afin de nous pousser à la faillite, mais des incendiaires auraient allumé le feu en bas. Ils ne se seraient pas risqués à monter tout en haut de la maison, de peur de se faire prendre.

— Attendons que les charpentiers aient mis des échafaudages, dit le duc. Alors, même si la porte a entièrement brûlé, nous pourrons peut-être voir ce qui reste de la serrure et si on avait laissé la clé tournée dedans. Maintenant, allez, tout ce dont vous avez besoin, c'est d'une bonne nuit de sommeil. »

Il se tourna vers John, qui attendait patiemment sur l'escalier avec la lampe.

« John, dites aux domestiques quand ils arriveront demain matin qu'ils conservent leur travail et que je paierai leurs gages.

— Très bien, Votre Grâce, répondit John, impassible. Comment va lady Fortescue ?

— Elle a remarquablement supporté cette épreuve. »

John sourit d'une oreille à l'autre : c'était la première fois que le colonel ou sir Philip le voyaient sourire ou exprimer une émotion quelconque.

Sir Philip redescendit l'escalier à pas vifs, se jurant de bien se conduire à l'avenir, d'être moins dépensier et surtout d'assurer l'hôtel. Il avait redouté pardessus tout que ses compagnons ne veuillent plus avoir affaire à lui.

Quant aux autres, en se couchant, ils remercièrent Dieu chacun à sa façon de la chance qu'Il leur avait accordée et se promirent d'être meilleurs à l'avenir.

Le colonel devait dire plus tard que vivre chez un duc leur était monté à la tête et les avait incités à dépenser comme des paniers percés. La générosité du duc semblait ne pas connaître de limites. Les dames commandèrent de nouvelles robes aux meilleures couturières. Quant aux messieurs, ils monopolisèrent les services de tailleurs, chapeliers et bottiers. La robe de mariée de Harriet était au centre de l'intérêt de tous. Les noces devaient avoir lieu au domicile londonien du duc.

Le lendemain du jour où parut l'annonce de ses fiançailles dans les journaux, elle reçut des lettres de félicitations de plus de parents qu'elle ne savait en avoir. Et, alors qu'elle était assise dans le petit salon, à feuilleter un magazine de mode, un valet de pied annonça l'arrivée de la duchesse douairière de Rowcester.

« Seigneur ! s'exclama Harriet, éperdue. Sa Grâce est-elle ici ?

— Non, madame. Sa Grâce est à l'hôtel pour superviser les travaux.

— Alors, je vais devoir la recevoir », dit Harriet, qui se posta nerveusement près de la fenêtre.

« Où est-elle ? claironna une voix haut perchée. Là ? Je vais m'annoncer moi-même. »

La porte s'ouvrit et la duchesse douairière fit une entrée majestueuse. Harriet s'efforça de ne pas écarquiller les yeux. La duchesse portait une robe transparente qui moulait un corps maigrichon, et était coiffée d'une perruque rousse. Son visage ridé était passé au blanc et au rouge. Derrière elle venaient deux jeunes gens qui marchaient à tout petits pas sur des bottines à très hauts talons en agitant des mouchoirs parfumés. Ils avaient le visage aussi maquillé que celui de la duchesse.

« Laissez-moi vous regarder ! s'écria la duchesse. Mazette, quelle peau ! Quels yeux ! On la mangerait toute crue ! Qu'en dites-vous, mes chéris ? »

Au grand embarras de Harriet, les deux petits-maîtres vinrent tourner autour d'elle et se mirent à gazouiller : « Ravissante ! Tout à fait divine !

— Bien évidemment, la Stanton raconte à qui veut l'entendre que vous êtes une servante, ce qui n'est pas le cas, car j'ai vérifié vos ascendants, ma chère enfant. Le sang est important, mais la beauté compte plus encore. Ma foi, seriez-vous sortie d'un chenil, je vous aurais donné ma bénédiction. Voyons vos dents. Ah, parfaites. Avez-vous la cheville fine ?

— Je crois », dit Harriet en reculant car la vieille dame s'apprêtait manifestement à lui relever les jupes du bout de sa canne.

« Très bien, très bien. Et voici le champagne frappé. Tout indiqué à cette heure matinale. »

Harriet regarda l'un des deux petits-maîtres saisir une bouteille sur le plateau, la déboucher, et en verser à la duchesse un verre qu'elle vida d'une seule lampée avant de le tendre à nouveau pour qu'on le lui remplisse. Elle continua à avaler et à faire remplir son verre coup sur coup jusqu'à ce que la bouteille fût vide.

« Ah, me voilà requinquée ! s'exclama-t-elle. Je viendrai à votre mariage. Comme tous les autres parents de Rowcester, si je ne m'abuse. L'affaire a été rondement menée. Vous êtes enceinte ?

— Votre Grâce ! Vous me choquez ! »

La duchesse eut l'air si enchantée que Harriet devina que la vieille dame s'était fixé comme mission dans la vie de choquer le plus de gens possible.

« Ma foi ! Je suis sûre que vous serez grosse au plus vite. Vous avez les hanches un peu étroites, mais vous semblez robuste. Maintenant, je dois partir. Mes chéris, votre bras. »

Ils sortirent tous et Harriet se laissa tomber sur une chaise avec un soupir de soulagement. Comme le duc avait dû la trouver prude de s'être montrée si gênée qu'il l'ait vue nue alors que sa propre mère paradait dans Londres à moitié dévêtue…

Mais à peine Harriet avait-elle commencé à se détendre que Susan arriva, une lueur surexcitée dans ses grands yeux, les lèvres entrouvertes sur des dents très blanches.

« Vous plaisent-elles ? demanda-t-elle en tapant sur ses dents du bout de son éventail. Elles sont vraies.

— Ce ne sont pas les vôtres cependant, Susan ?

— Non, les miennes étaient d'une couleur si affreuse que je les ai toutes fait arracher et j'ai pris ce dentier absolument ravissant.

— Oh, Susan, vous ne pensez donc jamais à leur provenance ? »

Susan plissa le front : « Non. D'où viennent-elles ?

— Peu importe », dit Harriet, préférant ne pas gâcher le plaisir de Susan en lui révélant que ses nouvelles dents avaient été prélevées sur les soldats morts dans toute l'Europe par d'infâmes pillards qui les arrachaient après avoir entièrement dépouillé les cadavres, puis les revendaient à des dentistes de Londres.

« Quoi qu'il en soit, reprit Susan en s'asseyant dans un frou-frou de taffetas, racontez-moi tout. Vous avez fait une belle prise avec Rowcester, et semé la discorde dans la bonne société. Car on ne peut exclure un duc, voyez-vous, et les révélations de lady Stanton disant que je vous ai encouragée en vous présentant comme mon amie tombent dans l'oreille de sourds. Tout le monde m'attribue le mérite de vous avoir facilité l'accès au duc. On me sollicite partout. Quant à Darkwood, c'est à qui se montrera le plus servile avec lui à la Chambre, et il se rengorge en affirmant qu'il vous a toujours prise pour une dame de qualité, alors qu'en privé il vous considérait comme une traînée. »

Là-dessus, Susan s'esclaffa et Harriet, exaspérée, se demanda si elle devait la gifler elle ou gifler son mari. Mais Susan continua à jacasser.

« Je sais que ce doit être un petit mariage, car Rowcester me l'a confié, mais il m'a également dit que je devais y assister. Puis-je être votre demoiselle d'honneur ?

— Je regrette, mais cette distinction revient à miss Tonks et à Mrs Budley.

— Comme c'est bizarre et ingrat de votre part, Harriet. Mais je vous pardonne. Il faudra venir me voir souvent, et nous aurons quantité de chevaliers servants.

— Je n'en veux pas d'autre que mon mari, répondit Harriet avec calme.

— Ne me dites pas que vous êtes amoureuse de lui !

— Si, éperdument, Susan.

— Eh bien, ce n'est pas juste que vous ayez tant de choses, car vous n'avez pas tant de mérite que cela, vous savez, à travailler comme domestique, et tout le reste. Pfff ! À quoi pensent les dieux ? Vous inonder de faveurs et ne rien me donner ! Enfin ! Je ne peux pas rester en colère longtemps. Beaucoup trop fatigant. Darkwood vous a envoyé un cadeau que je trouve horrible. C'est une grande cage pleine d'oiseaux. Mais vous lui direz qu'elle est jolie, n'est-ce pas ? Sinon, il va encore sombrer dans l'une de ses humeurs noires. »

Après le départ de Susan, le cadeau de Darkwood arriva. Au grand soulagement de Harriet, il ne s'agissait pas d'oiseaux vivants, mais d'un grand jouet mécanique, une cage dorée pleine d'automates en forme d'oiseaux chanteurs.

Au reste, les cadeaux commencèrent à affluer, et Mrs Budley et miss Tonks se proposèrent pour écrire les lettres de remerciements.

« Le mariage nous prend de vitesse, dit Harriet, inquiète. Je ne vois jamais Rowcester en ce moment. J'espère qu'il n'a pas changé d'avis. Je pensais… » Elle se mordit les lèvres et se tut. Elle avait cru qu'ils auraient des fiançailles tranquilles, mais épouser un duc semblait être une affaire d'État, avec visites de notaires, contrats à signer, testaments à préparer. De plus, il y avait toutes les dispositions concernant la cérémonie elle-même, et tant d'essayages que Harriet se jura que, après son mariage, des années se passeraient avant qu'elle ne commande une robe neuve.

La maison du duc semblait d'ailleurs avoir été transformée en un gigantesque salon de couture pour hommes et femmes, car les parents pauvres, comme Harriet, étaient constamment en train d'essayer des tenues que l'on épinglait et ajustait sur eux.

Lady Fortescue et le colonel Sandhurst avaient pris l'initiative de chaperonner Harriet, lady Fortescue déclarant sévèrement qu'un homme qui arrivait à ses fins avec une jeune fille était susceptible d'annuler le mariage. Aussi le duc, qui mourait d'envie de tenir Harriet dans ses bras et de l'embrasser, voyait-il ses désirs sans cesse frustrés.

À l'approche du grand jour, Harriet se sentait de plus en plus tendue et inquiète, découvrant sur le visage fermé du duc une froideur dont elle se demandait non sans appréhension si elle ne signifiait pas qu'il regrettait sa décision.

Il lui avait dit n'avoir pu trouver de preuve que l'incendie avait été volontaire, ni retrouver la serrure de sa chambre parmi les décombres.

La veille du mariage, Harriet, miss Tonks et Mrs Budley se rendirent en voiture à Bond Street pour voir où en étaient les travaux. Des échafaudages étaient dressés le long de la façade et des ouvriers s'affairaient partout. Les domestiques frottaient les murs noircis. Les décorateurs allaient bientôt entrer en scène.

« Mon Dieu ! Les travaux ne tarderont pas à être terminés », s'exclama Mrs Budley, laissant ses doigts jouer dans les plis souples de sa nouvelle robe en mousseline. « Notre séjour chez le duc a été comme une villégiature, mais nous sommes tous convenus qu'après votre mariage, miss James, nous devrons revenir loger ici. » Elle soupira. « Je m'étais imaginé un moment faire à nouveau partie de la bonne société. »

Harriet fit quelques pas à l'intérieur de l'hôtel. Elle reviendrait les voir tous, bien entendu, mais elle ne ferait plus partie de cette drôle de famille de parents pauvres. Elle espérait seulement que le duc avait toujours l'intention de l'épouser.

Le matin du mariage, elle avait les paupières alourdies par le manque de sommeil. Des femmes de chambre s'activaient autour d'elle. Miss Tonks, Mrs Budley et lady Fortescue donnaient des conseils pendant qu'on lui passait sa robe blanche en dentelle de Bruxelles. Un diadème de diamants et d'émeraudes, cadeau du duc, attendait de couronner sa tête.

« J'ai toujours pensé que les émeraudes portaient malheur, dit lady Fortescue. Mais Rowcester a déclaré qu'il voulait des pierres assorties à vos yeux. Quelle idée romantique ! »

Harriet s'agita, embarrassée par les bons soins de toutes ses aides. Pourvu que le duc soit toujours amoureux d'elle !

Enfin, elle fut prête. Elle était magnifique avec cette robe blanche aux plis souples, et les pierreries qui étincelaient dans ses cheveux noirs.

« J'aimerais dire deux mots en privé à miss James », annonça lady Fortescue.

Elle ouvrit la porte et attendit, la mine sévère, que tout le monde eût quitté la pièce.

« Asseyez-vous, miss James, mais veillez à ne pas froisser votre robe, ordonna lady Fortescue. Votre chère mère n'est hélas plus à vos côtés en ce jour ô combien important, du moins n'est-elle plus là en chair et en os, même si elle vous regarde du ciel. C'est donc à moi qu'il incombe de vous conseiller sur l'aspect intime du mariage.

— Je ne suis plus une toute jeune fille, protesta Harriet.

— Mais vous êtes toujours vierge, j'espère ?

— Assurément, lady Fortescue.

— Alors vous trouverez fort pénible votre première nuit avec votre mari. Or les messieurs aiment à croire que leur femme apprécie. Il faudra donc sourire et pousser des soupirs malgré la douleur, et penser au petit garçon de Plutarque dont un renard ronge les entrailles.

— C'est aussi douloureux que ça ?

— Oh oui, ma chère. Mais les enfants seront un grand réconfort.

— Et le romantisme dans tout cela, lady Fortescue ?

— Malheureusement, le temps des émois et des soupirs est celui qui précède le mariage, et vous, vous n'en avez eu qu'une portion congrue. Mais vous serez duchesse, et cela doit vous être une bien agréable perspective. Je suis heureuse d'avoir pu vous rassurer un peu par ces quelques paroles. »

Lady Fortescue tapota la main de Harriet, se leva et partit, laissant la jeune femme partagée entre effroi et perplexité.

Cinq cents invités réussirent à se presser dans la salle de bal de la demeure du duc, et le reste se dispersa dans les autres pièces. La plupart d'entre eux n'avaient pas été conviés, mais quand les membres de l'aristocratie envoient de coûteux présents, ils sont persuadés qu'ils ne peuvent être refoulés.

Il faisait encore très chaud, et Harriet espérait ne pas se trouver mal pendant la longue cérémonie, célébrée par l'évêque de Londres. Derrière elle, miss Tonks et Mrs Budley pleuraient discrètement, submergées par les émotions exaltées, ainsi que par le bonheur de s'être vu offrir chacune par le duc un collier de perles.

Enfin, ils furent mari et femme et se tinrent à la porte donnant accès à une enfilade de salons où devait être servi le repas de noces. Les visages défilèrent devant les yeux étourdis de Harriet, debout à côté de son mari pour recevoir les invités. Le repas dura cinq heures et fut des plus bruyants, car tout le monde était épaule contre épaule et buvait beaucoup trop. La duchesse douairière entama un discours, mais roula sous la table. Le colonel fit un discours bienveillant et sir Philip un discours vulgaire.

Enfin, tout fut terminé et les voitures s'alignèrent dans la rue pour emmener les invités éméchés.

Le duc prit le bras de Harriet et monta l'escalier avec elle.

Les parents pauvres, rassemblés en bas des marches, les regardèrent s'éloigner.

« Allons nous promener dans le parc, dit sir Philip. Je ne veux pas rester là et penser à ce qu'ils vont faire. J'ai une imagination trop vive. »

Étendue sur le grand lit à baldaquin, Harriet avait l'impression d'être une brebis offerte en sacrifice. Sa nouvelle femme de chambre l'avait déshabillée, lui avait passé une chemise de nuit et brossé les cheveux, sur lesquels elle avait disposé un petit bonnet de nuit. Derrière les rideaux tirés du baldaquin et les volets des fenêtres, le soleil brillait encore, et Harriet trouvait indécent de se coucher à cette heure-là.

Sur un candélabre à plusieurs branches brûlaient des bougies qui donnaient une lumière vive, mais elle n'eut pas le courage de les éteindre.

Le duc entra par une porte qui communiquait avec ses appartements, vêtu seulement d'une robe de chambre qu'il ôta et pendit à l'une des colonnes du lit. Harriet jeta un regard effrayé à son corps nu et ferma bien fort les yeux.

Les draps et couvertures furent repoussés et elle sentit le poids du corps du duc à côté d'elle. Malgré la chaleur, elle avait les mains et les pieds froids comme la glace.

Elle attendit l'hallali.

Mais il se souleva sur un coude et commença à lui dire combien il l'aimait, lui faisant l'amour avec des mots plus qu'avec des gestes, jusqu'à ce que les yeux de Harriet s'ouvrent lentement et que le froid quitte son corps. Alors, de sa propre initiative, elle leva les mains et les posa doucement sur les épaules de son mari.

Les parents pauvres longeaient la Serpentine à pas lents. « Nous y revoilà, dit lady Fortescue. Là où nous nous sommes tous rencontrés.

— Je redoute en vérité de devoir tout recommencer, dit le colonel. En dépit de la générosité du duc, je crains que nous n'ayons trop puisé dans nos fonds. Peut-être n'aurions-nous pas dû offrir à miss James d'aussi somptueux cadeaux.

— Tant que nous sommes chez Rowcester, nous pourrions encore grappiller, suggéra sir Philip.

— Non, c'est hors de question ! rétorqua lady Fortescue. Il nous faut trouver le moyen de récolter un peu d'argent, oh pas autant que la dernière fois, mais assez pour nous permettre de recommencer et de continuer à payer les gages des domestiques. »

Elle regarda sir Philip.

« Hé là, pas moi cette fois-ci ! répliqua-t-il. Vous m'êtes tous très reconnaissants quand cela vous arrange, mais dans le cas contraire, je suis un voleur et un menteur. Il est temps que vous vous salissiez les mains à votre tour.

— Je n'en ai pas le courage, avoua lady Fortescue. Après ma dernière expérience…

— Je suppose que l'un d'entre nous devrait se dévouer », avança timidement miss Tonks.

Sir Philip s'esclaffa : « Oh, nous ne nous attendons pas à ce que vous fassiez quoi que ce soit, miss Chiffe-Molle. Votre sœur vous terrorise à tel point que son seul nom vous donne des vapeurs. »

Enhardie par tout le champagne qu'elle avait bu, miss Tonks se retourna vers lui. « Haha ? C'est ce que vous croyez, mon ami ? Eh bien, je vous annonce que je vais aller séjourner chez Honoria et que je prendrai quelque chose qui nous maintiendra à flot. Là !

— Bravo ! s'écria Mrs Budley.

— Vous avez l'audace d'une lionne », renchérit le colonel.

Oh mon Dieu, qu'ai-je fait ? pensa miss Tonks, que tout son courage alcoolisé abandonnait.

« À quoi ? demanda le duc, languissamment allongé en travers du corps nu de sa femme.

— Lady Fortescue m'a dit de penser au petit garçon dont le renard ronge les entrailles.

— Oh, Harriet, dit-il en se retournant et en lui baisant le sein, était-ce si éprouvant ?

— Diaboliquement éprouvant !

— En ce cas, la pratique est un remède souverain. » Il fit remonter sa bouche jusqu'aux lèvres de Harriet.

« Mon amour, demanda Harriet quand elle put parler, quel est votre prénom ? »

Il se mit à rire. « Richard, vilaine effrontée ! Ainsi, vous ne connaissiez même pas mon prénom ? Je vais vous le faire crier jusqu'au septième ciel.

— Mais comment ?

— Comme ceci, ma chère âme, comme ceci… »

Assis sur un banc, les parents pauvres regardèrent leurs ombres s'allonger au soleil couchant. Leurs anciennes craintes sur leur avenir et leur survie les assaillaient tous.

Le contrecoup du mariage, de tout le luxe dans lequel ils avaient récemment vécu, commençait à se faire sentir.

Des voix enfantines portées par une brise légère arrivèrent aux oreilles de lady Fortescue et elle pensa à ses enfants disparus. Alors, cherchant du réconfort, elle prit la main du colonel, et celle de Mrs Budley se nicha dans celle de miss Tonks.

Ils restèrent ainsi un long moment, main dans la main, jusqu'à ce que le soleil se couche et que les bougies se mettent à scintiller aux fenêtres des maisons en bordure du parc.

MISS TONKS PREND SON ENVOL

Traduit par Amélie Juste-Thomas

1

« À moins que Dieu n'envoie Sa grêle,
Des boules de feu, du grésil ou de la neige suffocante,
Dans un moment, Son moment, j'arriverai. »

Robert BROWNING

Miss Tonks monta dans la voiture qui l'attendait comme elle serait montée dans une charrette tirée par des bœufs l'emmenant à l'échafaud. Pâle, mais résolue à faire bonne figure, elle s'assit, baissa la vitre et regarda les visages de ses amis qui se tenaient devant l'hôtel du Parent pauvre, situé dans Bond Street, à Londres.

« Je ne reviendrai pas les mains vides, promit-elle d'une voix ferme.

— Soyez prudente, je vous en prie, gémit la petite Mrs Budley. Si c'est trop dangereux, revenez-nous, tout simplement. Personne ne vous en fera le reproche.

— Moi, si, objecta l'épouvantable sir Philip Sommerville, qui avait plus que jamais l'aspect d'une vieille tortue décrépite. C'est pourtant simple : vous mettez la main sur une babiole hors de prix, vous la glissez dans votre réticule et vous prenez la poudre d'escampette. »

Le colonel Sandhurst leva les yeux au ciel comme pour y chercher l'inspiration et surtout pour chasser de son esprit cette entreprise du plus mauvais goût. Pourquoi sir Philip ne pouvait-il partir commettre lui-même ce larcin ? Ils étaient injustes avec cette pauvre miss Tonks, tous autant qu'ils étaient. Ils lui avaient forcé la main.

« Courage », lui enjoignit lady Fortescue, appuyée sur sa canne d'ébène.

La calèche se mit en branle. Et le mouchoir blanc de miss Tonks flotta à la fenêtre en signe d'adieu.

Lady Fortescue, sir Philip, le colonel Sandhurst et Mrs Budley battirent en retraite vers leur salon privé.

Cette coterie mal assortie s'était formée quelque temps auparavant. Ils étaient des parents pauvres, les dignes nécessiteux de familles de la haute société, qui vivaient d'expédients. Face à l'adversité, ils avaient décidé d'unir leurs forces et de fonder l'hôtel du Parent pauvre. C'était sir Philip Sommerville qui avait fourni l'argent nécessaire au lancement de cette entreprise risquée. Comment s'y était-il pris ? En volant au duc de Rowcester un collier de grande valeur qu'il avait adroitement remplacé par une copie afin que son crime ne soit pas découvert. Tous avaient espéré que leurs familles, furieuses de les voir s'abaisser à travailler, leur rachèteraient l'hôtel. Mais, contre toute attente, l'affaire s'était révélée prospère et les parents pauvres avaient commencé à récolter le fruit de leur labeur. Hélas, la chance avait tourné. L'hôtel était parti en fumée, sir Philip avait omis de payer l'assurance contre les incendies et le duc de Rowcester, qui avait convolé en justes noces avec leur associée, Harriet James, avait eu beau avoir la générosité de bailler les fonds nécessaires à la restauration de l'établissement, ils se retrouvaient une fois de plus démunis.

C'est une chose de sombrer dans le crime dans une période de vaches maigres, poussé par une rancœur ardente après des traitements humiliants ; c'en est une autre quand on a connu succès et prospérité. Pourtant, ils tenaient à rester ensemble propriétaires de l'hôtel, et c'était même devenu chez eux une obsession. Le Parent pauvre devait continuer à exister. C'est ainsi qu'on avait persuadé la personne la plus influençable de la compagnie de partir en mission chez sa sœur, Mrs Honoria Blessop, laquelle ignorait que miss Tonks dérogeait à sa condition et s'imaginait naïvement qu'elle logeait encore dans une soupente misérable de Londres.

Propriété de lady Fortescue, la demeure de Bond Street était tout ce qui lui restait ; elle y avait vécu seule avec ses deux vieux domestiques, John et Betty, avant que sir Philip ne lui suggère d'en faire un hôtel.

Haute taille, cheveux blancs, yeux noirs, l'impérieuse lady Fortescue passa en revue la petite assemblée. « Je crains que nous n'ayons commis une erreur en envoyant miss Tonks, dit-elle. Elle reviendra avec une bagatelle qui ne paierait même pas les gages d'une femme de chambre. Pour vous en revanche, sir Philip, le vol n'a plus aucun secret.

— Voyons d'abord comment miss Tonks se tirera d'affaire, répondit sir Philip. J'en viendrais presque à me demander si vous autres ne seriez pas contents de me voir me balancer au bout d'une corde.

— Et si c'était miss Tonks qui finissait au bout d'une corde, y avez-vous jamais pensé ? demanda le colonel.

— Pour avoir subtilisé une breloque à sa propre sœur ? Allons donc ! ricana sir Philip.

— Nous affichons complet pour la Petite Saison », annonça Mrs Budley, posant ses grands yeux alanguis sur ses compagnons. Elle avait dans les trente ans, mais paraissait bien plus jeune, avec son nuage de cheveux bruns fins comme la soie et son visage dépourvu de rides.

Lady Fortescue soupira. « La Petite Saison se tient en hiver, ce qui signifie qu'il faudra faire du feu dans toutes les chambres.

— Peut-être devrions-nous approcher le duc de Rowcester ? suggéra Mrs Budley.

— J'y ai songé, dit lady Fortescue, mais c'est impossible, mon neveu et Harriet sont à l'étranger. » Elle regarda la pendule. « Voilà l'heure du souper. Colonel, votre bras, je vous prie. »

Dans la salle à manger, lady Fortescue et le colonel Sandhurst servaient eux-mêmes les convives – ou, plus exactement, ils se contentaient d'apporter les hors-d'œuvre jusqu'aux tables, l'essentiel du travail étant accompli par deux garçons de salle efficaces.

Mais leur simple présence suffisait à donner du prestige à l'hôtel et tirait les prix vers le haut.

« Connaissez-vous le Tupple ? » s'enquit sir Philip quand ils furent sur le point de quitter la salle à manger.

Lady Fortescue se raidit. « Vous parlez du nouvel hôtel qui a ouvert dans George Street ? Je n'y ai jamais mis les pieds. Mais j'ai cru comprendre qu'ils ne nous feraient pas d'ombre. On y dit la cuisine abominable.

— J'ai surpris le directeur en personne qui rôdait près de l'escalier de l'office, dit sir Philip. Je suis sûr qu'il s'intéresse à notre cuisinier.

— Quoi ? Si Despard nous quitte, nous sommes ruinés.

— Vous oubliez qu'il ne peut pas nous quitter, souligna sir Philip en lançant un regard en coin. Un Français échappé du ponton[1] ! Il n'osera jamais.

— Vous feriez mieux de lui rafraîchir la mémoire, dit le colonel.

— C'est déjà fait, rétorqua sir Philip avec un sourire.

— Et qu'a-t-il répondu ? interrogea lady Fortescue en haussant ses fins sourcils.

— Eh bien, que lorsque la révolution éclaterait, il veillerait à ce que je sois le premier à être raccourci.

— Juste ciel ! s'exclama Mrs Budley en écarquillant des yeux inquiets. Vous ne trouvez pas qu'il

1. Vaisseau désarmé immobilisé dans un port ou ancré à proximité des côtes et utilisé comme prison flottante, caserne ou dépôt de matériel.

y a quelque danger à employer un Français aussi hargneux à l'office ?

— Bien sûr que c'est dangereux, mais cet homme est un génie, affirma lady Fortescue. Et puis, nous menons une vie dangereuse. Si miss Tonks se compromet, nous ne pourrons pas la laisser endosser seule toute la responsabilité.

— Et pourtant, dit gaiement sir Philip, la potence lui siérait parfaitement. En cadeau d'adieu, nous lui offririons une robe blanche. Elle prononcerait un discours empreint de noblesse. Ce serait l'apogée de sa triste vie.

— Sir Philip, tonna lady Fortescue, vous me répugnez. Venez, colonel. »

Un éclair de douleur traversa les yeux embués de sir Philip, mais, voyant le regard chargé de reproche que Mrs Budley lui lançait, il se versa un verre de porto avec un air de défi.

*

Au terme d'un long voyage dans une confortable chaise de poste, miss Tonks arriva sans dommage à Chapping Manor, demeure de sa sœur, Honoria Blessop. Ce n'était pourtant pas faute d'avoir prié pour que quelque accident, n'importe lequel, des bandits de grand chemin ou un violent orage, l'empêche d'atteindre le Gloucestershire.

Chapping Manor avait été le théâtre de nombreuses humiliations dans le morne passé de miss Tonks. De façon inexplicable, ses parents avaient fait de Honoria leur unique héritière et, depuis leur mort, celle-ci versait à sa sœur une trop maigre rente. Autrefois, Mr Blessop, le mari de Honoria, avait semblé sur le point de demander la main de miss Tonks, avant de tourner casaque. Lorsqu'elle leur rendait visite, miss Tonks était traitée comme la parente pauvre qu'elle était, se voyant déléguer des travaux de couture et sommée de rester dîner dans sa chambre dès que Honoria recevait.

La femme au visage taillé à la serpe et aux corsets trop serrés qu'était Honoria Blessop avait produit deux enfants, Cassandra et Edward. Edward avait fui le giron maternel en rejoignant la marine. Quant à Cassandra, elle devait avoir dix-huit ans maintenant, calcula miss Tonks en frissonnant sur le perron. Elle avait terminé sa première Saison, un événement que miss Tonks avait suivi dans les rubriques mondaines, car, bien entendu, elle-même n'avait été invitée à aucune de ces réceptions. La rumeur courait que Cassandra était loin d'avoir eu le succès escompté et elle n'était pas encore fiancée.

En découvrant miss Tonks devant la porte, le majordome claqua des doigts pour qu'un valet transporte sa modeste malle à l'intérieur.

« La… la famille est-elle au salon, Brooks ? s'enquit miss Tonks avec timidité.

— Oui, miss Letitia. Vous devez vous changer et les rejoindre pour le dîner, à six heures. Lord Eston se joindra à nous.

— Qui est-ce ?

— Sa Seigneurie est récemment rentrée de la guerre et vit à Courtfield Park, non loin d'ici.

— Comment se fait-il que je sois conviée à me joindre à eux ? Vous savez bien que ma présence n'est pas souhaitée quand ils reçoivent.

— Une des invitées s'est désistée à la dernière minute, expliqua Brooks. Puis-je souligner que vous devriez vous rendre sur-le-champ dans votre chambre ? On ne verra pas d'un bon œil que l'on vous trouve ici à discuter avec moi.

— Oh, on se demande ce qui est vu d'un bon œil ici, répliqua miss Tonks, avec une hardiesse dont elle n'était pas coutumière. Je suis lasse de leur réprobation. »

Sur ces entrefaites, l'intendante, Mrs Blodge, arriva en craquetant. Ses tabliers dûment empesés craquetaient toujours.

« J'ai fait préparer votre chambre habituelle, miss Letitia, annonça-t-elle. Si vous voulez bien me suivre. »

Miss Tonks fut conduite non pas à l'étage réservé aux invités, mais jusqu'à une espèce de réduit qui ne ressemblait que de très loin à une chambre et donnait sur un passage dallé de pierre menant aux quartiers des domestiques. La pièce ne contenait qu'un vieux lit en fer et une table de toilette. Un immense placard, suffisamment grand pour abriter toute une famille de cadavres, occupait l'un des murs. Un tapis élimé réchauffait à peine le sol de pierre et il n'y avait pas de feu dans la cheminée. Une branche d'arbre s'obstinait à toquer plaintivement contre le carreau de l'unique fenêtre, qui n'était guère plus qu'une lucarne.

« J'aimerais un feu », dit soudain miss Tonks.

Mrs Blodge croisa ses mains rouges sur son large ventre.

« C'est la première fois que vous en demandez, mademoiselle.

— Eh bien aujourd'hui, j'en veux un, déclara-t-elle d'une voix que la témérité rendait tremblante.

— Très bien, miss Letitia. »

C'est donc aussi simple que cela, pensa miss Tonks quand un valet de pied fit son apparition quelques minutes plus tard pour préparer l'âtre. Mon Dieu, comme je suis audacieuse ! Enfin, si je dois jouer les voleuses, il faut bien que je fasse preuve de courage pour les petites choses.

Elle se demanda si elle devait appeler une bonne pour l'aider à s'habiller, mais décida que ce serait aller trop loin. Elle défit ses bagages et rangea soigneusement ses effets dans le grand placard. Avec des gestes aimants, elle étala sur le lit une robe de soie dorée à la pointe de la mode, que Mrs Budley avait confectionnée pour elle. Puis elle s'assit à la table de toilette et, d'une main experte, arrangea ses cheveux ternes dans un style qui se voulait Rome antique avant d'enfiler la précieuse robe. Sur ses épaules, elle déploya un magnifique châle à motif cachemire, prêt de lady Fortescue, versa un peu de parfum sur un mouchoir, cadeau du colonel, para son cou délicat d'un collier de corail, présent de sir Philip, puis enfila une paire de fins gants de chevreau, propriété de

Mrs Budley. Ainsi protégée par l'armure que constituaient dans son esprit les dons des autres parents pauvres, elle prit la direction du salon.

À la vue de sa sœur cadette, Honoria roula des yeux surpris. Comment Letitia s'était-elle procuré cette toilette en vogue ? Même dans ses rêves les plus fous, personne n'aurait pu la trouver jolie, pourtant il se dégageait un je-ne-sais-quoi aristocratique de ses doigts graciles et de ses longs pieds fins.

Honoria déposa un rapide baiser sur la joue de sa sœur et murmura : « Ne va pas te faire remarquer. C'est une soirée importante. Blessop et moi avons décidé qu'Eston était parfait pour Cassandra.

— Eston est-il au courant ? s'enquit miss Tonks.

— Comment le serait-il ? Il est rentré au pays depuis peu.

— Quel genre d'homme est-ce ?

— Comment le saurais-je, petite sotte ! Je ne l'ai jamais vu.

— Si tu ne l'as jamais vu, comment sais-tu qu'il conviendra à Cassandra ?

— Parce que c'est un lord, qu'il est riche et qu'il est propriétaire de Courtfield Park. Ça devrait suffire à n'importe qui. Maintenant, va t'asseoir. »

Miss Tonks prit une chaise dans un coin et, alors qu'elle s'apprêtait à passer en revue les invités, Cassandra Blessop vint s'asseoir à côté d'elle. « Vous venez d'arriver, tante Letitia ?

— Oui, ma chérie.

— Ils vous ont mise en réclusion, n'est-ce pas ?

— Quoi ?

— Dans cet affreux réduit, en bas, près des domestiques.

— Eh oui, ma chérie, mais j'y suis habituée. Comme tu es jolie.

— Non, je ne suis pas jolie, répliqua Cassandra. Et ce soir, encore moins que d'habitude, vous ne trouvez pas ? »

Miss Tonks ne put s'empêcher d'en convenir en son for intérieur. La mousseline rose à fanfreluches dont elle était affublée était la dernière chose que sa nièce aurait dû porter. Pourtant, miss Tonks jugea que la jeune fille ne manquait pas d'allure, bien que son physique fût loin d'être au goût du jour. Cassandra avait un visage quelconque, mais franc, un nez retroussé parsemé de taches de rousseur dorées, des cheveux d'un roux flamboyant, des yeux noisette et une bouche généreuse. Hélas, tout cela, pensa miss Tonks, constituait un désastre mondain. Parce qu'ils étaient associés aux Écossais, les cheveux roux étaient peu appréciés. Sa bouche était trop large pour être considérée comme belle, la mode étant aux petits museaux apprêtés en forme de boutons de rose. Mais Cassandra rayonnait de chaleur et de vie, et miss Tonks se demanda, une fois de plus, comment sa sœur et son mari étaient parvenus à engendrer une enfant aussi sincère et bienveillante.

« Tout ça, c'est à cause de lord Eston, maugréa Cassandra. Si seulement il pouvait se révéler… ordinaire, comme moi, un gentleman, et pas un ogre terrifiant, alors je pourrais me sentir à l'aise.

— Peut-être qu'il l'est, dit miss Tonks. Et personne ne te le disputera ce soir. D'après ce que je vois, ta maman n'a pas invité d'autre jeune fille.

— Non, et elle fera comprendre à lord Eston avec une limpidité éhontée qu'il est censé m'épouser. Soyons lucides, l'attitude de maman suffirait à faire fuir n'importe quel homme, même si j'étais Vénus incarnée.

— Allons, il y a toujours de l'espoir. Parfois, quand je crois que ma vie est toute tracée, quelque chose de palpitant se produit. »

Cassandra dévisagea sa tante avec intérêt. « Je n'aurais pas cru que quelque chose de palpitant pourrait jamais vous arriver, tante Letitia, lâcha-t-elle tout à trac.

— Et pourtant, c'est le cas. Un jour, je te raconterai tout.

— Lord Eston, annonça Brooks.

— Seigneur ! » gémit Cassandra.

Les convives s'écartèrent de chaque côté de la pièce, le révélant à sa vue.

Svelte, grand, il était bien tourné et élégant. Sa mise était impeccable. Ses cheveux d'un blond doré étaient crêpés et frisés à la dernière mode. Sous de lourdes paupières, ses yeux bleus balayèrent le salon avec amusement.

Cassandra fit la moue. « Quel freluquet ! soupira-t-elle.

— Cassandra ! » gronda sa mère.

La jeune fille fit le dos rond et fixa le tapis avec embarras.

« Lord Eston, permettez-moi de vous présenter mon trésor, ma Cassandra, dit Honoria. Fais la révérence à Sa Seigneurie, Cassandra. »

La jeune fille fit une espèce de courbette.

Les convives, qui avaient reçu des consignes, s'éloignèrent, tout comme Honoria, laissant le couple en tête à tête.

« Ce tapis est de toute beauté, remarqua lord Eston.

— Ah, vous trouvez ? marmotta Cassandra.

— Oui. Et vous le considérez avec tant d'attention que j'étais convaincu que vous l'admiriez vous aussi.

— Venez, je vais vous présenter ma tante », balbutia Cassandra, au désespoir. Il la suivit vers le recoin où était assise miss Tonks, près d'une fenêtre.

« Ma tante, voici lord Eston, annonça Cassandra. Lord Eston, miss Tonks, ma tante. »

Miss Tonks se leva et fit la révérence. Cassandra en profita pour s'esquiver.

Avant ses aventures aux côtés des parents pauvres, miss Tonks aurait été trop timide pour soutenir une conversation avec un gentleman d'une telle élégance. Mais le travail à l'hôtel, sans compter les soirées passées en compagnie de sir Philip et du colonel, lui avait donné une aisance nouvelle. À sa grande surprise, elle s'aperçut qu'elle lui racontait les menus potins londoniens, copiant sans s'en rendre compte lady Fortescue, qui se tenait dûment informée des derniers scandales. Lord Eston éclata de rire en déclarant qu'elle était une femme dangereuse et miss

Tonks rougit de plaisir. « Oh, si seulement c'était vrai, gloussa-t-elle. J'adorerais être dangereuse. »

Honoria, qui les observait, bouillait de rage. Elle ne souhaitait pas interrompre une conversation qui, à l'évidence, amusait beaucoup son invité de marque, mais au bout de dix minutes, n'y tenant plus, elle pressa Cassandra vers lord Eston avec force coups de coude.

À l'approche de Honoria, miss Tonks se tut, prenant pour la première fois la mesure de la splendeur du collier que portait sa sœur. Ses six rangs de gros diamants lançaient des éclairs sous la lumière du candélabre.

Miss Tonks cligna des yeux. Ce collier ! Il résoudrait leurs problèmes et ils seraient tous très fiers d'elle à l'hôtel du Parent pauvre. Le dîner fut annoncé, mais elle l'entendit à peine.

Lors de ses précédentes visites, miss Tonks s'était tellement attachée à faire bombance qu'elle n'avait prêté que peu d'attention à ce qui se passait autour d'elle. Désormais accoutumée à la bonne chère, elle fut à même d'étudier Cassandra qui, la tête baissée, ne répondait que par monosyllabes aux efforts prévenants de lord Eston pour entretenir la conversation.

Après avoir jeté un regard noir à sa fille, Honoria se décida à intervenir. « Assisterez-vous au bal des chasseurs que donne Mr Hereford ? s'enquit-elle.

— Oui, j'y serai, répondit lord Eston.

— Alors vous devez réserver une danse à ma petite Cassandra. Elle se languit de passer du temps avec vous. »

Une lueur moqueuse s'alluma dans les yeux bleus du jeune homme. « Voyons, comment miss Blessop pourrait-elle se languir de danser avec moi alors que c'est la première fois que nous nous rencontrons ?

— Ah, je connais mon petit chat et je vois bien qu'il n'a d'yeux que pour vous.

— Maman ! » chuchota Cassandra, éperdue.

Lord Eston se prit de compassion pour la jeune fille. « Je serais honoré d'être votre cavalier, miss Blessop, dit-il.

— Nul besoin de vous forcer, répliqua Cassandra lorsque l'attention de sa mère fut appelée ailleurs. La gentillesse peut être une espèce d'insulte, vous savez.

— Auriez-vous préféré que je me montre goujat ? l'interrogea lord Eston avec curiosité. Que je vous dise d'aller au diable ? »

Pour la première fois ce soir-là, les yeux de Cassandra brillèrent d'une lueur amusée. « Ma foi, c'est une idée ! finit-elle par dire. Ainsi, cette pitoyable mascarade prendrait fin. Je voudrais rester demoiselle, comme ma tante Letitia.

— Pourquoi ? Les vieilles filles n'ont pas une vie facile.

— Les femmes mariées non plus, souligna Cassandra, quand on les oblige à épouser un homme pour lequel elles ne ressentent pas d'inclination.

— Miss Blessop, jamais je n'épouserais une femme qui ne veut pas de moi.

— Et comment le sauriez-vous ? Ses parents pourraient la contraindre à avoir l'air de vous apprécier.

— Oh, mais sachez que les dames se pâment de bonheur lorsque je m'approche d'elles. »

Les yeux noisette étudièrent pendant un moment le visage séduisant du jeune homme. « Oui, je suppose que c'est le cas. Vous avez un titre, vous êtes riche et vous n'êtes pas précisément un antidote à l'amour.

— Hélas, que puis-je dire pour toucher votre cœur ?

— Oh, la vérité suffira. Admettez que vous vous souciez comme d'une guigne de me plaire.

— Quand je vous ai aperçue tout à l'heure, chère adepte du franc-parler, vêtue de cette… fâcheuse toilette rose, cela a peut-être été le cas. Mais voyez-vous, il se trouve que j'aime les taches de rousseur. »

Cassandra porta vivement la main à son nez. « Elles sont encore là ? Voilà des jours que la femme de chambre de maman essaie de les faire disparaître.

— Dites-lui de les laisser tranquilles.

— Vous vous moquez.

— D'une certaine façon, oui. Vous êtes si directe. Vous ne savez donc pas badiner ?

— Je suis loin d'être douée dans ce domaine. »

Les yeux de lord Eston se firent caressants. « Je vous apprendrai. »

Cassandra se rencogna sur sa chaise. « Ah, vous êtes décidé à voir si vous parvenez à me faire rougir.

— En quelque sorte. Je suis désolé. »

Assis de l'autre côté de Cassandra, le vieux sir Gerald Trust sollicita son attention, et c'est avec soulagement, quoique au grand dam de sa mère, qu'elle se détourna de lord Eston et discuta avec sir Gerald jusqu'à la fin du repas.

Le jeune lord était partagé entre la pitié et l'admiration. La pitié, parce que Cassandra fut obligée de chanter pour lui après le dîner et qu'elle chantait faux. L'admiration, pour son franc-parler et son honnêteté.

Cependant, miss Tonks ourdissait son plan. Honoria porterait sans doute ses diamants au bal des Hereford, qui devait se tenir deux jours plus tard. Pendant les préparatifs, l'apprentie voleuse l'observerait en tapinois et, dès que les diamants seraient sortis du coffre à bijoux, elle s'introduirait dans la pièce et s'en emparerait.

Une ombre passa sur le visage de miss Tonks et son front se plissa d'inquiétude. Honoria ferait immédiatement fouiller la maison. Qu'à cela ne tienne, elle se dépêcherait de cacher les pierres précieuses quelque part sur le domaine. Mais alors… tous les domestiques seraient soupçonnés et ça, elle ne pouvait le permettre.

Il fallait bien avouer qu'elle ne ressentait plus le moindre scrupule à l'idée de dépouiller sa sœur. Cette demeure était jadis la maison de famille et ce salon avait été un lieu agréable et accueillant, tout le contraire de ce qu'il était désormais, avec sa décoration clinquante. Comme elle l'avait toujours fait, Honoria s'était tout approprié et y avait apposé sa marque.

Au moins, je n'ai pas épousé Edward Blessop, comme je l'espérais avant que ma sœur ne me le prenne, se consola miss Tonks *in petto.* Jamais je ne l'aurais cru si timoré. C'est probablement la faute de Honoria. Elle a le don d'éteindre quiconque s'approche d'elle. Si Cassandra ne s'échappe pas, elle aussi deviendra insipide et quelconque.

Enfin, la soirée s'acheva et miss Tonks put s'éclipser. Elle regagna sa « cellule » et nota avec surprise qu'un feu avait été allumé, et flamboyait encore dans l'âtre. Elle était sur le point de se déshabiller quand Cassandra entra dans sa chambre, des livres à la main. « Vous aimez les romans, ma tante ? demanda-t-elle. Celui-ci est excellent. Il s'intitule *La Vengeance de lady Penelope*. Une histoire captivante. »

Miss Tonks prit les trois volumes. « C'est très gentil à toi, ma chérie. Je crois bien que ce sera la première fois que je lirai un roman.

— Pourquoi donc ?

— Ta mère et moi avions une gouvernante très stricte qui voyait d'un mauvais œil ce genre d'ouvrages. Ensuite, bien sûr, quand je suis partie vivre seule à Londres, je n'avais pas… pas les… euh… pas le temps. »

Hors de question d'avouer qu'elle n'avait même pas assez d'argent pour s'offrir un abonnement à la bibliothèque !

« Je vais regarder ça, ma chère enfant, poursuivit-elle. Alors, que penses-tu de lord Eston ? »

Cassandra fronça les sourcils. « Je n'ai rien à lui reprocher, il conviendra parfaitement à une femme du monde également femme d'esprit. Pour ma part, j'aimerais avant tout rencontrer un homme qui soit aussi un ami. Mais maman n'abandonnera jamais, alors j'ai décidé d'infliger le plus horrible des camouflets à lord Eston au bal des Hereford, comme ça il ne m'adressera plus jamais la parole.

— Ta mère sera dans une rage effroyable.

— Je n'en ai cure. Eston ne veut pas de moi, mais il ne le montrera pas parce que… parce que je crois qu'au fond il est gentil. Maman continuera de me pousser dans ses bras à moins que je ne fasse quelque chose.

— Tu seras sévèrement punie, insista miss Tonks.

— Bah. Je suis bien décidée à m'enfuir et à venir vivre avec vous. D'après maman, vous logez dans une soupente. Sur ce, je vous laisse, parce que si elle me trouve là, c'est vous qu'elle blâmera pour mes mauvaises manières. Il faut toujours qu'elle trouve un bouc émissaire. »

Après le départ de sa nièce, miss Tonks s'assit avec lassitude à la table de toilette et entreprit de retirer les épingles en os qui retenaient ses cheveux. Un grattement se fit entendre à la porte et la voix de son beau-frère s'éleva timidement : « Letitia ?

— Entrez », dit-elle en se retournant.

Mr Edward Blessop se faufila dans le réduit. « Vous êtes bien installée ? demanda-t-il.

— Oui, Edward. Merci.

— On ne devrait pas vous reléguer dans une chambre comme celle-ci, marmonna-t-il.

— Je vous l'accorde, répondit miss Tonks. Cela étant, vous le constatez, ma condition s'améliore :

pour la première fois, j'ai du feu dans la cheminée. C'est extrêmement appréciable. »

Edward contemplait le plafond. « Vous étiez diablement jolie ce soir.

— Merci. » Miss Tonks le regarda un peu tristement. À une époque, il occupait ses rêves et elle brûlait d'envie de passer du temps avec lui. Cela semblait bien étrange désormais.

« Donc, tout va bien, hein ?

— Oui, Edward.

— Vous comptez aller au bal des Hereford ?

— Bien sûr que non. Je n'y ai pas été invitée et vous savez très bien qu'il ne viendrait jamais à l'idée de Honoria de m'inclure dans la famille.

— Vous savez, Letitia, s'empressa-t-il de dire, vous pouvez penser que vous êtes mal traitée, que votre vie n'est pas à la hauteur de vos espérances, mais croyez-moi, l'argent ne fait pas tout ! » Sur quoi il quitta la chambre en trombe.

Pauvre homme, songea Letitia. Enfin, c'est lui qui s'est mis dans cette situation. Pourquoi venir me dire cela ? Essaie-t-il de me faire comprendre qu'il a épousé Honoria pour son argent ? Pourtant, à l'époque, nous devions hériter à parts égales.

Miss Tonks fit sa toilette, se déshabilla et se glissa dans le lit étroit et dur. Après avoir ajusté une paire de besicles au bout de son long nez fin, elle prit le premier volume de *La Vengeance de lady Penelope*.

Les aventures de l'intrépide héroïne ne tardèrent pas à la saisir à la gorge, en particulier le chapitre dans lequel elle se déguisait en bandit de grand chemin pour récupérer les lettres compromettantes que détenait le diabolique comte Orlando.

Un sourire rêveur aux lèvres, elle finit par s'endormir, la bougie formant une mare de cire sur la table de nuit.

À son réveil, miss Tonks fut surprise de trouver une tasse de chocolat chaud à son chevet tandis qu'une petite bonne ouvrait les rideaux. C'était la première fois qu'on lui réservait un tel traitement. La raison, bien qu'elle n'en sache rien, était que ses aventures à Londres lui conféraient une certaine aura chez les domestiques, dont le snobisme égalait celui de leurs maîtres. Depuis sa précédente visite, elle était passée de « la pauvre miss Tonks » à « cette pauvre demoiselle qui ne mérite pas les vexations qu'on lui inflige ».

Elle sirota son chocolat avec gratitude en observant le valet de pied qui apportait du petit bois et du charbon pour raviver le feu. Elle avait presque terminé sa tasse quand la Grande Idée la frappa. Elle lui vint dans un éclair de lucidité aveuglant. Il y avait un moyen de s'emparer des diamants, un moyen qui ne mettrait pas les domestiques en difficulté.

Le soir du bal, elle se déguiserait en homme, dénicherait un pistolet quelque part, se cacherait dans les buissons près de la route et détrousserait sa sœur !

2

« La pauvreté est la mère du crime. »

Marc Aurèle

Plus tard ce jour-là, Cassandra trouva sa tante dans le petit salon, appliquée à découper de vieux draps en lin et à leur coudre des ourlets pour en faire des mouchoirs.

« Pourquoi ne pas refuser de vous plier à ce genre de tâches ingrates ? l'interrogea Cassandra.

— Parce que ta maman m'enverrait faire mes bagages, répondit posément miss Tonks, et qu'il me convient de rester. Dis-moi, Cassandra, comment se porte le jeune Edward ?

— Il semblerait qu'il mène une vie passionnante dans la marine. Ah, si seulement j'étais un homme !

— Je suppose qu'il a emporté tous ses vêtements. »

Cassandra posa un regard surpris sur sa tante. « Non, pas tous. Il a laissé quelques vieilles nippes dans sa chambre. Ses habits de chasse, ses culottes de cheval, ce genre de choses. Pourquoi me posez-vous cette question ?

— Je ne sais pas. Il m'arrive souvent de poser des questions stupides. »

Cassandra sourit à sa tante et s'assit à côté d'elle. « Donnez-moi un drap. Je chante peut-être comme une seringue, mais je suis très douée pour les travaux d'aiguille. »

Elles cousirent dans un silence bienveillant, jusqu'à ce que Cassandra lance : « C'est tout de même étrange que vos parents aient tout laissé à ma mère et ne vous aient presque rien légué. »

Miss Tonks soupira. « J'y ai beaucoup réfléchi. Je ne sais pas ce que j'ai pu faire pour les offenser à ce point.

— Serait-il possible qu'ils aient tout donné à Honoria parce qu'elle est l'aînée, s'attendant naturellement à ce qu'elle veille sur vous ?

— Je suppose que c'était leur idée. As-tu hâte d'être au bal ?

— Bien sûr que non. Tout cela va finir par des cris.

— À quelle heure partez-vous ?

— Pourquoi ?

— J'aime savoir ce genre de choses. C'est idiot, je sais.

— Nous sommes attendus pour neuf heures, alors je suppose que nous y serons vers neuf heures et demie, comme ça, nous pourrons faire une entrée remarquée sans que notre retard soit trop grossier.

Ah, et je porterai une jolie toilette aussi, pas cette affreuse robe à frous-frous rose.

— Et ta maman portera son collier de diamants ?

— Non seulement ça, tante Letitia, mais aussi sa tiare.

— Aïe !

— Vous vous êtes piquée ?

— Non, répondit miss Tonks d'une voix tremblante. L'aiguille m'a surprise, c'est tout. » La tiare aussi, ajouta-t-elle intérieurement. « Y a-t-il beaucoup de bandits de grand chemin ou de détrousseurs par ici ? s'enquit-elle sur un ton qu'elle espérait bon enfant.

— Non, ce serait trop difficile pour eux de s'enfuir. Tout le monde se connaît à la campagne.

— Nul doute qu'avec tous ces diamants la calèche fera route sous bonne escorte.

— Les Hereford n'habitent qu'à quelques lieues d'ici et demain, la lune sera pleine. » Cassandra arbora un large sourire. « Je sais pourquoi vous me posez ces questions. C'est à cause de lady Penelope. Vous craignez que des malandrins s'en prennent à nous.

— Peut-être. » Miss Tonks arrêta de coudre et posa un regard rêveur sur sa nièce. « T'ai-je déjà dit que j'étais visionnaire, Cassandra ?

— Grands dieux, vous avez mal aux yeux ? »

Miss Tonks fronça les sourcils. « Ce n'est peut-être pas le bon mot. Je sais à l'avance ce qui va se passer.

— Ah, vous êtes voyante. Ou, comme ils disent en Écosse, vous avez le don de double vue. Le Dr Johnson et Mr Boswell ont sillonné les îles Hébrides pour tenter de trouver des preuves de ce don. Ainsi, vous êtes capable de prédire ce qui va arriver ?

— Pas exactement. » Miss Tonks pinça les lèvres et leva un carré de drap pour en examiner les points à la lumière. « Il s'agit plus d'un sentiment. Je n'arrête pas de voir un bandit de grand chemin. » Ce qui, songea miss Tonks, pourrait d'une certaine manière préserver Cassandra du choc de voir sa famille dévalisée.

Pauvre vieille tante. Elle a une araignée au plafond, pensa de son côté Cassandra avec son inélégance habituelle.

Un peu plus tard, tandis que Cassandra était en visite avec ses parents, miss Tonks se glissa discrètement dans la chambre du jeune Edward, un sac à linge sale à la main. Elle y glissa un manteau, des hauts-de-chausses, des bas et des chaussures à bouts carrés. Dans une commode, elle trouva un chapeau à large bord. Maintenant, tout ce qu'elle avait à faire, c'était dénicher un masque et espérer que les vêtements lui iraient plus ou moins. Elle fit une incursion dans la chambre de Cassandra et y découvrit un loup de velours noir, qu'elle glissa également dans le sac.

Puis elle regagna sa chambre. Sa porte était dépourvue de clé, alors elle coinça une chaise sous la poignée et s'employa à essayer les vêtements. Ils épousaient parfaitement sa silhouette mince à la poitrine plate. Mieux encore : ils faisaient d'elle une autre personne. Elle se sentait intrépide, forte et diabolique. Quel dommage qu'elle ne puisse emprunter un cheval ! Même si elle parvenait à s'en procurer un aux écuries, Mr Blessop le reconnaîtrait à coup sûr. Elle se déshabilla, fourra les vêtements d'homme dans le sac à linge qu'elle cacha sous son matelas. Sur quoi, elle enfila un manteau chaud et, prétextant une promenade, sortit se mettre en quête du meilleur endroit où se tenir en embuscade.

Elle s'engagea sur une route de campagne bordée de hautes haies couvertes de givre. La journée était paisible et froide, et la glace dans les flaques d'eau craquait sous les fers de ses bottines.

Elle avait appris par les domestiques que la demeure des Hereford se situait à l'ouest. À une lieue de Chapping Manor, elle trouva l'endroit idéal. La route dessinait un virage entre deux haies extrêmement épaisses, bien que dépourvues de feuilles. Elle répéta quelques « Haut les mains ! » jusqu'à ce qu'elle se sente aussi bonne actrice que Mrs Siddons, la grande tragédienne. Maintenant, il lui fallait mettre la main sur une arme à feu.

Comme dans toute maison de campagne qui se respecte, il y avait des fusils dans tous les coins à Chapping Manor. Mais miss Tonks voulait quelque chose de plus facile à transporter qu'un tromblon ou une vieille pétoire. Après bien des recherches, elle dénicha dans un tiroir de la bibliothèque une boîte contenant une paire de pistolets de duel. Elle en choisit un. Elle n'avait pas l'intention de le charger, espérant que la vue d'un homme masqué et armé suffirait.

Sans *La Vengeance de lady Penelope*, conjugué aux trésors de méchanceté que sa sœur avait déployés ce soir-là, peut-être le cœur aurait-il manqué à la vieille fille. Le vol des diamants devint cependant dans son esprit un moyen non seulement de maintenir l'hôtel à flot, mais aussi de rendre la monnaie de sa pièce à Honoria. Avant de glisser dans les bras de Morphée, elle se plongea dans le monde imaginaire de la courageuse lady Penelope pour se donner des forces.

Et le jour du bal arriva. Après une matinée assez paisible, la maisonnée devint une ruche en effervescence : Honoria se préparait pour la soirée.

Miss Tonks fut priée de prendre son souper sur un plateau, dans sa chambre, affront qu'elle accepta bien volontiers. Elle ne cessait de jeter des regards nerveux à la pendule de marbre fissurée posée sur le manteau de la cheminée. Son tic-tac semblait résonner plus fort à mesure que le moment de passer à l'action approchait.

Pendant un instant, tandis qu'elle s'efforçait d'enfiler les vêtements d'Edward Junior, la terreur la saisit à la gorge. Mais à la minute où elle fut habillée, elle sentit de nouveau cet étrange changement de personnalité. Elle enfonça le chapeau à large bord sur son front, glissa le pistolet dans l'une des grandes poches de son manteau et le masque dans l'autre, ouvrit la fenêtre, pour une fois contente que sa chambre se trouve au rez-de-chaussée, et se faufila à travers les buissons luisants de givre.

Elle gagna le mur du jardin et l'escalada, savourant le plaisir d'être libérée des corsets et des jupons. Même sa démarche était différente lorsqu'elle descendit le chemin à grands pas. Il fallait se rendre à l'évidence : miss Tonks commençait à bomber le torse.

Elle aurait tout de même apprécié que la lune ne soit pas aussi brillante, ni le givre si étincelant. Elle avait le sentiment de traverser la scène d'un théâtre.

Enfin, miss Tonks atteignit l'endroit qu'elle avait choisi, assombri par de hautes haies qui masquaient la lune. Un renard passa furtivement devant elle, la faisant sursauter. Elle grimpa sur le talus et se dissimula dans l'ombre de la haie vive.

Presque jolie dans une toilette de mousseline blanche bordée d'un motif grec doré, des fleurs de soie blanche parsemant ses cheveux d'un roux flamboyant, Cassandra attendait sa mère avec impatience.

Honoria se débattait avec son corset « divorce », un de ces modèles dernier cri qui séparaient les seins. Elle refusait d'accepter qu'il était trop petit pour elle – Honoria avait pris du poids depuis qu'il avait été envoyé de Londres, deux mois plus tôt – et trois femmes de chambre s'échinaient à faire entrer ses bourrelets.

Cassandra décida de montrer sa nouvelle toilette à sa tante Letitia. Mais lorsqu'elle poussa la porte de sa chambre, elle trouva la pièce vide. La robe que miss Tonks portait ce jour-là gisait sur le lit, tout comme son jupon et son corset. Décidant que sa tante avait tout simplement changé de tenue, Cassandra fouilla la maison puis interrogea les domestiques, mais personne ne l'avait vue.

Le cliquètement d'un harnais et le martèlement de fers sur le chemin gelé tirèrent miss Tonks de ses rêveries. Elle récita une petite prière rapide, mit son loup, se planta au milieu de la route et, agrippant son pistolet des deux mains, le tendit devant elle.

Elle avait choisi son emplacement de telle façon que le cocher ne l'aperçoive qu'au débouché du virage, tout en ayant le temps d'arrêter ses chevaux.

L'attelage était très proche maintenant. L'éclat d'une lanterne dansa dans la nuit tel un œil inquisiteur.

Miss Tonks ferma les yeux, serra un peu plus fort le pistolet et cria : « Haut les mains ! »

« Ho-o-o ! » fit une voix masculine. Les chevaux freinèrent des quatre fers et s'immobilisèrent.

« Haut les mains ! répéta miss Tonks.

— Ma foi, lança une voix paresseuse, je préférerais m'abstenir. »

Miss Tonks ouvrit les yeux. Elle laissa échapper un hoquet de surprise, s'assit au beau milieu de la route et éclata en sanglots. Car devant elle, dans un carrick de course, un long pistolet à la main, se trouvait lord Eston.

Le jeune homme mit pied à terre, décrocha une lanterne du flanc de sa voiture et s'approcha de la silhouette secouée de pleurs. Il retira le pistolet de la main inerte de son assaillante et dénoua les cordons du loup. Le visage rougi et baigné de larmes de miss Letitia se leva vers lui.

« À quel jeu jouez-vous, miss Tonks ? » demanda-t-il.

Miss Tonks aurait simplement pu prétendre qu'il ne s'agissait que d'une sotte plaisanterie, mais elle voyait déjà s'élever au-dessus d'elle l'échafaud devant Newgate et entendait les huées de la foule sanguinaire.

« Ce n'est pas vous que je voulais détrousser, monsieur, balbutia-t-elle entre deux hoquets. Je pensais que vous étiez ma sœur.

— Quelle drôle d'idée ! Et pourquoi voudriez-vous la dépouiller ?

— Parce que je veux ses diamants. J'ai besoin d'argent. Oh, tout cela sera mis au jour pendant mon procès. J'ai des parts dans l'hôtel du Parent pauvre, ce que Honoria ignore. Nous avons besoin de fonds et j'ai promis à mes associés que je déroberais un objet de valeur à ma sœur. Ooooh ! »

Lord Eston l'attrapa par les épaules et la remit d'aplomb. Il la guida vers sa voiture, lui ordonna de grimper dedans puis sauta à côté d'elle, saisit les rênes et pressa ses chevaux. Un peu plus loin, il avisa une barrière, l'ouvrit, mena son attelage derrière une haie et, une fois hors de vue, retourna la fermer.

« Donnez-moi votre chapeau », lui enjoignit-il.

Avec un reniflement pitoyable, miss Tonks s'exécuta. Lord Eston revêtit le loup, tira le chapeau sur ses yeux et boutonna sa longue pelisse jusqu'au cou. Miss Tonks le fixait d'un air sombre, trop effrayée pour résister. Elle était persuadée qu'il allait l'exécuter, là, dans ce champ.

Ses paroles suivantes la surprirent. « Maintenant, miss Tonks, vous restez là. Tenez, mettez cette couverture sur vos genoux. Je vais vous montrer comment on détrousse des voyageurs. Vous êtes sûre qu'ils arriveront par là ?

— Ils n'ont pas le choix, bredouilla miss Tonks. Mais…

— Ne faites pas d'histoires », dit-il, les yeux brillant d'une lueur amusée sous le clair de lune.

Il bondit par-dessus la barrière et gagna d'un pas décidé l'endroit où il était tombé sur la vieille fille. Honoria Blessop était une vipère de la pire espèce, elle méritait de perdre ses diamants.

Entendant une calèche approcher, il se dissimula dans l'ombre de la haie. Il ne voulait pas commettre la même erreur que miss Tonks en s'attaquant au mauvais attelage.

« Et tu seras très aimable avec lord Eston, pérorait Honoria Blessop. C'est une belle prise et nous voulons le mettre dans nos filets avant qu'il ne rencontre ces petites pimbêches de débutantes à Londres. Souviens-toi que tu nous coûtes beaucoup d'argent avec la Saison. Il est de ton devoir de nous dédommager.

— Maman, s'enquit Cassandra, pourquoi êtes-vous si riche et tante Letitia si pauvre ?

— Parce que c'est ainsi que Dieu l'a voulu, répondit Honoria sans hésitation. Tout ce qui arrive est la main de Dieu. »

Soudain, la calèche fit une embardée. « Haut les mains ! cria une voix rauque.

— Mes diamants, oh, ma fille, oh, mes diamants ! » hurla Honoria, telle une version féminine du Shylock de Shakespeare. Ils entendirent la terrible voix ordonner au cocher et au valet qui se trouvait debout à l'arrière de mettre pied à terre.

La pensée traversa l'esprit effrayé de Cassandra que sa tante Letitia avait décidément le don de double vue. La portière de la calèche s'ouvrit et une haute silhouette leur intima de descendre.

« Les diamants, aboya le coupe-jarret. Jetez-les par terre.

— Non ! » hurla Honoria d'une voix perçante.

Le bandit plaça son pistolet sur son avant-bras et la mit en joue.

« Faites ce qu'il demande, espèce d'idiote ! » cria Edward Blessop.

Cassandra regarda le gredin bien en face. « Nous laisserez-vous partir sains et saufs si nous vous donnons les bijoux ? »

Il sourit. « Oui. »

Elle détacha le collier du cou de sa mère et le jeta par terre, souleva la tiare et la laissa tomber près du collier. Le souffle court, Honoria n'était plus que gémissements.

« En voiture, ordonna le bandit. Vous – il pointa son arme sur Cassandra –, restez où vous êtes. »

Si lord Eston éprouvait encore le moindre scrupule à dépouiller Mrs Blessop, il s'envola quand il constata avec quelle promptitude la maudite femme et son mari plongèrent à l'abri, dans la calèche, sans chercher ni l'un ni l'autre à faire front pour protéger leur fille.

Cassandra retira la bague ornée d'une perle qu'elle portait et la lui jeta à la figure. « C'est tout ce que j'ai », fit-elle avec mépris.

Le bandit enfouit le pistolet dans sa poche et la prit dans ses bras. « Vous avez d'autres trésors », murmura-t-il, et sa bouche se posa sur celle de la jeune fille. Sous le choc, elle se figea. Enfin, il la libéra et, attrapant son butin, remonta rapidement la route jusqu'à être hors de vue. Abasourdie, Cassandra le regarda disparaître. Elle ramassa sa bague, qu'il avait laissée sur le sol. Malgré la confusion et la frayeur, une seule pensée lui vint : après cela, maman ne nous obligera pas à aller au bal.

Hélas, maintenant qu'elle était en sécurité, Honoria s'était ressaisie et, submergée par une colère noire, se lança dans une longue diatribe. Cassandra nota qu'à aucun moment elle ne s'inquiéta de savoir si elle, sa fille, allait bien. « Allons chez les Hereford, cria-t-elle. Ils enverront la milice.

— Ma chère, tempéra son mari. Voyons… Cette pauvre Cassandra a eu la peur de sa vie et nous ne sommes pas en état de…

— Il suffit, coupa Honoria avec un calme glacé. Nous allons au bal et Cassandra fera en sorte de charmer lord Eston. »

C'eût été le moment pour Cassandra de signifier à sa mère qu'elle comptait faire de son mieux pour paraître détestable aux yeux de lord Eston, mais elle était encore trop transie d'effroi pour produire un son.

Sidérée, miss Tonks contemplait les diamants qui scintillaient sur ses genoux. « Je ne sais comment vous remercier, lord Eston, murmura-t-elle. Je me sens coupable. Je vous ai poussé à commettre un crime.

— Allons, je me suis poussé moi-même, dit-il. Maintenant, il faut que j'aille à ce bal. Vous ne pouvez pas rentrer à pied avec ces cailloux à la main. Tenez, enveloppez-les dans la couverture.

— Vous êtes un héros. Jamais je ne révélerai à quiconque ce que vous avez fait. Non, quand bien même on me fouetterait en place publique, je resterais muette. »

Lord Eston réprima un sourire. Assurément, le châtiment coutumier réservé aux prostituées ne s'abattrait jamais sur les frêles épaules de miss Tonks.

« Dites-moi, demanda-t-il avec curiosité, comment allez-vous vous débrouiller pour écouler ces pierres sans être découverts ? Seriez-vous tous des crapules patentées dans cet hôtel ?

— Oh, nous vendrons les gemmes une à une ou bien nous les ferons sertir autrement, répondit miss Tonks avec insouciance. Nous sommes on ne peut plus respectables, je vous l'assure. C'est notre condition de parents pauvres qui nous pousse à de telles extrémités. Vous n'avez pas idée des mesquineries et des humiliations que nous avons pu subir. Il est tout de même plus digne d'estime de vivre du négoce.

— J'en conviens. Mais voler, c'est un peu plus que du négoce. »

Miss Tonks eut l'air accablée, puis son visage s'éclaira. « Ce ne sera qu'un emprunt ! Dès que l'hôtel sera rentable, nous rembourserons Honoria anonymement et elle pourra acheter d'autres bijoux. Pour tout vous dire, elle est tellement riche qu'elle pourrait les remplacer dès demain. Oh, puisque vous m'avez rendu un si grand service, j'ai le sentiment que je devrais vous prévenir.

— De quoi ?

— Sa mère tyrannise cette pauvre Cassandra. Elle exige d'elle qu'elle vous séduise. Elle a décidé d'y mettre le holà en se montrant insolente avec vous au bal. Je vous en prie, ne la jugez pas trop sévèrement. »

Il porta la main de miss Tonks à ses lèvres et y déposa un baiser. « Je ne rougirai même pas, c'est promis. Maintenant, partez, miss Tonks. Quelle femme diabolique vous faites ! »

Il s'avança vers la barrière, regarda à droite et à gauche avant de l'ouvrir pour la laisser passer. Les diamants soigneusement embobelinés dans une grande couverture en peau d'ours et le pistolet qu'elle avait emprunté en sécurité dans sa poche, miss Tonks murmura un adieu et s'éloigna d'un pas décidé.

Elle se sentait transportée de joie et pleine de bravoure. Elle répétait déjà la façon dont elle raconterait à ses comparses comment elle était devenue bandit de grand chemin et, uniquement pour protéger la réputation de lord Eston, bien sûr, elle se garderait de préciser qu'elle n'avait pas commis le forfait elle-même.

Honoria Blessop fit sensation quand elle arriva chez les Hereford en criant depuis le seuil de la salle de bal : « J'ai été dévalisée par un bandit de grand chemin ! »

Sur quoi, elle affecta de tomber en pâmoison et s'écroula dans les bras de son mari, qui chancela sous l'effort. Mr Hereford envoya séance tenante des domestiques quérir le constable local et alerter la milice. Ce n'est que lorsque l'on pressa Mr Blessop de ramener sa famille à la maison que Honoria se sentit soudain mieux, gémissant que sa chère Cassandra devait profiter du bal et s'amuser. Ce ne serait pas un vulgaire malandrin qui gâcherait la soirée de sa fille ! Cassandra trouva tout cela on ne peut plus embarrassant. Heureusement, lord Eston n'avait pas pointé le bout de son nez. Mais sitôt réglées les questions relatives au vol, sitôt qu'elle fut assise aux côtés de sa mère, il fit son apparition.

Mr Hereford vint le trouver et s'entretint avec lui. Après un coup d'œil à Honoria et à sa fille, lord Eston traversa la salle de bal dans leur direction. « Souris ! siffla Honoria. Il arrive. »

Cassandra se renfrogna du mieux qu'elle put.

« Je suis consterné par ce que je viens d'apprendre, Mrs Blessop. Vous avez dû être épouvantée. Ne devriez-vous pas rentrer chez vous ?

— Hélas, monsieur, répondit Honoria, mon petit chat tenait tellement à danser avec vous que rien n'aurait pu l'empêcher de venir.

— J'espère que ce brigand ne vous a pas malmenée, mademoiselle, dit-il à Cassandra.

— Il m'a embrassée, claironna celle-ci.

— Il t'a *quoi* ? s'écria sa mère d'une voix perçante. Tu ne m'en avais rien dit ! »

Cassandra darda un regard froid sur sa mère. « Papa et vous étiez tellement pressés de remonter en calèche que vous m'avez laissée sans défense. Vous n'avez même pas songé à me demander s'il s'était passé quoi que ce soit.

— Quelle épreuve pour vous, renchérit lord Eston.

— En réalité, cela ne m'a pas déplu.

— Cassandra ! » dit Honoria. Mais le pire était à venir.

« M'accorderiez-vous cette danse, miss Blessop ? demanda lord Eston, les yeux brillants de malice.

— Assurément non, répliqua Cassandra. Je n'ai aucune envie de danser avec vous, ni maintenant ni plus tard.

— Vous me brisez le cœur », répondit le jeune lord avec solennité avant de tourner les talons.

Honoria était abasourdie. Son mari jouait aux cartes dans une autre pièce. Il fallait qu'elle aille le chercher et lui demande de les ramener à Chapping Manor, mais ses jambes refusaient de se mouvoir.

« Où est la créature qui vous sert de sœur ? l'interrogea une douairière assise à côté d'elle. Il paraîtrait qu'elle loge chez vous ?

— Letitia se porte bien, je vous remercie », répliqua Honoria. Le choc que lui avait causé le comportement de Cassandra cédait la place à une rage muette.

« C'est courageux de votre part de l'accueillir, poursuivit la douairière, et fort délicat de ne pas l'avoir amenée ici.

— De quoi parlez-vous ? s'enquit Honoria d'une voix stridente, accordant enfin toute son attention à la vieille dame.

— Eh bien, elle déroge, n'est-ce pas ?

— Expliquez-vous.

— Elle est associée dans cet hôtel sur Bond Street, le Parent pauvre. Vous l'ignoriez ? »

Le visage de Honoria s'éclaira. « Vous vous méprenez. Je m'y suis rendue en personne et la miss Tonks qui travaille là-bas est une vieille harpie des plus désagréables. » La vieille harpie en question n'était autre que sir Philip qui, affublé d'une robe et d'une capote, s'était fait passer pour miss Tonks.

« Non, non, gloussa la douairière. Demandez à Hereford. Lui et Mrs Hereford y ont soupé en compagnie des Rochester l'année dernière. Miss Tonks jouait plus ou moins les femmes de chambre. C'est en tout cas ce que Rochester a dit. »

C'en était trop. L'indignation donna à Honoria la force de se mouvoir. « Viens », souffla-t-elle à Cassandra, dont elle agrippa le bras pour l'entraîner telle une geôlière. « Mr Hereford, je me rends compte que nous sommes un peu trop bouleversées pour rester. Ayez l'amabilité de faire avancer notre attelage et d'appeler mon mari. Il est en train de jouer aux cartes. »

Honoria se mura dans un silence maussade jusqu'à ce qu'ils fussent tous les trois installés dans leur calèche. Une fois en chemin, elle laissa libre cours à sa colère. Cassandra elle-même était maintenant horrifiée par l'énormité de ce qu'elle avait fait, mais, les lèvres pincées, sa bouche ne formant plus qu'une mince ligne, elle ne décrocha pas un mot. « Et il y a pire, poursuivit Honoria à l'intention de son mari. Letitia s'adonne au commerce. Elle nous a bernés. Elle travaille bien dans cet hôtel scandaleux. Non, non, la personne que nous avons vue quand nous y sommes allés se faisait passer pour une autre. Je me vengerai. Je la jetterai dehors. Dès ce soir. Elle n'aura plus qu'à aller à pied jusqu'à la prochaine auberge.

— Il ne fait pas chaud, souligna timidement Edward.

— Elle peut mourir de froid, ça m'est égal. Quant à toi, ma fille, tu vas également nous quitter. Oh, oui. Et je sais exactement ce que je vais faire de toi. Il y a un pensionnat à Bath, un établissement pour jeunes filles capricieuses dirigé d'une main de fer. Je t'y conduirai avant la fin de la semaine. »

Cassandra sentit les larmes lui monter aux yeux. Si seulement le bandit de grand chemin pouvait à nouveau les détrousser et l'emmener loin d'ici par la même occasion.

En entendant l'attelage rentrer si tôt, miss Tonks pensa que le choc causé par le vol avait poussé sa sœur à renoncer au bal. Elle s'installa confortablement pour terminer *La Vengeance de lady Penelope*.

Quand Honoria fit irruption dans sa chambre, miss Tonks fut avant tout soulagée que les diamants, comme les vêtements d'homme qu'elle avait utilisés pour sa mise en scène, soient bien cachés et que le pistolet ait retrouvé son jumeau.

« Toi ! aboya Honoria en pointant sur elle un doigt accusateur. Tu travailles comme femme de chambre ! »

Miss Tonks eut un rire frêle. « Quelle absurdité.

— Es-tu oui ou non associée dans cet hôtel de Bond Street ? »

Miss Tonks prit une profonde inspiration. « Oui, reconnut-elle.

— Comment oses-tu tomber si bas ?

— J'étais à deux doigts de mourir de faim, répondit miss Tonks.

— Sornettes. Sors de chez moi tout de suite, espèce de souillon. Tu n'auras qu'à marcher jusqu'à l'auberge la plus proche.

— Très bien, si c'est ce que tu veux », riposta miss Tonks avec un calme qu'elle était loin de ressentir. Comment parviendrait-elle à franchir à pied les quelques lieues qui la séparaient de l'auberge la plus proche par cette nuit glaciale et en traînant sa malle ?

« C'est ton influence délétère qui a poussé ma Cassandra à si mal se comporter ce soir, continua Honoria. Une brute nous a détroussés sur le chemin de la demeure des Hereford et Cassandra a eu la témérité de dire à lord Eston – lord Eston ! – que le malandrin l'avait embrassée et que ça lui avait plu. Et pour couronner le tout, elle a refusé de danser avec lui. Elle ira en pension à Bath où le fouet l'aidera à retrouver la raison.

— Oh, toi ! lâcha miss Tonks d'une voix tremblante. Tu es mauvaise comme la gale, horrible et vulgaire. Tu m'as réduite à la portion congrue. C'est à cause de toi que j'ai dû m'abaisser à devenir commerçante… non, pas m'abaisser… m'élever pour devenir associée dans une affaire florissante. Aie au moins la décence de me laisser faire mes bagages en paix ! »

Pour toute réponse, Honoria claqua la porte derrière elle.

Miss Tonks se leva et s'habilla. À cet instant, elle se sentait d'un sang-froid à toute épreuve. Elle avait les diamants, ses amis seraient fiers d'elle. Après avoir emballé la tiare et le collier et les avoir déposés au fond de sa malle, elle enfila une robe de laine et une chaude pèlerine. Elle contempla avec regret la couverture en peau d'ours de lord Eston. Jamais elle n'entrerait dans sa malle. Il lui faudrait s'en débarrasser dans un fossé ou, mieux, la cacher dans un champ. Quant à la laisser sur place, c'était impossible, sa provenance soulèverait trop de questions.

Si, contre toute attente, miss Tonks n'avait pas décidé de différer son départ pour prendre le temps de finir *La Vengeance de lady Penelope*, les aventures de Cassandra se seraient peut-être terminées dans un pensionnat de Bath. Miss Tonks venait d'atteindre le dernier chapitre du dernier tome quand la porte de sa chambre s'ouvrit et sa nièce se glissa à l'intérieur, le visage rouge d'avoir pleuré.

« Assieds-toi près du feu, ma chérie, l'invita miss Tonks. Quelle triste histoire. Tu ne pourrais pas expliquer à ta maman que tu t'es montrée impolie envers lord Eston parce que le vol t'a bouleversée ? »

Cassandra secoua la tête. « J'ai décidé de venir avec vous, ma tante, si vous le permettez.

— Bien sûr que je le permets, j'en serais même très heureuse. Mais on va m'accuser d'enlèvement ou quelque chose de ce genre.

— Pas si je laisse une lettre.

— Il fait très froid et c'est une longue marche jusqu'à l'auberge la plus proche. Honoria ne veut pas me prêter d'attelage.

— J'en fais mon affaire, dit Cassandra. Le cocher, Philip, ne peut rien me refuser. Je vais me glisser dans les écuries et le prier de nous aider, et ensuite, je préparerai quelques effets. Je compte travailler à vos côtés à l'hôtel et, pour ça, je n'aurai pas besoin de toilettes à la mode.

— Nous employons des domestiques désormais. » Le cerveau de miss Tonks se mit en branle. Après la rénovation de l'hôtel, afin de proposer un plus grand nombre de chambres, les parents pauvres avaient pris des logements dans l'immeuble voisin. Juste à côté de la chambre de miss Tonks, il y avait une petite pièce inutilisée. Elle conviendrait parfaitement à Cassandra.

« Ma chérie, dit-elle d'un ton grave. J'apprécierais énormément de t'avoir à mes côtés. Mais réfléchis bien à ce que tu fais. Tu vas gâcher toutes tes chances de faire un beau mariage et peut-être même de te marier tout court.

— Tant mieux, répliqua Cassandra d'un ton redoutable. Je vais de ce pas réveiller Philip.

— Je suis surprise que Honoria ne t'ait pas enfermée dans ta chambre. »

Avec le sourire digne d'un garnement faisant l'école buissonnière, Cassandra brandit un trousseau de clés. « Elle m'a enfermée tellement de fois que j'ai fait faire des copies. »

Peu après, sous les étoiles scintillantes, Cassandra et miss Tonks s'éloignaient au trot sur l'un des meilleurs attelages de Honoria.

« Tu as fait preuve d'une grande effronterie, déclara miss Tonks. Dire à lord Eston que tu avais goûté le baiser du bandit de grand chemin ! Ne penses-tu pas, ma chérie, qu'il serait lui aussi capable de t'embrasser de cette manière ?

— Fi donc ! Les hommes comme lord Eston ne sont rien sans leur tailleur. N'est-ce pas merveilleux que vous ayez réellement le don de double vue ? Vous voyez un bandit de grand chemin et voilà qu'un bandit de grand chemin apparaît ! »

Miss Tonks fut presque tentée de lui parler des diamants, de lui raconter que le brigand et lord Eston n'étaient qu'une seule et même personne. Mais elle se ravisa, de peur de compromettre Cassandra si un jour son crime était découvert.

L'après-midi suivant, lord Eston se rendit à Chapping Manor sous prétexte de présenter ses hommages à Mr et Mrs Blessop. En réalité, il voulait découvrir comment miss Tonks s'en était tirée et si elle avait convenablement caché les diamants. Sans compter que la perspective de taquiner Cassandra l'amusait beaucoup. Elle le méritait après avoir été si impolie.

On le fit lanterner un bon quart d'heure avant que, enfin, le majordome lui annonce d'une voix morne que Mrs Blessop le recevrait au salon. Lord

Eston commençait à se sentir coupable. La maisonnée était plongée dans la pénombre et le silence, comme si on veillait un mort. Il espérait ne pas avoir infligé un tel choc à Cassandra qu'elle serait tombée en langueur. Une de ses tantes tombait en pâmoison à la vue d'une souris.

Mrs Blessop était seule au salon. Lord Eston en éprouva de la déception.

« Je vous présente mes compliments, madame, dit-il en s'inclinant très bas. J'espère que vous êtes remise de l'épreuve que vous avez subie ?

— Merci, mais je crains que mes nerfs ne soient très délicats.

— Aurais-je l'heur de voir Mr Blessop ?

— Il est à la chasse.

— Miss Blessop se porte bien ?

— Oui, monsieur, même si je crains que l'émotion causée par l'attaque de ce brigand l'ait conduite à se montrer impolie avec vous. » Honoria n'avait nulle intention d'évoquer le départ de sa fille.

« Tout est pardonné, dit-il en souriant. Je serais très heureux de lui présenter mes hommages.

— Hélas, elle s'est retirée dans ses appartements. Un terrible mal de tête. »

Ce fut dit d'une voix si sévère que lord Eston se demanda soudain si Mrs Blessop ne le soupçonnait pas d'être le voleur. Elle ne lui proposa pas de rafraîchissement, aussi, après avoir échangé quelques amabilités, prit-il congé, profondément dépité.

Quelle journée maussade et ennuyeuse ! Le ciel de plomb sentait la neige et un vent glacé sifflait une note pareille à un gémissement à travers les haies qui bordaient le chemin. La manière dont miss Tonks avait tenté de le détrousser lui revint en mémoire.

Tandis qu'il approchait de la barrière qu'il avait ouverte la veille au soir, il entendit une voix haut perchée d'ivrogne chanter « Ta-da-di-di-da-da ».

Il arrêta son attelage, mit pied à terre avec légèreté, attacha ses chevaux et sauta par-dessus la barrière.

À l'endroit exact où lui et miss Tonks s'étaient cachés la nuit précédente, étendu sur le sol gelé, une bouteille à la main, Edward Blessop s'égosillait à se casser la voix.

« Bonjour, Mr Blessop, lança lord Eston. Vous ne chassez pas ?

— J'ai perdu mon équipage, articula Edward d'une voix pâteuse en agitant sa bouteille. Tout le monde est parti. Les oiseaux se sont envolés.

— Vous avez perdu les autres cavaliers ?

— Perdus, perdus, perdus. Letitia, perdue. Cassandra, perdue. Tous partis. »

Lord Eston s'accroupit à côté de lui. « Où est votre monture ?

— Partie, bredouilla Edward en le regardant d'un air stupide. M'a fichu par terre et s'en est retournée au petit trot à l'écurie. Partie, partie, partie.

— Je ferais mieux de vous ramener chez vous, mon vieux. Vous allez attraper la mort si vous restez là. Et que pensera votre ravissante fille si elle vous voit dans cet état ?

— Partie. Partie avec Letitia. Dans la nuit. Pffuit ! bafouilla Edward tandis que lord Eston l'aidait à se mettre debout.

— Vous voulez dire que votre fille est partie avec miss Tonks ? l'interrogea lord Eston d'un ton sec. Lâchez donc cette bouteille, soyez bon garçon.

— Nan », marmotta Edward. Il but une bonne lampée. « Qu'est-ce qui s'passe ? Cassandra ? Ma petite Cassandra… partie dans cet hôtel. Perdue… pour toujours.

— Mon attelage est à quelques pas. Allons, la barrière, maintenant, enjoignit lord Eston en poussant Edward. Allez, hop, par-dessus la barrière. Vous devriez vraiment vous débarrasser de cette bouteille avant que votre femme ne vous voie.

— Au diable ! » glapit Edward dans un gloussement entrecoupé de hoquets.

Quand ils arrivèrent à Chapping Manor, Edward était profondément endormi. Lord Eston expliqua aux domestiques inquiets que leur maître avait vidé les étriers pendant la chasse et qu'il convenait de le mettre au lit sans déranger Mrs Blessop.

Il reprit la route de fort bonne humeur. Ainsi, la petite Cassandra avait pris la poudre d'escampette avec sa tante, direction l'hôtel du Parent pauvre !

Que la campagne était sombre et froide l'hiver ! Les lumières de Londres se faisaient fort tentantes, ainsi qu'un certain nez retroussé couvert de taches de rousseur et des lèvres douces et chaudes. Il rentra chez lui en sifflotant. Il avait des bagages à préparer.

3

> « Beaucoup de gens disent la vérité
> lorsqu'ils prétendent mépriser la richesse,
> mais ils parlent de celle des autres. »
>
> Charles Caleb COLTON

« Je me demande ce que cette maudite créature mijote, dit lady Fortescue.

— Par “maudite créature”, vous entendez miss Tonks ? » L'ennui se lisait sur le visage de sir Philip à la seule idée de parler de la vieille fille.

« Je vous prierais de ne pas l'appeler ainsi, intervint Mrs Budley dans un accès de courage inhabituel. Comment avons-nous pu espérer qu'une dame aussi raffinée ne répugnerait pas au crime ? Cela me dépasse. L'hôtel affiche presque complet, peut-être pourrions-nous inciter un peu plus franchement nos clients à régler leurs factures ? Mieux vaut être vulgaire que malhonnête. »

Le colonel Sandhurst poussa un gros soupir. « Demander à des aristocrates de régler leurs factures avec célérité ? Ils prennent un malin plaisir à ne pas les régler du tout. »

Les propriétaires du Parent pauvre étaient retranchés dans leur salon privé, une ancienne salle d'étude perchée au dernier étage de la maison. Ils s'y retiraient après le dîner pour discuter et boire le thé jusque tard dans la soirée, servis par les vieux domestiques de lady Fortescue, Betty et John.

« Je vous demande pardon, Mrs Budley, concéda lady Fortescue. Je suis inquiète pour miss Tonks, ce qui me rend un tantinet acerbe à son égard. Les dames comme elle, d'un naturel timide, ressentent souvent l'irrésistible envie de se faire prendre. Elle subtilisera une babiole sans valeur qui ne nous assurerait même pas des chandelles pour une semaine et se fera prendre la main dans le sac. »

Sir Philip lui lança un regard venimeux. « Alors comme ça, les dames d'un naturel timide aiment se faire attraper ? Est-ce pour cette raison que votre neveu, le duc de Rowcester, vous a surprise avec ses chandeliers en argent ?

— Vraiment, monsieur ! aboya le colonel.

— J'ai joué de malchance, se défendit lady Fortescue d'une voix égale. Comment aurais-je pu savoir que Rowcester remarquerait qu'ils avaient disparu ? Et, tant que nous y sommes, vous ne nous avez jamais révélé ce que vous lui avez dérobé. »

Immobile comme un lézard sur un rocher, sir Philip la considéra sans ciller. Il avait pris soin de remplacer par une copie de qualité l'extravagant collier incrusté de pierres précieuses qu'il avait dérobé au duc. Le vieux coquin n'avait aucune intention de dévoiler son secret à ses comparses. D'une manière ou d'une autre, il comptait le racheter au bijoutier sans scrupules chez lequel il l'avait mis en gage, et à qui il versait une petite somme de temps à autre pour qu'il le conserve en l'état.

« Il vaut mieux que vous n'en sachiez rien, asséna-t-il d'un ton sentencieux. Je suis prêt à en assumer seul les conséquences si nous sommes un jour démasqués. »

Les yeux bleus du colonel Sandhurst se posèrent pensivement sur sir Philip. « Quelle noblesse, railla-t-il. Je ne sais pas pourquoi, vous entendre faire preuve de grandeur d'âme me met mal à l'aise. Nous devrons témoigner une grande gentillesse à miss Tonks. Nul doute qu'elle nous reviendra les mains vides, ce que j'espère d'ailleurs. »

Les yeux noirs de lady Fortescue se tournèrent vers lui. « Si le bien-être de miss Tonks vous inquiète tant, peut-être devriez-vous l'épouser.

— Peut-être bien », rétorqua le colonel, et il échangea avec lady Fortescue des regards furibonds.

Mrs Budley les observait avec inquiétude. Lady Fortescue et le colonel, du haut de leurs soixante-dix ans passés, avaient beau n'être plus dans la fleur de l'âge, ils se chamaillaient comme deux tourtereaux. Quand d'aventure les choses s'apaisaient, sir Philip, qui avait le même âge qu'eux, s'empressait de badiner avec lady Fortescue, attisant la jalousie du colonel qui ne manquait jamais de s'emporter, et une autre querelle éclatait.

« Je me demande ce que fait miss Tonks en ce moment, finit par dire Mrs Budley.

— Elle est probablement en train de raccommoder des vêtements, pelotonnée dans un coin du salon de sa sœur, priant pour qu'un miracle se produise », ironisa sir Philip.

En réalité, miss Tonks s'apprêtait à se mettre au lit dans une coquette chambre d'auberge. C'était la deuxième nuit qu'elle et sa nièce passaient loin de Chapping Manor, en route vers Londres. Elle voyait bien que Cassandra commençait à ressentir de la mélancolie, à présent que s'atténuait l'euphorie d'échapper à sa mère.

Pudiquement abritée derrière les tentures du lit, miss Tonks se déshabilla. Une fois en chemise, elle s'aperçut qu'elle avait oublié sa robe de nuit dans sa malle. Elle laissa échapper une exclamation d'agacement.

« Que se passe-t-il ? s'enquit Cassandra.

— J'ai oublié de sortir mon vêtement de nuit.

— Je vous l'apporte.

— Merci, ma chérie. » Mais elle eut soudain la vision des bijoux cachés au fond de sa malle. Elle hurla un « Non ! » retentissant, fit le tour du lit en courant et se planta devant ses affaires dans une attitude protectrice.

« Je préfère la sortir moi-même, balbutia-t-elle. Va te mettre au lit, ma chérie. »

Elle avait l'air si effrayée et ébranlée, debout, là, vêtue de sa seule chemise, que Cassandra se demanda ce que sa tante pouvait cacher de si mystérieux dans ses bagages. Sans doute la miniature d'un amour de jeunesse ou quelque objet de ce genre, pensa-t-elle.

Miss Tonks avait jeté au bout du lit la grande couverture en peau d'ours qu'elle transportait avec elle depuis qu'elles avaient quitté Chapping Manor.

« C'est une belle couverture, mais elle est un peu encombrante, dit Cassandra une fois sa tante allongée à côté d'elle. Vous l'emmenez partout où vous allez ?

— Oh oui, partout, déclara miss Tonks d'un ton ferme. Je ne voyage jamais sans elle, les calèches sont pleines de courants d'air. J'espère que tu ne t'inquiètes pas trop pour tes parents.

— J'avoue que je suis désolée de faire souffrir papa, parce qu'il est toujours gentil avec moi. Mais maman doit retrouver un peu de bon sens et le choc l'y aidera. Il faut qu'elle se fasse une raison : je n'ai aucune envie de me marier. Dites-m'en plus sur ces gens avec qui vous travaillez. M'apprécieront-ils ? Et moi, les apprécierai-je ? Pensez-vous qu'ils m'accepteront ?

— Que de questions, soupira miss Tonks en se pelotonnant sous les couvertures. Eh bien, je suppose que le chef de notre petite famille est lady Fortescue. Elle est certes très âgée, mais elle est grande et se tient très droite. Elle a les cheveux blancs et les yeux noirs les plus perçants que j'aie jamais vus. Ensuite vient le colonel Sandhurst, tout aussi vieux. Il a fière allure malgré son âge. Toujours impeccablement vêtu et les manières d'un véritable gentleman. Il a d'épais cheveux blancs, les yeux bleus et un visage empreint de gentillesse. Il y a aussi, poursuivit miss Tonks, dont la voix se durcit de façon perceptible, sir Philip Sommerville. C'est un vilain nabot ratatiné, malveillant et souvent… il sent. Les dames ne sont pas censées remarquer qu'un galant homme sent fort, mais il utilise vraiment trop de parfum.

— Pourquoi le tolérez-vous ?

— Pour être juste, il fait preuve d'un talent admirable pour s'occuper des convives qui posent des difficultés, ce qui arrive de temps à autre. Tu n'auras qu'à l'ignorer. Il ne t'importunera pas, c'est à moi qu'il réserve tout son venin.

— Qui d'autre ?

— Mrs Budley, la plus jolie et la plus charmante des amies. J'ai vraiment beaucoup de chance. Cassandra, j'espère ne pas t'avoir entraînée à faire une bêtise qui gâchera ta vie. Avec cette fugue, tu as dépassé les bornes. Plus aucun gentleman n'acceptera de t'épouser maintenant.

— Je me moque comme d'une guigne des gentlemen, répondit Cassandra. La gent masculine ne se réduit pas à eux. »

Miss Tonks se raidit comme une planche. « Tu ne peux en aucun cas te marier en dessous de ton rang.

— Et pourquoi pas ?

— Parce que les personnes d'un rang inférieur ne partagent pas notre finesse et notre sensibilité.

— Tante Letitia, je ne peux pas croire que ce soit vrai. J'ai observé de mes propres yeux que les domestiques éprouvent les mêmes sentiments que nous. »

L'esprit de miss Tonks ne pouvait accepter une telle hérésie. Pour quelle autre raison aurait-elle enduré cette existence indigente et tiré le diable par la queue pendant tant d'années au lieu de se résoudre à travailler ? Tout le monde savait que Dieu punit quiconque quitte la condition qui lui a été attribuée. Bien sûr, à présent, elle tenait boutique d'une certaine manière, mais ses associés étaient des gens de qualité.

« Essaie de dormir, se contenta-t-elle de répondre à sa nièce. Nous serons à Londres demain soir. »

Cassandra ne parvenait pas à trouver le sommeil. Elle écoutait les attelages se succéder dans la cour. Située sur la route d'Oxford, l'auberge résonnait d'un remue-ménage permanent de portes qui claquaient, de cloches qui sonnaient, de voix qui appelaient le valet de-ci de-là et du valet qui criait « J'arrive ! » à une chambre tout en se précipitant vers une autre. Tout le monde semblait pressé, soit d'arriver et de se mettre à l'abri, soit de partir pour regagner ses pénates. De temps à autre, une calèche franchissait à vive allure l'entrée principale dans un bruit de ferraille qui faisait trembler la maisonnée entière. L'homme assigné au nettoyage des bottes courait dans une direction, le barbier avec son sac de poudre dans une autre, suivi de son aide, qui s'occupait de l'eau chaude et des rasoirs, tandis que retentissaient le pas lourd de la blanchisseuse qui livrait le linge propre et le hurlement strident d'un cor annonçant l'arrivée de la malle-poste.

Les domestiques ne dorment-ils donc jamais ? pensa Cassandra. Serait-elle obligée d'être de service nuit et jour au Parent pauvre ? Peut-être les hôtels étaient-ils des lieux plus distingués et les convives étaient-ils censés dormir la nuit ?

Elle repensa au bandit de grand chemin et sentit sa bouche contre la sienne. Il était rasé de près et ses lèvres étaient chaudes et douces. Mais derrière son masque, il était sans doute d'une laideur de brute. Quelle sottise de rêver de lui. Quelle sottise d'espérer qu'il ferait à nouveau irruption dans son existence et l'emmènerait loin d'ici. À quoi ressemblerait son existence alors ? Frayer avec des coupe-jarrets et leurs ribaudes dans des tavernes malfamées, vivre dans la terreur que la maréchaussée leur mette la main dessus ? Si seulement la vie était comme dans les romans d'amour ! Ah, alors le bandit de grand chemin vendrait les bijoux, deviendrait un gentleman et ferait tout pour la retrouver. Cassandra retint un gloussement. Il la découvrirait en service dans un hôtel et c'est lui qui la jugerait indigne de son rang.

Elle songea à ses parents, non sans une pointe de culpabilité. Mais elle se consola avec la pensée que, l'un comme l'autre, ils savaient où la trouver. Ce n'était pas comme si elle s'était enfuie sans rien leur dire. Sans compter qu'elle était avec sa tante, une vieille fille on ne peut plus respectable.

Étendue à ses côtés, miss Tonks n'était pas davantage endormie. Elle tentait d'imaginer ce que les bijoux rapporteraient. Quel dommage que cette pauvre Cassandra doive renoncer si jeune à l'amour.

Si seulement elle trouvait un moyen de la présenter lors de la Saison… Peut-être un homme l'aimerait-il tellement qu'il ne s'arrêterait pas au fait qu'elle avait fui sa famille pour vivre dans un hôtel. Les rêveries de miss Tonks se tournèrent vers lord Eston. Il s'était montré si aimable. L'idée de dévaliser Honoria ne l'avait pas choqué le moins du monde. Enfin, les jeunes hommes faisaient feu des quatre fers, c'était connu. Il aura pensé que c'était un tour fameux. Non, un homme tel que lord Eston ne conviendrait certainement pas à Cassandra.

La matinée était d'un froid glacial. À peine Cassandra et miss Tonks furent-elles installées dans une chaise de poste que la neige se mit à tomber. L'attelage de la famille Blessop avait naturellement été renvoyé sitôt après leur arrivée à l'auberge locale. Miss Tonks disposa la peau d'ours sur leurs genoux. Elle la renverrait à lord Eston avec un mot de remerciements. De sa main gantée, elle caressa la fourrure. Bien sûr, elle pouvait aussi la vendre. Lord Eston était très riche et voyageait sans doute avec une voiturée entière de peaux d'animaux morts.

« J'espère que nous atteindrons Londres avant que la neige ne soit trop épaisse », dit Cassandra tandis que l'attelage se mettait en branle avec les fortes secousses que les postillons infligeaient toujours aux passagers. Comment se débrouillaient-ils ? Effrayaient-ils les chevaux pour qu'ils ruent dans les brancards ? Cassandra tâcha de garder l'esprit fixé sur ce genre de futilités pour s'empêcher de se faire du souci. Les autres parents pauvres ignoraient tout de son arrivée imminente. Que se passerait-il s'ils la renvoyaient avec armes et bagages ?

Dehors, les flocons virevoltaient et tourbillonnaient entre les bras squelettiques que les arbres tendaient vers le ciel hivernal. La neige s'épaississait à mesure que la chaise cahotait dans les ornières et les nids-de-poule. Les briques censées tenir au chaud les pieds des voyageuses s'étaient refroidies et, malgré la lourde peau d'ours, elles grelottaient.

« Nous ne pouvons pas continuer ainsi, décida miss Tonks. Il faut que nous trouvions un endroit où faire halte. »

Comme si le postillon avait eu la même pensée au même moment, l'attelage s'engagea sous une arche et pénétra dans la cour d'un relais de poste. Miss Tonks essuya la buée sur la vitre et jeta un coup d'œil nerveux au-dehors. « Je crains que ce ne soit hors de prix, dit-elle en fouillant dans son réticule. Je ne sais pas…

— J'ai de l'argent sur moi », coupa Cassandra.

Transies de froid, les deux femmes mirent pied à terre. Dans le vestibule, elles furent accueillies par le propriétaire, Mr Box, un homme de haute taille, épais comme un carrelet, qui arborait une expression de snobisme glacial. Il toisa le duo grelottant et l'informa qu'il n'avait plus de chambres libres.

« Mais il vous en reste forcément ! » s'exclama Cassandra. Miss Tonks gardait le silence, tête baissée. La femme courageuse qui avait fomenté une attaque de calèche avait été congédiée par la vieille fille habituée à une vie de cruelles rebuffades.

« Vous trouverez une auberge assez confortable à moins d'une demi-lieue d'ici, déclara Mr Box. Les tarifs y sont modestes.

— Insinuez-vous que nous n'avons pas les moyens de nous offrir une chambre chez vous, vieux freluquet ? » s'écria Cassandra, furieuse.

Debout dans l'embrasure de la porte, emmitouflé dans un carrick à plusieurs collets, un homme à la silhouette altière leva son lorgnon. Morbleu, quelle autre femme dans toute l'Angleterre avait des manières aussi déplorables ?

Le propriétaire du relais de poste aperçut lord Eston et se précipita vers lui, manquant bousculer miss Tonks au passage. Ce n'était pas la première fois que lord Eston s'arrêtait dans cet établissement. Mr Box s'inclina si bas que son nez toucha presque le sol. « À votre service, Votre Seigneurie, caqueta-t-il. Charles montera les bagages de Sa Seigneurie dans sa chambre.

— Un instant, je vous prie, répondit lord Eston. J'ai cru entrevoir deux amies très chères. » Il s'avança. « Eh bien, ne serait-ce pas miss Tonks et miss Cassandra ? Mesdames, quel plaisir de vous voir ! Pourquoi restez-vous comme deux malheureuses à côté de vos malles ? » Il jeta un regard terrible à l'hôtelier.

« Parbleu, où avais-je la tête ! s'exclama Mr Box, se frappant le front d'un geste théâtral. Il nous reste une très bonne chambre, elle sera parfaite pour ces dames.

— C'est trop tard, je n'en veux plus, maugréa Cassandra. Allons-nous-en.

— Restez, miss Cassandra, la pressa lord Eston. Regardez, cette pauvre miss Tonks a le nez tout bleu. Vous n'iriez pas très loin avec ce temps de chien.

— En effet ! Mais cet individu nous a assuré qu'il y a une autre auberge non loin d'ici et dont les prix sont plus en accord avec notre bourse.

— En d'autres circonstances, j'admirerais votre détermination. » Lord Eston considérait la jeune fille avec un amusement affectueux. « Mais il n'est pas raisonnable de camper sur vos positions en pleine tempête de neige quand la seule alternative qui s'offre à vous est une auberge où l'on mange mal et où l'on dort encore moins bien.

— Je t'en prie, Cassandra, restons ici, murmura miss Tonks. Nous avons besoin de la protection d'un gentleman. Les femmes qui voyagent seules sont souvent victimes d'affronts. »

Devant la mine pitoyable de sa tante, Cassandra capitula.

« Très bien, jeta-t-elle sèchement. Faites monter nos malles.

— Ce serait un honneur de vous avoir à ma table pour le dîner. » Lord Eston sourit à Cassandra, qui sembla trouver le tapis du relais de poste aussi fascinant que celui du salon de Chapping Manor, lorsque lord Eston lui avait parlé pour la première fois.

« Elle sera dressée pour Sa Seigneurie dans un salon privé à quatre heures, annonça aussitôt Mr Box.

— Vraiment ! s'exclama Cassandra, une lueur de mépris dans les yeux. D'abord, il n'y a pas de chambre, et maintenant, deux chambres et un salon privé sont disponibles.

— Cassandra, supplia miss Tonks, pas de scandale. Monsieur, nous serions honorées d'accepter votre invitation. »

On les mena au premier étage, jusqu'à une chambre charmante qui donnait sur le jardin à l'arrière de la maison. « Voilà qui est bien mieux ! » Miss Tonks tendit ses mains frêles devant le feu. « Quelle coïncidence qu'Eston arrive au bon moment. Et tu dois bien l'admettre, Cassandra, c'est généreux de sa part d'offrir de nous recevoir à dîner après que tu l'as rabroué d'aussi épouvantable manière.

— Je l'amuse, c'est tout, rétorqua Cassandra. Les hommes de l'acabit de lord Eston seraient prêts à tout pour un peu de distraction. »

Miss Tonks eut un frisson en se rappelant combien le jeune lord avait semblé heureux de se porter volontaire pour l'attaque de la calèche. Pendant un bref instant, quand elle avait remarqué avec quelle affection il regardait Cassandra, elle s'était prise à espérer que, après tout, c'était peut-être l'homme qu'il lui fallait, un homme que ne rebuteraient pas ses frasques. Il lui fallait néanmoins le reconnaître, les paroles de Cassandra étaient frappées au coin du bon sens. C'est sans doute pour cette raison qu'elle ne remarqua pas la finesse de la très jolie toilette de mousseline que sa nièce étalait sur son lit, pas plus qu'il ne lui vint à l'esprit que si la jeune fille détestait lord Eston autant qu'elle le prétendait, elle n'aurait jamais envisagé de porter une robe aussi légère par un temps pareil.

Une fois attablées dans le salon privé, elles prirent conscience qu'elles étaient affamées : après tout, elles n'avaient rien avalé d'autre qu'un malheureux toast au petit déjeuner. Dans sa robe de mousseline blanche, un châle à motif cachemire écarlate et or sur les épaules, Cassandra n'avait jamais été aussi ravissante aux yeux de miss Tonks. Lord Eston, quant à lui, avait endossé un élégant habit de soirée qui lui donnait l'air intimidant et inaccessible.

« Je vous ai rendu visite le lendemain du bal, dit lord Eston à Cassandra. On m'a expliqué que vous vous reposiez dans votre chambre.

— Ce n'était pas le cas. Je m'étais sauvée pendant la nuit avec tante Letitia.

— Pourquoi avoir fait une telle chose ?

— Parce que… comme je me suis montrée odieuse avec vous, on avait prévu de m'envoyer dans un pensionnat à Bath. Quant à tante Letitia, elle a été sommée de quitter les lieux. J'ai pensé que le meilleur parti à prendre était de l'accompagner à Londres.

— À l'hôtel ? Que ferez-vous là-bas ?

— Tout ce qu'on voudra bien me donner à faire. »

Assise en face d'un miroir, miss Tonks était un peu réconfortée par son propre reflet. Elle portait une sorte de turban orné de plumes enroulées. Sur sa robe marron en laine de mérinos, elle avait passé une courte veste de couleur prune aux longues manches ajustées. Exactement le genre d'armure qu'il fallait à une dame pour affronter un dîner qui s'annonçait difficile.

« Je suis sûre que Cassandra n'aura nul besoin de travailler, s'empressa-t-elle de dire. Ma sœur retrouvera vite la raison.

— Je n'ai pas l'intention de vivre en parasite », protesta Cassandra.

Le dîner se révéla plutôt bon. Il y eut d'abord du poisson sauce aux huîtres, puis un pot-au-feu, une échine de porc braisée accompagnée de compote de pommes, un hachis de dinde, du gigot de mouton, de la salade, des magrets de canard sauvage, du lapin frit et, pour finir, un plum pudding et des tartelettes. Miss Tonks fut consternée de voir que Cassandra mangeait avec appétit. Elle-même avait perfectionné l'art de faire mine de picorer tout en mangeant tout son saoul. Pour que les manières de Cassandra laissent autant à désirer, Honoria devait être encore plus dénuée d'élégance qu'elle ne l'imaginait.

Lord Eston les divertit avec les derniers commérages, tandis que miss Tonks fit de son mieux pour raconter quelques anecdotes de son cru ou, plus exactement, du cru de lady Fortescue, tout en lançant de petits coups d'œil angoissés à sa nièce, qui ne faisait aucun effort pour se montrer sous son meilleur jour.

Vers la fin du repas, miss Tonks eut besoin de s'éclipser pour utiliser le pot d'aisance qui était dans la chambre qu'elle partageait avec Cassandra. Elle se leva, murmura un mot d'excuse et laissa les deux jeunes gens en tête à tête.

« J'admire votre esprit de rébellion, miss Cassandra, fit lord Eston. Mais de quoi sera fait votre avenir ? Je crois savoir que les propriétaires du Parent pauvre sont encore plus antiques que votre tante. Que ferez-vous quand ils rendront l'âme ?

— Peut-être que d'ici là, on me jugera suffisamment âgée pour faire une gouvernante convenable.

— Ma foi, voilà une vie bien triste. Peu de gouvernantes parviennent à trouver une situation confortable. Elles sont traitées avec mépris par les domestiques comme par leurs maîtres et, souvent, les attentions malséantes du maître ou de ses grands fils leur sont imposées. »

Cassandra sourit.

« Je ne crains rien à cet égard, monsieur, ma laideur me protège des attentions trop chaleureuses.

— Vous n'êtes pas laide à mes yeux, miss Taches de son. Et quand bien même vous seriez le parfait antidote à l'amour, avec une mine lugubre à souhait, cela ne vous protégerait pas. Pour peu qu'ils aient bu, les hommes s'attaquent à tout ce qui bouge. Vous avez besoin d'être protégée.

— Il doit bien exister un moyen pour une femme de survivre en ce monde sans l'aide des hommes, protesta Cassandra. Peut-être que les bas-bleus m'accepteraient dans leur cercle londonien.

— Dans ce cas j'espère que votre instruction est du plus haut niveau. Malgré l'opinion populaire, un bas-bleu assez charitable pour vous prendre sous son aile attendrait de vous un esprit singulièrement aiguisé. »

Cassandra rougit.

« Je crains que mon éducation ne soit que celle considérée comme suffisante pour une femme. Je couds, je peins et je chante faux. Ma tante est partie depuis un moment, je ferais mieux d'aller voir ce qui la retient.

— Non, restez. Elle reviendra bien assez tôt. Encore un peu de vin ?

— Volontiers. Mais je ne bois jamais rien de plus fort que de la limonade, et je ne voudrais pas que la tête me tourne.

— Je ne manquerai pas de vous le faire savoir si cela arrive. Revenons à nos moutons : votre avenir. Vous avez visiblement renoncé à toute idée de mariage.

— Pourquoi dites-vous cela ?

— À moins que vos parents ne soient suffisamment miséricordieux pour vous octroyer une ample dot, il vous faudra un gentleman très sûr de lui pour épouser une simple domestique.

— Quel grossier personnage vous faites !

— Permettez-moi de vous retourner le compliment. J'ai pleuré toute la nuit après l'affront que vous m'avez infligé au bal. Mais regardons les choses en face. Vous n'êtes pas du bois dont sont faites les vieilles filles.

— Voilà bien une réflexion d'homme ! Puis-je vous rappeler, monsieur, que les vieilles filles choisissent rarement leur sort ? On le choisit pour elles si elles ont l'outrecuidance de ne pas être assez belles ou, plus souvent, pas assez riches.

— Mais vous, vous avez choisi ce sort sciemment.

— Et qu'auriez-vous fait à ma place ? Courber docilement l'échine et les laisser m'envoyer dans cette maison de correction qui se fait passer pour un pensionnat ? Laisser tante Letitia s'aventurer seule en pleine campagne au beau milieu de la nuit ?

— J'applaudis votre hardiesse, mais je suis persuadé que vos parents se rendront à Londres dès que possible pour vous récupérer. Et il est fort vraisemblable que vous soyez soulagée de repartir avec eux.

— Je suis lasse de parler de moi, dit Cassandra, se demandant ce qui pouvait bien retenir sa tante. Pardonnez-moi d'avoir été aussi impolie avec vous au bal, mais la façon dont on m'a poussée dans vos bras était plus que détestable. Et vous ? Avez-vous prévu de convoler en justes noces ?

— Peut-être bien. »

Il la contempla pensivement et son regard fut tout à coup attiré par sa bouche douce et généreuse. Cassandra avala en hâte une lampée de vin pour cacher sa confusion. L'atmosphère fut soudain chargée de tension sexuelle, bien qu'elle-même en ignorât la nature, n'ayant que l'intuition virginale d'un danger, d'une fébrilité réprimée. Quand elle releva la tête, les yeux bleus indolents de lord Eston n'affichaient rien de plus qu'un intérêt amusé.

« Me trouverez-vous quelqu'un, miss Cassandra, pour m'épargner la peine de faire la cour à une jeune demoiselle ? Me languir en écrivant des poèmes, très peu pour moi.

— C'est que vous n'avez jamais été amoureux, répliqua Cassandra, songeant au bandit de grand chemin. Quand on connaît l'amour, on est facilement en proie au ridicule.

— L'amour ? Que savez-vous de l'amour ?

— Bien assez, rétorqua Cassandra, levant son petit menton opiniâtre.

— On raconte beaucoup d'inepties à ce sujet, soupira lord Eston. L'amour est fugace et l'émoi qu'il engendre ne dure pas. Si l'on est chanceux, ce prélude est suivi par toutes les difficultés de l'amour vrai, c'est en tout cas ce que j'ai observé.

— Quel cynisme », commenta Cassandra, convaincue tout du long que si elle tombait vraiment amoureuse, de son détrousseur par exemple, ses sentiments dureraient toujours.

« Laissez-moi vous donner un exemple. Un de mes bons amis, Toby Humphrey, s'est épris d'une certaine miss Darwin. Une petite fée ravissante et délicate, il faut l'admettre. Elle avait peu de fortune et une famille encombrante. Toby était malgré tout décidé à l'épouser et c'est ce qu'il a fait. Il était sur un petit nuage. Mais au bout d'un an, la vague de passion a reflué et face à lui, à la table du petit déjeuner, se trouvait une jolie créature à la cervelle d'oiseau. Son babillage incessant, son zézaiement infantile, qui l'enchantaient si peu de temps auparavant, l'exaspéraient chaque jour un peu plus. Il a commencé à s'inquiéter de l'argent qu'elle dépensait en nouvelles toilettes, de l'argent auquel il avait pourtant renoncé avec joie pour parer sa chère et tendre au plus fort de son engouement.

— Et alors, qu'a-t-il fait ?

— Il a trouvé refuge dans l'armée et, depuis la lointaine péninsule Ibérique, il lui écrit des lettres d'amour enflammées. Il n'en pense pas un mot, mais il lui est reconnaissant de ne pas s'être mise en travers de sa liberté.

— Pauvre femme.

— Ne la plaignez pas, elle est extrêmement heureuse. Elle a une jolie petite villa à Norwood, reçoit de magnifiques lettres de la part de son dévoué mari qu'elle peut lire à ses amies admiratives, et ledit mari, qui était devenu un ours ennuyeux, n'est plus dans les parages pour lui empoisonner la vie.

— Cette conversation est absurde. Dans la bonne société, très peu de gens se marient par amour, vous le savez.

— Et c'est très raisonnable. Ils sont d'autant moins nombreux à être déçus. »

Cassandra posa le menton sur ses mains et le dévisagea.

« Ainsi donc, vous choisirez une femme avec dot et pedigree et, quand elle vous aura donné un héritier, vous la reléguerez dans un coin. »

Curieusement, lord Eston sentit sa bonne humeur s'évaporer. De fait, c'était exactement ce qu'il avait en tête avant de croiser la route de ce garçon manqué à la maladresse déconcertante, avec sa frimousse pleine de taches de rousseur et ses manières brusques.

Sentant sa colère, Cassandra enchaîna : « J'ai hâte d'occuper mon nouveau rôle. On n'attendra pas de moi que je m'habille comme une gravure de mode. Vous, les hommes, vous avez de la chance. Vous ne subissez pas la tyrannie de la toilette. »

Il leva les mains, feignant l'horreur.

« Pensez-vous ! Je suis esclave de mon tailleur. Cette engeance a inventé une langue abominable pour les couleurs ! "Que pense Sa Seigneurie de l'Œil de l'empereur, de la Boue de Paris, du Soupir du soupirant ?" Il va jusqu'à exiger de moi que je m'affuble de culottes rouges. "La mode est au rouge, dans toutes ses nuances, Votre Seigneurie." Même la manière dont doit être porté un manteau, boutonné ou non, avec un bouton ou deux et lesquels, est réglementée. Parfois, c'est une canne qu'on doit avoir à la main, parfois un jonc, parfois une simple badine. Récemment, pour respecter la mode, tout homme se devait d'arpenter les rues les mains dans les poches. La longueur de la cravate, sa forme, la façon de la nouer, tout doit se conformer au goût du jour. Il y a un professeur dans Bond Street qui, pour une demi-guinée, instruit les messieurs bien nés dans l'art de nouer leur cravate dans le style le plus officiellement en vogue. »

La porte s'ouvrit et miss Tonks se glissa dans la pièce, l'air confus. Le bas de sa jupe était humide et le bout de son nez tout rouge. Cassandra se demanda si sa tante avait été assez imprudente pour s'aventurer jusqu'aux lieux d'aisances, dehors, en pleine tempête de neige.

Si miss Tonks avait effectivement utilisé le pot de chambre, elle s'était ensuite torturée pour savoir ce qu'elle devait faire du contenu. Les eaux sales étaient censées rester sur place jusqu'au matin, lorsqu'un domestique viendrait les chercher. Mais garder le contenu du pot dans la chambre contrariait son âme délicate. Déterminée à s'en débarrasser coûte que coûte, elle avait essayé de le jeter par la fenêtre, mais la violence de la tempête l'avait obligée à renoncer. Trop timide pour mander un domestique, elle s'était résignée à exécuter cette tâche elle-même et, couvrant le pot d'un linge, avait descendu l'escalier sur la pointe des pieds et s'était aventurée dans la blancheur hurlante de la cour de l'auberge pour déposer le tout dans un coin.

« Cassandra, j'ose espérer que tu ne bois pas du porto après tout le vin que nous avons avalé pendant le dîner ! s'exclama miss Tonks. Lord Eston, je vous prie de faire venir de l'eau de Seltz. Les messieurs sont accoutumés à la boisson, mais pas les demoiselles de bonne famille. »

Lord Eston s'exécuta, puis proposa une partie de cribbage, un jeu de cartes qui se jouait à deux. Cassandra, qui commençait à trouver la compagnie du jeune homme oppressante, ouvrit la bouche pour refuser, mais miss Tonks lui coupa l'herbe sous le pied en s'empressant d'accepter. Ils jouèrent pour des pennies tandis que le monde extérieur sombrait dans le silence sous une épaisse couche de neige.

À neuf heures, lord Eston se leva et, tout en écartant légèrement le rideau de la fenêtre, suggéra qu'ils se retirent pour la nuit. À la lueur de la lanterne qui se balançait au-dessus de l'entrée, il voyait la neige virevolter, emportée par les rafales de vent.

« Nous ferions bien de nous préparer à un long siège, dit-il. Je ne sais pas quand nous pourrons reprendre la route. »

Miss Tonks réprima un gémissement. Du fond de sa malle, les diamants lui semblaient lancer des éclairs, attisant sa mauvaise conscience.

Cassandra se leva à son tour, fit la révérence à lord Eston, puis hésita sur le seuil de la porte.

« Cette auberge coûte-t-elle vraiment très cher, monsieur ?

— Je le crains. Je m'occuperai de votre note. Bien sûr, s'empressa-t-il d'ajouter, remarquant l'inclinaison butée du menton de la demoiselle, vous me rembourserez quand vous le pourrez.

— Je vous paierai sur mes gages, répliqua Cassandra avec fierté.

— Oh, ma chérie, pépia miss Tonks, nous ne prenons pas de gages en réalité. Cher lord Eston, je réglerai moi-même ce que nous vous devrons sur ma part des bénéfices. Viens, Cassandra. » Un sourire se dessina lentement sur le mince visage de la vieille fille. Bonté divine ! pensa-t-elle. Je deviens une vraie femme d'affaires ! Les Rothschild n'ont qu'à bien se tenir !

À Londres, le mauvais temps, sans être aussi extrême qu'à la campagne, n'en exacerbait pas moins les humeurs. Au Parent pauvre, la trésorerie était au plus bas. Heureusement, le cuisinier, Despard, accomplissait des miracles avec les ingrédients les moins chers, même si ce genre d'économies l'offensait grandement, ce qui incitait sir Philip à persifler qu'il n'y avait pas plus dispendieux que les radicaux, « du moment qu'il s'agissait de l'argent des autres ».

Faute de gages, deux des garçons de salle étaient partis pour le Tupple, un hôtel qui avait ouvert peu de temps auparavant dans le voisinage. Lady Fortescue et le colonel Sandhurst ne pouvaient donc plus se contenter de faire semblant de s'acquitter du service en salle. Les deux femmes de chambre étaient parties elles aussi et Mrs Budley se vit contrainte de faire le ménage et de préparer les lits. Seul sir Philip semblait considérer toute tâche comme indigne de sa personne, suscitant l'ire de ses associés. Tout le monde travaillait, sauf lui. Les vieux domestiques de lady Fortescue, Betty et John, qui jusqu'ici avaient eu le luxe de ne s'occuper que des parents pauvres, furent délégués aux cuisines, à la suite de la démission de deux marmitons. La colère s'accentua quand sir Philip rapporta qu'il était passé au Tupple et que les anciens domestiques y avaient trouvé une place.

« Je suis convaincue qu'ils les appâtent pour empêcher le Parent pauvre de tourner, dit lady Fortescue. Si seulement nous avions un peu d'argent ! Hélas, nous ne pouvons solliciter davantage nos créditeurs.

— Il fait moins froid aujourd'hui, remarqua le colonel, et la neige commence à fondre. Espérons que miss Tonks sera bientôt parmi nous.

— Miss Tonks ! railla sir Philip. Elle finira par revenir, se répandra en excuses et en bavardages sans avoir osé faucher quoi que ce soit.

— La situation serait peut-être un peu moins catastrophique si vous daigniez mettre la main à la pâte, aboya le colonel. Lady Fortescue est épuisée à force de courir d'un étage à l'autre.

— Lady Fortescue ne court jamais, rétorqua sir Philip. Elle se déplace avec la majesté d'un vaisseau amiral sur une mer d'huile. »

Avec un regard espiègle, le vieux poison lorgna la vieille dame qui, à la fureur du colonel, lui retourna un sourire indulgent.

« J'ai réfléchi, reprit le colonel. Peut-être que si nous vendions cet endroit, lady Fortescue et moi-même pourrions nous retirer à la campagne.

— Quoi ? dit sir Philip, au comble de la rage. C'est sa maison, pas la vôtre, elle seule peut décider de la vendre. Et de toute façon, pourquoi voudrait-elle s'enterrer à la campagne avec un vieux tromblon comme vous ?

— J'en ai effectivement discuté avec le colonel, intervint lady Fortescue. Les choses vont de mal en pis. Et je suis tellement fatiguée.

— Pour vous, chère madame, je consens à travailler dans la salle à manger, déclara sir Philip. Vous avez quelques jours de repos. Laissez-moi faire.

— Merci. » Lady Fortescue se cala dans son fauteuil et ferma les yeux.

Le colonel jeta un regard venimeux à sir Philip. Lui-même s'échinait chaque jour aux côtés de lady Fortescue et, pourtant, c'était ce vieil épouvantail qu'elle remerciait parce qu'il s'était porté volontaire pour faire ce qu'il aurait dû faire depuis des jours.

Si seulement miss Tonks… Miss Tonks ! Le colonel secoua la tête avec tristesse. Ils n'auraient jamais dû compter sur elle.

4

« La passion souveraine et ce, quelle que soit sa façon,
La passion souveraine toujours subjugue la raison. »
Alexander POPE

Ce n'est que deux semaines plus tard que miss Tonks et Cassandra atteignirent Londres.

Miss Tonks avait rêvé d'une arrivée triomphale, mais une pensée lui gâchait son plaisir. Le lendemain de leur premier dîner au relais de poste, elles avaient passé une journée agréable en compagnie de lord Eston à jouer aux cartes et à discuter. Eston et Cassandra semblaient à l'aise ensemble et, malgré ses réserves initiales, miss Tonks s'était prise à espérer qu'une idylle naîtrait et qu'elle serait peut-être capable de réussir là où Honoria avait échoué. Mais en fin de journée, un certain sir Andrew Boyle, un vieux monsieur du meilleur monde, était passé au relais de poste. Il apparut qu'il s'agissait d'un vieil ami de la famille de lord Eston et qu'il habitait un manoir des environs. Ses domestiques, avait-il expliqué, venaient de dégager l'allée et la neige avait cessé. Lord Eston viendrait-il séjourner au manoir jusqu'à ce que les routes soient suffisamment praticables pour qu'il puisse reprendre son voyage ? Sir Andrew avait ajouté que sa petite-fille, Amanda, était chaque jour plus jolie et qu'elle serait enchantée de le voir. À la grande surprise de miss Tonks, lord Eston était parti sans demander son reste.

La vieille fille n'y comprenait goutte. Eston ne les avait même pas présentées à sir Andrew. Certes, il avait pris des dispositions pour que leur note lui soit envoyée, mais à aucun moment il n'avait laissé entendre à Cassandra qu'il souhaitait la revoir.

Rien de tout cela ne serait arrivé si Cassandra n'avait pas claironné qu'elle voulait travailler, pensait miss Tonks avec tristesse. À l'évidence, elles n'étaient bonnes qu'à divertir le jeune homme quand il n'avait pas de compagnie plus distinguée à se mettre sous la dent. Malgré tout, comme il était désespérant de savoir que, pendant tout leur long séjour au relais de poste, il n'avait été qu'à quelques kilomètres d'elles sans jamais se donner la peine de leur rendre visite ! Miss Tonks garda ses pensées et ses conjectures pour elle, car Cassandra les aurait balayées d'un éclat de rire, raillant que les charmes de cette Amanda donnaient manifestement du grain à moudre au jeune homme. Miss Tonks ne pouvait s'empêcher de se rappeler l'expression affectueuse qu'elle avait surprise sur les traits de lord Eston tandis qu'il regardait Cassandra, la tête penchée sur le jeu de cribbage. Il lui avait à elle aussi témoigné du respect, la traitant en égale, sans compter qu'il avait volé les diamants à sa place. Alors pourquoi était-il parti ? Pourquoi, au nom du Ciel, pourquoi ?

Bientôt, elles seraient chez elles, ou en tout cas dans ce qui leur servirait de chez-elles. Il valait mieux que Cassandra ne soit pas présente quand elle raconterait aux autres son terrible forfait. Miss Tonks frotta la vitre de la chaise de poste avec son gant et regarda dehors dans la lumière déclinante. Le nombre de voyageurs sur la Great Western Road était stupéfiant : des cavaliers, des valets, des attelages de toutes formes et de toutes tailles, des charrettes, des chariots, bâchés ou non, des diligences, des voitures, longues, larges, hautes ou basses, des berlines, des coupés, des landaus, des cabriolets, des tilburys, des carricks, des phaétons. Le grondement des roues qui s'enfonçaient dans le gravier humide était aussi entêtant que le fracas des vagues sur une plage de galets. Soudain, dans un vacarme tonitruant, la chaise de poste s'engagea en bringuebalant sur les pavés de Hyde Park Corner. Leur long périple touchait à sa fin.

Enfin, elles débouchèrent dans Bond Street et s'arrêtèrent devant l'hôtel. « D'abord, je te montre ta chambre, qui se trouve dans le bâtiment voisin, dit miss Tonks. Pendant que tu te changeras, je préviendrai les autres de ton arrivée.

— Vous devez d'abord vous reposer, protesta Cassandra. Le voyage a été long et fatigant.

— Non, non, ma chérie. Regarde, nous sommes arrivées. » Miss Tonks régla la course et glissa un pourboire au cocher. Un domestique, Bill, vint à leur rencontre.

« Rentrez ma malle à l'hôtel, ordonna miss Tonks, mais portez les affaires de miss Cassandra à l'appartement. Vous l'installerez dans la petite chambre qui jouxte la mienne. Non, ne crains rien, ma chérie. Je te rejoins tout de suite. Suis Bill, il te montrera le chemin. »

Le domestique déposa la malle de miss Tonks dans le vestibule, sous le lustre étincelant que sir Philip était parvenu à soutirer à un membre de sa famille, puis repartit, Cassandra sur ses talons. Miss Tonks prit une profonde inspiration et regarda autour d'elle. Voilà l'héroïne conquérante qui s'avance !

Mrs Budley descendit l'escalier d'un pas léger. « Oh, Letitia, vous êtes de retour ! s'écria-t-elle, les deux femmes ayant atteint ce stade d'amitié intime qui autorisait l'usage du prénom. Comme je suis heureuse de vous voir ! Vous n'imaginez pas les difficultés que nous avons eues en votre absence. Le Tupple débauche nos domestiques, ce qui n'est pas étonnant puisque nous ne les payons plus. Mais ne vous inquiétez pas de cela. Nous n'aurions jamais dû vous confier une mission aussi dangereuse. »

Miss Tonks avisa le portier, qui, avachi dans un coin, les pouces à la ceinture, affichait l'air mi-insolent, mi-récalcitrant du domestique qui n'a pas touché ses gages. « Montez ma malle dans le petit salon, lui intima-t-elle. Les autres sont-ils là-haut, Eliza ?

— Oui, ils s'apprêtent à prendre le thé, confirma Mrs Budley. Quel temps abominable nous avons eu ! »

Elles gagnèrent le petit salon perché au dernier étage de la maison. « Posez ma malle ici… bien au milieu de la pièce », enjoignit miss Tonks au portier.

Après le départ de ce dernier, miss Tonks rouvrit la porte et jeta un œil à droite et à gauche pour s'assurer que personne n'écoutait.

« Sacrebleu ! s'exclama sir Philip. Faut-il déduire de toutes ces précautions que notre mercenaire en jupons a réussi à glaner quelque chose ? De quoi s'agit-il, miss Tonks ? Votre cuillère de baptême ?

— Nous sommes heureux de vous retrouver saine et sauve, intervint le colonel en fusillant sir Philip du regard. Le reste n'a que peu d'importance.

— En effet, renchérit lady Fortescue. Nous traversons une période de vaches maigres, certes, mais je ne doute pas que nous nous en sortirons.

— Attendez ! » Miss Tonks rayonnait de fierté. « *Voilà** ! » Elle fit voler le couvercle de sa malle.

« Qu'est-ce que Viola a à voir là-dedans ? maugréa sir Philip.

— Elle nous dit de regarder, triple buse, asséna lady Fortescue.

— Regarder quoi ? Tout ce que je vois, c'est un tas de… »

Mais sir Philip perdit la voix devant ce qu'il voyait. Car miss Tonks avait saisi la tiare et le collier et les brandissait devant la petite assemblée. Les diamants brillaient de mille feux, jetant des prismes de couleur sur les visages éberlués.

Lady Fortescue chercha à tâtons la main du colonel et la serra fort.

« Comment avez-vous fait ? demanda-t-elle. Votre sœur ne risque-t-elle pas de lancer la maréchaussée à vos trousses ? »

Enfin, miss Tonks allait connaître son heure de gloire ! Bien sûr, elle avait quelques scrupules sur le mensonge qu'elle allait leur servir. Mais, éperonnée par la jalousie qui voilait le visage de sir Philip, elle déclara avec assurance : « Je me suis déguisée en bandit de grand chemin et j'ai détroussé la calèche de ma sœur !

— Ceci fait de vous une vraie Amazone ! s'exclama le colonel. Commencez par le commencement et racontez-nous toute l'histoire. »

Les parents pauvres prêtèrent une oreille attentive au récit des aventures de miss Tonks, jusqu'à ce qu'elle atteigne le passage qui concernait Cassandra. « Cela n'ira pas, objecta lady Fortescue d'un ton sévère. D'après ce que vous dites, cette jeune fille est un vrai garçon manqué. Vous ne devriez pas l'encourager dans cette folie. Vous devez la ramener chez ses parents séance tenante. » Le visage de la vieille dame s'adoucit. « Allons, allons, ne soyez pas si bouleversée. L'un d'entre nous s'en occupera. Vous êtes une femme courageuse, miss Tonks, et vous en avez fait plus qu'assez. Admettez que votre nièce gâchera ses chances de se marier si elle reste avec nous.

— Harriet était notre cuisinière et elle a épousé le duc de Rowcester, souligna Mrs Budley, volant au secours de son amie.

— C'était tout à fait différent. Cela faisait des années que mon neveu était épris de miss James. Où miss Cassandra se trouve-t-elle actuellement ?

— Dans la petite chambre qui jouxte la mienne, répondit miss Tonks. Et ce n'est pas un garçon manqué. C'est un ange. Certes, elle ne mâche pas ses mots, mais…

— Lady Fortescue a raison, asséna le colonel d'un ton sentencieux. Je raccompagnerai moi-même cette jeune demoiselle chez ses parents. Miss Tonks, vous nous avez dit avoir séjourné environ deux semaines dans un relais de poste. Est-ce miss Cassandra qui s'est acquittée de la note ?

— Non, c'est lord Eston. Cassandra avait de l'argent, bien sûr, mais seulement pour une nuit ou deux. C'était un endroit terriblement onéreux. Lord Eston est tellement charmant. C'est un voisin de ma sœur et Honoria avait le grand espoir de les marier, c'est pour cela que Cassandra s'est retrouvée dans ce guêpier, la pauvre petite. Fatiguée d'être humiliée et rudoyée, elle s'est sentie obligée de lui infliger un affront en refusant de danser avec lui. Alors Honoria a décidé de l'envoyer à Bath, dans un de ces épouvantables pensionnats où le fouet règne en maître.

— En voilà une riche idée, persifla sir Philip.

— Oh, vous, vous ne savez rien dire d'autre que des méchancetés, indiscrètes au demeurant », s'emporta miss Tonks. Puis son élan de courage s'évanouit et elle se mit à pleurer. « Je me suis donné tellement de peine. Je pensais que vous seriez contents de moi.

— Nous le sommes, voyons, tempéra sir Philip. Ne pleurez pas, par pitié. Votre nez devient tout rouge. »

Elle releva la tête. « Laissons Cassandra s'exprimer. Je vais la chercher de ce pas. »

Après le départ de miss Tonks, il y eut un silence, finalement rompu par lady Fortescue. « Qui aurait cru que notre miss Tonks rapporterait un tel butin ? Bonté divine, sir Philip devra convertir ces pierres précieuses en argent sonnant et trébuchant aussi vite que possible. Bien sûr, c'est triste pour cette pauvre petite. C'est une enfant gâtée qui a su toucher la corde sensible de sa tante. Nous la renverrons bientôt chez ses parents. Vous réussirez à vendre ces babioles, sir Philip ?

— Rien de plus facile, dit-il. Des pierres de premier choix. Il faut les écouler séparément, bien sûr. »

Le colonel sortit les livres de comptes et les associés discutèrent de ce qu'il conviendrait de faire de la vaste fortune qu'ils étaient sur le point d'obtenir. Tandis qu'ils débattaient, sir Philip prit la tiare, la retourna entre ses mains, en admirant l'éclat, et finit par la poser sur sa tête.

Au même moment, la porte s'ouvrit sur miss Tonks et Cassandra. Elle est vraiment commune, pensa immédiatement lady Fortescue en voyant la jeune fille.

Cassandra avisa sir Philip, qui s'était redressé et la fixait, la tiare de guingois sur la tête. Le visage de la jeune fille s'éclaira et ses yeux pétillèrent, forçant lady Fortescue à revoir son jugement.

Après force clins d'œil et grimaces désespérées à l'intention du vieux satyre, miss Tonks présenta Cassandra à la ronde.

La nouvelle venue prit place sur un petit canapé à côté de Mrs Budley. « Je vous en prie, messieurs, asseyez-vous, dit-elle au colonel et à sir Philip. Je crois comprendre que vous avez décidé de me renvoyer chez moi. C'est hors de question. Si j'ai parcouru tout ce chemin, ce n'est pas pour retourner chez maman et me retrouver claquemurée dans un pensionnat à Bath. Je suis suffisamment grande pour prendre mes propres décisions. Je suis jeune, solide et disposée à travailler. Et faites-moi grâce d'un sermon sur mes chances de mariage. Me marier ne m'intéresse plus. J'ai déjà participé à une Saison mondaine et je n'ai guère obtenu de succès. L'arrivée d'une nouvelle paria dans vos rangs devrait vous réjouir, surtout une personne jeune. Si vous persistez, vous ne me laissez d'autre choix que de chercher du travail ailleurs. » Elle regarda la tiare, que sir Philip était en train de déposer discrètement sur la malle, à côté du collier, et s'exclama : « Ça alors ! Ces bijoux ressemblent comme deux gouttes d'eau à ceux qui ont été volés à maman. » Les parents pauvres échangèrent des regards inquiets. Miss Tonks n'avait donc pas mis sa nièce dans la confidence ?

« Oh, ça, dit Mrs Budley en les prenant. C'est incroyable ce qu'une tiare et un collier se ressemblent pourvu qu'ils soient en diamants. Ce sont mes derniers objets de valeur, miss Cassandra. Sir Philip va les vendre, nous avons cruellement besoin de fonds. »

Cassandra oublia promptement les bijoux et ses grands yeux se mirent à pétiller de malice. « Je viens d'avoir une idée formidable. Si j'ai bien compris, le Tupple débauche vos domestiques. Donnez-moi un peu d'argent pour que j'y prenne résidence pendant, disons, une semaine et je m'arrangerai pour ternir leur réputation.

— Comment une jeune demoiselle pourrait-elle séjourner seule dans un hôtel de Londres, si distingué soit-il ? s'exclama le colonel.

— Ma tante pourrait jouer les dames de compagnie, s'empressa d'ajouter Cassandra. Vous voyez que je peux vous être utile ! Personne ne me connaît à Londres.

— Certains membres du personnel pourraient reconnaître miss Tonks, protesta lady Fortescue.

— J'en doute, dit lentement sir Philip. Elle ne travaille pas en salle, quand elle travaille – ce qui n'arrive pas souvent. Et nous pouvons la travestir. C'est une idée qui ne manque pas d'intérêt, et je vais vous dire pourquoi : nous savons que notre hôtel a été incendié délibérément, sans compter que Harriet a failli y laisser sa peau.

— Surveillez votre langage devant les dames, grogna le colonel.

— Qu'elles me pardonnent. A failli y laisser la vie. Plus j'y pense, plus je me dis que c'est le Tupple qui était derrière tout cela. Les autres hôtels sont presque tous réservés aux messieurs. Jusqu'à ce que notre concurrent direct entre en scène, nous étions le seul hôtel familial de classe aristocratique. Il serait intéressant de savoir qui le dirige…

— Tout le monde le sait, aboya le colonel. C'est ce Français, un dénommé Bonnard.

— Oui, mais quel genre de Français est-ce, hein ? Un écornifleur ? Laissez donc miss Cassandra espionner l'ennemi.

— Si le Tupple – d'où vient ce nom d'ailleurs ? – est à l'origine de l'incendie, cela revient à jeter deux faibles femmes dans la gueule du loup.

— Miss Tonks a prouvé de quelle trempe elle était, déclara sir Philip, faisant rougir de plaisir l'intéressée. Quant à miss Cassandra, elle n'a peut-être pas ce qu'il faut pour charmer dans une salle de bal ou un raout, mais elle en a dans la cervelle. Je suis d'avis qu'on l'envoie au feu. Je vous laisse ergoter à loisir, j'ai mieux à faire. »

Sir Philip s'empara des bijoux et prit la poudre d'escampette de sa curieuse démarche en crabe.

« Je vous supplie d'abandonner cette idée folle, dit le colonel Sandhurst.

— Colonel. » Lady Fortescue posa une main gantée d'une mitaine sur la manche du vieux monsieur. Ses yeux noirs se fixèrent avec assurance sur Cassandra. « Vous avez de la ressource, chère enfant. Je ne vois pas comment il pourrait vous arriver quoi que ce soit.

— Et Letitia a prouvé sa bravoure », renchérit Mrs Budley, ses grands yeux alanguis remplis d'admiration.

Miss Tonks lui lança un regard d'avertissement. Jamais Cassandra ne devait apprendre l'identité du bandit de grand chemin, ni le rôle central qu'avait joué sa tante dans le forfait. Heureusement, les diamants de Honoria n'étaient pas des objets de famille anciens, mais une acquisition récente et d'un modèle assez commun. Tout à fait le genre de richesse que la bonne société anglaise se plaisait à exhiber dans les bals et réceptions mondaines qui constituaient son quotidien. Les dames de qualité se chargeaient d'une telle quantité de bijoux que l'une d'elles en particulier était connue pour exiger de son valet de pied qu'il la suive partout avec une chaise, le poids des pierres précieuses dont elle s'affublait l'empêchant de rester debout trop longtemps.

« Nous en débattrons au retour de sir Philip, dit lady Fortescue. Une chose éveille cependant ma curiosité, miss Cassandra. Ce lord Eston… Si j'ai bien compris, vous lui avez battu froid lors d'un bal, d'où votre disgrâce. Pourtant il a réglé votre note au relais de poste. Se pourrait-il qu'il s'intéresse à vous ?

— Je l'amuse, rien de plus », commença Cassandra, mais le colonel s'exclama : « Eston ! Ça y est, je me souviens. Je pensais bien que ce nom m'était familier. C'était dans le *Post* de ce matin. Il vient de se fiancer. Attendez… à une certaine Amanda Boyle. »

Voilà donc pourquoi il n'est pas venu nous rendre visite, songea miss Tonks avec tristesse. Il semblait pourtant apprécier Cassandra. C'était bien la preuve que sa nièce avait complètement ruiné ses espoirs de mariage. Comment Cassandra prenait-elle la nouvelle ?

À l'évidence, avec une indifférence totale. Elle était trop occupée à élaborer un plan. « Je ne peux pas descendre au Tupple sous mon vrai nom, dit-elle. Je sais ! Je serai une princesse d'un petit royaume étranger qui voyage incognito. Et tante Letitia sera ma dame de compagnie. Hongroise, je pense. La plupart des gens ne savent même pas où se trouve la Hongrie.

— Votre accent vous trahira, souligna le colonel.

— Pas nécessairement, dit lady Fortescue. De nombreux étrangers de haute naissance parlent très bien notre langue, parce qu'ils emploient des gouvernantes anglaises. C'est une bonne idée, miss Cassandra. Mais je vous supplie de rentrer chez vous dès que vous aurez découvert ce que nous voulons savoir. D'ici là, votre mère sera revenue à la raison. Non, ne souriez pas de toutes vos dents comme un vilain garnement. Cela ne sied pas à une demoiselle, qu'elle soit étrangère ou non. Les convenances avant tout. Ne laissez jamais paraître un excès d'émotion. C'est offensant et cela cause des rides.

— Nous verrons », marmotta Cassandra d'un ton timide malgré un air de triomphe discret. Enfin, elle allait mener la vie dont elle rêvait ! Une vie comme celle de son cher malandrin, une vie d'aventures.

Tandis qu'ils discutaient des détails de l'usurpation d'identité de Cassandra, lady Fortescue se fit la réflexion qu'il y avait quelque chose de très attachant chez cette charmante jeune fille. Quel dommage que lord Eston se soit fiancé. Issu d'une bonne famille, riche à millions et éminemment convenable. Qui étaient ces Boyle ? Elle fouilla sa vaste mémoire. Elle se rappelait qu'un certain sir Andrew Boyle lui avait fait la cour autrefois. Il était issu de la petite noblesse non titrée et sa famille à elle, de sang aristocratique, avait vu d'un mauvais œil l'intérêt qu'il lui portait. Il avait épousé une… la mémoire de lady Fortescue lui fit défaut sur ce point.

La vieille dame avait vite compris que Cassandra ignorait l'identité du détrousseur. « Étiez-vous avec votre mère lorsque le malandrin lui a dérobé ses bijoux ? demanda-t-elle.

— Oui, nous étions en route pour un bal.

— Quelle horreur ! s'exclama Mrs Budley. Bien sûr, il ne vous aurait fait aucun mal, tout ce qu'il voulait, c'était les bijoux », assura-t-elle.

Les joues de Cassandra rosirent quelque peu, mais ses yeux pétillaient. « Pour tout vous dire, cette vermine abjecte m'a pris quelque chose à moi aussi.

— Quoi donc, ma chère ? la questionna le colonel avec un coup d'œil chargé de reproches à l'intention de miss Tonks.

— Il m'a volé un baiser. »

Un silence choqué s'abattit sur la petite assemblée. Tout le monde, hormis Cassandra, dévisagea avec dureté miss Tonks, qui fixait ses pieds.

« Quelle épreuve déplaisante pour vous, gémit lady Fortescue. Il vaut mieux oublier ce genre de choses.

— Oh non, il avait beaucoup d'allure et j'ai plutôt apprécié qu'il m'embrasse », lâcha Cassandra avec insouciance.

Nouveau silence choqué. Mrs Budley entortillait avec gêne son mouchoir dans ses mains. Elle savait que certaines femmes préféraient leur propre sexe. Dire qu'elle partageait un lit avec Letitia !

« Pourquoi tant de solennité ? finit par s'exclamer Cassandra. Oublions ces histoires de bandits et mettons-nous au travail ! »

Voilà belle lurette que lord Eston avait fait litière des sermons sur l'amour qu'il avait servis à miss Cassandra Blessop. Il était tombé sous le charme d'Amanda Boyle à la seconde où il avait posé les yeux sur elle. Et pourtant, s'il s'était empressé d'accepter l'invitation de sir Andrew, c'était parce qu'il se sentait sur le point de s'éprendre de Cassandra, mais cela aussi, il l'avait oublié. Certes, il trouvait qu'elle avait d'incomparables qualités pour une jeune fille, mais elle n'avait pas celles requises pour faire une bonne épouse. Elle était trop indépendante d'esprit, trop directe, trop entière, des qualités admirables chez un homme, mais qui n'étaient sûrement pas à l'avantage du beau sexe.

Alors qu'Amanda ! Elle était la perfection faite femme, depuis son ravissant chignon brun jusqu'à ses jolis petons. C'était une petite chose fragile dotée d'immenses yeux aussi bleus que la mer en été, d'un minuscule nez bien droit et d'une bouche délicate aux lèvres parfaitement dessinées. Toute de froufrous et dentelles, elle chantait comme un ange. Le premier soir, au manoir, alors qu'il hésitait à retourner au relais de poste pour s'excuser d'être parti sans crier gare, elle s'était accompagnée à la harpe.

À partir de ce moment, il avait été perdu. Il regretta les batailles qu'il avait livrées et les maîtresses qu'il avait entretenues. Il avait le sentiment qu'il aurait dû se présenter chaste et pur devant elle. Le père et la mère de la jeune fille avaient beau être des rapaces et ses nombreux frères et sœurs, des enfants gâtés, son désir de l'épouser ne se trouva en rien émoussé.

Quand il demanda sa main à son père, celui-ci donna sa bénédiction sur-le-champ. Lord Eston fut même autorisé à embrasser la jeune fille. Bien sûr, ce baiser n'eut rien de la douceur grisante qu'il se rappelait avoir ressentie quand il avait pressé ses lèvres contre celles de Cassandra, mais il éprouva un bonheur presque mystique.

Pourtant, c'est à Cassandra qu'il pensa immédiatement quand Mr et Mrs Boyle annoncèrent qu'ils devaient partir à Londres pour rendre visite à la sœur de Mrs Boyle et que, pour cette raison, ils avaient réservé une suite dans un nouvel hôtel, le Tupple.

Lord Eston leur proposa sa demeure londonienne, mais les Boyle objectèrent que ce ne serait pas convenable tant que lui et Amanda ne seraient pas mariés. Il fut surpris qu'ils ne séjournent pas chez la sœur de Mrs Boyle, Mrs Tabitha Sinclair, de Green Street, mais sa future belle-mère lui expliqua que sa santé ne lui permettait pas de les recevoir. Ce qu'elle se garda bien de préciser, c'était que Mrs Sinclair passait pour être à l'article de la mort et que Mrs Boyle voulait s'assurer que l'héritage lui reviendrait. Mrs Sinclair détestait sa sœur et son beau-frère, mais Mrs Boyle nourrissait l'espoir d'une réconciliation *in extremis*. Lord Eston leur suggéra de descendre au Parent pauvre, ce à quoi Mrs Boyle répliqua que cet établissement était tenu par des excentriques. Le Tupple conviendrait parfaitement. Lord Eston leur offrit de les escorter jusqu'à Londres et, bien qu'il pressât Mr Boyle de convaincre Amanda d'accepter un mariage rapide avec dispense de bans, Mr Boyle répondit qu'il serait honteux de priver sa fille d'un grand mariage en présence de ses amis et de ses proches et que, de toute façon, des noces précipitées ne feraient qu'alimenter les rumeurs dont la bonne société était si friande, ce qui était exactement ce qu'Amanda elle-même avait dit, mais d'une manière si délicate et hésitante que lord Eston avait eu l'impression d'être un satyre avec la bave aux lèvres. Il me faudra freiner mes ardeurs pendant encore quelques mois, se dit-il à regret.

Le voyage jusqu'à Londres fut épuisant car, si les routes étaient redevenues praticables, les cahots de la voiture rendirent malades Amanda tout comme son carlin. Lord Eston pouvait seulement se féliciter de l'absence des insupportables frères et sœurs de sa promise, qui avaient été laissés à la garde d'un cousin à la campagne. Veiller sur Amanda était amplement suffisant. À vrai dire, lord Eston ne vit que peu sa bien-aimée, se contentant de la porter jusque dans sa chambre à chaque halte qu'ils faisaient, s'émerveillant de la fragilité du corps bien tourné qu'il tenait dans ses bras et se demandant ce que ce serait d'enfin le posséder.

Ce ne fut que lorsqu'il déposa la famille Boyle à l'hôtel Tupple que ses pensées se tournèrent à nouveau vers Cassandra et miss Tonks. Mrs Boyle lui ayant confié à voix basse que le voyage avait trop épuisé cette pauvre petite Amanda pour qu'elle le divertisse ce soir-là, il gagna sa demeure londonienne, enfila un habit de soirée et prit la direction de l'hôtel du Parent pauvre afin de présenter ses respects à miss Tonks, et à Cassandra par la même occasion.

Dans le vestibule, la première chose qu'il vit fut sir Philip, tassé sur un tabouret haut derrière le bureau de la réception. Eston regarda autour de lui avec curiosité. Nul doute que ce lieu dégageait un je-ne-sais-quoi qui manquait au Tupple. Le chandelier de cristal était remarquable, ce qui n'était assurément pas le cas du gnome à l'affreuse perruque brune qui trônait à l'accueil. Lord Eston s'approcha.

« Je viens présenter mes respects à miss Cassandra Blessop et à miss Tonks. »

Sir Philip afficha un sourire effrayant qui découvrit une rangée de fausses dents en porcelaine. Son cerveau agile se demandait si miss Tonks s'était confiée à ce lord Eston et conclut que c'était probable. Cependant, il pouvait difficilement annoncer tout de go à ce monsieur que miss Tonks et sa nièce se faisaient en ce moment même passer pour des princesses hongroises.

« Je crains qu'elles ne soient parties à la campagne », mentit sir Philip.

Lord Eston fut surpris. Cassandra lui avait donné l'impression d'être le genre de jeune femme à camper sur ses positions. Mais il n'était pas impossible que les énergumènes qui dirigeaient cet hôtel l'aient renvoyée chez elle.

Il se sentit à la fois déçu et irrité contre lui-même. Il aurait dû leur rendre visite quand elles logeaient au relais de poste. Plus il y pensait, plus son comportement lui semblait déplacé, en particulier du fait que, dans son esprit, Cassandra ne constituait plus une menace, mais était simplement une jeune fille pleine d'allant qui avait jadis croisé son chemin.

« Merci », dit-il d'un air sombre avant de tourner les talons.

Il se rendit à son club, le White's, situé dans St James's. En entrant dans la salle de café, il aperçut Peter Blaney, un vieil ami de l'armée, et le héla avec joie. « Depuis quand êtes-vous rentré ? s'enquit lord Eston.

— J'ai été réformé », répondit Mr Blaney avec son sourire timide. Il avait trente ans et, malgré la guerre qui l'avait endurci, il en paraissait vingt et arborait un air incroyablement naïf et innocent, dont il faisait bon usage à la table de jeu. « C'est vrai ce que j'ai entendu dire ? Vous allez épouser la petite Boyle ?

— Je suis l'homme le plus chanceux de la terre.

— Je n'ai jamais rencontré la fille, dit Mr Blaney, mais je connais les parents. Ils vous ont réclamé de l'argent ?

— Non.

— Alors ils ne tarderont guère, mon vieux, croyez-moi. »

Le séduisant visage de lord Eston afficha un air vaguement méprisant. « Vous devez confondre avec une autre famille.

— Probablement. C'est un nom assez courant. Je pensais aux Boyle de Hayley Manor, dans l'Oxfordshire.

— Et de quelle manière les Boyle dont vous parlez vous ont-ils soutiré de l'argent ? » interrogea lord Eston, qui n'avait nulle intention d'admettre que les Boyle dont son ami parlait et ses futurs beaux-parents n'étaient qu'une seule et même famille. « J'imagine que c'est à vous qu'ils en ont demandé, vous ne vous abaisseriez pas à répéter des on-dit.

— Effectivement. La première fois, c'était il y a deux ans. J'étais en permission et ils étaient à Londres pour la Saison avec une gamine bien trop jeune pour jouer les débutantes. » Il eut l'air embarrassé. « Je suis désolé. Je multiplie les pas de clerc, dirait-on. Peut-être que cette enfant est aujourd'hui votre fiancée. Mais non, puisque maintenant que j'y pense, nous parlons des Boyle de l'Oxfordshire. » Il dévisagea son ami avec curiosité, mais lord Eston resta de marbre. « Enfin, concernant l'argent. Il prétendait avoir découvert l'inventeur d'une batteuse à grains à vapeur qui permettrait d'économiser beaucoup de main-d'œuvre. Tout ce dont le gaillard avait besoin, c'était d'argent pour acheter le matériel afin de perfectionner sa machine.

— Combien ?

— Deux mille guinées.

— Eh bien !

— Je lui ai demandé si l'engin était plaqué or, mais il a répondu que, si je fournissais la somme, il serait assemblé et offert à mon père, qui est grand amateur d'innovations en agriculture, accompagné du brevet. Son anniversaire approchait, j'ai pensé que cela ferait un cadeau splendide. J'ai demandé à Boyle ce qu'il en retirerait et il m'a répondu pieusement que soutenir le génie lui suffisait. J'avais justement touché un peu d'argent, des parts de prise[1], j'étais sur le point de payer, mais la prudence m'a poussé à lui proposer une lettre de change. »

Lord Eston fit un signe de tête approbateur. En ce début du dix-neuvième siècle, le principal instrument du marché monétaire londonien était déjà la lettre de change, un accord écrit enregistrant l'engagement d'un débiteur à payer sa dette à une certaine échéance.

« Je lui ai demandé à quel nom l'établir et il a répondu au sien, Henry Boyle. Je lui ai demandé : "Et pourquoi pas à l'inventeur directement ?", ce à quoi il a répondu avec désinvolture : "C'est moi qui gère toutes ses affaires." Je ne sais pas pourquoi, mais ses réponses ont éveillé mes soupçons, j'ai prétendu avoir changé d'avis et manquer de fonds. Un an plus tard, j'ai croisé Chuffy Byng. Il était fou de rage. Apparemment, il avait payé Boyle pour ladite invention, Boyle avait pris l'argent et lui avait donné en retour un bout de papier l'engageant à lui céder

1. Somme d'argent touchée par les marins sur la vente d'un navire pris à l'ennemi.

le brevet quand la machine serait terminée. Chaque fois que Chuffy demandait où cela en était, on lui répondait que l'inventeur n'avait pas encore achevé ses travaux. Boyle a même eu le front de redemander de l'argent à Chuffy.

— Quoi d'autre ? » demanda lord Eston. Il n'y avait aucun espoir qu'il existe deux Henry Boyle vivant à Hayley Manor dans l'Oxfordshire.

« Il y a pire. Bonté divine, je suis heureux qu'il ne s'agisse à l'évidence pas de vos Boyle. Chuffy a décidé de poursuivre l'escroc en justice et l'a fait prévenir qu'il passerait le voir. Les Boyle vivaient à ce moment-là chez un parent dans Green Street.

« Quand il est arrivé, on lui a dit que Boyle était absent mais que Mrs Boyle le recevrait. Il a pensé qu'il pouvait aussi bien lui demander quand le vieux Boyle serait de retour. Elle lui a servi le thé et quand il a porté sa tasse à ses lèvres, elle s'est mise à crier "Au viol ! Au viol !" en arrachant le devant de sa robe. À l'arrivée des domestiques, elle s'est laissée tomber sur le sol. Un vrai chaos. Des plumes brûlées, des sels de pâmoison, des accusations, des récriminations, elle le traite de monstre, de brute, sur quoi Boyle débarque, vociférant. Les choses finissent par se calmer, ce pauvre Chuffy est aux abois, on lui dit que s'il oublie l'invention, le tribunal et tout le reste, la tentative de viol de Mrs Boyle sera passée sous silence. Il était tellement soulagé de se dépêtrer de cette famille de filous qu'il s'est dédit sans demander son reste. »

Lord Eston articula lentement : « Autant vous le dire… mes futurs beaux-parents sont bien les Boyle de Hayley Manor.

— Désolé, mon vieux. J'aurais mieux fait de tenir ma langue.

— Je vous serais reconnaissant de ne toucher mot de tout cela à personne d'autre. Ma pauvre Amanda est tellement innocente, elle ne sait sans doute rien des manigances de ses parents. Une fois que nous serons mariés, je ferai en sorte qu'elle les voie aussi peu que possible.

— Vengeons-nous sur une bonne bouteille de bordeaux que nous boirons à votre santé, dit Mr Blaney, et parlons d'autre chose. Vous êtes au courant pour Jerry Anderson ?

— Non, que lui est-il arrivé ?

— Il a acheté la Petite Nancy à lord Cusp.

— Quoi ! Cette pouliche mauvaise comme la gale ! C'est une bête élégante, certes, mais elle a un caractère ombrageux et un pedigree pire encore. Le fruit ne tombe jamais loin de l'arbre.

— Je ne vous le fais pas dire ! » remarqua gaiement Mr Blaney, qui regretta immédiatement ses paroles devant la mine sévère de lord Eston.

Au Parent pauvre, lady Fortescue et le colonel attendaient au petit salon le retour de sir Philip, parti vendre les diamants.

« Un paquet d'argent, gloussa-t-il en rentrant, et je n'ai vendu que le collier. Gardons la tiare en réserve. J'ai prévenu les domestiques que nous les paierions demain et que nous augmenterions leurs gages. Un tout petit peu seulement, mais la nouvelle viendra aux oreilles des traîtres qui ont rallié le Tupple. Nous les remplacerons dès demain. Nous disposons d'assez d'argent pour nous maintenir à flot pendant un moment. Eh bien, qui aurait cru que notre miss Tonks ferait preuve d'une telle audace ?

— C'est une femme surprenante, acquiesça lady Fortescue avec raideur tandis que le colonel lançait un regard noir à la ronde.

— Qu'y a-t-il ? Que s'est-il passé ? s'enquit sir Philip en les dévisageant. Elle était l'héroïne de l'année avant son départ pour le Tupple.

— Nous ne vous en avons rien dit avant, répondit lady Fortescue, une main posée sur le pommeau d'argent de sa canne d'ébène, mais nous avons appris par miss Cassandra que le bandit de grand chemin, donc miss Tonks, l'avait embrassée.

— Pas si vite ! s'écria sir Philip en ouvrant des yeux ronds. Vous voulez dire que Letitia a bécoté sa propre nièce ?

— Exactement. »

Sir Philip agita ses courtes jambes et éclata d'un rire tonitruant. Puis il se leva d'un bond et fit le tour de la pièce en déclamant lord Byron :

Les îles de Grèce, les îles de Grèce !
Où l'ardente Sappho aimait et chantait…

Il s'arrêta et fit volte-face. « Où notre Sappho se trouve-t-elle à présent ?

— Au Tupple. Elle joue les dames de compagnie de Cassandra.

— Jusqu'à présent, elle partageait un lit avec Mrs Budley ? » Sir Philip frotta ses vieilles pattes desséchées l'une contre l'autre. « Morbleu ! C'est incroyable ! Pauvre Mrs Budley.

— Silence ! rugit le colonel. Nous sommes certains que miss Tonks ne faisait qu'incarner son rôle de malandrin. Dans les romans à l'eau de rose, le bandit embrasse toujours l'héroïne. »

Sir Philip ricana. « Pas une expérience des plus agréables pour notre miss Cassandra.

— Elle dit avoir apprécié ce baiser, dit lady Fortescue.

— Alors elle aussi ! Sacrebleu, pas étonnant que cette enfant ne s'intéresse pas au mariage.

— Je suis convaincue qu'il s'agit d'un cas d'innocence des deux côtés, coupa lady Fortescue. Et vous êtes prié de garder vos réflexions pour vous, sir Philip ! »

5

« Et, après tout, qu'est-ce qu'un mensonge ?
Rien que la vérité déguisée. »
Lord BYRON

Le lendemain après-midi, c'est avec une légère appréhension que lord Eston se rendit à l'hôtel Tupple. Il n'avait jamais regardé ses futurs beaux-parents de trop près et, de toute façon, son Amanda rayonnait d'une insouciance qui nimbait de rose tous ceux qui l'entouraient. C'était une jeune fille aimante et confiante, et si son père était un scélérat, nul doute qu'elle n'en savait rien.

La journée était propice à la morosité. Une couche de neige crasseuse à demi fondue tapissait les rues, et de petits miséreux s'affairaient à balayer le chemin devant les passants en échange de quelques pièces.

Quand il pénétra dans l'hôtel, il fut accueilli par le propriétaire, Mr Bonnard, qui s'inclina jusqu'à terre, puis se mit à danser autour de lui, comme s'il exécutait un rituel de bienvenue. « Je vais avertir votre fiancée que vous êtes arrivé, Votre Seigneurie. Quelle grâce, quel charme ! » dit-il en baisant bruyamment le bout de ses doigts.

Lord Eston baissa les yeux avec mépris sur le petit Français au teint cireux. « Gardez vos remarques pour vous, je vous prie, et annoncez-moi.

— Assurément, assurément. Si Votre Seigneurie veut bien prendre place dans notre nouveau salon de café… par ici… suivez-moi. Voyez nos tables, elles sont faites de l'acajou le plus fin. *Tiens* !* Il n'y a pas meilleur hôtel dans tout Londres ! »

Sur le seuil, lord Eston se figea. Deux femmes étaient assises près de la fenêtre. Il fixa avec sévérité la plus jeune des deux. Il aurait reconnu ces taches de rousseur n'importe où.

« Ah, Sa Seigneurie a l'œil ! » caqueta Bonnard avec obséquiosité. Il baissa la voix. « C'est un honneur pour notre hôtel. Des membres de la famille royale hongroise. Elle se fait appeler miss Haldane et sa dame de compagnie, Mrs Stocks… Elles voyagent incognito, voyez-vous, et m'ont prié de respecter leur désir d'intimité.

— C'est pour cela que vous vous empressez de vendre la mèche au premier venu. Laissez-moi. »

Bonnard ne demanda pas son reste et lord Eston s'avança d'un pas lent vers les deux femmes. Entièrement vêtue de noir, une résille de dentelle couvrant ses cheveux roux, Cassandra avait manifestement tenté de se vieillir en choisissant des vêtements sobres, mais ils la faisaient paraître plus jeune que jamais. Quant à miss Tonks, lord Eston ne la reconnut qu'après l'avoir longuement dévisagée. Elle s'était gonflé les joues, probablement à l'aide de bourrelets de cire, et portait une perruque blonde sous un énorme turban.

« Bonjour, mesdames, lança-t-il.

— Juste ciel ! » Cassandra leva des yeux écarquillés. « Que faites-vous ici ?

— Je viens voir ma fiancée. La vraie question serait plutôt : que faites-vous ici à jouer les princesses hongroises ?

— Ce sont les espionnes que nous jouons, répondit gaiement Cassandra. Bonnard nous débauche nos domestiques et nous sommes ici pour lever le voile sur ses manigances.

— De grâce, ne nous trahissez pas, renchérit miss Tonks. Vous ne trouvez pas que mon déguisement est très réussi ? Il n'y a pas si longtemps, l'hôtel a été incendié. Le Parent pauvre, je veux dire. J'ai le sentiment que le Tupple n'y est pas étranger.

— Je tiendrai ma langue », promit-il en s'asseyant. Décidément, miss Tonks devait être le genre de vieille fille qui lisait trop de romans. Mettre le feu au Parent pauvre, rien que ça ! « Je vous dois des excuses. Je n'aurais pas dû quitter si précipitamment le relais de poste. J'avais l'intention de vous rendre visite la semaine suivante, mais je n'y ai plus pensé. Des événements…

— Ah, vos fiançailles, coupa Cassandra, dont les grands yeux noisette pétillèrent. Alors comme ça, vous avez fini par tomber amoureux. Je le vois sur votre visage. »

Il lui adressa un sourire radieux. « Je suis un homme comblé.

— Et à l'évidence vous avez trouvé une femme d'esprit, de caractère et pleine d'humour.

— Mon Amanda est un ange. »

Miss Tonks ressentit une certaine amertume. Avant que Cassandra ne la suive à Londres, au fond, elle ne la connaissait pas très bien. À présent qu'elle l'avait découverte, elle l'aimait. Comment lord Eston pouvait-il être aussi aveugle ?

« Le nom de famille de votre fiancée m'échappe, dit Cassandra.

— Boyle. »

Miss Tonks le regarda d'un air surpris. « Ceux qui logent ici ?

— Eux-mêmes. »

À son tour, Cassandra lui lança un regard déconcerté. « Par exemple, je n'aurais jamais cru…

— Vous n'auriez jamais cru quoi, miss Cassandra ?

— Oh, je pensais que vous étiez un célibataire endurci. » Lord Eston était certain qu'elle avait été sur le point de dire autre chose.

Bonnard réapparut. Il s'inclina bien bas devant les dames puis, s'adressant à lord Eston : « Si vous voulez bien me suivre, Votre Seigneurie. »

En se levant, lord Eston baissa les yeux sur Cassandra. Il était inquiet pour elle. Elle était trop jeune pour se livrer à cette ridicule mascarade. Fragile et vulnérable, elle n'avait que l'étrange miss Tonks pour la protéger.

« Je passerai vous voir un peu plus tard si vous le permettez.

— Oh oui, bien sûr, pépia Cassandra. Peut-être pourrions-nous faire une partie de cribbage. »

Lord Eston emboîta le pas à Bonnard jusqu'à la suite d'appartements dont disposaient les Boyle, au premier étage.

Mr Boyle l'accueillit avec sa jovialité habituelle et le mena dans leur salon privé, où se trouvaient Mrs Boyle et leur fille.

« Qu'est-ce que j'apprends, Eston ? Vous connaissez nos résidentes hongroises ?

— Elles me semblent on ne peut plus anglaises, fit lord Eston. Pourquoi les pensez-vous hongroises ? »

Mr Boyle posa un doigt sur une narine avec vulgarité. « Je le tiens de Bonnard. Elles voyagent incognito. J'ai essayé de lier connaissance avec elles, mais j'ai reçu un accueil glacial. »

Amanda frappa dans ses petites mains. « J'aimerais tellement les rencontrer. Vous pourriez me les présenter ? »

Lord Eston prit place à côté d'elle sur le canapé et lui adressa un sourire plein d'indulgence. « Vous n'avez aucune envie de perdre votre temps avec d'obscures étrangères, croyez-moi. »

Amanda fit une moue gracieuse. « Si, justement. La plus jeune des deux, miss Haldane comme elle se fait appeler, a des yeux pleins de joie, je suis sûre que nous pourrions devenir les meilleures amies du monde.

— Nous verrons, répondit lord Eston sur un ton évasif. Êtes-vous remise du voyage en calèche ?

— Je suis encore un peu souffrante et ce pauvre Rupert ne se sent pas mieux que moi. » Elle souleva le carlin et le présenta à lord Eston. « Donnez un petit baiser à ce pauvre Rupert.

— Je me réserve ce plaisir pour une autre fois. »

Amanda fit de nouveau la moue. « Rupert pense que vous ne l'aimez pas et vous avez brisé son petit cœur.

— Voilà, je vais le caresser. Aïe ! Il mord, l'animal !

— Méchant Rupert. Jaloux Rupert. »

On gratta à la porte. Bonnard s'introduisit avec onctuosité dans la pièce. « Mr Boyle, pourriez-vous m'accorder un moment ? »

Que se passe-t-il ? se demanda lord Eston. Boyle avait-il omis de payer sa note ? Non, aucun hôtel ne présentait la facture avant la fin du séjour. Pourquoi avait-il l'air de si bien connaître l'hôtelier ?

Son regard tomba sur Amanda, qui le fixait de ses doux yeux bleus. Il vit ses cheveux brillants et ses traits délicats, et son cœur fondit. Son père pourrait être Caliban qu'il l'épouserait quand même.

À son tour, Mrs Boyle prit congé et, pour son plus grand bonheur, lord Eston se retrouva en tête à tête avec sa fiancée.

Il glissa son bras autour des épaules de la jeune fille et murmura : « Un baiser, ma colombe, avant que vos parents ne reviennent.

— C'est très vilain de votre part, gloussa Amanda. Oh, mon ours est contrarié. Allons ! »

Elle avança les lèvres. Son ravissant minois semblait danser devant les yeux de lord Eston. Il écrasa sa bouche sur celle de la jeune fille. Elle lâcha un petit cri et le repoussa.

Il la libéra immédiatement. Elle avait les yeux brillants de larmes et ses lèvres tremblaient. « Mon ours me fait peur », murmura-t-elle.

Il se sentit immédiatement plein de remords, laid et brutal, et porta la main de la jeune fille à ses lèvres. « Pardonnez-moi », dit-il doucement.

Elle lui adressa un sourire frémissant puis détourna la tête. « Il m'arrive de penser que vous ne m'aimez pas », gémit-elle.

Malgré ses remords, il sentit à nouveau l'impatience le gagner. « Ma chère, que puis-je ajouter ? Je suis désolé. Je ne voulais pas me comporter comme un malotru.

— Il ne s'agit pas de cela.

— Qu'est-ce donc alors ? Ne détournez pas la tête. »

Elle soutint son regard. « Si vous m'aimiez, vous me présenteriez à ces princesses hongroises.

— Ce serait malavisé. Nous ne sommes même pas sûrs qu'elles soient hongroises. Vous n'avez que la parole de ce jaseur de Bonnard. »

Elle prit un air buté. Elle avait, nota-t-il pour la première fois, un menton résolu. « Est-ce ainsi que sera notre mariage ? demanda-t-elle avec humeur. Dois-je m'attendre à vivre dans l'isolement ? »

Mrs Boyle entra au moment où lord Eston commençait à dire : « Eh bien, je suppose que je…

— Maman, s'écria Amanda, lord Eston va nous présenter aux princesses hongroises. La capeline de paille avec le ruban bleu, vous pensez ? Trop estival peut-être. Le petit chapeau en velours orné de gaze alors ? Venez m'aider à choisir. »

Lord Eston eut quelques instants de répit avant le retour de Mr Boyle. « Un habile homme, ce Bonnard, déclara celui-ci en se laissant tomber dans un fauteuil.

— Vous êtes bien installés ? » s'enquit lord Eston en balayant la pièce du regard. Le mobilier était de piètre qualité, mais il était doré à l'envi, ce qui lui donnait un faux air d'élégance.

« Oh que oui. La nourriture est excellente.

— Il me semble que le Parent pauvre propose la meilleure cuisine de Londres.

— Ne croyez pas tout ce que vous entendez. Diriger un tel établissement demande un homme d'affaires averti. Pas une aristocrate tombée dans la misère comme cette lady Fortescue.

— Pardonnez-moi de vous contredire, mais des amis à moi y ont séjourné et, d'après eux, la cuisine est excellente.

— Eh bien, je m'informe », dit Mr Boyle vaguement. C'était un homme trapu au teint fleuri. Des touffes de poils gris dépassaient de ses narines et de ses oreilles, et il portait une perruque qui lui descendait bas sur le front. « Beaucoup de gens de votre rang, reprit-il, se pensent au-dessus du commerce. C'est ce qui a ruiné l'aristocratie. Je crois savoir que vous avez des intérêts à la City.

— Des actions, oui.

— Vous seriez intéressé par une entreprise sûre ? »

Nous y voilà, pensa lord Eston, le cœur serré. La batteuse à grains.

« Tout dépend de l'entreprise, répondit-il avec prudence.

— Vous avez entendu parler de la Jamaïque ?

— Oui. »

Mr Boyle se pencha vers lui. « Le sucre, lâcha-t-il avec conviction. Le sucre, c'est le nouvel or. Il y a une immense plantation à vendre. Je pourrais vous l'avoir pour une bouchée de pain. Elle appartient au vieux Heatherington.

— Les plantations de sucre exploitent des esclaves, fit observer lord Eston.

— Oui, et je vous garantis que la main-d'œuvre est de qualité sur celle-ci. Pas d'importations, que des esclaves nés et élevés sur place. »

En dépit de la brutalité de l'époque, un nombre surprenant d'Anglais réprouvaient l'esclavage et lord Eston en faisait partie.

Cependant, curieux de savoir jusqu'où Mr Boyle était prêt à aller, il poursuivit : « Et que dois-je faire pour l'obtenir ?

— Heatherington ne veut pas la mettre sur le marché et il me fait confiance. Il préfère vendre à un gentleman plutôt qu'à un planteur jamaïcain.

— Combien ? »

Mr Boyle annonça une somme qui fit ciller lord Eston et se hâta de poursuivre : « Bien sûr, à ce prix-là, vous n'achetez pas que les terres et la maison, mais aussi les esclaves, et les esclaves durs à la tâche ne sont pas bon marché.

— Où se trouve ce Mr Heatherington ?

— Il est retourné là-bas.

— Vous avez les plans du domaine et les détails du rendement, j'imagine ?

— Bien sûr que je les ai. Allons, les jeunes gens n'ont pas envie de s'encombrer l'esprit avec ce genre de détails. Donnez-moi simplement une traite sur votre banque et je m'occupe du reste. »

Lord Eston se rencogna dans son fauteuil et dévisagea son futur beau-père avec un sentiment proche de l'admiration. « Quand verrai-je cette propriété ?

— Quoi ? hein ? s'alarma Mr Boyle. Voyons, vous n'avez pas envie de la voir. » Il fit un geste vague de la main. « Trop loin. Voyage épouvantable. Des maladies partout.

— Une plantation ne se dirige pas toute seule. Il faudra que je nomme un contremaître.

— J'en ai un. Un homme aguerri », s'empressa de répondre Mr Boyle.

Sur quoi Amanda et sa mère entrèrent. « Votre père veut me faire acheter une exploitation en Jamaïque, dit-il à sa fiancée.

— Et où se trouve cette contrée ?

— À l'autre bout du monde. Ce pourrait être une idée charmante de la visiter. Que diriez-vous de passer notre lune de miel sur une plantation de sucre ? Nous pourrions affranchir les esclaves pour fêter notre union.

— Oh, quel sot vous faites. » Amanda creusa ses jolies fossettes. « Je détesterais quitter l'Angleterre.

— Pourquoi ? »

Elle lui jeta un regard d'impatience en minaudant. « À cause des étrangers.

— Si vous éprouvez tant de répugnance envers les étrangers, vous ne devriez peut-être pas rencontrer les Hongroises. »

Amanda tapa du pied. « Vous me tourmentez. Vous avez promis ! » zézaya-t-elle. Contrairement à ses semblables, qui affectaient une façon de parler enfantine parce que c'était la mode dans la haute société, le zézaiement d'Amanda était naturel.

« Ça suffit, la tança sa mère. Lord Eston ne faisait que plaisanter. Descendons. »

« Miséricorde ! Voilà lord Eston et les Boyle, maugréa Cassandra. Ce que ce Mr Boyle est poilu !

— Aie l'air aussi royale que possible », siffla miss Tonks tandis que le petit groupe s'avançait vers elles.

Lord Eston fit les présentations. Miss Tonks inclina la tête avec majesté et Cassandra les invita à prendre place, étudiant Amanda à la dérobée. Elle songea aussitôt à l'ami de lord Eston qui s'était entiché d'une jeune écervelée, selon ses dires. Décidément, il manquait singulièrement de discernement lui aussi.

Amanda quant à elle fixait miss Tonks et Cassandra comme des bêtes curieuses échappées de la ménagerie de l'Exeter Change.

« Vous comptez rester longtemps à Londres, miss Haldane ? s'enquit Mrs Boyle.

— Je l'ignore, répondit Cassandra. Cet hôtel est décevant. D'après ce qu'on dit, le Parent pauvre est meilleur.

— Hélas, on vous aura mal informée, répliqua Mr Boyle. Le Parent pauvre manque de confort et il est dirigé par des personnes douteuses. »

Le bout du nez de miss Tonks rosit. « Lady Fortescue, déclara-t-elle d'un ton sévère, est une amie… de ma famille. »

Il y eut un silence embarrassé. Puis Amanda se risqua à parler. « La Hongrie est-elle loin d'ici ?

— Assez, répondit Cassandra.

— Plus que la France ?

— Oui, plus que l'Italie même.

— Comment est-ce là-bas ?

— Je crains que notre hôtelier n'ait eu la langue bien longue, répliqua Cassandra. Nous voyageons incognito. Notre rang élevé nous expose, nous avons beaucoup d'ennemis.

— Oh ! » Amanda tapa dans ses mains. « Des ennemis ! Comment cela ?

— Vous respirez la gentillesse. Je sens que je peux me confier à vous. » Cassandra se pencha. « J'étais promise à un prince. Ses ancêtres… – elle haussa délicatement les épaules – étaient magyars. Un peuple féroce et sauvage. Je l'ai repoussé. Je lui ai dit que jamais je ne l'épouserais. Il a menacé de me mener de force à l'autel. Ma chère dame de compagnie, ici présente, et quelques-uns de nos domestiques parmi les plus dignes de confiance ont organisé ma fuite du pays. Mais le prince et ses spadassins nous ont rattrapés à la frontière. »

Lord Eston réprima un gémissement.

« Doux Jésus ! s'exclama Amanda, les yeux ronds. Et ensuite, que s'est-il passé ?

— Nos domestiques ont été tués. On nous a faites prisonnières et ligotées, mais en chemin, un des sbires du prince a eu pitié de nous et nous a libérées. Nous nous sommes enfuies à cheval à la faveur de la nuit, continua Cassandra d'un air songeur. Je revois la scène. La neige scintillante, les loups qui rôdaient entre les arbres et nous, au grand galop sous la pleine lune, redoutant à chaque instant d'être à nouveau capturées. »

Il y eut un long silence. Mr Boyle mourait d'envie de demander à ces deux femmes singulières de quoi elles vivaient.

Comme si elle sentait que cette question tacite planait entre eux, Cassandra lui adressa un sourire éclatant et poursuivit : « Par chance, nous avons pu emporter des bijoux de grande valeur, sans cela, nous serions dans la misère. Nous sommes à l'abri du besoin jusqu'à la fin de nos jours. Nous envisageons de prendre une demeure en ville. Cet hôtel est fréquenté par des gens très communs. À part nous, bien sûr. » Elle adressa un sourire délicieux aux Boyle. « Vous conviendrez qu'il n'est jamais bon d'être vu dans un établissement aussi vulgaire lorsqu'on a le souci de sa réputation.

— Nous devrions partir nous aussi, lança immédiatement Amanda. Je ne veux pas être vulgaire, maman. »

Mr et Mrs Boyle semblaient mal à l'aise et lord Eston les soupçonnait d'avoir obtenu de Bonnard qu'il les héberge gratuitement en échange d'un service quelconque. Qu'avaient-ils promis à l'hôtelier ? La batteuse à grains ou la plantation ?

« Il est temps que nous nous retirions », déclara Cassandra en se levant. Amanda et sa mère se fendirent d'une révérence digne d'une cour royale tandis que les messieurs inclinaient la tête.

« Étonnant, souffla Amanda.

— Oui, acquiesça lord Eston d'un ton sec. Tout à fait étonnant. »

Une fois dans leur salon privé, Cassandra se laissa tomber dans un fauteuil, prise d'un fou rire. « Vous avez vu la mine qu'ils faisaient ? parvint-elle à articuler entre deux hoquets.

— Je ne sais pas où tu vas chercher des inventions pareilles ! s'exclama miss Tonks. Tu es peut-être allée un peu loin. Nous allons être des objets de curiosité.

— D'ici là, nous aurons découvert quelque chose sur Bonnard et payé notre écot ici », répondit Cassandra avec insouciance.

Miss Tonks n'avait pas l'air convaincue. « Je persiste à penser que nous en aurions découvert davantage en nous faisant passer pour des domestiques. »

Un valet gratta à la porte et entra, un gros panier de fruits confits dans les bras. « Avec les compliments de Mr Bonnard, annonça-t-il. Monsieur serait honoré que ces dames lui accordent quelques minutes de leur temps.

— Certainement, répondit Cassandra. Que manigance-t-il ? ajouta-t-elle une fois le domestique sorti. Il a l'air cupide et je l'ai vu comploter avec Boyle. »

Le long nez de miss Tonks tressaillit de désarroi. « Cette aventure est beaucoup trop dangereuse. » Elle ajouta dans un rare accès de colère : « Tu devrais avoir un gentleman pour te protéger, Cassandra. Je ne comprends pas ce que lord Eston trouve à cette petite bécasse sans cervelle.

— Elle est infiniment jolie et il prend plaisir à sa compagnie. Ils seront probablement très heureux ensemble.

— Chut, fit miss Tonks. Voilà Bonnard. »

L'hôtelier s'avança vers elles avec maintes révérences.

Droite comme un I dans son fauteuil, Cassandra se garda de lui proposer de s'asseoir.

« Votre Altesse royale », commença-t-il.

Cassandra fronça les sourcils. « Je préfère que mon titre reste secret. Miss Haldane suffira.

— Certainement, Votre… miss Haldane. Votre anglais est parfait.

— Ma gouvernante était anglaise. » Cassandra jaugea Bonnard. « Et vous ? Comment se fait-il que votre anglais soit si bon ?

— Je suis né ici. Mes parents ont fui la Terreur. »

Cassandra fit un rapide calcul. Bonnard avait au moins quarante ans. Il pouvait difficilement être né après la Révolution française… « Que nous voulez-vous ? interrogea-t-elle.

— Il s'agit d'une question délicate, commença-t-il. Beaucoup d'étrangères bien nées en séjour à Londres souhaitent se séparer de certains bijoux… et elles se font escroquer. Je dispose d'un homme de confiance qui propose des prix élevés. Si vous souhaitez vendre quelque chose avec discrétion, il vous suffit de m'en parler. »

Mr Boyle ne sait décidément pas tenir sa langue, pensa Cassandra. « Nous vous le ferons savoir. Cet hôtel est assez récent, je crois.

— Oui, miss Haldane.

— Que faisiez-vous avant de l'établir ? »

Il eut un haussement d'épaules bien français et écarta les mains, l'air désolé. « Rien de très intéressant. »

Cassandra se demanda si elle devait poursuivre, mais choisit de ne pas insister pour le moment. « Le Parent pauvre est nouveau lui aussi. Il a bonne réputation.

— Oh, mademoiselle, c'est un bouge affreux. La cuisine y est infecte et le personnel insolent.

— Alors comment se fait-il qu'ils aient des clients ?

— C'est parce qu'il est dirigé par des aristocrates. Mais après y avoir séjourné, personne n'y remet jamais les pieds.

— Je suppose qu'il serait dans votre intérêt de faire péricliter votre rival.

— Ah, je ne dis pas de calomnies, moi, se défendit-il. Mais je vous conjure de ne pas oublier que, pour les bijoux, je suis à votre service. »

Il prit congé à reculons, avec force courbettes.

Cassandra resta pensive quelques instants. « J'aimerais aller voir dans son bureau », dit-elle. Bonnard disposait d'une petite pièce attenante au vestibule.

« Il est fermé à clé, objecta miss Tonks. Et j'ai remarqué qu'il garde la clé dans sa poche.

— Tout dans cet hôtel a été bâclé et couvert de dorures pour donner une impression de luxe. Je ne serais pas surprise que les serrures soient toutes identiques. Descendons cette nuit essayer la clé de notre chambre sur la porte du bureau.

— Si ce que ce bureau renferme, qui inclut probablement la trésorerie de l'hôtel, est si important que cela, la serrure sera différente. »

Cassandra afficha un air buté. « N'empêche, je vais essayer. Ne vous inquiétez pas, ma tante, j'irai toute seule. Tout cela doit vous paraître très effrayant. »

Mais miss Tonks se grisait de sa propre audace. Elle en était même venue à se convaincre que c'était elle qui avait dévalisé Honoria. Les louanges de ses associés résonnaient à ses oreilles. Elle qui n'avait jamais été admirée de sa vie en voulait encore davantage. « Je t'accompagne. Nous sommes ici pour découvrir ce que Bonnard manigance et il est temps d'agir. » Puis, se penchant vers sa nièce : « Quel dommage que lord Eston se soit entiché de cette gamine. Un beau gâchis ! Et quels parents !

— Il lui a demandé sa main, les fiançailles ont été rendues publiques, nous ne pouvons plus y faire grand-chose, souligna Cassandra, impénétrable. Il manque sans doute de caractère. D'ailleurs, il m'a plus ou moins avoué que, sans son tailleur, il n'était rien. » Elle posa son menton sur ses mains, les yeux soudain rêveurs. « Un homme tel que lui serait incapable de dévaliser un équipage. »

Une fois de plus, miss Tonks fut fort tentée de dévoiler à Cassandra l'identité du bandit de grand chemin. Mais la gratitude qu'elle éprouvait envers lord Eston et la crainte que sa nièce ne soit bouleversée par de telles révélations la poussèrent à garder le silence. Certes, Cassandra et sa mère étaient à couteaux tirés depuis toujours, mais la jeune fille serait sûrement choquée que sa tante ait pu envisager de voler sa propre sœur ou laissé lord Eston le faire.

« Tu ne devrais pas penser à ce malandrin, dit miss Tonks avec un frémissement. Les coupe-jarrets sont loin d'être romantiques. Heureusement, ce n'est pas la Saison, l'hôtel est calme la nuit. Que penserais-tu de deux heures du matin ?

— Parfait. Il faudra juste réussir à ne pas s'endormir. »

Pour rester éveillées, elles évitèrent tout simplement de se mettre au lit. Elles passèrent le temps en jouant aux cartes, tandis que l'hôtel plongeait peu à peu dans le silence. Dehors, l'officier du guet faisait sa ronde, annonçant d'une voix morne l'heure qu'il était et le temps qu'il faisait. « Vous ne trouvez pas que les Londoniens sont stupides de payer un homme pour les déranger toutes les demi-heures avec des informations aussi triviales ? remarqua Cassandra. Pour savoir s'il pleut, il suffit d'ouvrir la fenêtre, et pour connaître l'heure on regarde la pendule.

— Ma chérie, répondit sa tante, beaucoup de pauvres n'ont pas de pendule.

— Mais les horloges des églises sonnent les quarts d'heure et les heures avec une régularité on ne peut plus monotone.

— En vérité, soupira miss Tonks, cela fait si longtemps que j'habite Londres que je me suis habituée aux annonces du veilleur. Je ne les entends même plus !

— En parlant de pendule, dit Cassandra, il est presque deux heures et je viens de gagner deux mille quatre cents livres à vos dépens.

— Je n'aurai donc jamais de chance aux cartes, même quand il s'agit d'argent imaginaire », soupira miss Tonks. Elle resserra le châle à franges qu'elle avait sur les épaules. « Allons, l'heure est venue. Quelle excuse invoquerons-nous si l'on nous surprend ne serait-ce qu'à rôder autour du bureau ? »

Les sourcils froncés, Cassandra réfléchit, puis son visage s'éclaira. « Vous oubliez que nous sommes étrangères et donc enclines aux lubies les plus fantasques. L'officier du guet servira à quelque chose finalement. Il vient d'annoncer une nuit agréable et un ciel dégagé, nous prétendrons que nous souhaitions voir les rues de Londres au clair de lune.

— Fameuse idée. Même si, je dois bien l'avouer, cela me cause quelque inquiétude que tu sembles t'adapter à une vie de subterfuges sans l'ombre d'un scrupule.

— Je saisis les occasions qui se présentent, c'est tout. Prête ? »

Elles descendirent le grand escalier à tâtons, préférant éviter les chandelles. Au-dessous d'elles, la douce lumière d'une lampe à huile éclairait le vestibule.

Elles s'arrêtèrent en bas des marches. Cassandra posa la main sur le bras de sa tante en guise d'avertissement. « Il y a quelqu'un dans le bureau », chuchota-t-elle.

Miss Tonks laissa échapper un hoquet de soulagement. « Alors il n'y a rien que nous puissions faire pour le moment », murmura-t-elle.

Cassandra se pencha sur la rampe. La porte en verre que masquait un rideau laissait deviner les ombres de trois hommes.

« Je vais essayer d'entendre ce qu'ils disent. » Sans un bruit, elle s'approcha, miss Tonks, tremblante, sur ses talons.

« Je me suis engagé à vous aider. Mon plan est idéal. » C'était la voix de Mr Boyle, une voix stridente, désagréable, que Cassandra reconnut sur-le-champ. « Ces étrangères ont mis dans la tête de mon Amanda que votre hôtel est vulgaire, alors, pour la calmer, je lui ai promis que nous irions dîner au Parent pauvre demain soir. Comment faire ?

— Je vais vous le dire, *monsieur**, répondit Bonnard. Will, que voici, vient de se faire embaucher dans leurs cuisines. Au menu demain soir, il y a du rôti de chevreuil. Il sera présenté dans un plat couvert. Will mettra le rat dans le plat juste avant qu'il ne parte pour la salle à manger…

— Impossible », dit une troisième voix. Will, pensa Cassandra. « Le chef apporte en personne le plat principal jusqu'à la porte de la salle à manger et moi, je me contente de le suivre. Il le place sur un chariot et sir Philip Sommerville le découpe devant les convives. Si je tentais quoi que ce soit, je me ferais prendre. »

Après un silence, Mr Boyle reprit : « Ce maudit rôti est toujours sous surveillance ? »

Will, à nouveau. « Oui, à part un court instant. Despard le place sur le chariot devant la salle à manger. Il entre et annonce que le chevreuil va être servi. Sir Philip lui fait un signe de tête, Despard salue l'assemblée et la desserte est poussée à l'intérieur avec cérémonie.

— Eh bien voilà ! C'est le moment où vous mettez le rat dans le plat !

— Je n'oserais jamais, protesta Will. On me verrait. Et comment je cache un rat vivant sur moi toute la journée ?

— Fi donc ! Quelle poule mouillée ! Je le ferai moi-même, éclata Mr Boyle. Je trouverai une excuse juste avant que la viande soit servie. C'est un de ces plats en argent dont le couvercle coulisse des deux côtés ?

— Oui, monsieur.

— Eh bien, voilà. Vous soulevez le côté qui est opposé à la salle à manger. Vous pourrez toujours prétendre que vous vérifiez si la viande est assez chaude, je mets le rat et vous baissez le couvercle. C'est aussi simple que ça. Vous pouvez me remercier, Bonnard. »

L'hôtelier sembla quelque peu contrarié. « Vos appartements ne vous coûtent pas un sou, mon ami. C'est une faveur que je vous fais. »

Le bouton de la porte se mit à tourner. Cassandra attrapa sa tante par le bras et l'entraîna vers l'escalier. Une fois à l'abri dans leur salon privé, elles se regardèrent, les yeux écarquillés.

« Dormons un peu, intima Cassandra d'une voix ferme. Ensuite, nous irons prévenir les autres.

— Et si un des domestiques du Tupple nous suit ? s'inquiéta miss Tonks.

— Ils n'ont aucune raison de nous soupçonner, mais pour vous rassurer, nous prétexterons des achats. Nous ferons le tour de toutes les boutiques de l'Exeter Change, et finirons par semer quiconque chercherait à nous suivre. »

Courir les boutiques à Londres était le grand plaisir des classes oisives. Les vendeurs étaient tous des hommes, qui s'appliquaient à cajoler et à flatter les clientes. Sur le continent, les employées étaient des femmes, car là-bas, on se rendait dans les magasins pour faire des achats. Les Anglais étaient persuadés que les femmes n'avaient pas la patience nécessaire pour supporter les lubies des riches flâneurs qui avaient du temps à perdre. Il semblait malgré tout curieux à Cassandra que tant de jeunes hommes soient employés à conseiller les femmes en matière de dentelles et de mousselines, à les aider à choisir une toilette, à évaluer la qualité d'un tissu ou à mesurer des rubans.

La jeune fille et sa tante se mirent en route dès potron-minet, avant même l'ouverture des boutiques. Tirés à quatre épingles, les cheveux poudrés de frais, les jeunes vendeurs mettaient à profit le temps libre que leur laissait cette heure matinale pour se couper les ongles et ajuster leur cravate.

De nombreuses échoppes s'enorgueillissaient de devantures, certaines disposaient même de vitrines. Seuls certains commerces, tels que les vendeurs de lainages, étaient encore ouverts aux quatre vents et donnaient directement sur la rue, à l'ancienne mode. Les classes supérieures exigeaient que leurs vêtements soient achetés dans le West End. Si une dame de la bonne société découvrait que sa jolie capeline venait de la City, à l'est, elle la donnait immédiatement à sa femme de chambre qui, aussi pointilleuse que sa maîtresse, se hâtait de l'abandonner à la cuisinière, qui, elle, ne se montrait pas aussi tatillonne quant au pedigree du couvre-chef.

Au-dessus de la porte, chaque boutique affichait sa spécialité et le nom du propriétaire, ainsi que celui des propriétaires précédents si l'affaire était établie depuis suffisamment longtemps pour en tirer un certain degré de respectabilité. Miss Tonks ne se lassait pas des commerces londoniens. Pendant les années où elle vivait dans la gêne, elle s'y rendait comme au théâtre, et y trouvait toujours de quoi se changer les idées.

Ainsi, une vitrine exhibait un énorme esturgeon tandis qu'une autre présentait une fausse pièce de bœuf qui tournait dans une rôtissoire. Un pharmacien exposait un assortiment de bouteilles remplies de vers recueillis dans des intestins humains. Dûment étiquetées au nom de l'infortuné à qui les bestioles appartenaient, elles visaient à témoigner de l'efficacité des remèdes proposés. Chez un bottier, une botte flottait dans une cuvette afin que les passants en admirent l'étanchéité tandis que, dans la vitrine d'à côté, un mannequin arborait un manteau dont les plis remplis d'eau prouvaient son imperméabilité. Un peu plus loin, miss Tonks et Cassandra furent captivées par un étalage d'un grand raffinement où des lampes d'albâtre, qui répandaient une lumière nacrée, côtoyaient des lampes de cristal taillé, aussi brillantes que des diamants.

Elles finirent par atteindre le Strand et pénétrèrent dans l'Exeter Change, une galerie de commerces regorgeant d'ustensiles très bon marché. Ici, les prix étaient affichés et on ne marchandait pas. Sur les étals s'empilaient des cannes, des rasoirs, des couteaux, des ciseaux, des chaînes de montre, des porte-monnaie, des éventails et autres objets du quotidien. Au bout de l'allée, un homme vêtu d'un splendide costume exhortait le chaland à visiter la ménagerie d'animaux sauvages située à l'étage supérieur.

Miss Tonks était heureuse. Elle avait passé tant de tristes journées au milieu de l'activité grouillante et du bruissement chaleureux de ce grand bazar. Cassandra en revanche, peu habituée à la ville, inquiète et fatiguée d'être bousculée, était à bout de nerfs. Elle dit un peu vertement à sa tante, pour vaincre ses réticences, que personne ne les suivait et qu'elles perdaient leur temps.

Quand elles émergèrent enfin de la galerie, une fine neige fondue commençait à tomber et elles prirent un fiacre pour rallier Bond Street.

« J'espère qu'ils sauront quoi faire », dit Cassandra tandis qu'elles entraient au Parent pauvre.

Miss Tonks fut surprise de s'entendre répondre d'un ton dégagé : « Oh, sir Philip saura. Il sait toujours quoi faire. »

6

« Ah ! un rat ? Mort, un ducat qu'il est mort ! »

William SHAKESPEARE

« Faut-il vraiment que la bestiole soit si grosse ? s'inquiéta Mrs Boyle en examinant la cage que son mari avait posée devant elle.

— Plus il est gros, mieux c'est. C'est le plus beau spécimen que le preneur de rats avait en réserve.

— Vous feriez mieux de cacher cette horreur avant qu'Amanda ne la voie. Elle sait seulement que nous nous rendons à un agréable dîner avec Eston. Comment allez-vous le transporter ? Vous pouvez difficilement entrer au Parent pauvre une cage à la main.

— Je mettrai mon manteau marron, celui avec les grandes poches à rabat. Il est un peu démodé, je l'admets, mais il conviendra parfaitement.

— Mais ce rat est tellement… plein de vie.

— Je vais lui donner une bonne dose de laudanum, ça l'assommera jusqu'à ce qu'on soit là-bas.

— Vous êtes sûr que c'est prudent ? Amanda ignore tout de notre projet et, quand elle verra cet énorme rat bondir du plat, nous aurons droit à une crise de nerfs.

— Eh bien, nous lui avons trouvé Eston, que diable, Mrs Boyle ! Ce n'est pas une petite crise de nerfs qui la tuera », rétorqua Mr Boyle, impitoyable, oubliant commodément que lord Eston était tombé amoureux de sa fille et n'avait pas été contraint à ces fiançailles. « Allons, il est temps que je calme cette affreuse bête. »

Mrs Boyle, de son côté, se rendit dans la chambre de sa fille. Elle la trouva au milieu d'un capharnaüm de robes, de jupons, de chapeaux et de gants : Amanda avait entièrement vidé sa vaste garde-robe. « Il faut que je sois à la pointe de la mode, maman, je ne veux pas avoir l'air d'une provinciale. Si seulement nous avions le temps de faire confectionner quelque chose. »

Posant un œil expert sur les toilettes, Mrs Boyle n'eut aucune hésitation : « La robe de mousseline bleu pâle avec le liseré doré. Le collier de saphirs que nous t'avons offert pour ton anniversaire. La résille avec les fleurs argentées. Des gants de chevreau blanc, des chaussures de satin bleu. Oui, c'est ça. Elles feront ressortir la couleur de tes yeux.

— Vous êtes sûre ?

— Oh que oui. Eston sera plus amoureux que jamais. »

Amanda rougit légèrement et se tourna vers sa femme de chambre. « Laissez-nous », ordonna-t-elle.

Une fois que la domestique eut refermé la porte derrière elle, Amanda dit à sa mère : « Je crains que lord Eston ne soit une brute.

— Que veux-tu dire ? Il a des manières de gentleman.

— Il m'a embrassée hier et je n'ai pas du tout aimé ça ! »

Mrs Boyle jeta un regard impatient à sa fille. « Il faudra que tu en supportes beaucoup plus quand tu seras mariée. Pense au titre que tu porteras, aux toilettes, aux bijoux. Tout ce que tu as à faire, c'est serrer les dents, et lui donner un héritier et l'éventuel remplaçant. Ensuite, tu mèneras la vie que tu veux.

— Je refuse qu'on m'embrasse, s'obstina Amanda.

— Sottises. » Mrs Boyle darda un regard d'acier sur sa fille. « Tu nous coûtes cher, ma jolie, et nous attendons de rentrer dans nos frais. T'avons-nous fiancée à un crapaud ? À un bossu ? Non, je ne crois pas. Nous t'avons déniché un lord séduisant, alors ne t'avise pas de faire quoi que ce soit qui l'éloignerait de toi. »

Le carlin d'Amanda s'approcha de sa maîtresse en reniflant et elle le prit dans ses bras. « Rupert, lui, il m'aime. Il mordra ce méchant lord Eston s'il devient trop brutal. N'est-ce pas, mon précieux ?

— Contente-toi d'être gracieuse et aimable, nous ferons le reste », maugréa sa mère.

Au Parent pauvre, les associés tenaient conseil. Ils écoutaient avec attention Cassandra et miss Tonks leur exposer le plan du rat.

« Envoyons un domestique au Tupple pour les prévenir qu'il y a eu une erreur de réservation et qu'il n'y a pas de table libre pour les Boyle », proposa le colonel.

Sir Philip Sommerville le toisa avec dédain. « Et laisser cette vermine s'en tirer impunie ? Laissez-moi réfléchir. Il ne peut pas transporter son rat en le tenant par la queue ni dans une cage à la vue de tous. Donc, il le fourrera forcément dans sa poche. » Ses yeux s'étrécirent. « Oui, je pense que j'ai un plan.

— Ne nous faites pas languir ! s'exclama lady Fortescue. Je dois admettre que vous êtes très astucieux lorsqu'il s'agit de nous tirer d'embarras. »

Le colonel dardait des regards furieux.

« D'abord, commença sir Philip, nous mettons Despard au courant de ce qui se trame. Ce Will doit être congédié sur l'instant. Nous ne pouvons nous permettre d'avoir des espions à l'office, notre réputation repose entièrement sur le talent de notre cuisinier. »

On envoya chercher Despard. Cassandra lui trouva l'air vil. Plat comme un carrelet, blanc comme une endive, il avait la bouche perpétuellement tordue en un rictus méprisant.

« Voilà la situation, lui expliqua sir Philip. Un groupe de convives du nom de Boyle dînera ici ce soir en compagnie de lord Eston. Mr Boyle a partie liée avec le Tupple. Un de vos commis, Will, nous espionne pour leur compte. Boyle a prévu de glisser un rat dans le plat principal, juste avant qu'on ne l'apporte dans la salle à manger.

— Je vais le tuer, lâcha le cuisinier de la voix atone et indifférente dont il aurait discuté du menu du jour.

— N'y songez pas ! s'exclama le colonel avec inquiétude. Et il n'est pas souhaitable non plus que le Tupple sache que nous avons eu vent de leurs manigances. Contentez-vous de dire au traître que vous n'avez plus besoin de lui et qu'il peut faire ses valises.

— Qu'est-ce qu'on va faire pour ce foutu rat ? demanda Despard, dont l'accent français se mêlait d'accent cockney.

— Je m'en occupe », assura sir Philip.

Despard s'inclina. Sir Philip était le seul pour lequel il ressentait du respect, car il l'avait sauvé de la potence en intervenant lors de son procès à Old Bailey, la haute cour criminelle.

« Si je vous ai fait appeler, poursuivit sir Philip, c'est uniquement pour vous demander de vous débarrasser de Will. N'ayez pas l'air surpris de ce qui pourrait se passer quand vous entrerez avec le gibier.

— Très bien, monsieur.

— Ce sera tout. » Sur quoi le cuisinier prit congé.

« Eh bien voilà, s'exclama sir Philip. Mesdames, vous, vous retournez au Tupple et vous faites comme si de rien n'était.

— Un instant ! » Lady Fortescue leva la main. « Vous oubliez quelque chose, sir Philip. Miss Tonks, attendez en bas, s'il vous plaît. Nous souhaitons nous entretenir avec Cassandra.

— Quoi que vous ayez à dire à ma nièce, vous pouvez le faire en ma présence. » Miss Tonks se plaça devant la jeune fille et déploya ses jupes en un geste protecteur.

« Miss Tonks. » La voix de lady Fortescue était inflexible. « J'insiste ! Emmenez donc Mrs Budley avec vous. Miss Cassandra a notre permission de vous répéter la teneur de notre échange si elle le souhaite.

— Mais…

— Oh, allez-y, lui enjoignit Cassandra. Je suis une grande fille. »

C'est à contrecœur que miss Tonks et Mrs Budley se retirèrent.

Le regard de Cassandra erra de visage en visage. Légèrement empourpré, le colonel fixait le sol avec obstination, sir Philip avait l'air amusé et les yeux noirs de lady Fortescue étaient à la fois implacables et soucieux.

« Vous aimez beaucoup votre tante, n'est-ce pas, ma chère ?

— Oui, beaucoup, effectivement.

— Comme nous tous. » Lady Fortescue hésita, puis poursuivit avec fermeté. « Savez-vous que certaines femmes préfèrent le sexe faible ? »

Surprise, Cassandra s'écria : « Et j'en suis contente. Je n'ai pas de temps à perdre avec ces idiotes qui affectent de mépriser leur propre sexe.

— Ce n'est pas exactement ce à quoi je pensais. »

Les yeux de lady Fortescue cherchèrent instinctivement de l'aide auprès de sir Philip et le colonel Sandhurst ne put le supporter. « Ce que lady Fortescue essaie de dire, souligna-t-il d'un ton bourru, c'est que certaines femmes courtisent d'autres femmes. »

Les yeux de Cassandra s'écarquillèrent de surprise. Il ne serait peut-être pas inutile que les jeunes filles étudient l'Antiquité d'un peu plus près, songea lady Fortescue. « Comme c'est étrange, répondit Cassandra. Mais en quoi cela me concerne-t-il ? »

Lady Fortescue reprit la main. « Vous avez apprécié le baiser que le brigand vous a donné. »

Cassandra rougit et éclata de rire. « Oui !

— Nous en avons discuté et sommes parvenus à une décision. Nous vous suggérons de demander à miss Tonks l'identité de ce malandrin et aussi vite que possible.

— Pourquoi ?

— Parce qu'elle sait qui c'est.

— Seigneur, que me chantez-vous là ? Tante Letitia ? Connaître un bandit de grand chemin ? C'est ridicule.

— Vous vous rendrez compte que nous nous mettons tous en danger en vous faisant cette suggestion. Mais vous êtes loin de chez vous et de vos parents, et il est de notre devoir de veiller sur vous. De grâce, demandez à miss Tonks qui était ce brigand.

— Très bien, répondit Cassandra, mais vous constaterez qu'elle ignore tout de cette histoire. »

Après le départ de Cassandra, sir Philip grogna : « Je suis contre, vous le savez. Elle va découvrir que sa tante est une fille de Sappho et qu'elle a volé les bijoux, et si elle en parle à cette affreuse Honoria Blessop, nous sommes fichus.

— Si cela devait arriver, tempéra lady Fortescue, nous lui rappellerions qu'en acceptant notre hospitalité elle s'est compromise dans cette intrigue. Heureusement que nous avons demandé à Mrs Budley de sortir. De telles pratiques pourraient la déconcerter. C'est une innocente. »

Sir Philip considéra la vieille dame avec admiration. « Vous savez vous montrer impitoyable quand c'est nécessaire, ma chère.

— Taisez-vous donc ! » lâcha le colonel Sandhurst.

Miss Tonks fixait sa nièce avec embarras. Aux questions qu'elle lui posait concernant ce que les autres associés lui avaient dit, Cassandra répondait invariablement : « Lorsque nous serons seules. »

Elle se crut revenue au pensionnat, à Bath, quand elle était convoquée chez la directrice. Enfin, le Tupple apparut par la vitre du fiacre. Miss Tonks était plus nerveuse que jamais. Telle une écolière coupable, elle suivit sa nièce à l'intérieur et monta l'escalier à sa suite. On sentait chez Cassandra une excitation contenue. Elle avait vite écarté les curieuses remarques concernant les femmes. La seule pensée qui la tenaillait était que sa tante Letitia connaissait l'identité du bandit de grand chemin. Certes, elle avait des doutes, mais pourquoi les parents pauvres lui auraient-ils menti ? Ils devaient savoir la vérité.

Le baiser était resté gravé dans sa mémoire. La route était sombre, mais les lanternes de l'attelage lui avaient permis d'entrevoir la bouche rieuse et les yeux pétillants derrière le loup noir.

« Asseyez-vous, ma tante, dit-elle d'un ton ferme. Alors voilà, lady Fortescue et les autres m'ont assuré que vous connaissiez l'identité du malandrin. »

Prise de court, miss Tonks la regarda fixement. Pourquoi ne l'avaient-ils pas prévenue ? Que se passerait-il si, furieuse du vol des bijoux de sa mère, Cassandra racontait tout aux autorités ? Mais il fallait se rendre à l'évidence, ils avaient vendu la mèche.

« Oui », murmura-t-elle.

Un éclair de triomphe traversa les grands yeux de Cassandra. « Qui est-ce ? »

Miss Tonks baissa la tête. « Moi. Nous avions désespérément besoin d'argent. Pendant des années, Honoria m'a versé une rente réduite à la portion congrue, à peine de quoi me nourrir. Dès que nous ne serons plus en difficulté, je la rembourserai jusqu'au dernier penny. »

Cassandra était abasourdie. « Pourquoi… pourquoi… m'avez-vous embrassée ?

— Je jouais un rôle, gémit miss Tonks, au désespoir.

— D'après lady Fortescue, il existe des femmes telles que vous, des femmes qui préfèrent leur sexe. Mais… votre propre nièce ! »

Miss Tonks fondit en larmes. Cassandra s'approcha de la fenêtre et scruta d'un air sombre la rue noire de suie. Pour la première fois depuis sa fugue, elle voulait rentrer chez elle. C'est le souvenir de ce baiser qui l'avait poussée à continuer l'aventure et elle avait cru prendre exemple sur le bandit de grand chemin en espionnant le Tupple.

« Je te dois la vérité, sanglota miss Tonks.

— Vous venez de me la dire. » Cassandra continuait de contempler la rue.

On frappa et un domestique entra, un bristol sur un plateau. « Lord Eston vous présente ses compliments.

— Pas maintenant, répondit sèchement Cassandra. Dites à Sa Seigneurie que nous ne sommes pas là.

— Restez ! » Miss Tonks se leva et essuya ses larmes avec détermination. « Nous serons ravies de le recevoir.

— Je sais que vous êtes bouleversée et embarrassée, ma tante, mais vous cacher derrière lord Eston n'y changera rien.

— Il doit t'expliquer quelque chose », dit miss Tonks.

Lord Eston fit son entrée, s'inclina, et regarda avec une légère surprise le visage baigné de larmes de miss Tonks, puis la mine sévère de Cassandra. « Si j'arrive au mauvais moment…, commença-t-il.

— Non, non, protesta miss Tonks. Je vous en prie, asseyez-vous. Monsieur, Cassandra m'a demandé l'identité du bandit de grand chemin qui a détroussé ma sœur. Je lui ai expliqué que c'était moi. »

Les yeux de lord Eston allaient de l'une à l'autre. « Quelle situation délicate pour vous.

— Je ne peux rien lui révéler de plus sans votre permission. Voyez-vous, mes associés sont persuadés que c'est moi et, lorsqu'ils ont découvert que le malandrin avait embrassé ma nièce, ils se sont inquiétés, naturellement.

— Maintenant que miss Cassandra en sait autant, elle peut aussi bien apprendre le reste, observa-t-il. Comptons sur son indulgence et sa compréhension. Le fait est que votre tante avait l'intention de dévaliser l'attelage de sa sœur, mais qu'elle s'est attaquée au mien par erreur. Je lui ai proposé de faire le travail à sa place. Je crains, miss Cassandra, que ce ne soit moi qui vous aie embrassée. »

Cassandra se laissa tomber dans un fauteuil. Elle regarda le jeune lord comme si elle le voyait pour la première fois. Ses yeux glissèrent de ses cheveux blond doré jusqu'au bout de ses bottes à la hussarde. « Pourquoi avoir fait une telle chose ?

— Parce que vous avez une frimousse irrésistible.

— Oh. »

D'une voix qui s'efforçait de ne pas trembler, miss Tonks demanda : « Tu vas nous dénoncer ? »

Cassandra cligna des yeux. « Non, bien sûr que non. Maman pourrait perdre son coffre à bijoux entier sans que ça l'affecte le moins du monde. Mais je regrette que vous ne m'ayez pas mise plus tôt dans la confidence, ma tante. » Cette dernière phrase fut exprimée dans un gémissement. Cassandra voyait partir en poussière ses rêves de bandit audacieux et séduisant. Elle passa la main sur sa bouche comme pour faire disparaître le souvenir du baiser.

Lord Eston sentit un curieux pincement au cœur. Il était habitué à une Cassandra effrontée et sûre d'elle, et la jeune fille bouleversée et dépitée qu'il avait sous les yeux lui semblait diablement attirante et vulnérable. Sans compter ces taches de rousseur et ce petit nez ridicule. Comme il était étrange qu'une combinaison de traits aussi peu gracieux puisse se révéler aussi attachante. Il se souvint qu'il avait été sur le point de tomber amoureux d'elle et combien il en avait été effrayé, car il ne la jugeait pas convenable. C'est pour cette raison qu'il s'était enfui à Hayley Manor. Et maintenant, non seulement il était lié à un futur beau-père sans scrupules, mais il avait allégrement avoué à la jeune fille qu'il avait volé les bijoux de sa mère. Pour qui se prenait-il ?

Il se tourna vers miss Tonks. « Vous n'avez pas révélé aux autres que je suis le détrousseur ?

— Non, monsieur. Je ne pouvais pas vous impliquer.

— Eh bien, je vous autorise à le faire. »

Le bout du nez de miss Tonks devint rose de désarroi. « Je ne le veux pas, marmonna-t-elle.

— Pourquoi ? s'enquit Cassandra.

— Ils sont tellement fiers de moi, même l'épouvantable sir Philip.

— Oh, mais ils sont aussi très fiers que vous, que nous ayons découvert le plan diabolique de Mr Boyle. » Cassandra se mordit les lèvres. Lord Eston la dévisagea avec surprise.

« Quel plan ? Allons, parlez.

— J'aurais dû tenir ma langue, dit la jeune fille. Nous avons entendu Mr Boyle parler à Bonnard. Ce soir, au Parent pauvre, il glissera un rat vivant dans le plat de chevreuil avant qu'on ne l'envoie dans la salle à manger. En échange, Bonnard lui permet de séjourner ici gratuitement. »

Lord Eston lui lança un regard sombre. Cela ne servirait à rien de clamer l'innocence de Boyle. Il savait pertinemment que cet homme était un filou patenté. « Qu'allez-vous faire ? demanda-t-il.

— Sir Philip s'occupe de tout, répondit miss Tonks. Il est très habile pour ces choses-là. »

Pour se consoler, lord Eston tenta de se représenter le joli visage de sa fiancée, mais tout ce qui lui vint à l'esprit fut la perfidie de la famille à laquelle il était sur le point d'unir son nom.

« Mr Davenport », annonça un domestique depuis le seuil et, avant que miss Tonks ou Cassandra n'aient pu protester qu'elles ne connaissaient personne de ce nom, l'homme pénétra dans la pièce. C'était un jeune muscadin au visage légèrement grêlé, à la haute silhouette gracile et apprêté à la dernière mode : manteau à taille de guêpe, épaulettes rembourrées, gilet à rayures et cheveux frisottés haut sur le crâne.

Il s'agenouilla devant Cassandra et lui tendit un bouquet de fleurs.

« Votre Altesse, commença-t-il, j'ai entendu parler de votre bravoure, de votre courage, de votre vaillance. Ah, si j'avais été à vos côtés, nous aurions fui ensemble au travers des steppes.

— Elles ne viennent pas de Russie, s'irrita lord Eston. Allons, levez-vous, monsieur, et présentez-vous convenablement. »

Le jeune homme se mit debout et posa une main sur sa poitrine. « Je suis Aubrey Davenport, des Davenport du Wiltshire. »

Lord Eston sourit et fit les présentations, déclinant les faux noms de miss Tonks et de Cassandra.

« Comment notre présence est-elle parvenue à vos oreilles ? interrogea Cassandra.

— J'ai rencontré un certain Mr Boyle. Il s'est confié à moi. Il m'a assuré que vous ne receviez jamais personne…

— Mais qu'il pouvait s'arranger avec un des domestiques de l'hôtel pour vous faire introduire directement devant ces dames, coupa lord Eston. Combien ?

— Monsieur ?

— Combien Boyle vous a-t-il soutiré ?

— Une bagatelle. Cinq guinées, c'est tout. Mais qu'est-ce que l'argent ?

— L'argent, c'est ce qui fait tourner Mr Boyle. » Lord Eston se leva. « Sur ce, mesdames, je prends congé. »

Cassandra eut un moment d'abattement. Alors c'était lui son bandit de grand chemin ? Quel dommage ! Mais il était complice de leurs manigances, et elle aurait aimé s'entretenir un peu plus longtemps avec lui, peut-être même le prier de venir leur rendre visite après le dîner pour leur faire le compte rendu de ce qui se serait passé au Parent pauvre.

Avec un petit soupir, elle entreprit de dresser pour un Mr Davenport béat le récit hautement fantaisiste de sa vie en Hongrie.

Quand la famille Boyle et lord Eston arrivèrent au Parent pauvre, sir Philip faisait le pied de grue dans le vestibule. Un rat on ne peut plus mort gisait dans la vaste poche de Mr Boyle. Le conspirateur avait forcé sur le laudanum et, après une longue et heureuse vie passée à hanter les poubelles, le rongeur était monté sans douleur au paradis des rats sur un petit nuage de vapeurs d'opium juste au moment où l'attelage s'arrêtait devant l'hôtel.

« Bienvenue, bienvenue ! » s'écria sir Philip. Puis, à l'attention de Mr Boyle : « Monsieur, il y a de la poussière sur votre manteau. Décidément, nos routes ne sont pas sûres. Jacky, la brosse. » Un domestique accourut avec une grosse brosse à vêtements et, au grand amusement de lord Eston, sir Philip s'appliqua à étriller Mr Boyle avec vigueur.

« Non, décidément, ça ne part pas, monsieur. Regardez, votre manteau est plein de suie. » Sir Philip n'inventait rien, le manteau était en effet taché, sans doute parce que la brosse avait été soigneusement passée dans la suie. « Jacky, emportez le vêtement de ce monsieur à l'office. Cela ne prendra qu'une minute, rien qu'une minute.

— Je ne vais pas rester planté là sans manteau ! hurla Mr Boyle, cramoisi.

— Papa, supplia Amanda, jetant un regard mortifié à la splendeur du vestibule. Ne faites pas de scandale. »

C'est à contrecœur que Mr Boyle abandonna son manteau au domestique. Après tout, il n'y avait pas de raison qu'ils lui fassent les poches. Mais il se rongea les sangs jusqu'à ce que son manteau lui soit rendu, nettoyé et brossé. Il palpa sa poche et fut soulagé de sentir une bosse.

Sir Philip, qui, en attendant le retour du manteau, avait proposé à la cantonade, avec force moulinets, du tabac à priser, referma dans un claquement sa petite boîte en argent et les convives furent introduits dans la salle à manger.

Amanda balaya la pièce du regard. Tout le monde semblait extrêmement prospère et élégant. Pendant qu'ils dégustaient le potage et les plats de poisson, lord Eston ne cessa de se demander ce qui allait se passer.

Ses cheveux se mirent à le démanger, ce qui le détourna de ses pensées. Son valet avait utilisé une nouvelle pommade. Il faudrait lui demander de s'en débarrasser. S'il n'avait pas eu à se montrer si poli, il se serait gratté le cuir chevelu avec frénésie.

Quand sir Philip, debout près du buffet, commença à aiguiser son couteau à découper, Mr Boyle marmonna une excuse et sortit.

Il fut consterné de voir que ce n'était pas Will qui se tenait aux côtés de Despard près de l'immense plateau de service avec son couvercle en argent, mais un domestique qu'il ne connaissait pas. Il s'efforça de sourire. « J'ai besoin d'un peu d'air frais », dit-il en faisant quelques pas vers la porte d'entrée.

Despard entra dans la salle à manger et annonça le chevreuil. Mr Boyle en profita pour revenir sur ses pas et souffler au domestique : « Soyez bon garçon et allez regarder là-bas près de la porte. Je crois que j'ai perdu mon épingle à cravate. » Sitôt que le domestique eut le dos tourné, Mr Boyle se dépêcha de soulever le couvercle, tout en déboutonnant le rabat de sa poche pour y plonger la main.

Un hurlement de douleur résonna jusque dans la salle à manger.

Les convives, lord Eston en tête, se précipitèrent dans le vestibule. Mr Boyle exécutait une espèce de danse de guerre, la main prise en étau dans une énorme tapette à rat.

Sir Philip se fraya un chemin parmi les convives. « Qu'est-ce que c'est que ce tapage ? fit-il d'un ton sévère.

— D'où vient cette chose ? cria Mr Boyle.

— De votre manteau », répondit le domestique, qui jusque-là faisait semblant de chercher l'épingle à cravate imaginaire.

Souffrant le martyre, Mr Boyle était fou de rage. Lord Eston desserra la tapette et examina les doigts de son futur beau-père. « Ils ne sont pas cassés, dit-il, mais ils seront raides et douloureux pendant un certain temps.

— Voulez-vous retourner vous asseoir », tonna une voix terrible de majesté. Lady Fortescue était arrivée.

Docilement, les convives regagnèrent l'un après l'autre la salle à manger, lord Eston profitant de la confusion pour se gratter discrètement le crâne.

Une fois tout ce petit monde assis, il remarqua qu'Amanda grimaçait et se grattait les cheveux avec son éventail. Quant à Mrs Boyle, son visage luisait de fines gouttes de transpiration.

Intimidante dans sa toilette noire, ses cheveux blancs retenus dans un bonnet d'un blanc neigeux, lady Fortescue s'avança entre les tables. Sa voix porta dans toute la salle à manger. « Je dois vous demander de partir.

— Et pourquoi donc ? interrogea lord Eston.

— À mon grand regret, vous m'obligez à attirer l'attention sur le fait que vous avez tous des poux. Tellement même que certains sont visibles dans le cou de miss Boyle. »

Amanda hurla, s'arracha les cheveux et s'effondra par terre, en pleurs.

« Vous m'avez dupé, beugla Mr Boyle, fusillant sir Philip du regard.

— De grâce, pépia sir Philip, tout en agitant un mouchoir parfumé. Partez avant d'infester nos autres convives. »

Impossible pour Mr Boyle de préciser ses accusations sans trahir ses intentions de nuire à l'hôtel.

Lord Eston porta dehors sa fiancée en pleurs. Elle avait les yeux rouges et gonflés et il dut réprimer un sentiment d'impatience à son égard. Il était furieux contre miss Tonks et Cassandra. Elles étaient forcément au courant du plan de sir Philip et auraient dû l'avertir.

« Comment vous êtes-vous débrouillé ? » chuchota lady Fortescue quand le petit groupe fut parti, malade de honte.

Sir Philip tira une boîte en argent de sa poche. « Une boîte à poux, chère madame. »

Lady Fortescue gloussa comme une petite fille. « Vous êtes abominable. »

Au début du dix-neuvième siècle, il était d'usage pour les gens distingués d'avoir ce genre de boîte sur eux, car il était fort mal vu de tuer ses poux et de les écraser sur le tapis de son hôtesse. Il convenait donc de les mettre dans une petite boîte et de les rapporter chez soi, où ils étaient mis à mort dans la plus grande discrétion. Cette idée de génie était venue à sir Philip après une visite à l'office. Il avait trouvé Despard en train de raser le crâne du petit valet de cuisine parce qu'il était infesté de poux. Saisissant l'occasion, sir Philip avait recueilli suffisamment de vermine pour en saupoudrer la famille Boyle.

*

Lord Eston aurait voulu se rendre directement au Tupple pour dire son fait à Cassandra, mais il devait d'abord se faire épouiller et l'opération prenait du temps. Son valet commença par mélanger cinq mesures de graines de cévadille, cinq mesures d'alcool, neuf mesures d'acide acétique et trente-six mesures d'eau. La mixture fut étalée sur la tête du jeune homme, qui fut ensuite enveloppée dans un linge blanc. Il convenait de laisser agir toute la nuit, de laver minutieusement les cheveux le lendemain matin puis de les peigner avec soin. Lord Eston donna à son valet les vêtements qu'il avait portés la veille au soir pour qu'il s'en débarrasse. Enfin, frisé et rasé de frais, il se mit en route à midi pour le Tupple, le cuir chevelu en feu d'avoir été autant lavé et peigné.

C'était une belle journée et le soleil perçait à travers le voile de fumée qui recouvrait Londres en permanence, nimbant de magie le moindre coin de rue. La ville s'adonnait à son activité favorite : le commerce. Il y avait des boutiques partout, des lieues et des lieues de boutiques, une boutique au pied de chaque immeuble : des drapiers, des papetiers, des pâtissiers, des graveurs de sceaux, des orfèvres, des libraires, des vendeurs de gravures, des bonnetiers, des marchands de fruits et des magasins de porcelaine. Lorsqu'une maison était vacante ou un échafaudage érigé, chaque centimètre carré d'espace disponible était tapissé d'affiches et de prospectus. Sur Oxford Street, deux fabricants de cirage se livraient une concurrence acharnée. D'une main, ils brandissaient une perche à l'extrémité de laquelle se balançait une botte cirée de noir et, de l'autre main, ils proposaient leurs boules de cirage à la vente. Au sommet des perches trônait une sorte d'étendard vantant les vertus de la marchandise. Pour l'un, son cirage était tout simplement le meilleur du monde, pour l'autre, il était si bon qu'on aurait pu le manger.

Ne voulant pas tacher d'encre ses gants, lord Eston évita les programmes de théâtre, qui sortaient tout juste de chez l'imprimeur.

Sa promenade l'avait mis d'un peu meilleure humeur. Le devoir le poussa à aller présenter ses respects aux Boyle avant de demander à voir sa fiancée, mais un Mr Boyle revêche l'informa que miss Amanda était trop ébranlée pour recevoir quiconque.

Lord Eston se rendit donc tout droit dans la suite de Cassandra, s'annonçant lui-même.

Il trouva la jeune fille seule dans son salon privé. Son visage s'éclaira quand elle le vit et il ressentit un curieux pincement au cœur. Il dut faire un effort pour se rappeler qu'il était en colère contre elle et entreprit de le lui signifier en évoquant longuement les événements de la veille.

Elle le laissa parler avant d'éclater de rire avec l'impudence d'une harengère jusqu'à ce que des larmes roulent sur son visage.

« Vous ne voyez pas combien tout cela est drôle ? hoqueta-t-elle enfin. Miss Tonks et moi sommes parées pour le dîner de ce soir. » Elle gagna un placard dans un coin de la pièce et en tira un chat mort. « Vous voyez, dit-elle avec des yeux malicieux. Il y a du rôti de mouton ce soir… *au chat** !

— Petite canaille ! Quand ce chat mort fera son apparition dans sa salle à manger, Bonnard regardera d'un drôle d'œil ses supposées Hongroises. Le fait que vous n'ayez pas de domestiques n'a pas éveillé ses soupçons ?

— Bien sûr que si. Mais vous semblez oublier qu'ils ont été tués par le méchant prince et que nous ne faisons pas confiance à la valetaille anglaise.

— Vous êtes sur une pente glissante. Votre conduite est répréhensible.

— Ma conduite ? Ce n'est pas moi qui m'amuse à arrêter des attelages et à détrousser les gens, que je sache. »

À ce moment précis, la porte s'ouvrit sans bruit et Amanda se glissa dans la pièce. Son sourire s'évanouit quand elle avisa lord Eston.

« Je croyais que vous n'étiez pas en état de me recevoir, la gourmanda celui-ci.

— Je voulais échapper à mes parents quelques instants, gémit Amanda en baissant la tête.

— Venez vous asseoir, s'empressa de proposer Cassandra. Lord Eston me racontait justement la terrible épreuve que vous avez traversée au Parent pauvre.

— Une horreur. Quelle honte. Sans parler du temps passé à me faire épouiller et décrasser, conclut Amanda, pragmatique.

— Mr Aubrey Davenport, annonça un domestique de l'hôtel.

— Ma parole, Londres tout entier s'est donné rendez-vous dans votre salon ! » maugréa lord Eston.

Mr Davenport entra, un gros bouquet de fleurs de serre dans les mains. Il s'avançait vers Cassandra, quand ses yeux tombèrent sur Amanda. Il s'arrêta net et la fixa, l'air stupide.

Amanda rougit et creusa ses fossettes. Tel un somnambule, c'est à elle que Mr Davenport tendit son bouquet.

« Comme c'est charmant, roucoula-t-elle en l'acceptant.

— Mon amie, la tança lord Eston, vous n'avez pas été présentée à ce monsieur, vous devriez comprendre que ces fleurs sont pour miss C… miss Haldane.

— Si fait », se dépêcha d'ajouter Cassandra. Amanda jeta un regard boudeur à son fiancé et serra un peu plus fort le bouquet.

Mr Davenport se ressaisit. « Je viens, miss Haldane, vous supplier de prendre l'air avec moi.

— Une promenade en attelage ? Je crains que ce ne soit impossible, monsieur, répondit Cassandra.

— Je viens de faire l'acquisition d'un phaéton surélevé.

— Ooh, lâcha Amanda. Est-il très haut perché ?

— Très. Miss… ?

— Boyle. Amanda Boyle. » Amanda posa le bouquet et tendit une petite main blanche, qu'il baisa galamment.

Les yeux de la jeune fille devinrent songeurs. « J'ai une nouvelle capeline, dit-elle. Une dame avec une capeline à la pointe de la mode dans un phaéton haut sur roues ferait l'admiration de tous.

— Eh bien, miss Haldane ne pouvant accepter mon invitation, peut-être… ?

— Miss Boyle est ma fiancée », objecta lord Eston.

Un point qu'Amanda semblait avoir oublié.

« Je ferais mieux de vous présenter mes parents, Mr Davenport, dit-elle. Vous devez obtenir leur permission. Venez avec moi. » Elle prit le bouquet et quitta la pièce d'un pas léger sans un regard en arrière. Mr Davenport inclina maladroitement la tête dans la direction de Cassandra et se dépêcha de rattraper Amanda.

« Il faut que j'y mette le holà, éclata lord Eston, s'apprêtant à les suivre.

— Vous avez l'air vieux jeu et en colère, comme un père trop strict, et non un homme capable de jouer les bandits de grand chemin, glousse Cassandra. Allons, filez ! Mais je vous aurai prévenu : l'indignation ne vous sied pas.

— Vous devriez vous débarrasser de ce chat, rétorqua-t-il avec humeur. Vous rendez-vous compte que vous l'avez laissé à la vue de tous ?

— Oh, quelle idiote. » Elle cacha la bestiole. Quelque chose la poussa à ajouter avec malice : « De toute façon, Mr Davenport et miss Boyle n'avaient d'yeux que l'un pour l'autre. »

Lord Eston lui empoigna les épaules, la secoua et la lâcha immédiatement. « Vous êtes une petite sorcière ! Vous me poussez au mal ! C'est la dernière fois que vous me voyez.

— Je n'aurais pas dû faire cette remarque », s'excusa-t-elle d'un air contrit. Levant des yeux implorants, elle ajouta : « Je manque cruellement de tact, vous le savez, monsieur. Je vous supplie de me pardonner. »

Le visage de lord Eston se détendit. « Bien sûr que je vous pardonne. Mais je regrette d'avoir laissé miss Tonks m'entraîner dans ses manigances insensées. Je regrette… »

Il s'interrompit.

« Vous regrettez de m'avoir embrassée ?

— Je…

— Fi donc ! N'y pensez plus. Ce baiser ne signifie rien pour moi. » Au contraire, pensa Cassandra, il signifiait tant ! Il représentait le rêve d'un amour romantique, un rêve qui venait de voler en éclats. Horrifiée, elle sentit les larmes lui monter aux yeux.

« Eh bien, Cassandra ! » s'exclama lord Eston qui se pencha… et l'embrassa. Il sentit le goût de sel de ses larmes, puis la chaleur de ses lèvres, douces et brûlantes de désir. Il sentit la passion et la fougue de ce corps souple contre le sien, ces seins contre son torse. Londres semblait plongé dans le silence. Pas de cris dans la rue, pas de circulation. Un monde magique de paix, de douceur, c'était comme rentrer chez soi après un voyage long et éprouvant.

Dans la chambre voisine, miss Tonks toussa. Lord Eston se dégagea.

« Je ne sais pas pourquoi je me suis conduit de la sorte », s'excusa-t-il d'une voix rauque.

Les yeux de Cassandra se détachaient, énormes, sur son visage, qui était d'une grande pâleur. « Moi, je le sais.

— Lord Eston, vous ici ! s'exclama miss Tonks en entrant dans la pièce. J'ai dormi trop longtemps ! Cassandra, à quoi penses-tu ? Pas de rafraîchissements ? Du thé, monsieur, ou un verre de vin, même si je suis convaincue que Bonnard le coupe à l'eau ?

— Non, non, je dois m'en aller », dit lord Eston. Il reviendrait plus tard et expliquerait son comportement scandaleux à Cassandra. Oui, voilà ce qu'il ferait.

« Je dîne ici avec les Boyle ce soir. Je vous verrai à ce moment-là. Peut-être aimeriez-vous vous joindre à nous ?

— C'est impossible, répondit miss Tonks. Nous allons mettre un chat mort avec le rôti de mouton. Et un spécimen affreux de surcroît. Quelle aventure ! Montre la créature à lord Eston, Cassandra.

— Je l'ai vue, je vous remercie, maugréa lord Eston. C'est une idée insensée et dangereuse. Vous allez attirer l'attention de Bonnard sur vous. Sur ce, bonne journée, mesdames.

— Tu sais, observa miss Tonks une fois le jeune homme parti, ces fiançailles ne lui réussissent pas du tout. Il devient vieux jeu et pompeux. »

Au grand désarroi de lord Eston, Mr Davenport comptait également au nombre des invités ce soir-là. Il avait offert d'acheter la plantation jamaïcaine. Outré par l'effronterie infernale avec laquelle il courtisait Amanda, lord Eston décida de laisser Boyle le duper. Après tout, il le méritait bien. Eston s'était renseigné sur ce Davenport et avait été surpris de découvrir que le jeune homme était extrêmement riche, ayant hérité de son père plusieurs domaines et mines de charbon.

Lord Eston balaya la salle à manger des yeux. Les prétendues Hongroises étaient présentes. Miss Tonks arborait encore cette épouvantable perruque blonde et ses joues étaient rebondies, grâce aux bourrelets de cire. Comment parvenait-elle à manger ? Puis il se rappela qu'il n'y avait pas si longtemps, la mode était au visage rond de poupée : nombre de femmes recouraient alors à ce genre d'artifice pour paraître joufflues et semblaient malgré tout parvenir à manger assez confortablement.

Cassandra était encore plus pâle qu'à l'accoutumée. Elle était bouleversée par son baiser, sans nul doute, et il se sentit d'autant plus déterminé à se justifier, même s'il ignorait toujours comment.

En réalité, la pâleur de Cassandra avait une autre explication. Dans l'après-midi, elle et miss Tonks étaient allées confier le chat à sir Philip, qui s'occupait de tout, et Cassandra était certaine que leurs chambres avaient été fouillées en leur absence. Elle disposait toujours ses affaires de toilette avec une précision extrême. Aucun doute, elles avaient été déplacées. Enquêter sur Bonnard devenait tout à coup bien moins amusant. Cassandra aurait voulu se reposer sur une épaule solide, mais lord Eston était à une autre table, où il dînait en compagnie de sa jolie fiancée.

« Vous vous intéressez à la production de sucre ? demanda Eston à Mr Davenport.

— Pas du tout », répondit le jeune homme d'un ton évasif.

Lord Eston avait certes décidé de ne pas évoquer la question, mais sa conscience commençait à le démanger.

« Alors comment comptez-vous diriger la plantation ?

— Je ne compte pas le faire », dit Mr Davenport. Il décocha un sourire à Amanda, qui le lui rendit avant de lever son éventail pour cacher qu'elle rougissait. « C'est Mr Boyle qui s'en occupera.

— Oh là, tout doux ! s'alarma Mr Boyle. Je me contente d'organiser la vente.

— Oui, mais vous êtes doué en affaires, vous l'avez dit vous-même, répondit Mr Davenport avec patience, et moi, je n'y connais rien, donc j'ai décidé de vous envoyer là-bas afin que vous supervisiez le domaine.

— Je ne peux pas partir. Ma fille va se marier.

— Après le mariage, alors. »

Lord Eston crut entendre grincer les rouages du cerveau de Mr Boyle.

« Très bien. Vous avancez l'argent et je vous garantis les terres et la propriété.

— J'espérais que vous diriez ça. Je vous donnerai les fonds quand vous partirez et je doublerai la somme si vous acceptez d'être mon agent sur place. Vous resterez en Jamaïque, avec Mrs Boyle bien sûr, pour une période de trois ans, ainsi vous serez à même de m'envoyer des rapports fréquents. »

Mr Boyle s'abîma dans une profonde réflexion. La somme que le jeune homme lui proposait était énorme. Colossale même. Cela représentait plus que tout ce qu'il avait réussi à soutirer par la ruse au cours de sa vie. Il pourrait prendre l'argent et partir en Jamaïque. Y rester une année, puis prétendre que la plantation avait périclité à cause d'inondations, d'un ouragan ou d'une famine, voire les trois à la fois, et que lui-même était ruiné. Ensuite, lui et Mrs Boyle rentreraient en Angleterre et demanderaient à Davenport de les récompenser pour le temps qu'ils avaient consacré à son affaire, pour les difficultés rencontrées et les épreuves traversées. Voilà un plan brillant, pensa-t-il, les yeux mi-clos.

« C'est entendu, jeune homme », dit-il, rouvrant grand les yeux avant de guigner furtivement lord Eston, qui lui sembla crispé et peu amène. Le jeune lord l'avait déçu, il s'était révélé d'un ennui sans nom et pas aussi crédule qu'il ne l'avait imaginé. Et Bonnard qui lui avait appris cet après-midi seulement qu'Aubrey Davenport était l'un des hommes les plus riches d'Angleterre ! Eston avait un titre, certes, mais il avait montré une vilaine propension à la prudence lorsqu'il s'agissait de desserrer les cordons de sa bourse. Quand Amanda leur avait présenté Davenport, cet après-midi-là, Mr Boyle avait promptement suggéré l'achat de la plantation et avait été ravi de constater que Davenport mordait à l'hameçon.

Trop accaparé par le plan qu'il avait élaboré avec Bonnard pour faire tomber le Parent pauvre, Mr Boyle n'avait même pas eu le temps de presser sa femme de s'attirer les bonnes grâces de sa sœur mourante, Mrs Sinclair. Il commençait à se sentir éreinté et lésé.

Debout près de la porte de la salle à manger, Bonnard était éblouissant de distinction en habit de soirée. Il claqua des doigts et le rôti fut avancé dans son plat couvert.

Lord Eston et Cassandra se raidirent.

Avec un grand moulinet, Bonnard souleva le couvercle en argent et là, dans toute sa splendeur, apparut un gigot de mouton à la cuisson parfaite et présenté avec élégance.

« Pas de chat, murmura Cassandra.

— Ça alors ! souffla miss Tonks. C'est bien la première fois que sir Philip échoue. »

Lord Eston lui-même se détendit et se mit à badiner avec Amanda. Mais il fut ennuyé de constater qu'elle ne faisait que lui lancer de petits regards effrayés, en vérifiant du coin de l'œil que Mr Davenport le remarquait.

Miss Tonks n'avait pas envie d'avouer à Cassandra qu'elle était soulagée que le plan de sir Philip ait échoué. Elle prit le parti de savourer son dîner avec une joie aiguisée par le souvenir de la faim qu'elle avait connue il n'y avait pas si longtemps.

Ce soir-là, quelques commensaux de qualité dînaient eux aussi au Tupple, notamment la vieille lady Rumbelow accompagnée de sa fille, Mrs Trust, et de sa petite-fille, Fanny.

« Je me demande quand ma sœur se mettra en rapport avec toi, dit miss Tonks à Cassandra.

— Maman m'a déjà écrit.

— Comment ? Quand ?

— Elle a envoyé une lettre au Parent pauvre et un garçon de courses me l'a apportée ici.

— Bonté divine ! Un des garçons de courses du Parent pauvre ? Ma chérie, que se passera-t-il si on l'a reconnu ?

— Il était en livrée simple et rien ne ressemble plus à un garçon de courses qu'un autre garçon de courses.

— Et que disait Honoria ?

— Qu'elle me donnait un mois pour me rendre compte de l'indignité de ma nouvelle condition, et qu'ensuite papa et elle viendraient me chercher pour me conduire au pensionnat. Elle est certaine que d'ici là, je la supplierai de me reprendre.

— Quelle sotte », conclut miss Tonks en secouant la tête. Sur quoi elles finirent leur mouton en silence.

Une fois les assiettes débarrassées, Bonnard se plaça fièrement au centre de la pièce et leva les bras.

« Votre Seigneurie, mesdames, messieurs, annonça-t-il. Rien que pour vous, j'ai commandé au confiseur royal une délicate gourmandise. C'est une création originale, unique en son genre. Regardez ! »

Il pointa un doigt triomphant sur la porte.

Une petite table à roulettes s'avança doucement, poussée par deux garçons de salle. Dessus trônait un lion en sucre, une bête magnifique aux babines retroussées, la patte levée. Un palmier au tronc en caramel et aux feuilles en sucre filé vert se dressait à côté de lui.

Tout le monde applaudit. Quelle prodigieuse création !

Une autre desserte à roulettes, chargée d'assiettes, fut approchée. Un garçon apporta à Bonnard un long couteau en argent. Celui-ci s'inclina très bas devant lady Rumbelow et lui tendit le couteau comme il l'eût fait d'une épée de cérémonie.

« Madame, ferez-vous l'honneur à mon humble établissement de couper la première part ?

— Faites-le vous-même, mon brave, rétorqua lady Rumbelow.

— Je veux le faire ! » cria Fanny Trust.

Amanda Boyle se leva et s'approcha du lion. « Vous ne résidez pas ici, dit-elle à Fanny. Moi, si. C'est donc moi qui aurai l'honneur de couper le lion.

— Mesdames, mesdames », implora Bonnard.

Lady Rumbelow régla le problème. « Assieds-toi, Fanny, et cesse de faire l'enfant. »

Sa petite-fille se laissa retomber avec humeur sur sa chaise.

Avec un regard triomphant autour d'elle, Amanda leva l'étroit couteau et entailla le dos du lion.

Aussitôt elle se figea, l'œil fixe.

Un épais liquide rouge sombre suintait sur le sucre blanc et des touffes de fourrure galeuse s'échappaient de la confiserie.

Lord Eston se saisit d'une lourde cuillère en argent et l'abattit vivement sur la tête du fauve. Le palmier vola en éclats et un nuage de sucre s'éleva jusqu'au lustre.

Là, révélée à la vue de tous, se trouvait la tête galeuse d'un chat mort.

Amanda se mit à hurler. Ne voulant pas être en reste, Fanny Trust se hâta de l'imiter.

Lord Eston regarda Cassandra.

Elle eut le sentiment qu'il pourrait la trahir, qu'il pensait que les parents pauvres étaient allés trop loin.

Elle se leva et dit à miss Tonks d'une voix forte : « Venez, quittons cet hôtel sordide. Mr Bonnard, nous partons demain matin. »

Et, miss Tonks sur ses talons, elle fit une sortie digne d'une grande dame.

7

« L'envie, la haine et la malice, et toute cruauté. »

LIVRE DE LA PRIÈRE COMMUNE

Le lendemain du « dîner au chat », sir Philip lorgnait miss Tonks et Cassandra du coin de l'œil à la lueur de la bougie. « Alors comme ça, vous nous êtes revenues. Vous auriez pu en faire davantage.

— J'en doute, objecta Cassandra. L'incident fait la une des journaux ce matin et nos chambres ont été fouillées. Comment avez-vous convaincu le confiseur d'élaborer une horreur pareille ?

— Une horreur ? Je ne suis pas d'accord. C'était un chef-d'œuvre. Despard y a passé la journée entière. J'ai envoyé un homme dépenaillé à souhait au Tupple raconter qu'il l'avait volé dans les cuisines de son maître et qu'il le lui cédait pour une couronne. Bonnard a sauté sur l'occasion, sa cupidité l'a perdu !

— Vous êtes allé trop loin, hasarda miss Tonks, prenant son courage à deux mains. C'était très choquant.

— Pauvre chérie ! se gaussa sir Philip. Quelle préciosité ! Quelle sensiblerie ! Pourtant, mesdames, je parie qu'à votre arrivée à Londres vous n'avez même pas cillé en passant devant les corps pourrissants pendus aux gibets. »

Quel affreux bonhomme, songea Cassandra, consciente malgré tout que sir Philip marquait un point.

« J'ai découvert l'identité du bandit de grand chemin », déclara la jeune fille.

Assise un peu à l'écart, occupée à coudre un ourlet à un mouchoir, Mrs Budley leva les yeux et rougit.

« C'était lord Eston ! »

Tous, à l'exception de miss Tonks, dévisagèrent Cassandra avec stupéfaction.

« Eston ? aboya le colonel. Qu'est-ce qu'il a à voir là-dedans ? »

D'une voix hésitante, Miss Tonks leur raconta la vérité. Sir Philip entreprit d'arpenter le salon des parents pauvres avec force moulinets des bras. « Oh, fameux ! s'enthousiasma-t-il. Parfait ! Si par malchance on nous prend la main dans le sac, ce sera à Eston de nous tirer d'affaire.

— Vous auriez dû nous dire la vérité dès le début, renchérit lady Fortescue.

— Je voulais vous prouver ma bravoure. C'était mon idée de détrousser la calèche, hoqueta miss Tonks. Vous ne cessez de me ridiculiser et de vous moquer de moi, sir Philip, et ça commence à bien faire.

— Allons, allons. » Sir Philip s'arrêta au milieu d'un moulinet, s'agenouilla devant miss Tonks et lui prit la main. « Je suis un vieux barbon à la dent dure et vous êtes une agnelle, vous attirez les affronts. Mais vous avez fait preuve d'un réel courage et, il me faut le reconnaître, maintenant que je vous regarde, vous vous êtes muée en grande dame à la mode. Morbleu, il va falloir vous trouver un garde du corps, miss Tonks, ou nous devrons repousser les assauts des séducteurs à coups de massue.

— Diantre, tout cela vaut bien une coupe de champagne ! s'exclama le colonel. Betty, demandez à John de monter une de nos meilleures bouteilles. »

On se croirait en famille, pensa Cassandra une fois le champagne servi. « Que faisons-nous maintenant ? demanda-t-elle.

— Nous nous reposons sur nos lauriers, déclara lady Fortescue. Nous avons battu le Tupple à plate couture. Notre hôtel est désormais sans conteste le plus raffiné de Londres. Nous allons faire paraître une annonce dans les journaux informant que nous serons fermés en février et nous en profiterons pour remplacer la literie. Adieu nos affreux lits affublés de tentures de brocart à la limite de l'insalubrité et on ne peut plus démodées. Aujourd'hui, tout le monde ne jure que par le lin et l'acajou.

— Tout cela… tout cela risque de coûter très cher, souligna miss Tonks, qui caressait toujours l'espoir de rembourser sa sœur.

— Grâce à vous, ou à lord Eston, peu importe, nous avons beaucoup d'argent », répondit lady Fortescue. Miss Tonks se tortilla nerveusement. Quand Harriet James était avec eux, c'était elle qui faisait les comptes et tenait les cordons de la bourse. Elle n'hésitait pas à se lever dès l'aube pour écumer les marchés et y dénicher les victuailles au meilleur prix. Maintenant, c'était Despard qui s'occupait du garde-manger et, pour un républicain assumé, il avait des manières singulièrement dispendieuses : il achetait les meilleurs ingrédients et se les faisait livrer.

Ravie de pouvoir se sentir de nouveau à l'aise avec son amie, Mrs Budley suggéra de lui faire faire le tour de l'hôtel, afin de lui montrer les améliorations déjà apportées. Miss Tonks la suivit en trottinant, ne manquant pas de remarquer les nouveaux verres en cristal et la porcelaine de Chine dernier cri dans la salle à manger, ainsi que le tapis persan rouge flambant neuf qui agrémentait l'escalier. Elle fut soulagée de ne pouvoir entrer dans les chambres, toutes occupées, car la vue de tant de dépenses extravagantes la mettait décidément très mal à l'aise. Un peu plus tard ce soir-là, son inquiétude s'accentua encore quand lady Fortescue la prit à part et lui donna une grosse somme d'argent pour qu'elle s'achète de nouveaux vêtements. Sir Philip et le colonel arboraient déjà des manteaux tout neufs d'excellente facture et, contrairement à son habitude, lady Fortescue n'était pas vêtue de noir, mais d'une toilette en laine de mérinos écarlate et blanc.

Ce soir-là, allongée aux côtés de Mrs Budley dans le lit qu'elles partageaient, miss Tonks s'ouvrit de ses préoccupations : « Eliza, si nous continuons comme ça, l'argent tiré de la vente des diamants ne fera pas long feu. Avec la guerre qui fait rage, les prix atteignent des sommets. Rendez-vous compte, nous utilisons des bougies à la cire d'abeille plutôt que des chandelles de suif ! Où a-t-on vu un hôtel s'éclairer à la cire d'abeille ? Nous aurions pu partager cet argent et peut-être… je ne l'ai pas suggéré plus tôt… peut-être que vous et moi, Eliza, pourrions prendre un modeste logis quelque part. »

Mais avoir quarante ans ou trente ans, ce n'était pas la même chose, et la discrète Mrs Budley rêvait de se remarier.

« Tout ira bien, répondit-elle d'une voix ensommeillée. Nous avons toujours survécu jusqu'à présent. »

Miss Tonks soupira. « Et il y a Cassandra. Elle est trop aimable pour être enfermée dans ce pensionnat. J'avais l'espoir…

— Oui ?

— Lord Eston semblait assez entiché d'elle. Mais les hommes sont tellement stupides, tellement imprévisibles. Pourquoi s'est-il fiancé avec une tête de linotte sortie de nulle part comme cette Amanda Boyle ?

— Les hommes aiment les têtes de linotte sorties de nulle part, Letitia. » Mrs Budley glousse. « J'ai moi-même encore de l'espoir ! »

Pendant que les parents pauvres s'abandonnaient dans les bras de Morphée, lord Eston passait la soirée au Tupple en compagnie des Boyle. Il les avait emmenés dans sa loge à l'opéra, puis au bal. Seule ombre au tableau, Mr Boyle avait jugé bon d'inviter Aubrey Davenport, ce qui n'avait pas été du goût du jeune lord.

Ils discutaient à bâtons rompus quand on frappa à la porte. C'était Bonnard. « Mr Boyle, il faut que je vous parle. En privé. »

Mr Boyle quitta la pièce sur ses talons, pour revenir au bout d'une demi-heure, fou de rage. L'hôtelier l'avait traité de parasite et lui avait intimé de régler sa facture ou de plier bagage.

Ne voulant toutefois révéler ni à lord Eston ni à Mr Davenport qu'il séjournait gratuitement à l'hôtel, Mr Boyle se mit à tempêter contre Bonnard, clamant qu'il s'en irait s'il le pouvait, mais n'avait nulle part où aller. Puis, se tournant vers lord Eston : « Mais au fait, cela me revient. Vous aviez eu l'amabilité de nous proposer l'hospitalité. Eh bien, nous sommes ravis d'accepter. »

Lord Eston pensa immédiatement à ses livres rares et à ses œuvres d'art. Il s'imagina rentrer chez lui un soir et trouver son intérieur dépouillé de tous ses trésors tandis que ce menteur de Boyle accusait des voleurs imaginaires.

« Je regrette, ma demeure est entre les mains des décorateurs en ce moment, mentit-il.

— Peu importe, répondit gaiement Mr Boyle. Les odeurs de peinture ne nous incommodent nullement.

— Il n'y a pas qu'eux : les maçons aussi, répliqua lord Eston avec fermeté.

— Si je puis vous être utile, lança Mr Davenport. Vous êtes les bienvenus dans mon humble demeure. Ma tante y réside également et, avec la présence de Mrs Boyle, ce serait tout à fait convenable.

— C'est très aimable à vous », zézaya Amanda. Pourquoi avait-elle besoin de zézayer ? s'interrogea lord Eston.

Lui et Mr Davenport prirent congé. « Il est temps que nous ayons une discussion, lui lança lord Eston.

— À votre aise. » Mr Davenport lui emboîta le pas. « Mon cocher suivra votre attelage. »

Une fois chez lui, lord Eston mena Mr Davenport dans la bibliothèque, lui offrit du vin, puis se prépara à lui dire le fond de sa pensée.

« Mr Davenport, vous semblez vous complaire dans l'ignorance béate que c'est moi qui dois épouser miss Boyle et pas vous.

— De grâce, pardonnez-moi, dit le jeune homme sans aucun signe de contrariété. Je la chéris de loin.

— C'est encore trop près.

— Hélas, que pouvais-je faire d'autre ? Les Boyle doivent bien loger quelque part et la vue d'une demoiselle en détresse m'est insupportable. Mais vous avez remporté la mise, lord Eston. Tout ce que je peux espérer, c'est une invitation à votre mariage. J'implore votre pardon. Loin de moi l'idée de vous déplaire. Mais puis-je vous faire remarquer, milord, que pour un homme amoureux, et il doit s'agir d'amour car les Boyle ne sont pas riches, il vous arrive souvent de rabrouer votre fiancée. À l'opéra, elle a eu le malheur de parler à sa mère pendant la représentation et vous lui avez intimé assez sèchement de se taire.

— C'est parce que je suis une curiosité de la nature. Je vais à l'opéra pour écouter la musique.

— Comme c'est étrange. »

Lord Eston l'observa attentivement. Aubrey Davenport était habillé comme un mirliflore, il avait les manières d'un mirliflore et, apparemment, la finesse d'esprit d'une pomme de terre. Et pourtant…

« La raison pour laquelle je n'ai pas invité les Boyle à s'installer ici, c'est que mon futur beau-père semble ne pas avoir les mains gourdes. Restez sur vos gardes.

— Après l'épisode du chat, j'étais sûr que les Boyle souhaiteraient quitter l'hôtel et j'ai déjà mis l'ensemble de mes objets de valeur au garde-meubles, dit Mr Davenport avec un regard d'une innocence confondante.

— Alors vous savez ! s'exclama lord Eston. Pourquoi diable avoir accepté d'acheter la plantation, dont je doute même qu'elle existe seulement ? »

Mr Davenport baissa à demi ses paupières aux cils pâles. « Pour faire plaisir à miss Boyle, murmura-t-il.

— Comme vous m'avez présenté vos excuses, je me sens obligé de souligner qu'il est plus que probable qu'il n'y ait pas de plantation Heatherington.

— Mon conseiller, un homme à l'esprit aiguisé, m'a fait la même remarque. Les affaires me brouillent l'esprit, mais cette histoire de plantation m'a mis en colère et je n'aime pas être en colère. Alors je suis en passe d'acheter une petite plantation délabrée pour un prix dérisoire, sous réserve qu'elle soit rebaptisée Heatherington avant l'arrivée de Mr Boyle. Le contremaître actuel aura pour instruction de l'attendre à l'arrivée du bateau et de lui mettre le pied à l'étrier dans l'instant. Voilà qui devrait l'occuper un certain temps.

— Il reprendra le premier bateau pour l'Angleterre, tout simplement !

— Je vais lui faire signer des papiers qui le lieront à ses tâches.

— C'est très rusé de votre part, marmotta lord Eston.

— Hélas, je suis loin d'être rusé. Je voulais me venger, alors j'ai demandé comment faire à mon conseiller, qui est très habile. »

Lord Eston le fixa. « Et que retirez-vous de tout cela ?

— Je vous l'ai dit. La vengeance. Je suis très riche et je suis fatigué qu'on me prenne pour un imbécile. Un jour, un mauvais sujet m'a vendu un affût de chasse dans le Yorkshire. C'était une invention. Après cela, j'ai confié toutes mes affaires à des experts.

— Dévoiler la perfidie de Boyle aurait pu suffire.

— Pas pour moi. » Mr Davenport examina ses ongles manucurés. « J'ai même frappé encore plus fort.

— Comment ? demanda lord Eston qui le scrutait maintenant avec une fascination horrifiée.

— Ils sont désireux de se réconcilier avec la sœur de Mrs Boyle, Mrs Sinclair, une riche veuve qui habite Green Street. Mrs Sinclair est, ou était, à l'article de la mort. J'ai découvert qu'elle était soignée par un charlatan, alors j'ai envoyé un bon médecin qui lui a prescrit un régime et du repos, et surtout d'arrêter les saignées, qui l'affaiblissaient. Elle est partie aujourd'hui, sur instruction du médecin, prendre les eaux à Bath et se remettre d'aplomb. Quand les Boyle se présenteront à la demeure de Green Street, ils trouveront porte close.

— Vous faites un ennemi redoutable, monsieur.

— Je pense au contraire être extrêmement gentil et équitable, étant donné le tort que l'on m'a causé. » Il se leva pour partir. « Tant que miss Boyle sera sous mon toit, vous êtes le bienvenu chez moi. Les… euh… les Hongroises sont-elles parties ?

— Je crois que oui.

— Tant de courage et de vaillance. On pourrait presque les croire anglaises.

— D'autres races sont aussi courageuses et chevaleresques que la nôtre.

— Si vous le dites… Sur ce, bonne nuit, à votre service, monseigneur. »

Lord Eston resta un long moment assis devant le feu mourant, à retourner les événements dans sa tête. Il était parfaitement certain que Mr Davenport souhaitait lui ravir Amanda. Sans compter qu'il avait fait des pieds et des mains pour éloigner les Boyle du pays et les garder à distance pendant un certain temps, afin qu'ils ne lui empoisonnent pas la vie s'ils devenaient ses beaux-parents.

Alors pourquoi n'était-il pas furieux ? Pourquoi laissait-il Davenport accueillir Amanda chez lui ?

Lord Eston s'agita, mal à l'aise. Il s'était cru profondément épris d'Amanda, mais il se rendait compte avec horreur qu'elle n'était qu'une toquade qui lui était passée à l'instant même où il avait pris Cassandra dans ses bras et l'avait embrassée pour la deuxième fois. Perspicace, il devinait que Boyle voulait un titre pour sa fille. Il avait demandé sa main, les bans avaient été publiés, il n'y avait aucune échappatoire. À moins qu'Amanda elle-même ne lui rende sa liberté.

Le temps paraissait bien long à Cassandra, qui traversait des moments difficiles. Sa mère et son père se présentèrent au Parent pauvre et s'entendirent répondre avec fermeté que personne ne savait où elle ou miss Tonks se trouvaient. Lorsqu'elle regarda par la fenêtre son père quitter l'hôtel, les épaules voûtées, elle fut prise d'une furieuse envie de courir à la porte d'entrée et de crier son nom. Mais la peur du pensionnat la retint.

Loin d'être harassantes, les tâches qu'on lui confiait se résumaient à remplacer au pied levé les domestiques qui tombaient malades, à arranger les fleurs dans les chambres et à raccommoder les draps et les rideaux.

Lord Eston n'avait pas reparu et Cassandra éprouvait de l'amertume à son égard. S'il l'avait embrassée alors qu'il était fiancé à une autre, c'était sans doute parce qu'il la voyait comme une espèce de domestique, dc rang supérieur peut-être, mais une domestique tout de même, quelqu'un avec qui il pouvait prendre des libertés.

L'hiver était glacial. Des fleurs de givre ornaient les fenêtres de la petite chambre à l'austérité monacale qu'occupait Cassandra. Le froid fit même éclater sa bouillotte de grès.

Miss Tonks était fort abattue elle aussi. Timidement, elle avait avancé l'idée qu'une partie de l'argent tiré des diamants pourrait être utilisée pour offrir une nouvelle Saison à Cassandra, mais lady Fortescue avait vertement rétorqué que ce serait pure folie. Si un homme s'intéressait à elle, il découvrirait rapidement d'où elle venait et prendrait ses jambes à son cou.

Et lorsque la vieille fille avait suggéré qu'un homme de qualité pourrait tomber si éperdument amoureux de Cassandra que son lien avec l'hôtel n'aurait aucune importance, lady Fortescue avait grogné : « Ce genre de choses n'arrive que dans les livres ou aux beautés renversantes et Cassandra Blessop est loin d'en être une. » À vrai dire, lady Fortescue trouvait la jeune fille plutôt jolie, mais miss Tonks lui tapait sur les nerfs. Sur le point d'entrer dans le salon du « personnel », Cassandra avait entendu lady Fortescue et son moral déjà en berne tomba plus bas encore.

Un matin de février, l'hôtel fermé pour le mois, Cassandra et miss Tonks sortirent faire les boutiques. Elles quittaient l'hôtel quand Cassandra avisa Mr Davenport qui passait dans son attelage. Elle tourna promptement le dos à la rue. Il ne reconnaîtrait sûrement pas miss Tonks sans sa perruque blonde et ses joues rebondies. Cassandra en revanche… Elle ne pouvait que prier pour qu'il ne l'ait pas vue.

Elle aurait été surprise d'apprendre que lord Eston était aussi morose qu'elle. Contre toute attente, Mr Davenport se comporta en parfait gentilhomme et cessa de badiner avec Amanda ou de lui faire des compliments. Pire, Amanda semblait attendre avec impatience la cérémonie de mariage. Elle passait le plus clair de son temps à étudier des modèles de robes. À aucun moment il ne traversa l'esprit de lord Eston que, maintenant qu'il ne cherchait plus à l'embrasser, ni même à lui tenir la main, Amanda était d'avis qu'après tout il ferait un mari très convenable. Dépourvu de vanité, le jeune homme était toujours parti du principe que, si les femmes lui couraient après, c'était à cause de sa fortune et de son titre. Amanda savait que son fiancé était l'homme le plus séduisant de Londres et qu'elle faisait des envieuses. Plus lord Eston se montrait froid envers elle, plus elle était heureuse. Elle ne craignait plus ses étreintes, puisqu'il n'y en avait plus. Sa vie de jolie et jeune fiancée disposant de beaucoup d'argent à dépenser en toilettes et bijoux la comblait.

Quant à Mr Davenport, il se creusait la cervelle. Au début, il était sûr que c'était lui qu'Amanda préférait et s'était attendu à ce qu'elle se jette dans ses bras. Il avait conscience que courtiser la jeune fille reviendrait à insulter lord Eston. Pour trouver une réponse à ce casse-tête, il s'inventa un ami sur le point de convoler, mais qui n'avait jamais fait la cour à sa douce, ne lui avait même jamais pressé la main, et qui se demandait pourquoi la douce en question se réchauffait à mesure que son prétendant se refroidissait.

Seulement, la plupart de ses amis n'étaient pas plus sagaces que lui et consacraient le peu d'esprit qu'ils avaient à la coupe de leurs manteaux. Il commençait à désespérer d'obtenir quelque éclairage sur cette énigme, quand il pensa à son conseiller en affaires, Mr Glennon.

Cela valait la peine d'essayer, même s'il doutait que Mr Glennon connaisse quoi que ce soit au beau sexe. Impossible qu'il ait un jour été jeune, il avait sans doute jailli de la tête de son père en perruque à bourse et redingote.

Mr Glennon l'écouta avec gravité dans son bureau poussiéreux de Lincoln's Inn Fields. « J'imagine que vous n'y comprenez goutte, conclut Mr Davenport.

— Je ne dirais pas ça, monsieur. Le fait est que de nombreuses jeunes filles savent très peu de chose sur l'intimité du couple marié et, par conséquent, la redoutent. Maintenant que votre ami est froid avec elle, cette jeune personne se sent en sécurité.

— Vous êtes diablement rusé. Dites-moi, comment savez-vous cela ?

— Je suis très observateur. D'un autre côté, il est dommage que votre ami n'ait pas un faible pour une autre femme.

— Et pourquoi donc ?

— Parce que vous voulez miss Boyle. »

Mr Davenport en resta bouche bée.

« C'était facile à deviner, expliqua Mr Glennon. Vous achetez une plantation médiocre en Jamaïque et vous faites établir un document juridique à faire signer à Mr Boyle pour l'obliger à administrer ladite propriété, rebaptisée Heatherington. Vous admettez avoir déjà payé un montant non négligeable à ce

Boyle pour un domaine du même nom, dont vous pensez qu'il n'existe pas. Et maintenant, cette histoire, alors qu'Amanda Boyle est fiancée à lord Eston. Y a-t-il le moindre espoir de jeter à la tête de lord Eston une autre femme capable de le charmer ? »

Mr Davenport secoua la tête d'un air sombre. « Il y avait bien une jeune Hongroise au Tupple dont je jurerais qu'Eston s'était entiché, mais elle a disparu. »

Mr Glennon se rencogna dans son fauteuil et examina les toiles d'araignée qui ornaient le plafond. « Peut-être pourriez-vous informer miss Boyle qu'Eston est un sacré gaillard qui bride ses appétits charnels, jusqu'au mariage en tout cas. Faites allusion à des maîtresses éreintées qui n'ont pu assouvir ses désirs. Si nécessaire, évoquez une luxure sombre de l'âme. Tous les coups sont permis en amour comme à la guerre. Trouvez cette Hongroise. Je me souviens que vous l'avez mentionnée, une miss Haldane, je crois ? J'ai pris la liberté de l'observer tandis qu'elle quittait le Tupple. Curieusement, elle a tout à fait l'allure d'une Anglaise. Ses vêtements étaient anglais et sa dame de compagnie portait une perruque de théâtre. Je les ai suivies un moment. Elles sont allées à l'Exeter Change, puis ont pris un fiacre pour l'hôtel du Parent pauvre. Elles sont montées directement à l'étage, comme si elles y séjournaient. Tout le monde sait que les deux établissements sont rivaux. Le soir même, l'affaire du chat a manqué de ruiner le Tupple et, le lendemain, les mystérieuses Hongroises se sont volatilisées. Je pense que vous les trouverez au Parent pauvre. »

Mr Davenport ouvrit des yeux ronds.

« Maintenant, si la jeune demoiselle, cette *soi-disant** Hongroise de sang royal, se retrouvait en danger, je suis sûr que lord Eston volerait à son secours et les circonstances réchaufferaient ses sentiments à son égard.

— En danger ? Quel genre de danger ? Eston est bon tireur. Je ne voudrais pas qu'il me fasse sauter la cervelle.

— Je vous l'ai dit, je pense que vous découvrirez que vos Hongroises font partie intégrante de cette curieuse faction à la tête du Parent pauvre. Si tel est le cas, vous informez l'infâme Bonnard que c'est la plus jeune des deux qui a ourdi le méchant tour du chat. Quand il aura fini d'enrager, vous compatissez et dites qu'à sa place vous l'enlèveriez et feriez savoir aux propriétaires du Parent pauvre, par un mot anonyme bien entendu, qu'à moins qu'ils n'annoncent dans le *Morning Post* la fermeture définitive de leur établissement, elle sera tuée.

— Morbleu, vous avez des idées fort gothiques. Ce n'est pas vraiment ma manière. Et si vous vous en occupiez ?

— On ne me croirait pas. Vous voulez vraiment que miss Boyle soit à vous ?

— Oui, elle est la chose la plus charmante sur laquelle j'aie jamais posé les yeux.

— Alors il suffira d'un rien, un mot par-ci, un mot par-là.

— Et si Bonnard tue la Hongroise ?

— J'engagerai des hommes pour garder un œil sur lui. Elle aura une grosse frayeur, mais il ne lui arrivera rien.

— Ma foi… et si elle fait réellement partie de la famille royale de Hongrie ?

— Alors je veux bien être pendu. »

Sur quoi Mr Davenport prit congé. Quel dommage que ce garçon ne soit pas comme son père, pensa Mr Glennon en s'approchant de la fenêtre pour le regarder s'éloigner. Mais Aubrey Davenport n'avait pas besoin d'une héritière, il avait suffisamment d'argent, ni d'une femme de bon sens, il en avait trop peu lui-même ; ce qu'il lui fallait, c'était une tête de linotte délicate comme Amanda Boyle. Ils étaient parfaitement assortis. Toutes les habiles manigances dont Aubrey pensait être l'instigateur, comme faire revenir à la vie la sœur de Mrs Boyle pour mieux l'éloigner de Londres, lui avaient été en réalité soufflées par Mr Glennon, dont l'une des joies dans l'existence était de manipuler les autres tout en se félicitant de sa propre rouerie.

« Mr Davenport ! s'écria Amanda plus tard ce jour-là. Quelle surprise ! Cela fait bien longtemps que nous ne vous avons plus vu, vous nous aviez oubliés, ma parole ! »

Il fut ravi de la trouver seule. « Où sont vos parents ? »

Elle fit la moue. « Maman est de très méchante humeur parce que sa sœur, ma tante Tabitha, n'est pas du tout mourante. Elle prend les eaux à Bath ! Alors maman et papa sont partis rendre visite à quelqu'un, j'ignore qui, et je suis contente qu'ils se soient sauvés parce que papa accusait maman d'être stupide, de ne pas être allée voir ma tante assez tôt et, en retour, elle l'a traité de tyran. Enfin, bientôt je serai mariée et j'aurai mon propre foyer.

— Et des enfants ? »

Elle rougit. « Vraiment, Mr Davenport, cela ne vous ressemble pas d'évoquer des sujets malséants pour les oreilles des demoiselles !

— Je suis désolé. Je vous trouve très forte et très courageuse. »

Elle écarquilla les yeux. « Pourquoi ?

— Eston est un homme vigoureux et très gaillard. Et vous, vous êtes si fragile et si délicate.

— Lord Eston est un véritable gentleman et il ne m'impose pas ses attentions.

— Bien sûr que non. Il attendra que vous soyez mariés. Sa patience est stupéfiante. Quand sa dernière maîtresse, Mrs Bagshot, m'a confié son incapacité à… euh… à assouvir ses passions, j'ai eu peur pour vous.

— De quoi parlez-vous ? » La peur rendait la voix d'Amanda perçante.

« Pardonnez-moi. À mes yeux, vous êtes une déesse. Vous êtes aussi fine que la plus fine des porcelaines de Dresde. Je ne voudrais pas que l'on vous fasse du mal.

— Du mal ? » La voix d'Amanda n'était plus qu'un couinement.

« Je vais trop loin. Certains hommes ont des passions obscures et des pratiques plus sombres encore. Ah, ma foi. »

Sans nul doute terrifiée, Amanda roulait des yeux effarés. Les jeunes filles n'étaient pas censées connaître les choses de la chair. Mais, à voir toutes ces prostituées dans les rues et tous ces hommes en goguette qui frayaient avec ces femmes de façon aussi ouverte et amoureuse, il était difficile de n'en rien savoir. Elle avait toujours cru que les gentlemen limitaient leurs appétits aux femmes de mauvaise vie. Et pourtant sa maîtresse n'arrivait pas à dominer ses passions !

Ces derniers jours, Amanda avait senti une colère sourde et une impatience chez lord Eston lorsqu'il s'adressait à elle. Parfois, il semblait même la regarder avec aversion. Maintenant, elle comprenait la raison de ses regards noirs. Le feu couvait.

Elle confia ses craintes à sa mère. Mrs Boyle était de méchante humeur, incapable de tolérer que sa propre sœur lui ait échappé. Prêtant une oreille distraite aux confidences tremblantes de sa fille, elle lui répondit d'un ton irrité : « Tu vas épouser un homme, pas ton carlin, bien sûr que tu devras te soumettre aux besoins de la chair, tu n'as pas le choix. Aucune femme, de qualité j'entends, n'aime ça. Tu serres les dents et tu penses à autre chose, c'est tout. »

Le lendemain, Mr Davenport aperçut une jeune fille qui sortait du Parent pauvre et, bien qu'elle lui eût tourné le dos aussitôt, il en avait vu assez pour savoir que c'était Cassandra. Il courut droit au Tupple et apprit à un Bonnard stupéfait et furieux l'identité de la personne qui avait failli causer la ruine de son hôtel.

La rage de Bonnard fut sans limites. Il n'avait réussi à faire revenir les clients qu'au prix de dépenses excessives. Il considéra avec attention la suggestion de Mr Davenport et retrouva un peu de calme. « Voilà une bien belle idée, mais on n'enlève pas si facilement une princesse, observa-t-il.

— Ce n'est pas une princesse, répondit Mr Davenport. Plus probablement une domestique du Parent pauvre que ces vieux toqués qui le dirigent ont envoyée ici pour vous berner. »

Bonnard se ressaisit, remercia posément Mr Davenport pour ses informations et, après le départ du mirliflore, dépêcha ses spadassins enquêter chez son rival. Les domestiques du Parent pauvre avaient été prévenus que le Tupple risquait d'envoyer des espions, mais ils pensèrent qu'ils devaient simplement éviter de parler des menus ou des prix. Alors quand un garçon de salle à la mine avantageuse accosta une jolie femme de chambre, celle-ci causa sans arrière-pensée de miss Cassandra.

Bonnard prit des renseignements sur les Blessop. Il fut très intéressé d'apprendre que la demoiselle s'était enfuie de chez elle et qu'elle était brouillée avec ses parents, de riches hobereaux non titrés.

Deux jours plus tard, lord Eston s'habillait pour retrouver sa fiancée quand son majordome l'informa qu'une personne désirait le voir. « Je ne reçois pas sans introduction », rappela le jeune homme avec irritation. Il devait emmener Amanda se promener en attelage et doutait de supporter un après-midi de jacasseries sans l'étrangler.

Le majordome hésita puis ajouta : « Bien que cette dame soit venue sans femme de chambre, elle a l'allure d'une… hum… d'une vieille fille de qualité.

— Elle fait sans doute la quête pour une œuvre de charité, dit lord Eston. Installez-la au salon du rez-de-chaussée et servez-lui du thé, je lui accorderai deux minutes. »

Lorsque enfin il descendit, il fut étonné de découvrir miss Tonks. Assise à l'extrême bord d'un fauteuil, cramponnée à un grand sac, elle avait les yeux rouges d'avoir pleuré.

« Cassandra ! » s'écria-t-il, la peur étreignant son cœur.

Miss Tonks se couvrit le visage et se mit à sangloter.

Il s'agenouilla et prit les mains de la vieille fille dans les siennes. « Vous devez vous ressaisir. C'est Cassandra, n'est-ce pas ? Quelque chose est arrivé à Cassandra ? »

Elle hocha la tête sans un mot et redoubla de sanglots. Jurant tout bas, lord Eston sonna, demanda du brandy et en porta un verre aux lèvres pâles de miss Tonks, lui ordonnant de boire. Elle en avala une lampée en s'étranglant, mais ses pleurs se calmèrent.

« Elle… elle a été enlevée. Nous avons reçu une lettre… Si nous n'annonçons pas que le Parent pauvre met la clé sous la porte, nous ne la reverrons jamais. J'ai prévenu les autres que j'allais vous demander de l'aide… Sir Philip a dit qu'il s'occupait de la faire revenir, qu'il ne fallait en parler à personne, mais j'ai tellement peur.

— Ses parents ? Il s'agit forcément de ses parents !

— Honoria n'exigerait pas que nous fermions l'hôtel. D'après sir Philip, c'est une manigance du Tupple.

— Bonnard. Faites-moi confiance, miss Tonks. Si ce gibier de potence sait où elle se trouve, je lui ferai cracher le morceau.

— Surtout pas un mot à sir Philip. Il a décidé de prendre les choses en main. Mais il est tellement fantasque et déterminé à se venger du Tupple… que je crains qu'il ne mette la vie de Cassandra en danger.

— Rentrez au Parent pauvre et ne dites rien à personne. »

Après avoir raccompagné à la porte une miss Tonks toujours en pleurs, lord Eston sortit un pistolet du tiroir de son bureau et l'amorça. Il se sentait froid et déterminé. S'il avait gardé ses distances avec Cassandra, c'était guidé uniquement par le sens du devoir. Quelle ineptie ! S'il la revoyait un jour, il ne la laisserait pas partir.

Une fois au Tupple, il demanda à voir Mr Bonnard. Au bout de dix minutes, un domestique vint lui apprendre que l'hôtelier était absent.

Se forçant à sourire, lord Eston déclara avec un calme impassible : « Quel dommage. Je projetais d'investir de l'argent dans cet hôtel. Mais s'il n'est pas suffisamment intéressé pour me recevoir…

— Il est peut-être revenu par l'entrée de service, Votre Seigneurie, s'empressa de répondre le domestique. Je vous en prie, ayez l'amabilité d'attendre quelques instants de plus. »

Lord Eston patienta, la mine sévère.

Quelques minutes plus tard, Bonnard apparut en personne. « Votre Seigneurie ! s'exclama-t-il. Je viens juste de rentrer. Un verre de vin ? Nous avons un très bon bordeaux. Vous ne trouverez pas mieux…

— Pouvons-nous nous entretenir en privé ? coupa lord Eston. Je souhaite parler affaires. »

Les yeux de Bonnard étincelèrent. « Par ici, Votre Seigneurie. Je dispose d'un petit salon privé à l'étage. »

Tout en menant lord Eston à l'étage, l'hôtelier éprouvait tout de même quelques doutes à la pensée de la jeune fille qu'il avait enfermée à double tour dans l'un des greniers. Eston était un ami de ces prétendues Hongroises, il devait donc être au courant de ce qu'elles manigançaient. Il jeta un coup d'œil derrière lui. Le jeune lord lui sourit platement. Bonnard haussa les épaules mentalement. Qu'est-ce que ce jeune homme rasé de frais et à la mise coquette pouvait faire à une crapule comme lui ?

Il précéda lord Eston dans son salon, prenant soin de laisser la porte ouverte.

« Alors, Votre Seigneurie », commença-t-il.

Sans perdre une minute, lord Eston tira le pistolet de sa poche et le pointa sur l'hôtelier, pris de court.

« Conduisez-moi à l'endroit où vous tenez miss Cassandra Blessop prisonnière. Ne tentez rien ou je vous fais sauter la cervelle.

— De quoi parlez-vous ? »

Rapide comme l'éclair, lord Eston lui asséna un violent coup de poing au visage. « Je n'ai pas de temps pour vos mensonges.

— Qu'est-ce qui vous prend ? Il me suffirait d'appeler à l'aide.

— Et vous seriez mort avant que quiconque ne franchisse cette porte. Un enlèvement est un crime passible de pendaison. Allons ! »

Bonnard lui lança un regard noir. S'il menait ce freluquet à Cassandra, alors lui, Bonnard, se retrouverait au tribunal et serait pendu à coup sûr. Une balle dans la tête était peut-être un sort plus enviable.

Lord Eston remit le pistolet dans sa poche. « Je vois que vous ne craignez pas la mort. Mais je suis prêt à tout pour obtenir les informations dont j'ai besoin. »

Bonnard se rua vers la porte, lord Eston lui fit un croche-pied et l'hôtelier partit en vol plané.

« Eh bien, eh bien », gronda lord Eston en posant un genou sur le torse de Bonnard. Il attrapa une lampe à huile sur le bureau. « Voyons voir. Et si je vidais cette lampe, disons… sur votre vilain museau, et y mettais le feu… Je parie qu'à l'article de la mort vous hurleriez la vérité. » Tout en le maintenant au sol d'une main, Eston versa l'huile sur le visage du gredin et sortit son briquet.

« Non ! hurla Bonnard. Le grenier ! Elle est au grenier ! »

Se relevant d'un bond, lord Eston prit la clé qui était dans la serrure, enferma Bonnard à double tour et s'élança dans l'escalier.

« Cassandra ! » cria-t-il en atteignant les combles. Il essaya les portes l'une après l'autre jusqu'à en trouver une fermée à clé. Reculant d'un pas, il entreprit aussitôt de la faire céder à coups de botte. Le battant se fendit et s'affaissa, pendant lamentablement sur ses gonds.

Cruellement bâillonnée, Cassandra était ligotée sur une chaise, au milieu de la mansarde.

Lord Eston lui retira le bâillon et l'embrassa, il l'embrassa avec toute la passion et le désir refoulés depuis des mois. « De grâce, détachez-moi, haleta Cassandra quand elle retrouva l'usage de la parole. Oh, je suis si heureuse de vous voir. J'ai eu tellement peur. Je me sens sale et j'ai faim. »

Il desserra les liens, la mit debout et la prit dans ses bras. Il enroula ses longues mèches de cheveux roux autour de ses doigts et sourit au minois constellé de taches de rousseur. « Vous êtes belle, souffla-t-il. Épousez-moi.

— Pourquoi ?

— Parce que je vous aime.

— Alors pourquoi êtes-vous fiancé à miss Boyle ?

— Parce que je suis un âne bâté. Embrassez-moi, Cassandra. »

Elle interrogea du regard les yeux du jeune homme, puis, avec un petit soupir, elle l'enlaça et lui donna un baiser fougueux. Il sentit le grenier tourner autour de lui et se cramponna à elle comme pour ne pas tomber. « Il faut que nous partions d'ici, dit-il d'une voix hachée. J'ai enfermé Bonnard dans son salon. S'il arrive à sortir, il pourrait nous tomber dessus. Comment a-t-il réussi à vous enlever ?

— Je suis sortie regarder les boutiques, une calèche fermée s'est approchée, la porte s'est ouverte, un homme m'a attrapée et m'a tirée à l'intérieur. Bonnard était dans la caisse, il m'a mis le couteau sous la gorge.

— Je m'assurerai qu'il soit pendu devant Newgate. » Il la souleva et franchit ainsi chargé le seuil de la pièce.

« C'est très romantique, gloussa Cassandra, mais cet escalier est trop étroit pour que vous me portiez dans vos bras. Je suis capable de marcher, vous savez. »

Ils descendirent ensemble, lord Eston passant un bras autour des épaules de la jeune fille. Le cauchemar est terminé, songea Cassandra.

Mais quand ils atteignirent l'escalier d'honneur, qui menait au vestibule, ils tombèrent nez à nez avec Bonnard. Sur ses talons, ses domestiques les plus patibulaires. L'hôtelier avait un long pistolet d'arçon à la main.

« Attrapez-les », ordonna-t-il, tandis que lord Eston mettait Cassandra à l'abri derrière lui.

C'est alors que, soudain, une clameur de colère et des bris de verre se firent entendre. « La populace ! cria un valet qui se trouvait quelques marches plus bas. Ils ont forcé les portes.

— Tuez cette canaille de bonapartiste ! » hurla une voix, et le mot d'ordre fut repris, se propageant jusque dans la rue.

Les affidés de Bonnard se dispersèrent. La peur fit tourner le teint de l'hôtelier. Il lâcha brusquement son pistolet et remonta vers l'autre escalier, bousculant lord Eston et Cassandra au passage.

« Je ne sais pas ce qui est le plus terrifiant, Bonnard ou la populace, marmonna lord Eston. Restez près de moi et marchez très lentement et avec courage. »

Le vestibule grouillait d'hommes ivres qui cassaient tout ce qu'ils voyaient. Lentement, Cassandra et lord Eston descendirent les marches.

Une voix s'éleva soudain. « Laissez passer lord Eston, le héros de la péninsule ! »

Un grondement jaillit : « Vive le héros ! »

Ôtant leur casquette et affichant de larges sourires, les émeutiers s'écartèrent tandis que lord Eston et Cassandra traversaient le vestibule.

C'est comme marcher au milieu de bêtes sauvages, pensa lord Eston. Dehors, la marée humaine les accueillit avec des hourras, se refermant immédiatement sur leur passage.

Puis, tout à coup, les deux jeunes gens se retrouvèrent dans la rue, sains et saufs, libres. « La milice sera là d'une minute à l'autre, dit lord Eston. Nous sommes presque sortis d'affaire. Je suis fier de vous. Dieu merci, un sot m'a pris pour un héros.

— Un sot, non ! dit Cassandra entre rire et larmes. Ce vieux crasseux qui excitait la foule… n'était autre que sir Philip Sommerville. »

*

« Allons donc, s'exclama lady Fortescue en servant le thé d'une main sûre. Sir Philip a très bien fait. Admettez, lord Eston, que vous auriez eu quelques difficultés à sortir Cassandra de ce guet-apens sans son aide.

— Mais les résidents, s'exclama lord Eston. Qu'est-il arrivé aux résidents de l'hôtel ?

— Eh bien, reprit lady Fortescue, il n'y avait que deux familles et sir Philip les a prévenues que Bonnard était un espion bonapartiste et qu'elles devaient s'éclipser en emportant leurs affaires sans toucher mot à quiconque de la raison de leur départ.

— Bonnard est un espion bonapartiste ?

— Je n'en sais rien et je m'en moque, rétorqua lady Fortescue. Je doute même qu'il soit français. Sir Philip a eu une excellente idée. Il est tellement facile de déchaîner les masses de nos jours. Tout est prétexte à émeute. Goûtez donc le gâteau aux graines de carvi, lord Eston.

— Où est Cassandra ? s'enquit Mrs Budley.

— Elle est avec sa tante. Elle se rafraîchit et se change. Elle nous rejoindra bientôt. Tout comme sir Philip, je présume, même si je pense que l'idée de mener une insurrection lui plaît beaucoup. Espérons qu'il n'ira pas trop loin.

— Lady Fortescue, l'admonesta lord Eston. Il est déjà allé aussi loin que possible. J'imagine qu'à l'heure qu'il est ils ont saccagé l'hôtel et pendu Bonnard à son chandelier.

— Ce sera toujours ça de moins à payer pour l'État », déclara le colonel Sandhurst.

Cassandra et miss Tonks firent leur entrée. Lord Eston se leva, ouvrit les bras, et Cassandra se précipita vers lui.

La voix de lady Fortescue s'éleva, acerbe. « Vous vous égarez, lord Eston, lâchez miss Blessop immédiatement. »

Lord Eston fit volte-face et, tenant Cassandra par la main, il annonça : « Nous allons nous marier.

— Eh bien ! Vous êtes sûr de vous ? » Lady Fortescue jaugea le couple puis sourit. « Oui, je vois que vous êtes sûr de vous. Bonté divine, voilà justement sir Philip. Il arrive à point nommé pour entendre la bonne nouvelle. Sir Philip, lord Eston et miss Blessop vont se marier ! »

Un petit paquet de haillons malodorants, qui n'était autre que sir Philip, se laissa tomber avec lassitude dans un fauteuil. « Oh, dit-il avec indifférence. Eh bien, j'apporte des nouvelles autrement intéressantes. Mes émeutiers ont saccagé le Tupple. Bonnard a pris la clé des champs. Aucun blessé à déplorer. Je leur ai dit de laisser les domestiques tranquilles. Et j'ai dispersé tout ce petit monde avant l'arrivée de la milice.

— Nous aurions peut-être mieux fait d'avertir les autorités de l'enlèvement de miss Blessop », souligna lord Eston.

Sir Philip lui lança un regard méprisant. « Trop de questions… Inutile de remuer la boue. Et je ne suis pas favorable à la pendaison, même pour un gibier de potence tel que ce Bonnard. Il y a déjà trop de condamnés à mort. Trop de… » Il n'eut pas le temps de finir sa phrase que ses yeux se fermèrent et il se mit à ronfler.

8

« Dussé-je l'effaroucher, elle m'épousera. »

John Benn Johnstone

À la lumière des derniers événements, lord Eston comprit qu'il devait faire en sorte d'avoir un entretien avec Amanda en tête à tête pour la pousser à rompre leurs fiançailles. S'il n'y parvenait pas, il devrait les rompre lui-même et Boyle se ferait certainement une joie de le poursuivre pour violation de promesse de mariage. Il patienta dans la vaste demeure à la décoration singulièrement dépouillée de Mr Davenport pendant que le majordome allait voir si miss Boyle le recevrait. Sur les murs, des rectangles clairs trahissaient les endroits où des tableaux avaient été accrochés. Il n'y avait presque aucun bibelot. À l'évidence, Mr Davenport ne prenait aucun risque avec ces chapardeurs de Boyle. Le majordome tardait à revenir et des bruits de dispute se firent entendre à l'étage.

Enfin, le domestique réapparut et annonça que ces dames seraient ravies de le voir. Quand il pénétra dans le salon, Amanda, les joues roses, jouait avec son carlin et Mrs Boyle avait la mine querelleuse.

« Je me demandais si je pouvais échanger quelques mots avec ma fiancée… en tête à tête, avança lord Eston.

— Juste quelques instants alors », répondit Mrs Boyle en se levant, sans se soucier du couinement de protestation de sa fille. Elle sortit, laissant la porte ouverte.

« Mon Rupert est très courageux, commença Amanda, brandissant le petit chien à la respiration sifflante. Et… il est très jaloux. Il n'aime pas que des messieurs s'approchent de moi.

— Alors je vous dirai ce que j'ai à vous dire depuis l'autre bout de la pièce. » Lord Eston l'observa avec curiosité. Elle était toujours aussi adorable à regarder, pourtant il se demandait ce qu'il avait bien pu lui trouver.

« Ma chère », commença-t-il. Il s'arrêta. Pour la première fois, il se rendit compte que la jeune fille avait réellement peur de lui et que ce n'était pas un jeu de séduction.

Il y vit un espoir. « Amanda, reprit-il. Écoutez avec attention. Je sens que vous n'avez pas hâte de vous marier avec moi. Cela fait longtemps que nous ne nous sommes pas retrouvés seuls, alors je vais en profiter pour vous poser une question. Êtes-vous sûre que vous ne préféreriez pas me rendre ma parole ? »

Tête baissée, Amanda caressait le petit chien. « Maman et papa veulent que j'aie un titre, finit-elle par confesser.

— Mais vous, vous ne voulez pas de moi, et je ne veux pas d'une épouse réticente. Je pense savoir comment m'y prendre. Laissez-moi parler à votre mère, j'arrangerai les choses.

— Oh, vraiment ? murmura-t-elle. Je vous en serais tellement reconnaissante. Nous n'allons pas du tout ensemble, vous savez.

— Par curiosité, qu'est-ce que vous trouvez repoussant chez moi ? »

Amanda rougit avec grâce. « Je ne vous trouve pas repoussant. C'est juste que…

— Peu importe. Quand votre mère reviendra, prenez congé. »

Au même moment, Mrs Boyle rentra. Amanda chuchota quelque chose, prit son chien dans ses bras et s'éclipsa.

« Je crains d'avoir bouleversé votre fille, déclara lord Eston, mais il faut la faire revenir à la raison. Ce n'est pas parce que nous n'aurons pas de grand mariage…

— Et pourquoi cela, je vous prie ? » l'interrogea Mrs Boyle d'un ton sec.

Sur quoi, Mr Boyle fit son entrée.

« Écoutez ça, lui lança sa femme. Notre Amanda n'aura pas de grand mariage.

— Et pourquoi donc ?

— Le fait est que je me suis livré à d'audacieuses spéculations, dit lord Eston, et que j'y ai laissé une bonne partie de ma fortune. Je vais devoir vendre ma résidence londonienne et vivre chichement à la campagne. Mais avec beaucoup de travail et d'importants sacrifices, je suis certain de pouvoir me remettre à flot. » Sur le point d'entrer, Mr Davenport s'arrêta net derrière la porte et tendit l'oreille.

« Ce n'est pas ce que nous avions prévu pour notre fille ! s'exclama Mr Boyle.

— Moi non plus, Mr Boyle, mais je ne peux pas inventer une fortune en un claquement de doigts. Cela prendra des années de dur labeur sur mes domaines pour réparer les dégâts. Amanda sera obligée de s'adapter à une vie frugale à la campagne. »

Mr Davenport se tourna légèrement. Amanda s'était glissée à côté de lui et n'en perdait pas une miette.

« Bien sûr, elle ne s'ennuiera pas. Elle pourra se consacrer aux bonnes œuvres », conclut lord Eston, enfonçant avec joie le dernier clou dans le cercueil de ses fiançailles.

Mr Davenport prit Amanda par la main et fit son apparition dans le salon. « Lord Eston, déclara-t-il, ce serait une honte d'exposer une demoiselle aussi fragile et aussi belle à l'indignité de l'endettement et des créanciers.

— Je suppose que vous-même ne répugneriez pas à l'épouser », releva lord Eston.

D'un seul mouvement, les trois Boyle tournèrent des yeux pleins d'espoir vers Mr Davenport.

« Si miss Boyle consent à vous libérer de votre engagement, alors oui, je l'épouserai, acquiesça-t-il. Certes, la cérémonie est déjà organisée, mais qu'elle soit maintenue. Je serai le fiancé.

— Oh, ce serait tellement plus raisonnable, zézaya Amanda.

— Heureusement que je n'avais pas encore payé ta dot, maugréa Mr Boyle. Vous me décevez, Eston.

— Miss Boyle souhaite donc recouvrer sa liberté, souligna lord Eston. J'enverrai une annonce aux journaux à cet effet.

— Nous l'avons échappé belle ! » s'écria Mr Boyle après le départ de lord Eston, qui avait eu soin de paraître suffisamment abattu. Il se frotta les mains avec jubilation. À lui l'immense fortune de Mr Davenport !

Honoria Blessop était une femme malheureuse. Sa conscience, qui ne l'avait jusque-là jamais tourmentée, se rappelait à elle. Des images de sa fille, étendue dans un fossé, morte, la hantaient, mais son orgueil l'empêchait de demander aux autorités de lancer des recherches. Et de toute façon, elle restait persuadée que Cassandra finirait par revenir à la raison.

En attendant, la culpabilité pesait lourdement sur ses épaules. Quelle méchante vipère elle était ! Quand elle était demoiselle, elle avait fait croire à Edward que Letitia n'avait pas de dot pour qu'il la choisisse elle, ce qu'il avait fait. Elle avait aussi convaincu ses parents, alors qu'ils étaient sur leur lit de mort, qu'un simple testament en sa faveur suffisait. En tant qu'aînée, elle s'occuperait de tout, verserait à Letitia une pension généreuse et lui offrirait une Saison à Londres. Ce qu'elle n'avait pas fait.

Après cinq fausses couches, elle avait enfin donné naissance à un fils, baptisé Edward comme son père, et, un an plus tard, à une fille, Cassandra. Elle avait rêvé de briller en société grâce à la beauté de sa fille. Son ambition lui tenait tellement à cœur qu'elle avait à peine protesté quand, à seize ans, Edward s'était engagé dans la marine. Enfant, Cassandra était dotée de magnifiques cheveux bruns, mais comble de malheur, à six ans, elle devint rousse, et même de plus en plus rousse à mesure qu'elle grandissait. Cette chevelure si préjudiciable en société, Honoria ne la lui avait jamais pardonnée. Et maintenant, elle avait mené sa fille unique à sa perte. Après une vie entière passée à mépriser Letitia, Honoria ne pouvait en effet imaginer qu'une mauviette, une bonne à rien comme sa sœur pourrait protéger sa fille.

Son mari entra et la trouva à son poste habituel, près de la fenêtre, dans l'attente du courrier, dans l'attente de nouvelles.

Pour la première fois depuis longtemps, il était sobre. Il posa sur elle un regard grave. « Mrs Blessop, c'en est trop. Il faut immédiatement lancer des recherches. »

Honoria acquiesça sans un mot, sortit un petit mouchoir et s'essuya les yeux.

Sur ces entrefaites, le commis de la poste fit sonner son cornet au bout de l'allée et une des petites bonnes courut le rejoindre.

Honoria se figea quand elle vit la domestique revenir avec une lettre à la main. Si seulement le Seigneur pouvait lui rendre sa fille ! Elle se promettait de réparer les torts que sa cruauté avait causés à Edward et à Letitia.

Quand la bonne entra, elle se précipita, lui arracha la missive des mains et en brisa le cachet.

Après avoir parcouru le courrier, elle s'enfonça lentement dans un fauteuil et en relut le contenu avec attention, la colère assombrissant son visage.

« Qu'y a-t-il ? » s'enquit Edward.

Elle brandit la lettre. « Elle est de Letitia », dit-elle d'une voix blanche.

Mr Blessop lut à son tour et se mit à rire. « Cette bonne vieille Letitia ! s'écria-t-il. Elle a réussi là où vous auriez échoué de toute façon. Elle est parvenue à fiancer Cassandra à lord Eston ! Bah, Mrs Blessop, qu'est-ce qui vous chagrine ? Notre fille est saine et sauve et, par-dessus le marché, elle est heureuse. Eston sera bientôt là pour me demander ma bénédiction ! Letitia ramène Cassandra à la maison ! »

Jamais je ne pardonnerai à Letitia. Jamais ! pensa Honoria. Elle a fait ça uniquement pour me contrarier.

Quelques jours plus tard, vêtus à la dernière mode, Amanda et Mr Davenport traversaient Hyde Park. « Me pardonnez-vous de vous avoir enlevée à Eston ? demanda-t-il.

— Oh, oui, répondit Amanda avec un petit frisson. Vous m'avez sauvée. Il était tellement déçu, bien sûr, fou de rage, même, si bien qu'il s'est fiancé avec cette Hongroise qui n'est pas hongroise du tout. Miss Blessop est un vrai garçon manqué qui aime jouer des tours.

— Ils seront parfaitement assortis, ma douce.

— Malgré tout, je l'aimais bien, elle. Peut-être devrais-je la mettre en garde contre Eston comme vous-même m'avez mise en garde.

— Grands dieux non ! s'exclama Davenport, s'imaginant déjà un pistolet de duel à la main au point du jour. Pensez plutôt à notre mariage. »

Le mariage de lord Eston et miss Cassandra fut une cérémonie simple, ponctuée des sanglots de la mère de la mariée. Honoria considérait que lord Eston aurait dû y réfléchir à deux fois avant d'inviter la bande d'énergumènes qui se trouvait à la tête du Parent pauvre. Et Cassandra qui avait mis un comble au désespoir de sa mère en demandant à sa tante d'être demoiselle d'honneur !

Pendant la collation qui suivit la cérémonie, Cassandra n'eut d'yeux que pour son époux. Elle était mariée ! Une vie de bonheur s'ouvrait à elle !

Amanda, ses parents et Mr Davenport figuraient également au nombre des convives. La simplicité de la réception conforta la fable de lord Eston quant à ses revers de fortune. Amanda n'était pas encore mariée et, même s'il lui arrivait parfois de regretter le titre qu'Eston lui aurait fourni, car les femmes telles que Cassandra se verraient donner la préséance sur elle en société, elle était heureuse auprès de son Aubrey Davenport, qui, pour sa part, se pâmait d'admiration devant elle. Mais elle était triste pour Cassandra, qui semblait avoir bon cœur. Le fait qu'elle fût affligée de cheveux roux poussait Amanda à sentir pour elle plus d'amitié encore. Pauvre innocente, pensait-elle. Je dois la mettre en garde. Quoi qu'en dise Aubrey, j'aurais dû la prévenir plus tôt des turpitudes d'Eston.

Et c'est ainsi que, pendant le bal qui suivit la collation, quand Cassandra monta retirer sa robe de mariée, Amanda lui emboîta le pas.

Six mois plus tard, lord et lady Eston prenaient un petit déjeuner tardif dans leur demeure campagnarde. Cassandra dévisagea son mari quelques instants, puis déclara d'une voix grêle : « J'aimerais que vous ne mangiez pas d'œufs à la coque.

— Pourquoi donc ?

— Parce que vous tapez sur la coquille avec votre cuillère tac, tac, tac, et que cela me porte sur les nerfs. Maintenant que j'y pense, beaucoup de choses m'agacent chez vous.

— Le sentiment est réciproque, rétorqua-t-il en la fusillant du regard. Avez-vous besoin d'émietter vos toasts de cette manière ? Vous avez la bougeotte, ma parole ! »

Ce que Cassandra voulait dire en réalité, c'était : « Pourquoi avez-vous dansé deux fois avec la jolie petite Freda Hamilton au bal hier soir ? » À quoi lord Eston aurait fort bien pu répondre : « Et vous, vous étiez un peu trop sous le charme de ce gaillard de la garde royale à mon goût. » Mais ni l'un ni l'autre n'avait encore appris la dure leçon que les couples mariés se disputent pour tout et n'importe quoi, sauf ce qui les tracasse réellement.

« Je mangerai mes toasts comme il me plaira ! » s'écria Cassandra, qui pensait : « Il ne m'aime plus. »

« Alors laissez-moi prendre mon petit déjeuner en paix. Mangez comme vous le souhaitez et mêlez-vous de vos affaires. »

Tout à coup, la cafetière vola au-dessus de la tête de lord Eston, qui se réfugia sous la table.

Puis il rejoignit sa femme à la chevelure de feu, la mit brusquement debout et la secoua. En retour, elle lui donna de violents coups de pied dans les tibias.

Sur quoi elle le gifla.

L'un comme l'autre saisis de surprise, ils se regardèrent sans un mot.

« Je… je suis désolée, murmura Cassandra.

— Prouvez-le. »

Elle l'embrassa sur le bout du nez.

« Plus. »

Elle l'embrassa sur la bouche.

Il la souleva dans ses bras et se dirigea vers la porte.

« Où allons-nous ? caqueta Cassandra.

— À votre avis ? »

Une demi-heure plus tard, elle tortillait son corps nu sous celui de son mari pour trouver une position plus confortable et gloussa : « Je ne vous l'ai jamais dit, mais votre précieuse Amanda m'a mise en garde contre vous.

— Quoi ? Et qu'a-t-elle raconté ?

— Elle a sous-entendu que vous aviez des désirs sombres et passionnés.

— Et qu'avez-vous répondu ?

— Tant mieux !

— Petite friponne ! Embrassez-moi ! »

Une fois de plus, les parents pauvres avaient désespérément besoin d'argent. Sir Philip avait du mal à croire qu'ils avaient dépensé autant. Il leur restait la tiare et le vieux monsieur fit affaire avec son bijoutier préféré, pour leur satisfaction mutuelle. Grâce à la générosité de lord Eston, miss Tonks n'avait plus besoin de se soucier de rembourser sa sœur : le jeune marié avait offert à sa belle-mère une nouvelle parure.

Dissimulé dans l'ombre devant la joaillerie, Bonnard observait sir Philip. Cela faisait des mois qu'il surveillait l'hôtel du Parent pauvre, manigançant une vengeance qu'il espérait pouvoir assouvir. Il était sûr que c'étaient les propriétaires qui avaient lancé la populace contre lui. À présent, il végétait dans la misère et la faim attisait sa fureur. Il savait désormais à quoi ressemblait sir Philip. C'était la première fois que le vieillard s'aventurait au-delà des rues élégantes du West End, dans un quartier où il serait facile de s'en prendre à lui.

En scrutant l'intéricur de la bijouterie, il avait vu les diamants et la tiare. L'avarice vint s'ajouter à la colère. Quand sir Philip émergea de la boutique, il le suivit jusqu'à ce qu'un vieux bâtiment délabré qui surplombait la rue occulte le soleil.

Alors Bonnard s'élança et lui asséna un violent coup de gourdin sur le crâne.

« Hé ! » cria une voix, et il entendit le cliquetis des officiers du guet à l'autre bout de la rue. Il se pencha sur le corps recroquevillé de sa victime et s'empara de l'argent qui était dans sa poche. Il jeta le gourdin et prit ses jambes à son cou, fuyant par les rues sinueuses et malodorantes, où des visages livides le fixaient avec curiosité depuis les immeubles infestés de rats.

Le jour terrible où sir Philip fut ramené inconscient sur une civière de fortune resterait gravé dans la mémoire de miss Tonks. Le sergent de ville avait trouvé son adresse dans un calepin qu'il conservait dans sa poche. Sir Philip semblait aussi menu qu'un enfant. Le colonel Sandhurst le fit installer dans une chambre vide de l'hôtel et envoya chercher le médecin, tandis que Mrs Budley, miss Tonks et lady Fortescue lui baignaient le front avec de l'eau fraîche en récitant des prières.

Pendant des jours, le vieil homme resta entre la vie et la mort. Tout ce temps, miss Tonks refusa de quitter son chevet. Elle fit même installer un lit d'appoint, grâce auquel elle volait quelques heures de sommeil sans abandonner son malade.

Assez soudainement, l'état du vieux monsieur s'améliora. Au début, il était faible et ne parvenait qu'à chuchoter. Puis, il suggéra que le meilleur remède à son mal serait une petite coupe de champagne. Bientôt, il se mit à taquiner miss Tonks sans merci sur le fait qu'elle avait « partagé sa chambre ». Et enfin, il redevint la vieille canaille irascible qu'il avait toujours été.

Les parents pauvres découvrirent ce qu'ils avaient craint depuis le début : on lui avait dérobé l'argent dont ils avaient tant besoin.

« Avez-vous vu le gibier de potence qui vous a assommé ? s'enquit lady Fortescue.

— Je n'ai cessé de vous le répéter, rétorqua sir Philip, non, je n'ai rien vu. Alors, de quel côté allons-nous nous tourner ?

— J'ai fait de mon mieux, dit miss Tonks. Ce n'est pas ma faute si vous avez perdu cet argent.

— Ni la mienne, espèce de vieille sorcière fripée, gronda sir Philip.

— Vraiment, monsieur, protesta le colonel, c'est à miss Tonks que vous devez la vie. Personne n'a jamais eu infirmière aussi dévouée.

— Désolé, maugréa sir Philip. Je me demande si le jeu en vaut la chandelle. Nous finissons toujours par nous retrouver en mauvaise posture. Et Eston ? Il n'est pas à plaindre, que je sache.

— Lord Eston nous a en quelque sorte donné de l'argent lorsqu'il a offert cette parure de diamants à Honoria, rappela miss Tonks.

— Très bien. Je suis fatigué, soupira sir Philip. Je ne peux rien faire de plus.

— Nous sommes tous fatigués, souligna miss Tonks. Nous pourrions vendre l'hôtel, c'est une affaire prospère, nous en tirerions suffisamment pour vivre une vie paisible, à la campagne peut-être.

— À élever des cochons ? ironisa sir Philip. Je ne suis pas encore prêt à pourrir dans une masure au fond de la campagne.

— Et si nous nous donnions encore une année ? avança lady Fortescue. En tenant les comptes soigneusement cette fois. Soyons honnêtes, nous avons jeté l'argent par les fenêtres. Avec ce que nous avions tiré de ce collier, nous aurions eu assez d'argent jusqu'à la fin de nos jours. Je refuse de renoncer. Il faut que l'un d'entre nous vole quelque chose.

— Pas moi, déclara miss Tonks. J'ai fait ma part.

— J'ai une idée, dit le colonel. Tirons à la courte paille. »

C'est à contrecœur que les autres acceptèrent.

Pourvu que ça ne tombe pas sur moi, implora miss Tonks *in petto*. J'aurais peut-être dû dire aux autres que Cassandra m'avait proposé un toit. Si seulement j'avais accepté son offre !

Si je tire la courte paille, pensa sir Philip, je feins une rechute et j'attends qu'ils envoient quelqu'un d'autre.

Mon Dieu, pas moi, songea le colonel avec nervosité. Ce genre de choses, c'est pour sir Philip. Moi, je ne suis pas taillé pour le crime. Cet hôtel commence à me sortir par les yeux. Je veux redevenir un gentleman. Mais seulement avec lady Fortescue à mes côtés.

Je suis vieille et fatiguée, réfléchissait lady Fortescue, mais si c'est moi, je m'en accommoderai. Je ferais mieux d'organiser mes funérailles au lieu de vivre au jour le jour.

L'hôtel faisait la fierté et la joie de lady Fortescue et, au fond, elle n'avait pas envie de le quitter.

Les yeux ronds, Mrs Budley gardait le silence, observant sir Philip qui s'en allait chercher des brins de paille. Elle avait le sentiment confortable qu'elle serait épargnée. C'étaient toujours les autres qui se retrouvaient impliqués dans de dangereuses manigances.

Sir Philip revint et, chacun à son tour, les parents pauvres tirèrent une paille. Miss Tonks contempla le long brin qu'elle avait obtenu et remercia le Ciel. Le colonel sourit à sa longue paille et la posa avec précaution sur la table, à côté de la paille tout aussi longue de lady Fortescue. Bah, ce vaurien de sir Philip n'aura qu'à se débrouiller. Mais sir Philip, lui aussi, tira une longue paille.

Il ne restait que…

La tête baissée, Mrs Budley tordait la paille la plus courte entre ses doigts tremblants.

L'un après l'autre, les autres se levèrent et quittèrent la pièce. Je me fais l'effet, songea Mrs Budley, d'un officier tombé en disgrâce et abandonné par ses camarades dans une chambre avec un pistolet chargé.

Elle resta seule un long moment avant de regagner le rez-de-chaussée. Si elle n'en parlait pas, si elle ne l'évoquait pas, peut-être quc les autres oublieraient.

Il monterait tout droit au paradis quand il mourrait, ça, Mr Boyle en était convaincu car, sur terre, il vivait un enfer. Le sbire de Mr Davenport l'avait habilement persuadé que lui et Mrs Boyle ne devaient pas soumettre les frères et sœurs d'Amanda aux rigueurs d'un voyage en mer et s'était mis en quête de pensionnats.

Mr Boyle ne s'était toujours pas remis du choc de découvrir qu'il existait bien une plantation Heatherington. Pour ajouter à son malheur, le contremaître, Jamie MacDonald, un Écossais redoutablement jovial, semblait déterminé à le mener à la baguette. Jamie et son rire pareil à un braiment étaient sur son dos dès potron-minet, lui suggérant avec obstination de se mettre au travail avant que la chaleur ne soit trop étouffante. Pis encore, l'homme d'affaires de Mr Davenport avait commis la folie d'affranchir les esclaves et d'en faire des domestiques rétribués, aussi Mr Boyle ne pouvait-il plus passer ses humeurs sur eux, en tout cas pas autant qu'il eût pu le faire avec des domestiques anglais, et même moins, parce que le document qu'il avait signé avec tant de célérité contenait une clause en petits caractères indiquant qu'ils devaient être traités avec courtoisie.

Il se fendit de longues lettres pleines d'amertume à Mr Davenport, mais chaque fois c'était Mr Glennon qui lui répondait, lui rappelant invariablement les termes de son contrat.

Contre toute attente, Mrs Boyle s'adapta assez rapidement à la chaleur et à la société locales. Elle tirait bien son épingle du jeu, elle, pensait son mari avec aigreur. Tout ce qu'elle avait à faire de son temps, c'était sortir en attelage et faire des visites.

Au bout de la première année, une année durant laquelle Mr Boyle n'avait rêvé de rien d'autre que de prendre sa revanche sur son gendre, la plantation commença à rapporter, à prospérer même. Mr Boyle balaya l'idée que ce succès puisse avoir le moindre rapport avec le labeur acharné de Jamie et commença à se sentir fier du résultat. Désormais, quand le contremaître venait le chercher, il était non seulement réveillé, mais prêt pour le travail. Les autres propriétaires de plantation faisaient l'éloge de son succès. Les opposants à l'esclavage venaient en pèlerinage sur le domaine, saluant son esprit éclairé, et Mr Boyle ne se gênait pas pour vanter la façon dont il avait décidé d'affranchir les esclaves.

Au terme des trois années contractuelles, Mr Davenport se prépara au retour de son beau-père. Quelle ne fut pas sa stupéfaction quand Mr Boyle lui écrivit qu'il appréciait la vie et le climat de la Jamaïque et serait tout à fait content de s'y établir pour de bon.

DE LA MÊME AUTRICE
AUX ÉDITIONS ALBIN MICHEL :

Agatha Raisin enquête :

1. LA QUICHE FATALE
2. REMÈDE DE CHEVAL
3. PAS DE POT POUR LA JARDINIÈRE
4. RANDONNÉE MORTELLE
5. POUR LE MEILLEUR ET POUR LE PIRE
6. VACANCES TOUS RISQUES
7. À LA CLAIRE FONTAINE
8. COIFFEUR POUR DAMES
9. SALE TEMPS POUR LES SORCIÈRES
10. PANIQUE AU MANOIR
11. L'ENFER DE L'AMOUR
12. CRIME ET DÉLUGE
13. CHANTAGE AU PRESBYTÈRE
14. GARE AUX FANTÔMES
15. BAL FATAL
16. JAMAIS DEUX SANS TROIS
17. CACHE-CACHE À L'HÔTEL

18. Un noël presque parfait
19. La Kermesse fatale
20. Voici venir la mariée
21. Trouble-fête
22. Du lard ou du cochon
23. Serpent et Séduction
24. Gare aux empoisonneuses
25. Au théâtre ce soir
26. Secrets sur canapé
27. Les Pissenlits par la racine
28. Chasse aux sorcières
29. Sonnent les cloches
30. Bonnet d'âne !
31. Au galop !

Les enquêtes de Hamish Macbeth :

1. Qui prend la mouche
2. Qui va à la chasse
3. Qui s'y frotte s'y pique
4. Qui a une taille de guêpe
5. Qui franchit la ligne jaune
6. Qui sème le vent
7. Rira bien qui rira le dernier
8. Les Flèches de Cupidon
9. Petits crimes entre voisins
10. Bourreau des cœurs
11. La Paix des ménages
12. Bras de fer
13. Dent pour dent
14. Sous le feu des projecteurs

Les enquêtes de lady Rose :

1. Meurtre et Séduction
2. Soupçons et Préjugés
3. Raison et châtiments
4. Passions et Trahisons

Découvrez le début du deuxième tome
des Chroniques de Bond Street,
disponible aux éditions Albin Michel

M.C. BEATON

Les Chroniques de Bond Street

2

La Disgrâce de Mrs Budley

Sir Philip perd la tête

ROMANS TRADUITS DE L'ANGLAIS PAR MATHILDE DESPIAU
ET FLORENCE SCHNEIDER

Titres originaux :

MRS BUDLEY FALLS FROM GRACE

SIR PHILIP'S FOLLY

Pour Ann Robinson et sa fille,
Emma Wilson, avec toute mon affection.

LA DISGRÂCE DE MRS BUDLEY

Traduit par Mathilde Despiau

1

« Ah ! les gens n'étaient point si déchaînés
Aux jours anciens, lorsque, avec une raide clémence,
La courageuse reine Bess
À son noble Essex son sourire accordait. »

W.S. Landor

Des cinq éminents propriétaires de l'hôtel Au Parent pauvre, dans Bond Street, Mrs Eliza Budley était la moins adaptée à la vie tumultueuse qu'ils menaient. En dépit de nombreux revers, ils avaient maintenu l'hôtel à flot grâce à un mélange d'heureux hasards, de bonne gestion et de divers larcins.

Car le nom même de l'établissement, « Au Parent pauvre », leur avait été inspiré par la condition qui était la leur au moment de sa création, lorsqu'ils subsistaient grâce aux aumônes de parents fortunés. Chaque fois que leurs fonds s'épuisaient, l'un d'eux se lançait dans une expédition dans le but de dérober quelque objet de valeur à l'un de ses proches. Or voilà que, l'argent venant de nouveau à manquer, ils avaient tiré à la courte paille, et Mrs Budley avait perdu.

Cela aurait dû tomber sur un autre, songea-t-elle avec abattement. Malgré son âge vénérable et la blancheur de ses cheveux, lady Fortescue, dont l'hôtel occupait l'ancienne demeure, était autoritaire et dotée d'un grand courage. Le colonel Sandhurst, bien que tout aussi âgé, avait eu l'habitude des champs de bataille et du commandement des hommes. Le vieux, l'horrible sir Philip Sommerville était pour ainsi dire dépourvu de moralité et piquait aux membres de sa famille des colifichets de grande valeur avec autant de mauvaise conscience qu'une pie. Quant à miss Letitia Tonks, l'amie de Mrs Budley, qui n'était qu'une vieille fille maigre et fanée quand elle avait uni ses forces à celles des autres parents pauvres, c'était désormais une dame élégante et pleine d'assurance.

Mrs Budley tordit entre ses doigts le fétu de paille que ses associés lui avaient laissé à contempler. Âgée d'une petite trentaine d'années, elle paraissait beaucoup plus jeune ; c'était une jolie femme d'apparence délicate, élégamment vêtue, aux grands yeux d'un marron velouté et aux cheveux bruns et vaporeux. Pour la première fois depuis longtemps, elle regretta que son mari, Jack, si avide de plaisirs, ne fût plus de ce monde. Jack avait dilapidé sa fortune avec beaucoup d'aplomb. Lui ne se serait pas mis martel en tête à la perspective de commettre un vol ! La famille de Mrs Budley, toutefois, avait été choquée d'apprendre qu'elle s'était abaissée à travailler pour gagner sa vie, et elle savait qu'aucun de ses riches parents n'accepterait de l'héberger. À cette pensée, elle commença à se sentir plus légère. Courte paille ou pas, il faudrait bien qu'un autre qu'elle imagine un moyen de les sortir de leur mauvaise passe. Elle allait boire un verre de vin de porto pour se ragaillardir, puis elle ferait appeler ses associés afin de leur annoncer qu'il leur fallait trouver un autre arrangement.

Entassés dans le petit bureau situé derrière le vestibule de l'hôtel, ses compagnons débattaient au même moment de Mrs Budley, à qui il manquait ce mélange de courage et d'endurance tant prisé en ce début de dix-neuvième siècle, sous la régence du futur roi George IV.

« Pour être juste envers elle, disait miss Tonks, Eliza n'a guère de famille à qui rendre visite. Elle m'a montré quelques lettres affreuses que lui ont adressées ses parents : ils l'ont tous reniée en des termes plus cruels les uns que les autres. C'est une bonne âme, et nous ne voudrions pas la faire dépérir d'inquiétude.

— C'est une femme diablement jolie », opina sir Philip, dont le visage surplombant le rempart de sa cravate amidonnée évoquait une tortue jetant un coup d'œil par-dessus une minuscule congère.

« Quel rapport avec notre sujet ? s'agaça le colonel Sandhurst. Nous ne l'envoyons pas gagner sa vie sur le trottoir !

— Elle n'arriverait pas à grand-chose, de toute façon, gloussa sir Philip. Un shilling et un verre de rhum, voilà tout ce qu'elle récolterait. »

Les yeux noirs de lady Fortescue se posèrent sur lui avec désapprobation.

« Vous oubliez, sir Philip, que nous parlons d'une amie. Si, comme cela semble être le cas, Mrs Budley n'a pas de famille à aller voir, il faudra que l'un de nous se dévoue.

— J'ai déjà apporté mon écot ! se défendit miss Tonks en regardant les autres avec fermeté. Ne vous ai-je pas donné les diamants de ma sœur ? N'ai-je pas risqué la potence ?

— Le problème, avec les vieilles filles, grommela sir Philip, c'est qu'elles passent leur temps à faire un drame de tout.

— Le problème, avec les vieillards dépravés, c'est qu'ils passent leur temps à railler et à se plaindre, rétorqua miss Tonks. Trouvez donc une solution, puisque vous êtes si intelligent ! »

Sir Philip s'appuya contre le dossier de son fauteuil et promena sur l'assistance un regard goguenard.

« C'est justement ce que j'ai fait.

— Alors parlez, que diable ! ordonna le colonel.

— Nous allons lui inventer un parent, dit sir Philip avec un grand sourire. Et voici qui : le marquis de Peterhouse, qui réside dans cet immense château du Warwickshire…

— Pas le château de Warwick, coupa le colonel. C'est celui de…

— Je sais, s'impatienta sir Philip. Morbleu ! Il n'y a pas qu'un seul château dans tout le Warwickshire ! Celui du marquis dont je parle se nomme Delcourt. Bien, ce marquis est retombé en enfance, il est veuf, et il est riche. Mrs Budley lui envoie un express pour annoncer sa visite, elle arrive, elle se présente comme sa nièce. Le vieux ne saura pas si c'est vrai ou non, vu qu'il ne sait semble-t-il même pas l'heure qu'il est ! Elle séjourne chez lui quelques jours, pique quelques babioles de valeur, puis revient. C'est tout simple !

— Les domestiques, objecta lady Fortescue. Vous oubliez les domestiques. Ils pourraient fort bien démasquer l'imposture.

— La plupart sont aussi vieux que leur maître. En outre, il n'a ni secrétaire ni rien de ce genre. Les domestiques ne se plaindront pas qu'il manque des babioles, à supposer qu'ils s'en aperçoivent seulement, car cela fait sans doute des années qu'ils travaillent à la ruine de leur maître imbécile. De toute façon, lorsqu'il y a vol, les gens de maison craignent toujours d'en être accusés. » Les yeux de sir Philip brillèrent d'une lueur méchante. « Je gage que notre charmante Mrs Budley est assise là-haut, résolue à nous dire qu'elle ne peut aller chez personne, puisque personne ne veut d'elle. Allons la détromper !

— Arrêtez ! fit lady Fortescue en levant une fine main blanche. Nous n'avons pas suffisamment examiné cette proposition. Comment avez-vous eu connaissance de cette information, sir Philip ?

— À l'hôtel Limmer.

— Et que faisiez-vous, je vous prie, dans un établissement concurrent ?

— Juste un saut, pour voir comment ils s'en sortent. N'ont-ils pas aidé à éteindre le feu, quand le Parent pauvre a failli partir en fumée ? Je vais vous dire comment je suis au courant. J'ai rencontré le neveu dudit marquis, Mr George Pym, qui se plaignait de la débilité de son vieil oncle. Il disait qu'une fois où il lui avait rendu visite, il avait découvert que toute une famille de boutiquiers s'était établie dans les appartements d'apparat du château, prétendant qu'ils étaient des parents à lui, ce qui était faux. Et le vieux marquis n'avait rien voulu entendre contre eux. Alors imaginez comme il sera facile pour une jolie petite créature comme notre Mrs Budley de s'insinuer dans les bonnes grâces du vieillard ! Si elle joue bien sa carte, il se pourrait même qu'il l'épouse !

— Le plan semble infaillible, reconnut à contre-cœur le colonel Sandhurst.

— Nous allons voir ce qu'en pense Mrs Budley, décida lady Fortescue.

— On ne demande pas à une femme telle que Mrs Budley ce qu'elle pense, ricana sir Philip, on lui donne son ordre de marche !

— Je dois dire que vous êtes un monsieur très entreprenant », commenta lady Fortescue.

Le visage contracté par la jalousie, le colonel Sandhurst fixa son regard bleu juvénile sur sir Philip.

« Quand cette information vous est-elle parvenue, exactement ? demanda-t-il.

— Oh, l'aut' jour », répondit sir Philip avec désinvolture.

Il en avait en réalité eu connaissance voilà plus d'un an, mais il aspirait plus que tout à l'admiration de lady Fortescue.

Lorsque ses quatre compagnons pénétrèrent l'un après l'autre dans le salon du « personnel », Mrs Budley posa son verre de porto et les dévisagea avec inquiétude.

« Je m'apprêtais justement à aller vous voir, lâcha-t-elle d'une voix haletante. Ma famille a rompu toute relation avec moi, je ne peux donc vous être d'aucun secours.

— Balivernes ! »

Sir Philip s'assit à côté d'elle, lui tapota la main, et Mrs Budley recula légèrement devant l'assaut d'un puissant nuage de parfum. Le vieil homme ne voyait pas l'intérêt de se laver : un déluge de la dernière eau de toilette vendue dans le commerce faisait aussi bien l'affaire, à son avis.

« Mais ce ne sont pas des balivernes ! » protesta-t-elle.

D'un regard, elle implora miss Tonks, son amie, de lui venir en aide, mais celle-ci s'absorba tout à coup dans la contemplation de son châle, dont elle plissait la frange.

« Nous ne le contestons pas, répondit sir Philip en lui tapotant à nouveau la main. Cependant, moi, je vous ai trouvé un parent. Le marquis de Peterhouse.

— Mais je ne connais aucun marquis !

— Eh bien maintenant, si. Écoutez bien. Ce marquis-là est retombé en enfance. Nous vous envoyons au château de Delcourt, dans le Warwickshire, où il réside, et vous vous présentez comme sa nièce. Vous vous installez, vous faites un tour. Piquez quelque chose qui soit aisé à transporter, vu que vous n'êtes pas très robuste. Avec de l'or et des pierres précieuses dessus. Quelques tabatières, des éventails incrustés de pierreries, ce genre de babioles. Il y a eu une marquise, autrefois. Cherchez où se trouvaient ses appartements et voyez ce que cette dame y a laissé. Quant à moi, je vais commander une malle munie d'un double fond, de sorte que si l'on fouille vos affaires » – Mrs Budley recula dans son fauteuil – « vous aurez la conscience tranquille.

— C'est de la folie ! s'exclama la jeune veuve, retrouvant la voix. Je ne peux y aller. »

PAPIER CERTIFIÉ

Le Livre de Poche s'engage pour l'environnement en réduisant l'empreinte carbone de ses livres. Celle de cet exemplaire est de :
450 g éq. CO_2
Rendez-vous sur
www.livredepoche-durable.fr

Composition réalisée par PCA

Achevé d'imprimer en mai 2023 en Espagne par
LIBERDUPLEX
Dépôt légal 1re publication : juin 2023
LIBRAIRIE GÉNÉRALE FRANÇAISE
21, rue du Montparnasse – 75298 Paris Cedex 06

29/0895/2